UMA CASA NO FIM DO MUNDO

MICHAEL CUNNINGHAM

UMA CASA NO FIM DO MUNDO

Tradução:
ISA MARA LANDO

COMPANHIA DAS LETRAS

Título original:
A home at the end of the world

Capa:
João Baptista da Costa Aguiar

Preparação:
Cecília Ramos

Revisão:
Carlos Alberto Inada
Ana Maria Barbosa
Carmen Simões da Costa

Dados Internacionais de Catalogação na Publicação (CIP)
(Câmara Brasileira do Livro, SP, Brasil)

Cunningham, Michael
Uma casa no fim do mundo / Michael Cunningham , tradução Isa Mara Lando. — São Paulo : Companhia das Letras, 1994.

ISBN 85-7164-428-4

1. Romance norte-americano I. Título.

94-3731 CDD-813.5

Índices para catálogo sistemático:
1. Romances : Século 20 : Literatura norte-americana 813.5
2. Século 20 : Romances : Literatura norte-americana 813.5

1994

EDITORA SCHWARCZ LTDA.
Rua Tupi, 522
01233-000 — São Paulo — SP
Telefone: (011) 826-1822
Fax: (011) 826-5523

Este livro é para Ken Corbett

Uma casa no fim do mundo começou em tempos difíceis. Quando terminou — quase seis anos depois —, as coisas tinham melhorado um pouco. Por essas circunstâncias mais confortáveis agradeço ao National Endowment for the Arts e *The New Yorker*.

Entretanto, devo reservar a maior parte da minha gratidão para vários amigos cuja generosidade literalmente salvou este livro em suas fases iniciais, quando um incentivo, um abrigo e até mesmo uma máquina de escrever em boas condições de funcionamento às vezes eram difíceis de encontrar. Obrigado, com amor, para Judith E. Turtz, Donna Lee, Cristina Thorson e Rob e Dale Cole.

Também deram seu auxílio inestimável Jonathan Galassi, Gail Hochman, Sarah Metcalf, Anne Rumsey, Avery Russell, Lore Segal, Roger Straus, a Yaddo Corporation e, como sempre, minha família.

O POEMA QUE TOMOU O LUGAR DE UMA MONTANHA

Ali estava, palavra por palavra,
O poema que tomou o lugar de uma montanha.

Ele respirava o oxigênio do poema,
Mesmo com o livro virado no pó da mesa.

O poema o fazia lembrar do quanto ele precisara
De um lugar para ir numa direção só sua,

Do quanto ele havia recomposto os pinheiros,
Movido os rochedos e escolhido seu caminho entre as nuvens,

Buscando a paisagem certa,
Onde ele estaria completo numa completude inexplicada:

A rocha exata onde sua inexatidão
Descobriria, por fim, o panorama aos poucos atingido,

Onde ele poderia deitar-se e, fitando lá embaixo o mar,
Reconhecer seu singular e solitário lar.

WALLACE STEVENS

PRIMEIRA PARTE

BOBBY

Certa vez meu pai comprou um conversível. Não me pergunte. Eu tinha cinco anos. Ele o comprou e veio dirigindo até em casa com tanta naturalidade como se estivesse trazendo um balde de cascalho da estrada. Imagine a surpresa de minha mãe. Ela guardava elásticos nas maçanetas das portas. Lavava os sacos plásticos usados e os pendurava no varal para secar, uma fileira de mesquinhas águas-vivas domésticas flutuando ao sol. Imagine ela com uma escova na mão tentando tirar o cheiro de queijo de um saco plástico que já servira pela terceira ou quarta vez quando meu pai aparece com um Chevrolet conversível — usado, mas mesmo assim —, uma paisagem móvel de metal, pára-choques de cromo e algo que parecia um quilômetro de prateada carne de automóvel. Ele vira o carro estacionado no centro da cidade com uma placa de Vende-se e decidira ser o tipo de homem que compra um carro por impulso. Quando ele pára o carro a gente vê que aquela alegria maníaca já começou a se evaporar. O carro já é um constrangimento. Ele pára na entrada da casa com um sorriso congelado que combina com a grade do radiador do Chevrolet.

É claro que o carro tem que ir embora. Minha mãe se recusa a pôr os pés lá dentro. Eu e meu irmão mais velho, Carlton, somos levados para um passeio. Carlton está em êxtase. Eu estou cético. Se nosso pai era capaz de comprar um carro na primeira esquina, que mais ele seria capaz de fazer? Isso transforma ele em quê?

Ele nos leva para o campo. Barraquinhas na beira da estrada transbordam de maçãs. As abóboras derramam sua luz nos gramados das casas de fazenda. Carlton, louco de excitação, fica em pé no banco da frente e tem que ser sentado à força. Eu ajudo. Meu pai agarra Carlton por um lado do seu cinto de caubói com tachas, eu agarro pelo outro. Gosto disso. Sinto-me útil, ajudando a sentar Carlton à força.

Passamos por uma grande fazenda. Suas construções se ancoram num oceano de trigo ondulante, suas ripas de madeira branca se derretem na luz enevoada do fim da tarde. Nós três, até mesmo Carlton, ficamos quietos ao passar. Há algo familiar neste lugar. As vacas pastam, as árvores outonais lançam suas longas sombras. Digo para mim mesmo que somos fazendeiros, e também que somos ricos a ponto de ter um conversível. O mundo estoura de possibilidades. Quando ando de carro à noite, acredito que a lua está me seguindo.

"Chegamos em casa", grito quando passamos pela fazenda. Nem sei o que estou dizendo. É o efeito combinado do vento com a velocidade no meu cérebro. Mas nem Carlton nem meu pai me questionam. Passamos por um silêncio vivo. Tenho certeza naquele momento de que compartilhamos o mesmo sonho. Olho para cima e vejo que a lua, branca e encaixada num céu azul-gás, realmente está nos seguindo. Não demora para que Carlton fique em pé no banco outra vez, berrando no vento, e meu pai e eu o puxamos outra vez, de volta para o santuário daquele carrão.

JONATHAN

Ao anoitecer nos reunimos no gramado cada vez mais escuro. Eu tinha cinco anos. O ar cheirava a relva recém-cortada e os bancos de areia eram luminosos. Meu pai me levava nos ombros. Eu era ao mesmo tempo piloto e prisioneiro da sua enormidade. Minhas pernas nuas fremiam com a lixa do seu rosto áspero, e eu segurava suas orelhas, grandes conchas macias onde vibravam alguns minúsculos pêlos.

O batom e o esmalte da minha mãe pareciam negros no lusco-fusco. Ela estava grávida, começando a aparecer, e a multidão lhe abria caminho. Armamos nosso pequeno acampamento na segunda platibanda, com duas cadeiras dobráveis de alumínio. Levas de gente tinham vindo para a comemoração. A fumaça das churrasqueiras lançava um cheiro acre no ar. Me acomodei no colo do meu pai e ganhei um gole de cerveja. Minha mãe sentou-se, abanando-se com o suplemento infantil de domingo. Acima de nós os mosquitos voejavam no éter violeta.

Naquele 4 de Julho a cidade de Cleveland contratara dois famosos irmãos mexicanos para soltar fogos de artifício no campo de golfe municipal. Esses dois irmãos davam shows pelo mundo inteiro, em festas oficiais e religiosas. Vinham das profundezas do México, onde se assa o pão em forma de caveira e de Virgem Maria e os fogos de artifício são considerados a forma mais elevada de expressão artística do homem.

O show começou antes da primeira estrela. O início não foi nada espetacular. Os dois irmãos aqueciam seu público apresentando alguns números fáceis: flores comuns, duplas e triplas, foguetes em espiral, chuviscos coloridos que deixavam no ar uma orquídea de fumaça descorada. O de sempre. Daí, após uma pausa, eles começaram pra valer. Um foguete subiu bem na vertical, puxando um fio de luz prateada, e no topo do seu arco lançou uma flor púrpura, um lírio flamejante de cinco pétalas, cada uma das quais explodiu em mais um rebento. O público lançou seus ohs! de apreciação. Meu pai me cobriu a barriga com uma enorme mão morena e perguntou se eu estava gostando. Fiz que sim. Debaixo da garganta dele um tufo de pêlos loiros lutava para escapar pela gola da camisa xadrez.

Mais lírios explodiram, vermelhos, amarelos e roxos, com suas hastes prateadas demorando-se no ar. Vieram então as cobras, cuspindo fogo alaranjado, uma dúzia de cada vez, grandes curvas lentas que se encontravam, se entrelaçavam e divergiam, crepitando sem parar. Foram seguidas por enormes e silenciosos flocos de neve, corpos cristalinos do mais puro branco, e depois por uma constelação com o formato da Estátua da Liberdade, de olhos azuis e lábios de rubi. Milhares de pessoas aplaudiam. Lembro da garganta de meu pai, pontilhada de sangue seco, a pele eriçada e frouxa cobrindo um enorme mecanismo que engolia cerveja. Quando eu choramingava com algum estouro mais forte, ou com as brasas coloridas que pareciam cair bem na nossa cabeça, ele garantia que não tínhamos nada a temer. Eu sentia o ronco da sua voz ressoar na minha barriga e nas minhas pernas. Seus braços esguios, cada um dividido por uma única veia preguiçosa, me mantinham firmemente no lugar.

Quero falar sobre a beleza de meu pai. Sei que não é um assunto comum para um homem — quando falamos sobre nossos pais, é mais provável contarmos histórias de coragem, de ira titânica, ou até mesmo de ternura. Mas quero falar da beleza franca e inadulterada de meu pai: a potente simetria dos seus braços loiros, de músculos flexíveis como que esculpidos em freixo bruto; a graça fácil e cadenciada de seus passos largos. Era um homem compacto, de grande dignidade física; um dono de cinema de olhos escuros, apaixonado em silêncio pelos filmes. Minha mãe sofria de dores de cabeça e acessos de ironia, mas meu pai estava sempre alegre, sempre indo a algum lugar, sempre certo de que tudo ia dar certo.

Quando meu pai ia trabalhar, ficávamos só eu e minha mãe. Ela inventava brincadeiras para nós dois, ou requisitava minha ajuda para fazer biscoitos. Não gostava de sair, em especial no inverno, pois o frio lhe dava dor de cabeça. Era uma moça de Nova Orleans, de compleição miúda e movimentos exatos. Casara-se jovem. Às vezes me convencia a sentar à janela ao seu lado, olhando a rua, esperando o momento em que a paisagem congelada se transformasse em algo comum, algo em que ela pudesse confiar tão placidamente quanto as sólidas, alegres matronas de Ohio que pilotavam seus enormes carrões carregados de compras, de bebês, de parentes idosos. Caminhonetes avançavam pela nossa rua como tanques decorados celebrando a vitória em guerras estrangeiras.

"Jonathan", ela cochichava. "Ei, meniniii-nho. No que você está pensando?"

Era uma de suas perguntas prediletas. "Não sei", eu dizia.

"Me conta qualquer coisa", ela dizia. "Me conta uma história."

Eu tinha consciência da necessidade de falar. "Aqueles meninos estão levando o trenó pro rio", falei, quando dois garotos mais velhos do bairro com seus bonés xadrez — garotos que eu adorava e temia — passaram pela nossa casa puxando um Flexible Flyer meio arrebentado. "Eles vão andar de trenó no gelo. Mas precisa tomar cuidado com os buracos. Um menininho caiu e se afogou."

A história não era lá grande coisa. Foi o melhor que consegui arranjar assim de improviso.

Ela perguntou: "Como você sabe?".

Dei de ombros. Eu achava que estava inventando. Às vezes era difícil separar o que tinha acontecido do que poderia ter acontecido.

Ela perguntou: "Essa história te dá medo?".

"Não." Me imaginei deslizando numa vasta extensão de gelo, habilmente evitando os buracos de bordas dentadas onde outros garotos caíam com um pequeno *splash* triste e derrotado.

Ela alisou meu cabelo: "Aqui você está em segurança. Não se preocupe com nada, nada, nadinha. Aqui nós dois estamos na mais perfeita segurança".

Fiz que sim, embora percebesse o tom de incerteza na voz dela. Seu rosto, de queixo severo e nariz pequeno, absorvia a luz crua de inverno que reverberava da rua gelada e ricocheteava de cômodo em cômodo da nossa casa, escavando entalhes no armário, deixando em fogo o prisma da cúpula do abajur.

"Que tal uma história *engraçada*?", ela perguntou. "Numa hora dessas viria bem a calhar."

Falei "OK", embora não conhecesse nenhuma história engraçada. O humor era um mistério para mim — eu só conseguia narrar o que via. Lá fora da nossa janela, miss Heidegger, a velha que morava ao lado, surgiu de sua casa, com um casaco que parecia feito de pêlo de rato. Pegou uma folha de jornal que o vento soprara para o seu quintal e voltou mancando para dentro. Eu sabia pelos comentários particulares de meus pais que miss Heidegger era engraçada. Era engraçada na sua insistência em conservar sua propriedade imaculada e nas suas convicções sobre os comunistas que dirigiam as escolas, a companhia telefônica e a igreja luterana. Meu pai gostava de dizer, numa voz trêmula: "Esses comunistas me mandaram mais uma conta de luz! Pode escrever o que eu digo, eles querem forçar a gente a abandonar a casa". Quando ele dizia algo assim, minha mãe sempre ria, mesmo na época de pagar as contas, quando seu medo se entalhava mais claramente em torno da boca e dos olhos.

Naquele dia, sentado junto à janela, tentei fazer eu mesmo o papel de miss Heidegger. Numa voz aguda e trêmula, não muito diferente da minha própria voz, falei: "Ah, esses comunistas malvados jogaram o jornal bem na frente da minha casa!". Levantei e fui andando com as pernas duras até o meio da sala, onde peguei na mesinha de centro uma revista *Time* e a abanei com força.

"Seus comunistas", gritei com voz rouca. "Vão embora! Parem de obrigar a gente a abandonar a casa!"

Minha mãe riu, deliciada: "Pestinha!".

Cheguei perto e ela me fez um carinho afetuoso na cabeça. A luz da rua iluminava as cortinas de voal, preenchia toda a tigelinha azul-escura de doces na mesinha do canto. Estávamos em segurança.

Meu pai trabalhava o dia todo, vinha para casa jantar e voltava para o cinema à noite. Até hoje não consigo imaginar o que ele fazia durante todas aquelas horas — que eu saiba, administrar um único cinema nada próspero não requer a presença do proprietário de manhã cedo até tarde da noite. Porém meu pai trabalhava todas essas horas, e nem minha mãe nem eu questionávamos o fato. Ele estava ganhando dinheiro, sustentando a casa que nos protegia dos invernos de Cleveland. Era só o que precisávamos saber.

Quando meu pai veio para casa jantar, havia um cheiro gelado colado em seu casaco. Meu pai era grande e inevitável como uma árvore. Quando tirou o casaco, os finos pêlos de seus braços se eriçaram eletricamente no ar cálido e suave da casa.

Minha mãe serviu o jantar que preparara. Meu pai passou a mão na barriga dela, que já estava redonda e sólida como uma bola de basquete.

"Trigêmeos. Vamos precisar de uma casa maior. Dois quartos não vão dar, nem de longe."

"Por enquanto vamos nos preocupar só com a conta do gás", ela disse.

"Mais um ano", ele falou. "Daqui a um ano vamos estar em condição de olhar umas casas."

Meu pai muitas vezes se referia a uma mudança na nossa situação. Se nos arranjássemos de determinada maneira, as coisas certas iriam acontecer. Tínhamos que ter cuidado com nossas atitudes, nossos pensamentos.

"Vamos ver", disse minha mãe em voz baixa.

Ele levantou da mesa e esfregou os ombros dela. Suas mãos lhe cobriam os ombros por completo. Quase poderia rodear o pescoço dela com o polegar e o dedo médio.

Falou: "Trate de se concentrar só na criança. Cuide de sua saúde, só isso. Eu tomo conta do resto".

Minha mãe se submetia às carícias dele, mas não tinha o menor prazer nelas. Eu via isso no seu rosto. Quando meu pai estava em casa, ela ficava com aquele mesmo olhar cauteloso de nossas inspeções da rua. A presença dele a deixava nervosa, como se uma parte do mundo exterior tivesse se enfiado em casa à força.

Meu pai esperou que ela dissesse alguma coisa, que nos conduzisse pela conversa ininterrupta da nossa vida familiar. Sentada na mesa em silêncio, seus ombros estavam tensos sob as carícias dele.

"Bom, acho que já está na hora de voltar para o trabalho", ele falou por fim. "Tchau, filhão. Toma conta da casa."

"OK", falei. Ele me deu um tapinha nas costas e um beijo áspero no rosto. Minha mãe levantou e começou a lavar a louça. Fiquei vendo meu pai esconder seus braços musculosos nas mangas do casaco e voltar para fora.

Mais tarde naquela noite, depois que me puseram na cama, enquanto minha mãe assistia televisão lá embaixo, entrei de mansinho no quarto dela e experimentei seu batom na minha boca. Mesmo no escuro dava para perceber que o efeito puxava mais para a palhaçada do que para o encanto. Mesmo assim, era uma nova versão da minha aparência. Fiz manchas vermelhas com ruge nas bochechas, e tracei a lápis duas sobrancelhas negras sobre as minhas, que eram loiras.

Fui até o banheiro em passos leves. Risadas e música ligeira subiam pela escada. Coloquei o banquinho do banheiro no lugar onde meu pai se barbeava de manhã e subi para me olhar no espelho. Os lábios que eu desenhara eram imensos e informes, as rodelas de ruge carmesim estavam tortas. Eu não era bonito, mas acreditava ter em mim a possibilidade da beleza. Precisaria ter cuidado com minhas atitudes, meus pensamentos. Devagarzinho, atento à dobradiça que rangia, abri o armarinho dos remédios e tirei a lata listrada do Barbasol de meu pai. Eu sabia exatamente o que fazer: sacudir a lata com um movimento brusco e impaciente, espirrar um monte de espuma branca na palma da mão esquerda e aplicá-la estouvadamente, em pródigas quantidades, no queixo e no pescoço. Pôr maquiagem exigia tanta deliberação quanto desarmar uma bomba; barbear-se era um ato apressado e impreciso que produzia pontos escarlates de sangue e deixava montinhos de pêlos — mortos como pele de cobra — dentro da pia.

Depois de passar espuma no rosto, olhei longamente para o espelho, considerando o efeito. Meus olhos enegrecidos brilhavam como aranhas acima da luxuriante espuma branca. Eu não parecia uma mulher, nem tampouco era masculino. Eu era algo totalmente diverso. Havia tantas maneiras diferentes de ser belo.

Minha mãe estava ficando cada vez maior. Numa expedição às compras exigi e obtive uma boneca, um bebê de vinil cor-de-rosa com finos lábios magenta e olhos cor de cobalto que se fechavam quando a gente colocava a boneca bem deitadinha, com o clique definitivo de duas janelas em miniatura. Desconfio que meus pais debateram sobre a boneca. Desconfio que chegaram à conclusão de que ela me ajudaria a lidar com meus sentimentos de exclusão. Minha mãe me ensinou como trocar as fraldas e dar-lhe banho na pia da cozinha. Até meu pai alegava interesse no bem-estar da boneca. "Como vai o nenê?", perguntou ele certa noite logo antes do jantar, quando eu a tirava do banho, dura e esticada.

"Tá bom", respondi. A água vazava das suas juntas. Seu cabelo cor de enxofre, que brotava de fileiras de buracos no seu crânio, tinha um cheiro de suéter molhado.

"Que nenê bonzinho", disse meu pai, alisando a bochecha de borracha rígida com um dedo grandalhão. Fiquei emocionado. Ele gostava do bebê.

"É sim", falei, segurando a coisa sem vida numa grossa toalha branca.

Meu pai se agachou, apoiando-se nas enormes coxas, expelindo um ventinho condimentado pelo seu cheiro. "Jonathan?"

"Hã-hã."

"Você sabe que menino em geral não brinca de boneca, não sabe?"

"É. Sei."

"Essa é sua filhinha, e aqui em casa tudo bem. Mas se você mostrar ela pros outros meninos, pode ser que eles não compreendam. Então é melhor você brincar com ela só aqui. Tá bom?"

"OK."

"Então tá bom." Me deu uma palmadinha no braço. "OK? Você só brinca com ela aqui em casa, certo?"

"OK." Em pé na frente dele, pequeno, segurando a boneca envolta em fraldas, senti minha primeira verdadeira humilhação. Reconheci em mim mesmo uma profunda inadequação, uma tolice. Claro que eu sabia que a boneca era só um brinquedo, e um brinquedo ligeiramente constrangedor. Um brinquedo errado. Como pude acreditar que não era assim?

"Tudo bem com você?", ele perguntou.

"Hã-hã."

"Tá bom. Escuta, tenho que ir andando. Você toma conta da casa."

"Papai?"

"Sim?"

"A mamãe não quer ter bebê."

"Claro que quer."

"Não quer. Ela me falou."

"Jonathan, filhinho, a mamãe e o papai estão muito felizes com o bebê. Você não está feliz também?"

"A mamãe está odiando ter esse bebê. Ela me falou. Ela disse que você quer ter, mas ela não."

Olhei para o seu rosto gigantesco, e percebi que tinha feito algum contato. Os olhos dele brilharam, e o delta de vasos capilares que se espalhava pelo nariz e as faces ganhou um relevo mais nítido, mais vermelho contra a pele branca.

"Não é verdade, filhão. Às vezes mamãe fala umas coisas só da boca pra fora. Acredite em mim, ela está tão feliz de ter o bebê quanto você e eu."

Não falei nada.

"Escuta, estou atrasado. Confia em mim. Você vai ter uma irmãzinha ou um irmãozinho, e nós todos vamos ser loucos por ela. Ou por ele. Você vai ser o irmão mais velho. Tudo vai ser ótimo."

Depois de um momento ele acrescentou: "Toma conta das coisas enquanto estou fora, tá bom?". Alisou meu rosto com o polegar achatado, e saiu.

Naquela noite acordei com o barulho de uma briga cochichada atrás da porta do quarto deles, no final do corredor. As vozes sibilavam. Fiquei deitado esperando — o quê? Logo adormeci de novo, e até hoje não sei se ouvi ou sonhei que ouvi a briga. Às vezes ainda é difícil distinguir o que aconteceu do que poderia ter acontecido.

Quando minha mãe deu à luz, uma noite de dezembro, me deixaram em casa com miss Heidegger, a vizinha. Era uma velha alma desconfiada, de olhos leitosos. As preocupações haviam reduzido seu cabelo a uns parcos fios grisalhos, entre os quais aparecia a curva rósea do crânio.

Enquanto eu via meus pais irem embora de carro, miss Heidegger postou-se atrás de mim, cheirando vagamente a rosas murchas. Quando o carro desapareceu de vista, falei: "Minha mãe não vai ter esse bebê".

"Não?", ela repetiu com voz agradável, sem a menor idéia de como falar com uma criança que começa a dizer coisas estranhas.

"Ela não quer", falei.

"Ah, meu bem, você vai adorar o bebê. Espere só. Quando a mamãe e o papai trouxerem o bebezinho pra casa, você vai ver. Vai ser a coisinha mais linda que você pode imaginar."

"Ela não gosta de ter bebê. A gente não quer o bebê."

Com isso, todo o sangue que restava à pobre miss Heidegger lhe subiu ao rosto, e com um ruge-ruge de roupas foi para a cozinha cuidar do jantar. Depois me serviu alguma coisa fervida e mole de que eu, com minha devoção infantil por comidas insossas, gostei enormemente.

Meu pai telefonou do hospital depois da meia-noite. Miss Heidegger e eu chegamos ao telefone ao mesmo tempo. Ela atendeu e ficou bem ereta no seu roupão azul, fazendo que sim com a cabeça emurchecida. Percebi que alguma coisa estava errada pelos seus olhos, que adquiriram a finura e o brilho de uma camada de gelo sobre o rio logo antes de se derreter, quando é apenas uma lembrança do gelo tardando mais alguns momentos na água faiscante e marrom.

O bebê me seria descrito como um bilhete cancelado, um bolo tirado do forno cedo demais. Só quando adulto fui juntar as peças da verdadeira história do cordão enrolado e da carne lacerada. Minha mãe morreu por quase um minuto, e milagrosamente voltou. Quase todo o útero teve que ser tirado. O bebê, uma menina, vivera o suficiente para dar um único balido na luz fluorescente da sala de parto.

Imagino que meu pai não estava em condições de falar comigo. Deixou por conta de miss Heidegger, que desligou o telefone e ficou parada na minha frente com uma expressão de confusão aterrorizada como a que, imagino, usamos para saudar a própria morte. Eu sabia que alguma coisa terrível tinha acontecido.

Ela sussurrou: "Ah, coitados, coitada dessa gente. Ah, coitadinho desse menininho".

Embora eu não soubesse exatamente o que tinha acontecido, senti que a ocasião era de dor. Tentei me sentir inconsolável, mas na verdade estava animado e até contente com a oportunidade de agir bem numa situação ruim.

"Bem, não se preocupe, meu querido", disse miss Heidegger. Havia um legítimo horror na sua voz, um subtom molhado de gargarejo. Tentei levá-la até uma cadeira e descobri, para meu espanto, que ela me obedecia. Corri para a cozinha e lhe trouxe um copo d'água, que é o que eu achava que a gente oferece a uma pessoa em estado de agitação emocional.

"Não se preocupe, vou ficar com você", disse ela enquanto eu arranjava um descanso para o copo e o colocava na mesinha. Ela tentou me puxar para o seu colo mas eu não tinha nenhum interesse em sentar lá. Continuei em pé ao seu lado. Ela me acariciou o cabelo e eu alisei os magros, complicados ossos do seu joelho coberto pela saia de flanela.

Ela disse desarmada, quase perguntando: "Ah, ela tinha tanta saúde. Parecia absolutamente ótima".

Mais ousado, peguei entre as mãos a velha mão dela, frágil, quebradiça.

"Ah, coitadinho. Não se preocupe, eu estou aqui."

Continuei em pé junto dela, segurando os ossos da sua mão. Ela sorriu para mim. Haveria alguma ponta de prazer no seu sorriso? Provavelmente não; desconfio que foi minha imaginação. Com delicadeza eu alisava sua mão. Ficamos assim um bom momento, encurvados, firmes e vagamente satisfeitos, como um par de solteironas que aprenderam a encontrar consolo no insondável sofrimento do mundo.

Minha mãe voltou mais de uma semana depois, reservada e meio tímida. Tanto ela como meu pai olharam a casa como se ela fosse uma novidade, como se lhes tivessem prometido algo mais grandioso. Na ausência de minha mãe, miss Heidegger instituíra um cheiro próprio seu, composto daquele perfume aguado de rosas e o do aroma de comidas diferentes. Apertou a mão de meus pais e saiu discretamente, apressada. Era como se tivesse sido informada em particular de que a qualquer momento a casa ia pegar fogo.

Depois que ela foi embora, tanto meu pai como minha mãe se ajoelharam e me abraçaram. Me rodearam, quase me sepultaram, com sua carne e seus cheiros vivos, bem conhecidos.

Meu pai chorava. Nunca antes ele derramara uma única lágrima na minha presença e agora chorava extravagantemente, imensos soluços cheios de catarro que se entalavam na sua garganta com um som de encanamento entupido. Experimentalmente, coloquei a mão no seu braço. Ele não a afastou, nem me repreendeu. Seus pêlos pálidos rompiam ásperos entre os meus dedos.

"Tudo bem", sussurrei, embora não acredite que ele me ouvia no meio da choradeira. "Tudo bem", falei de novo, a plena voz. Minhas tentativas de tranqüilizá-lo não surtiram nenhum efeito.

Dei uma olhada para minha mãe. Ela não estava chorando. Seu rosto estava não só sem cor como também sem expressão. Era como se ela fosse um corpo vazio, esperando aturdida que lhe infundissem uma alma humana. Mas quando sentiu meu olhar ela conseguiu, com os braços fortes, como uma sonâmbula, me puxar para o seu peito. Seu abraço me pegou desprevenido, e perdi o contato com o braço de meu pai. Enquanto minha mãe esmagava meu rosto nas dobras do seu casaco, perdi meu pai de vista por completo. Me senti puxado para as profundezas do casaco da minha mãe. O casaco inundava meu nariz e orelhas. O som dos lamentos de meu pai tornou-se abafado e remoto enquanto eu era impelido cada vez mais fundo para dentro das roupas de minha mãe, atravessando a camada externa do frio em direção ao núcleo perfumado, com seu cheiro familiar. Resisti um momento, tentei voltar para meu pai, mas ela era forte demais. Desapareci. Deixei meu pai, e me entreguei à mágoa mais voraz de minha mãe.

Depois disso ela ficou mais relutante do que nunca em sair de casa. Às vezes pela manhã me levava para sua cama e ali ficávamos, lendo ou assistindo televisão, até o meio da tarde. Jogávamos, contávamos histórias. Eu achava que sabia o que estávamos fazendo juntos naqueles longos dias presos em casa. Estávamos treinando para uma época em que meu pai não mais estaria conosco; em que seríamos apenas nós dois.

Para ver minha mãe rir eu fazia imitações, embora já não me sentisse inclinado a imitar miss Heidegger. Passei a imitar minha mãe, o que às vezes a fazia dar altas gargalhadas. Eu punha seus lenços e chapéus e falava numa versão minha do seu sotaque de Nova Orleans, que tornava meio sulista e meio do Bronx. Arrastando a voz, eu dizia: "O que você tá pensando? Hein, Xuxuzinho? Me conta uma história!".

Ela sempre ria até seus olhos brilharem de lágrimas. "Querido, você nasceu pra ser ator. Que tal a gente te pôr no palco? Você pode sustentar sua mãezinha na velhice."

Quando finalmente levantávamos, ela se vestia às pressas e se punha a cozinhar e limpar, implacável como uma artista.

Meu pai já não lhe massageava os ombros quando chegava em casa à noite. Não estalava beijos exagerados e sonoros na sua testa ou na ponta do nariz. Não conseguia. Um campo de força se erguera em torno dela, transparente e sólido como vidro. Eu o via erguer-se quando meu pai voltava para casa, com os cheiros exuberantes do mundo exterior agarrados ao casaco. Quando o campo de força estava armado, minha mãe não parecia diferente — seu rosto continuava esperto e levemente febril, seus movimentos precisos como os de um cirurgião enquanto ela punha na mesa o jantar perfeito que preparara —, mas não se podia tocá-la. Nós sabíamos, meu pai e eu, com uma certeza visceral que era ainda mais real por ser inexplicável. Minha mãe tinha poderes. Jantávamos (ela cozinhava cada vez melhor, alcançava picos cada vez mais elaborados), conversávamos sobre coisas costumeiras, e meu pai jogava um beijo na nossa direção quando se preparava para voltar ao mundo exterior.

Certa noite no fim da primavera acordei com o barulho de uma briga de verdade. Meus pais estavam no andar de baixo. Mesmo com raiva controlavam a voz, de modo que só uma ou outra palavra ou frase chegava até meu quarto. O efeito era de duas pessoas gritando dentro de um saco grosso. Escutei meu pai dizer "*castigo*", e quase um minuto inteiro depois minha mãe respondeu "o que *você* quer... uma coisa... *egoísta*".

Fiquei deitado no escuro, ouvindo. Depois escutei passos — do meu pai — subindo a escada. Achei que ia entrar no meu quarto e fingi um sono elaborado, angélico, a cabeça no centro do travesseiro e os lábios entreabertos. Mas meu pai não veio até mim. Em vez disso, foi para o quarto que compartilhava com minha mãe. Ouvi quando ele entrou, e não ouvi mais nada.

Minutos se passaram. Minha mãe não foi atrás dele. A casa estava quieta, cheia de um silêncio gélido, invernal, apesar das folhas dos lilases que roçavam, escuras, a janela. Fiquei cuidadosamente deitado na minha cama, sem saber o que era esperado e o que era permitido numa noite assim. Achei que iria apenas adormecer de novo, mas isso se recusava a acontecer.

Por fim levantei da cama e segui pelo corredor até o quarto dos meus pais. A porta estava entreaberta. A luz que vinha da lâmpada de cabeceira — uma luz rosa-dourada tingida pelo quebra-luz de pergaminho — rebrilhava com certo peso na semi-escuridão do corredor. Da cozinha ouvi minha mãe quebrando nozes-pecã, uma série de estalos agudos, musicais.

Meu pai estava atravessado na cama de casal, numa atitude de abandono refinado, quase recatado. Seu rosto estava voltado para a parede, onde se via uma rua de Paris azul e verde, sem ninguém passando, numa moldura prateada. Um braço pendia da borda do colchão, os dedos grandes balançando, extravagantes. Seu peito subia e descia com o ritmo constante do sono.

Fiquei parado na porta um certo tempo, considerando minha posição. Esperava que ele me ouvisse, que erguesse os olhos e começasse a se preocupar com o fato de que eu fora perturbado. Quando manteve sua postura na cama, entrei no quarto sem ruído. Era o momento de falar alguma coisa, mas eu não conseguia pensar em nada para dizer. Achava que minha simples presença faria acontecer a próxima coisa. Olhei em volta. No quarto havia duas escrivaninhas gêmeas, com a maquiagem e os perfumes de minha mãe arrumados numa bandeja de madrepérola. Havia o espelho com sua moldura de carvalho, mostrando um retângulo de papel florido da parede oposta. De mãos vazias, sem nenhuma oferenda, fui até a cama e cautelosamente toquei o cotovelo de meu pai.

Ele levantou a cabeça e me olhou como se não me reconhecesse; como se tivéssemos nos encontrado uma vez, há muito tempo, e agora tentasse lembrar o meu nome. Seu rosto quase parou meu coração. Por um momento pareceu que realmente nos deixara; seu aspecto paternal se recolhera e em seu lugar havia apenas um homem, grande como um carro mas inexpressivo e descuidado como uma criancinha, capaz de qualquer coisa. Fiquei ali no súbito clarão da sua nova estranheza, sorrindo tímido em meu pijama amarelo.

Mas ele se forçou a voltar. Tornou a ocupar seu rosto e colocou uma mão gentil no meu ombro. Sussurrou: "Ei, o que você está fazendo aí acordado?".

Dei de ombros. Até hoje, como adulto, não consigo lembrar quando foi que não parei para pensar antes de falar a verdade.

Ele podia ter me levantado e me levado para o lado dele na cama. Esse gesto poderia ter nos salvo aos dois, pelo menos no momento. Eu ansiava dolorosamente por isso. Teria dado qualquer coisa que imaginasse possuir, nas minhas mais ávidas fantasias, para que ele me puxasse para a cama e me abraçasse, como tinha me abraçado enquanto o céu explodia lá em cima na festa de 4 de Julho. Mas ele devia estar constrangido por ter sido apanhado brigando. Agora era um homem que tinha acordado o filho ao gritar com a mulher e depois se atirara na cama em diagonal como uma adolescente de coração partido. Poderia vir a tornar-se outras coisas, mas sempre seria isso também.

Daí ele falou: "Volte para a cama", numa voz mais ríspida do que talvez fosse sua intenção. Acho que ele tinha esperança de que a situação ainda pudesse ser desfeita. Se ele agisse com bastante energia, poderíamos voltar no tempo e recosturar a trama do meu sono. Eu acordaria de manhã com nada mais que sonhos vagamente relembrados.

Eu não quis ir. Estava firmemente decidido a consolá-lo. Meu pai me mandou voltar para a cama e eu fiquei birrento e petulante. Estava à beira das lágrimas, o que esgotou sua paciência. Eu queria que ele exigisse minha presença. Precisava saber que pela minha bondade e perseverança saíra vitorioso na longa batalha pelo seu amor.

"Jonathan. Vamos, Jonathan."

Deixei que ele me levasse de volta para o meu quarto. Eu não tinha opção. Ele me pegou no colo e pela primeira vez não exultei com seu toque ou seu cheiro picante, a ampla curva da sua testa lustrosa. Naquele momento passei a conhecer a reticência de minha mãe, a reserva da sua compleição delicada. Eu treinara imitá-la e agora, na pressa do momento, era só o que sabia fazer. Se meu pai esfregasse meus ombros cansados eu ficaria tenso; se entrasse de repente trazendo neve eu pensaria nervosamente no colapso do meu suflê de espinafre.

Ele me pôs na cama com razoável ternura. Me cobriu, me disse para fechar os olhos e dormir. Não agiu mal. Mesmo assim, furioso, escorreguei da cama e corri pelo quarto até meu baú de brinquedos. Sentimentos desconhecidos zuniam nos meus ouvidos, me deixavam tonto. "Jonathan", disse meu pai com aspereza. Quis me pegar, mas eu era mais rápido. Remexi até o fundo do baú, sabendo exatamente aonde chegar. Agarrei a boneca pela perna escorregadia de borracha e apertei-a nos braços com força.

Ele hesitou, curvado sobre minha cama pequenina. Na cabeceira, um coelho de desenho animado dançava eufórico em meio a flores rosadas de quatro pétalas.

"É minha", falei num tom quase histérico de insistência. O chão do meu quarto parecia instável debaixo dos meus pés, e eu me agarrava à boneca como se ela e só ela pudesse me impedir de perder o equilíbrio e escorregar.

Meu pai abanou a cabeça. Foi a única vez, em minha lembrança, em que sua bondade falhou. Ele desejara tanto, e o mundo estava encolhendo. Sua esposa o evitava, seus negócios não iam bem e seu único filho — não haveria outros — gostava de bonecas e de brincadeiras tranqüilas dentro de casa.

"Poxa vida, Jonathan!", berrou. "Caramba! Mas que diabo acontece com você? *Que diabo*?"

Fiquei mudo. Eu não tinha resposta para essa pergunta, mesmo sabendo que se esperava alguma resposta.

"É minha", era só o que conseguia oferecer. Apertava tanto a boneca no peito que seus cílios duros me espetavam através do pijama.

"Muito bem", ele disse mais baixo, num tom derrotado. "Muito bem. É sua." E saiu.

Ouvi ele descer, pegar o casaco no armário do corredor. Ouvi minha mãe não lhe dizer nada na cozinha. Ouvi quando ele fechou a porta da frente, com uma cautela e uma deliberação que implicavam algo definitivo.

Voltaria de manhã, depois de dormir no sofá do seu escritório no cinema. Após um período constrangedor retomaríamos nossa vida normal de família, reencontraríamos nossa alegria. Meu pai e minha mãe inventariam um relacionamento cordial, brincalhão, que não envolvia beijos nem brigas. Começariam a viver juntos com a familiaridade fácil e casta de dois irmãos adultos. Ele não me faria mais perguntas irrespondíveis, mas aquela sua estranha pergunta continuaria estralando lá no fundo da minha cabeça como uma conexão elétrica defeituosa. A comida da minha mãe ficaria famosa. Em 1968 nossa família seria fotografada para o suplemento dominical do *Post* de Cleveland: minha mãe cortando uma torta de camarão enquanto meu pai e eu olhávamos, orgulhosos, cheios de expectativa e impecavelmente vestidos.

BOBBY

Na época morávamos em Cleveland, bem no centro dos acontecimentos. Eram os anos 60 — nossos rádios cantavam o amor o dia inteiro. Isso naturalmente virou história. Aconteceu antes da falência da cidade de Cleveland, antes de seu rio pegar fogo. Éramos quatro. Minha mãe e meu pai, Carlton e eu. Carlton fez dezesseis anos no ano em que eu fiz nove. Entre nós dois houve vários irmãos e irmãs, fracas flamas apagadas no ventre de nossa mãe. Não somos uma linhagem frutífera nem muito ramificada. O nome da nossa família é Morrow.

Meu pai era professor de música do ginásio. Minha mãe lecionava para crianças chamadas "excepcionais", o que significa que algumas eram capazes de dizer em que dia da semana vai cair o Natal no ano 2000 mas não se lembravam de abaixar as calças para fazer xixi. Morávamos numa área chamada Woodlawn — casas térreas ou sobrados bem arrumadinhos, pintados de cores otimistas. Nosso terreno era vizinho a um cemitério. Atrás do nosso quintal havia uma ravina sufocada pelo mato, e atrás da ravina o campo de lápides lisas, polidas. Cresci junto ao cemitério, e não me importava. Às vezes ele era belo. Um único anjo de pedra, uma mulher-anjo de seios pequenos e ar decidido, elevava-se em meio a estátuas mais conservadoras perto da nossa casa. Mais adiante, numa seção mais rica, mesquitas e partenons em miniatura falavam silenciosamente a Cleveland das duradouras realizações do homem. Quando garotos Carlton e eu brincávamos no cemitério e, com um pouco mais de idade, ali fumávamos baseados e bebíamos Southern Comfort. Eu era, graças a Carlton, o garoto de nove anos criminalmente mais avançado da minha classe do quarto ano primário. Eu saía por aí. E não tomava nenhuma atitude sem o seu conselho.

Eis Carlton vários meses antes da sua morte, numa hora tão vívida de neve que a terra e o céu são identicamente brancos. Avança com esforço entre as lápides e eu corro atrás, mordido pela neve, seguindo a luz do seu boné de lã vermelha. Carlton tem o cabelo puxado para trás num rabo de cavalo elegante e econômico, um cone perfeito. À sua moda, é parcimonioso.

Tomamos um ácido aquela manhã no desjejum, com o suco de frutas. Ou melhor, Carlton tomou um ácido e eu, devido a minha pouca idade, tive permissão para tomar meio. Esse ácido se chama "pára-brisa". Está para a clareza da visão assim como o Vick Vaporub para descongestionar o nariz. Nossos pais estão trabalhando, ganhando o pão de cada dia. Saímos lá fora no frio para que a casa, quando voltarmos, nos choque com seu calor e retidão. Carlton acredita em choques.

"Acho que tá batendo", digo alto. Carlton está com sua jaqueta de camurça, tão usada que ficou lustrosa. Nas costas, por cima das omoplatas, sua namorada costurou um olho azul-elétrico. Enquanto caminhamos, falo para dentro do olho, "Acho que tou sentindo alguma coisa".

"Ainda não", responde Carlton. "Relaxa, Frisco. Quando chegar a hora você vai saber."

Estou empolgado e aterrorizado. O negócio é sério. Carlton já tomou ácido meia dúzia de vezes, mas eu sou calouro. Enfiamos as pílulas na boca no café da manhã, enquanto minha mãe fritava o bacon. Carlton gosta de correr riscos.

A neve se amontoa nas letras gravadas nas lápides. Eu me inclino contra o vento, tentando decidir se tudo à minha volta parece estranho por causa da droga ou porque é realmente estranho. Três semanas antes, uma família do outro lado da cidade estava sentada em casa assistindo televisão quando um avião monomotor caiu em cima deles. A neve rodopia à nossa volta, parecendo cair de baixo para cima, não só de cima para baixo.

Carlton mostra o caminho até nosso esconderijo, um corredor ladeado por pilares que dá num túmulo coletivo. Esse túmulo é um palácio. Cupidos de pedra se aglomeram no teto pontiagudo, com asas atrofiadas, congeladas, e rostos de mulher. Sob o teto há uma galeria ao fundo da qual portas de ferro fundido levam à casa dos mortos propriamente dita. No verão essa galeria é fresca. No inverno bloqueia o vento. Ali guardamos uma garrafa de Southern Comfort.

Carlton localiza a garrafa, abre a tampa e vira um bom gole, bem demorado. Na sua roupa se incrustam flocos de neve. Me passa a garrafa e tomo um gole mais moderado. Mesmo no inverno, o túmulo tem cheiro de musgo. Folhas mortas e um papel de embrulho amarelo da M & M, espicaçado pelo vento, arranham o chão de mármore.

"Tá com medo?", Carlton pergunta.

Faço que sim. Nunca me ocorre mentir para ele.

"Não fique com medo, cara. O medo ferra com a pessoa. As drogas não vão te fazer mal se você não sentir medo."

Faço que sim. Ficamos ali abrigados, passando a garrafa. Eu me apóio na certeza de Carlton como se ela irradiasse calor.

"Em Woodstock a gente pode tomar ácido o tempo todo", eu digo.

"Isso aí. A Nação Woodstock. Uau."

"Tem gente que *mora* lá de verdade?"

"Meu, pára de perguntar isso. O show já acabou, mas tem gente que continua lá. É a nova nação. Tenha fé."

Eu faço que sim outra vez, satisfeito. Há um país diferente para a gente viver. Eu mesmo já sou uma nova pessoa, rebatizada de Frisco. Meu antigo nome era Robert.

"A gente vai tomar ácido o tempo todo", digo.

"Melhor acreditar que sim." O rosto de Carlton, cercado de neve e mármore, está aceso. Seus olhos brilham como neon. Alguma coisa neles me diz que ele enxerga o futuro, um fantasma que paira sobre a cabeça de todo mundo. No futuro de Carlton todos nós ficaremos livres de empregos e escolas. Esperando nós todos, e em breve, há uma radiante, perfeita simplicidade. Uma vida entre as árvores na beira do rio.

"E aí, cara, como você está se sentindo?"

"Ótimo", respondo, e é a pura verdade. Pombas decolam em algazarra de uma árvore de galhos nus e giram no mesmo instante, seu aço se transformando em prata na luz que a neve sopra. Sei nesse momento que a droga está agindo. Tudo diante de mim se transformou repentinamente, radiantemente, em si mesmo. Como será que Carlton sabia que isso iria acontecer? "Ah", murmuro. A mão dele pousa no meu ombro.

"Relaxa, Frisco. Não tem nada, nadinha no mundo pra se ter medo. Eu tou aqui."

Não estou com medo. Estou atônito. Não tinha percebido até este momento como tudo é real. Vejo um galhinho no mármore aos meus pés, com um cacho de frutinhas marrons. A ponta lascada é crua, branca, carnosa. As árvores vivem.

"Estou aqui", diz Carlton outra vez, e está mesmo.

Horas depois estamos os dois esparramados no sofá na frente da televisão, normais como Wally e Beav. Minha mãe faz o jantar na cozinha. Uma tampa de panela bate, metálica. Somos agentes à paisana. Tento disfarçar meu espanto.

Meu pai está montando um relógio de pêndulo que veio num kit. Quer ter alguma coisa para deixar para nós, alguma coisa para passarmos adiante. Dá para ouvi-lo no porão, serrando e martelando. Eu sei o que repousa nos seus cavaletes — uma caixa comprida de madeira tosca, onde ele cola frisos ornamentais. Uma única pérola de suor lhe serpenteia pela testa enquanto ele trabalha. Hoje descobri minha capacidade de enxergar de uma só vez todos os aposentos da casa, de saber cada coisinha que acontece. Um camundongo rói-que-rói dentro da parede. Fios elétricos se enrodilham por trás do gesso, ocultos e impacientes como cobras.

"Shhh", digo para Carlton, que não falou nada. Está vendo televisão pelos vãos dos dedos. Tiros pipocam. As balas tiram pó de cimento de um paredão. Não tenho a menor idéia do que estamos assistindo.

"Meninos?", nossa mãe chama da cozinha. Consigo, com meus novos ouvidos, ouvi-la bater a carne moída na pia, fazendo hambúrgueres. "Ponham a mesa como bons cidadãos."

"OK, mãe", responde Carlton numa esplêndida imitação de normalidade. Nosso pai martela no porão. Escuto bater o coração de Carlton. Ele me dá uma palmadinha na mão, para me garantir que tudo está perfeito.

Pomos a mesa, colher garfo faca, guardanapos de papel dobrados em triângulo. Sabemos os movimentos de cor. Depois que terminamos faço uma pausa para observar o papel de parede da sala de jantar: uma fazenda dourada, com montanhas ao fundo. Vacas pastam, árvores outonais projetam uma sombra dourada. Essa cena se repete três vezes, em três paredes.

Carlton sussurra: "Zap. Zzzzzuum".

"Fizemos tudo certo?"

"Fizemos tudo perfeitamente, filhote. E como é que vai você?" Ele me dá uma batidinha de leve na cabeça.

"Tudo perfeito, acho." Olho fixo o papel de parede como se quisesse entrar dentro dele.

"Você acha? Só acha? Cara, eu e você estamos indo para outros planetas. Vem até aqui."

"Aonde?"

"Aqui. Vem aqui." Ele me leva até a janela. Lá fora a neve dança, nervosa e prateada, sob as lâmpadas da rua. Casas em estilo campestre armazenam seu calor, sangram luz na neve que vai se acumulando. É uma rua de Cleveland. É a nossa rua.

"Meu, nós dois vamos voar", Carlton murmura no meu ouvido. Ele abre a janela. A neve entra, faiscando no tapete. Ele me diz: "Voa", e nós voamos. Por um momento nos projetamos para cima e para fora, com o vento da noite negra soprando na nossa cara — nos erguemos acima do tapete, um grosso tapete de lã e poliéster cor de chocolate, ficamos uma lasquinha de centímetro acima dele. Doce glória. Esse é o segredo do vôo — a gente tem que voar imediatamente, antes de o corpo perceber que está desafiando as leis. Juro, juro até o dia de hoje.

Sabemos que tiramos uma licença temporária da terra. Nenhum dos dois acha que há nisso algo de notável, não mais que o fato de que os aviões às vezes caem do céu ou que nós dois sempre vivemos nesses aposentos e logo iremos deixá-los. Voltamos a pousar. Carlton toca meu ombro.

"Espera só, Frisco. Estão acontecendo milagres. Milagres mesmo, de foder."

Faço que sim. Ele abaixa a janela, que se fecha hermeticamente com um barulho de sucção. Da vidraça fria e negra, nossos rostos nos devolvem nosso olhar. Atrás de nós, minha mãe coloca os hambúrgueres na frigideira que chia. Meu pai se curva sobre sua tarefa embaixo de uma lâmpada, preparando a longa caixa em que vai colocar o mecanismo do relógio, o pêndulo, o mostrador. Um avião zune lá em cima, invisível nas nuvens. Nervoso, olho de lado para Carlton. Ele sorri para me tranqüilizar e me dá um apertão na nuca.

Março. Depois do degelo. Estou andando pelo cemitério, pensando na minha interminável vida. Uma das belezas de morar em Cleveland é que qualquer direção dá a impressão de progresso. Já decorei o mapa. Pelos meus cálculos estamos a 560 quilômetros de Woodstock, estado de Nova York. Neste dia novo e frio estou caminhando para leste, para onde eu e Carlton guardamos nossa garrafa. Vou dar um trago logo cedo, para comemorar meu brilhante futuro.

Quando chego ao nosso esconderijo ouço gemidos baixos vindos de trás do túmulo. Fico imóvel, pesando minhas opções. O som é uma longa expiração de agonia com uma chicotada no fim, um dó agudo final, algo como "uuuuuuUu". Um uivo de lobo de trás para a frente. O que me faz decidir pela investigação e não pela fuga é a necessidade de fazer uma história. Nas histórias de que meu irmão mais gosta, as pessoas sempre fazem a coisa mais tola, mais arriscada. Descubro que posso tomar decisões dessa maneira, pensando que sou uma personagem de uma história contada por Carlton.

Vou me esgueirando pelo lado do monumento, cauteloso como um texugo, colado ao mármore. Espio por cima do ombro feminino de um querubim. O que descubro é Carlton deitado no chão com sua namorada, numa mistura confusa de roupas e carne nua. A jaqueta de Carlton, a do olho bordado, está pendurada na lápide, montando guarda.

Me agacho atrás da estátua. Consigo ver os braços nus da garota e o relevo bem conhecido das costas de Carlton. Os dois gemem juntos na grama seca do inverno. Embora eu não consiga distinguir a expressão da garota, o rosto de Carlton se retorce, faz caretas, os tendões do pescoço se tensionam. Eu nunca imaginara que a experiência pudesse ser dolorosa. Observo, tentando aprender. Seguro-me nas asas frias do querubim.

Não demora para que Carlton me aviste. Seus olhos vagueiam em êxtase por um breve momento na direção do céu, e onde vão pousar senão na cabecinha do seu irmão, que se projeta ao lado da cabeça de um querubim? Enlaçamos nosso olhar e passamos um momento de mútua deliberação. A garota continua agarrada às costas magricelas de Carlton. Ele decide sorrir para mim. Decide dar uma piscada.

Saio de lá tão depressa que arranco torrões de terra. Vou me esquivando entre as sepulturas, pulo a ravina, passo a cerca e entro na santidade do nosso quintal, com balanço e mesa de piquenique. Alguma coisa naquela piscadela. Meu coração bate acelerado como o de uma andorinha.

Entro na cozinha e encontro minha mãe lavando frutas. Ela pergunta o que está acontecendo. Respondo que nada. Absolutamente nada.

Ela suspira ao ver a imperfeição de uma maçã. Nas cortinas, estampas de chaleiras azuis. Minha mãe lava a maçã com uma escova. Ela acredita que as maçãs vêm recobertas de veneno.

Ela pergunta: ''Cadê o Carlton?''.

''Não sei.''

''Bobby?''

''Hã?''

''O que está acontecendo, você pode me dizer?''

''Nada.'' Meu coração atinge o ritmo de um beija-flor, mais zumbido que batida.

''Pois eu acho que alguma coisa está acontecendo. Dá pra você responder a uma pergunta?''

''OK.''

''Seu irmão está tomando drogas?''

Relaxo um pouco. Drogas, só isso. Sei por que ela está perguntando. Ultimamente há carros de polícia rondando a nossa casa. Param, anotam, seguem, deslizando como tubarões. Batidas pelo bairro. Carlton é famoso nestas bandas.

Respondo: ''Não''.

Ela me encara com a escova numa mão, a maçã na outra. ''Você não ia mentir para mim, ia?'' Ela sabe que há alguma coisa no ar. Seus nervos percorrem a casa. Ela sente a poeira pousando no tampo das mesas, o leite começando a talhar na geladeira.

Respondo: ''Não''.

Ela suspira. ''Alguma coisa está acontecendo.'' É uma mulher pequena, eficiente, que olha para as coisas como se elas emitissem uma luz dolorosa. Foi criada numa fazenda em Wisconsin e passou a infância amarrando esteios de feijão, preocupando-se com o sol e a chuva. Ainda está tentando superar o hábito de ter expectativas modestas.

Saio da cozinha, fingindo súbito interesse pelo gato. Minha mãe vem atrás, segurando a escova. Sua intenção é arrancar a verdade de mim na base das escovadas. Sigo o gato, sigo seu negro rabo ereto e seu ânus rosado.

''Não saia enquanto falo com você!''

Continuo andando, só para ver até onde consigo ir, chamando ''Gatinho, gatinho, gatinho''. No hall de entrada, o relógio feito pelo meu pai bate a meia hora. Vou na direção do relógio. Consigo chegar até a planta de plástico quando ela me agarra pelo colarinho.

"Falei para você não sair!", e me dá um belo cascudo com a escova. Depois me puxa a orelha, que começa a tinir de dor. O gato desaparece, rápido como uma semicolcheia.

Fico ali um minuto, para ela ver que captei a mensagem. Depois continuo andando. Ela me bate de novo, desta vez atrás da cabeça, com tanta força que fico vendo cores. Ela dá um berro: "Quer *parar*?". Mesmo assim continuo andando. Nossa casa vai de oeste para leste. A cada passo chego mais perto da fazenda de Yasgur.

Carlton volta para casa assobiando. Minha mãe o trata como um hóspede que já ficou além da conta. Ele não liga. Está perdido em otimismo. Dá uma palmadinha na bochecha dela e a chama de "Professora". Ele a trata como se ela fosse inofensiva, e é isso mesmo que ela é.

Ela nunca bate no Carlton. Suporta-o do mesmo modo que as garotas da fazenda suportam um corvo ladrão, com um ressentimento tão antigo e interminável que chega às raias da reverência. Ela lhe dá uma maçã bem escovada e lhe diz o que vai fazer se ele sujar o tapete de lama.

Estou esperando no nosso quarto. Ele entra e traz consigo o cheiro do cemitério — neve velha e úmidas agulhas de pinheiro. Levanta os olhos para mim, dá uma dentada na maçã. "O que há de novo, Frisco?"

Estou largadão na cama, tentando arrancar um *riff* à la Bob Dylan da minha gaita. Sempre achei que de blefe em blefe eu seria capaz de atingir a sabedoria. Ofereço a Carlton um digno aceno de cabeça.

Ele desmonta na cama. Vejo uma flor de açafrão, a primeira do ano, grudada na sola de borracha da sua bota negra.

"Bem, Frisco. Hoje você já é homem."

Faço que sim outra vez. Então é só isso?

"*Iau*!" Carlton ri, satisfeito consigo mesmo e com o mundo. "Foi tão perfeito."

Vou tirando o máximo que consigo de "Blowin' in the wind".

Carlton diz: ''Meu, quando vi você ali espionando a gente pensei, agora *sim*. Agora *eu* estou aqui de verdade. Sabe o que eu quero dizer?''. Ele acena para mim com o miolo da maçã.

''Hã-hã.''

''Frisco, foi a primeira vez que nós transamos, eu e ela. Quer dizer, a gente já tinha conversado. Mas na hora que a gente resolve mesmo, lá está você. O meu irmão. Como se você *soubesse*.''

Faço que sim, e desta vez é de verdade. O que aconteceu foi uma aventura que tivemos juntos. Certo. A história começa a fazer sentido.

''Ah, Frisco. Vou encontrar uma garota para você também. Você já tem nove anos. Essa sua virgindade já está durando muito.''

''É mesmo?''

''*Meu*! Vamos encontrar pra você uma mulher da sexta série, alguém com um pouco de experiência. Vamos dar uma bola e transar todo mundo, debaixo das árvores lá no cemitério. Cara, eu quero estar presente quando você for deflorado. Nessas você vai precisar de um irmão.''

Estou prestes a perguntar, com o máximo de naturalidade possível, qual é a relação entre o amor e a dor física, quando a voz da minha mãe vem cortando pelo quarto: ''Pronto, você sujou o tapete inteiro de lama!''.

Segue-se um qüiproquó de família. Minha mãe traz meu pai, que pára na porta junto com ela, avaliando os fatos. É um homem que já foi bonito. Seu rosto se desgastou com o excesso de paciência. Ultimamente ele vem adquirindo uns toques esportivos — um cavanhaque, botas de camurça.

Minha mãe aponta a trilha lamacenta de meias-luas que vão desde a porta até a cama de Carlton. Balançando sobre o pé da cama estão as duas culpadas, as próprias, voluptuosamente enlameadas, tendo ainda dentro os pés criminosos de Carlton.

''Está vendo?'', diz ela. ''Está vendo só o que ele pensa de mim?''

Meu pai, um homem razoável, sugere que Carlton limpe a sujeira. Minha mãe acha esse gesto muito pequeno. Quer que Carlton não tivesse sujado a casa. ''Não estou pedindo muito. Não pergunto aonde ele vai. Não pergunto por que a polícia de repente está tão interessada na nossa casa. Só peço que ele não espalhe lama pelo chão da casa inteira. Só isso.'' Ela aperta os olhos com o fulgor da própria indignação.

"Melhor limpar tudo", diz meu pai para Carlton.

"Só isso?", diz minha mãe. "Ele limpa a sujeira e está tudo perdoado?"

"Bem, você quer que ele faça o quê? Que vá lambendo o chão?"

"Eu quero um pouco de consideração", diz ela virando-se impotente para mim. "É isso o que eu quero."

Dou de ombros, perdido no lance. Percebo o problema da minha mãe, mas não estou no time dela.

"Tudo bem", diz ela. "Não vou mais me incomodar em limpar a casa. Vou deixar tudo por conta de vocês homens. Vou ficar sentada vendo televisão e jogando papel de bala no chão."

Ela sai do quarto, cortando o ar como uma lâmina. Na saída apanha um copo cheio de lápis, olha dentro e atira os lápis no chão. Eles caem como varetas de cartomancia, em pares e cruzes.

Meu pai vai atrás dela, chamando-a pelo nome. Seu nome é Isabel. Escutamos os dois andando pela casa, meu pai chamando, "Isabel, Isabel, Isabel", enquanto minha mãe, satisfeita com o modo como os lápis caíram, vai atirando outras coisas no chão.

"Espero que ela não quebre a TV", eu digo.

"Ela vai fazer o que precisa fazer", diz Carlton.

"Odeio ela", digo. Não tenho certeza disso. Quero testar o som da frase, para ver se é verdade.

"Ela tem mais colhões do que qualquer um de nós, Frisco. Olha lá como você fala dela."

Fico quieto. Logo me levanto e começo a apanhar os lápis, porque prefiro isso a ficar jogado na cama tentando seguir as linhas mutantes da lealdade. Carlton vai pegar uma esponja e começa a limpar a lama.

"Quem enche o tapete de merda tem que limpar", diz ele. "Muito simples."

Passou o momento das minhas perguntas sobre o amor, e não sou careta a ponto de forçar um assunto. Sei que ele vai vir à baila outra vez. Faço um belo buquê de lápis. Minha mãe anda pela casa esbravejando.

Mais tarde, depois que ela já jogou bastantes objetos no chão e nós três já apanhamos tudo, deito na minha cama pensando nas coisas. Carlton está no telefone com a namorada, falando baixo. Minha mãe, acalmada mas ainda perigosa, faz o jantar. Enquanto cozinha ela canta uma canção suave dos anos 40 que deve ter tocado em tudo quanto é *jukebox* quando o avião do seu primeiro marido caiu no Pacífico. Meu pai toca clarineta no porão. É lá que ele estuda música, lá embaixo no meio das suas ferramentas de marcenaria, martelos e sovelas organizados e pendurados na parede lançando sombras descomunais na luz da única lâmpada. Colando o ouvido no chão consigo ouvi-lo, tirando da clarineta um longo gemido grave de gato vadio. Há um estranho consolo em colar o ouvido no tapete e escutar a música de meu pai vazando pelos tacos do assoalho. Deitado, com o ouvido no chão, acompanho com a minha gaita.

Naquela primavera meus pais dão uma festa para comemorar a volta do sol. Foi um longo, amargo inverno e agora as primeiras margaridas silvestres já vão furando os gramados e surgindo entre as sepulturas.

As festas de meus pais são festas de gente bem. Os amigos deles, todos professores, trazem jarras de vinho e violões. São os prafrentex de Ohio. Embora tenham empregos e paguem a hipoteca da casa, consideram-se espíritos independentes em missão de espionagem. Concordaram em representar o papel de professores até conseguirem escrever seus romances, terminar suas dissertações, ou apenas economizar o suficiente para se libertarem.

Eu e Carlton somos os lacaios. Guardamos os casacos, vamos buscar os drinques. Fizemos isso em todas as festas desde pequenos, aproveitando nossa precocidade, representando a cena dos dois irmãos. Conhecemos bem os lances. Uma mulher grandalhona de batom que dedicou a juventude à matemática da nona série me chama de mister Certinho. Um vice-diretor assistente, de chapéu de pele em estilo russo, pergunta a nós dois se vamos votar nos democratas ou nos socialistas. Surrupiando um gole aqui e outro ali, consigo ficar meio alto.

Entretanto, a respeitabilidade da noite se descarrila na metade da festa com meia dúzia de amigos de Carlton. Eles batem na porta e vou atender, ansioso como uma figura de parque de diversões para ver quem vai ser o próximo a entrar e engolir a ilusão de que sou um bondoso e sóbrio menino de nove anos. Estou esperando adultos ingênuos e quem vejo senão um bando de jovens fora-da-lei, de grandes botas e cabelos desgrenhados. A garota de Carlton está na frente, com uma roupa feita quase inteiramente de franjas.

"Oi, Bobby", diz ela confiante. Ela é de Nova York, e sua esperteza transcende os parâmetros locais.

"Oi." Deixo todos eles entrarem, embora sinta uma vontade retroativa de trancar a porta e chamar a polícia. Três são garotas, quatro rapazes. Passam por mim numa nuvem de maconha e saudações de soslaio.

O que eles fazem é invadir a festa. Carlton está do lado oposto da sala, pegando o próximo disco, e a garota dele passa pelo meio de um bolo de gente e vai direto para o seu lado. Ela tem a compleição óssea e os movimentos soltos e líquidos que algumas pessoas consideram bonitos. Atravessa a sala como se tivesse sido enviada para dar uma lição na festa inteira.

A cara de Carlton me diz que tudo foi planejado. Minha mãe insiste em saber o que está acontecendo. Está com um longo vestido vermelho-escuro que deixa seus ombros livres. Quando ela se veste bem a gente percebe o que há nela, ou o que havia. Ela é responsável pela beleza de Carlton. Eu tenho o rosto do nosso pai.

Carlton fala alguma coisa depressa. Embora minha mãe seja contra, os invasores recebem permissão para ficar. Um deles, uma espécie de Eddie Haskell cabeludo e todo vestido de couro, lhe diz que ela está bonita. Ela ouve de boa vontade.

Assim os fora-da-lei, devidamente sancionados pela casa, começam a se entrosar na festa. Vou chegando para o lado de Carlton, o lado que não está ocupado por sua garota. Eu gostaria de dizer alguma coisa irônica e esperta, algo que possa me unir a Carlton contra todas as outras pessoas da sala. Até sinto a forma do comentário que tenho em mente, mas, como não passo de um garoto de nove anos meio bêbado, não consigo fazer minha boca pronunciá-lo. O que eu digo é: "Porra, meu".

A garota de Carlton ri. Ela acha divertido um menininho falar "porra". Eu gostaria de lhe dizer o que já descobri sobre ela, mas tenho nove anos e estou encharcado de Tom Collins. Mesmo sóbrio, só consigo fazer comentários ferinos na imaginação.

Carlton me diz: "Espera só, Frisco. Isso aqui ainda pode virar uma festa de verdade".

Vejo pela luz dos olhos dele o que está acontecendo. Ele armou um encontro-surpresa entre os seus amigos e os amigos dos nossos pais. É um lance tipo Woodstock — ele já planeja um futuro em que jovens e velhos fazem coisas juntos. Concordo em aguardar os acontecimentos e vou até a cozinha, na esperança de descolar mais uns goles de gim.

Ali encontro meu pai apoiado na geladeira. Uma fileira de ímãs em forma de borboleta paira em torno da sua cabeça. ''Está gostando da festa?'', ele pergunta, alisando o cavanhaque. Ainda está se acostumando a ser um homem de barba.

''Hã-hã.''

''Eu também'', ele diz com tristeza. Ele nunca teve intenção de ser professor de música de ginásio. Foi atropelado pelo problema do dinheiro.

''O que você acha dessa música?'', ele pergunta. Carlton pôs os Rolling Stones na vitrola. Mick Jagger canta ''19th nervous breakdown''. Meu pai faz um gesto largo que abrange a sala, a festa, a casa inteira — tudo que a música atinge.

''Eu gosto.''

''Eu também.'' Ele mexe o drinque com o dedo, e chupa o dedo.

''Eu *adoro* essa música'', digo, alto demais. Alguma coisa em meu pai me leva a levantar a voz. Tenho vontade de agarrar punhados de música no ar e enfiá-los na boca.

''Não tenho certeza de poder dizer que adoro'', diz ele. ''Não, não tenho certeza. Eu diria que tenho uma reação amigável às suas intenções. Diria que se essa é a direção em que a música está indo, não sou eu que vou atrapalhar.''

''Hã-hã.'' Já estou ansioso para voltar para a festa, mas não quero magoar seus sentimentos. Se ele sente que alguém o está evitando, tem ataques de pedir desculpas mais aterrorizantes que os ataques de raiva da minha mãe.

''Acho que tenho sido muito rígido com meus alunos'', diz meu pai. ''Quem sabe no verão vocês dois me ensinam alguma coisa sobre a música que as pessoas estão ouvindo hoje em dia.''

''Claro'', digo bem alto. Passamos um minuto esperando mais alguma coisa para dizer.

Ele pergunta: ''Vocês garotos estão felizes, não estão? Estão gostando da festa?''.

''A gente tá se divertindo à beça.''

''Achei mesmo que estavam. Eu também estou.''

A essas alturas já me coloquei a um pulo da porta. ''Bom, então tchau'' — e mergulho de volta na festa.

Alguma coisa aconteceu durante minha pequena ausência. A festa começou a rolar. Digamos que foi um acidente da história e do clima. Os amigos de Carlton estão se comportando decentemente e os amigos de meus pais decidiram abandonar um pouco suas boas maneiras tipo vinho-e-folclore para ver o que podem aprender. Carlton está dançando com a mulher do vice-diretor. Frank, um amigo de Carlton com cara de criança velha e QI 60, dança com minha mãe. Vejo que meu pai me seguiu quando saí da cozinha. Ele se posiciona na beirada da festa; eu pulo bem no meio. Convido para dançar a professora de matemática com sua boca fúcsia. Ela fica superfeliz. Ela é grande e graciosa como um carro alegórico, e eu a vou guiando sem esforço bem para o centro. Minha mãe, conhecida na escola toda por sua disciplina siciliana, dança livremente, o que é uma novidade para todos. Não há como evitar a sua beleza.

A noite se eleva cada vez mais alto. Cria-se um clima de loucura. Carlton joga uma nova música no toca-discos — Janis Joplin, The Doors, Grateful Dead. O futuro brilha para todos, rico com a possibilidade de mais noites exatamente como esta. Até meu pai sofre pressão para dançar, coisa que ele faz como um pássaro sem vôo, agitando os braços contra a barriga protuberante. Mesmo assim, dança. Minha mãe lhe sopra um beijo.

Finalmente cabeceio no sofá, feliz com os drinques. Sonho que estou voando quando minha mãe vem e toca meu ombro. Sorrio para o seu rosto corado, sorridente.

"Sua hora de dormir já passou há muito tempo", diz ela, toda de veludo maternal. Eu concordo. Não posso negar o fato.

Ela continua sacudindo meu ombro. Demoro alguns momentos para apreender o fato de que ela realmente deseja que eu saia da festa e vá dormir. Digo "Não".

Ela sorri. "Sim."

"Não", digo cordialmente, experimentalmente. Essa nova mãe é capaz de dançar, e de flertar. Quem sabe o que mais ela poderia permitir?

"Sim." Sem nenhum veludo maternal na voz. Ela está falando sério, sério como sempre. Saio de lá, desta vez sem desculpas. Tenho exatamente nove anos e estou fugindo da minha hora de dormir como fugiria da morte.

Corro para o Carlton buscando proteção. Ele está rindo com sua garota, um ponto de interrogação de cabelo suado grudado na testa. Me agarro nele com tanta força que ele quase cai por cima de mim.

"Poxa, Frisco." Ele me pega por debaixo dos braços e me dá um rodopio. Minha mãe me puxa das mãos dele e me põe de volta no chão com um belo agarrão na nuca estilo fazendeira.

"Dê boa-noite, Bobby." E acrescenta para a garota de Carlton: "Ele já devia estar na cama antes de a festa começar".

Berro "*Não*!". Tento me libertar, mas minha mãe me agarra com tanta força que daria para quebrar uma noz.

A garota de Carlton sacode o cabelo para trás e diz "Boa noite, *baby*". Dá um sorriso vitorioso. Afasta o cabelo da testa de Carlton.

"*Não*!", berro de novo. Algo na maneira como ela toca o cabelo dele. Minha mãe chama meu pai, que vem, me agarra e sai da sala comigo, me segurando como uma bomba-relógio, que é o que sou. Antes de sair enlaço meu olhar com o de Carlton. Ele dá de ombros e diz "B'a noite, cara". Meu pai me empurra para fora. Não enfrento a coisa com bravura. Saio chutando para todo lado, furioso demais para chorar, babando um fio gosmento de saliva de criança terrível.

Mais tarde me deito sozinho na minha cama estreita, sentindo a música vibrar nas molas do colchão. A vida estoura e se abre bem ali, na nossa casa. As pessoas estão mudando. Amanhã, ninguém será exatamente o mesmo. Como eles podem me deixar perder isso? Tenho devaneios de vingança contra meus pais, e, pior ainda, contra Carlton. Ele é que podia ter me salvado. Podia ter se bandeado comigo contra eles. O que eu não posso perdoar é aquele seu dar de ombros, aquele seu "B'a noite, cara", de olhos mansos. Ele se uniu aos adultos. Se fez maior, e tomou de mim um pouco de tamanho. Enquanto The Doors atacam "Strange days", espero que alguma coisa horrível lhe aconteça. Digo isso para mim mesmo.

Lá pela meia-noite, o retardado do Frank anuncia que viu um disco voador pairando em cima do quintal. Sua voz grave, excitada, chega até o meu quarto. Ele diz que parece uma nuvem luminosa, pulsante. Ouço metade da festa saindo pela porta de vidro, um bolo de gente desorganizada e barulhenta. Naquelas alturas todo mundo está num tamanho delírio que um disco voador seria justamente de se esperar. Tanta comemoração logicamente atrairia uma felicidade correspondente, vinda do outro lado das estrelas.

Saio da cama e vou me esgueirando pelo corredor. Não vou perder os visitantes do espaço por causa de ninguém, mesmo com o risco da ira da minha mãe ou da decepção do meu pai. Mas paro no fim do corredor, constrangido por estar de pijama. Se de fato existem seres extraterrestres, eles vão pensar que sou o membro mais ínfimo da casa. Enquanto hesito, pensando se devo voltar para o meu quarto e trocar de roupa, as pessoas começam a voltar para dentro da sala, falando de uma ilusão provocada pela neblina e um avião. As pessoas voltam a dançar.

Carlton deve ter pulado a cerca dos fundos. Com certeza quis estar lá sozinho, singular, caso decidissem levar alguém. Algumas noites depois, vou sair e parar ali onde ele deve ter parado. Do lado de lá da ravina, agora um rio inchado de neve derretida, o cemitério vai reluzir como uma cidade perdida. A lua estará cheia. Vou ficar parado ali bem como Carlton deve ter ficado, hipnotizado pela luz prateada nas pedras, o anjo branco levantando os braços sobre o rio.

Segundo meus pais, o mistério é por que ele voltou para casa correndo a toda. Alguma coisa no cemitério pode tê-lo assustado, talvez ele precisasse quebrar o encanto, mas acho mais provável que quando caiu em si ele simplesmente não viu a hora de voltar para a música e para as pessoas, para a barulhenta desordem da vida em seu curso contínuo.

Alguém fechou a porta de vidro. A namorada de Carlton olha para fora preguiçosamente, em contato com seu próprio reflexo. Eu também olho. Carlton vem correndo para casa. Hesito. Então imagino que ele vai bater o nariz. Vai ser uma boa piada em cima dele. Deixo ele continuar vindo. Sua namorada o vê através de seu próprio reflexo e dá um grito de alarme bem quando Carlton bate no vidro.

É uma explosão. Triângulos de vidro voam brilhantes pela sala. Penso que para ele deve ser mais surpresa do que dor, como bater na água caindo de uma grande altura. Ele pisca os olhos um momento. A festa inteira pára, olha, se reorienta. Bob Dylan canta "Just like a woman". Carlton levanta uma mão curiosa para tirar um caco de vidro enfiado no seu pescoço, e é aí que o sangue começa a correr. O sangue espirra. Minha mãe dá um grito agudo. Carlton dá um passo à frente para os braços da sua namorada e os dois caem juntos. Minha mãe se joga em cima dele e da garota. As pessoas começam a gritar suas frases de bom senso em acidentes. Deixa ele no chão. Chama a ambulância. Eu fico olhando lá do corredor. O sangue de Carlton jorra aos borbotões, ensopando o tapete, esborrifando as roupas das pessoas. Minha mãe e meu pai tentam tapar a ferida com as mãos, mas o sangue simplesmente esguicha entre os dedos deles. Carlton parece perplexo, como quem não consegue acompanhar o desenrolar dos acontecimentos. "Tudo bem", diz meu pai, tentando estancar o sangue. "Tudo bem, não se mexa, está tudo bem." Carlton faz que sim, e segura a mão do meu pai. Seus olhos ganham uma luz espantada. Minha mãe berra: "Alguém está *fazendo* alguma coisa?". Aquilo que sai de Carlton vai ficando mais escuro, quase preto. Eu olho. Meu pai tenta segurar o pescoço de Carlton enquanto Carlton continua tentando segurar a mão dele. O cabelo da minha mãe está emplastrado de sangue. Fios de sangue escorrem pelo seu rosto. A garota de Carlton o puxa para o seu peito, toca seu cabelo, cochicha no seu ouvido.

Quando a ambulância chega ele já se foi. Vimos sua vida se escoando. Quando seu rosto fica todo lasso minha mãe solta um uivo. Uma parte dela voa uivando pela casa toda, e ali continuará a uivar em fúria para todo o sempre. Sinto minha mãe passar através de mim quando sai. Ela cobre o corpo de Carlton com o seu.

Carlton é enterrado no cemitério atrás da casa. Anos se passaram — estamos vivendo no futuro, e acabou sendo diferente do que tínhamos planejado. Nossa mãe estabeleceu sua vida em separado atrás da porta do quarto de hóspedes. Meu pai quando passa murmura suas saudações para a porta.

Uma noite de abril, quase um ano depois do acidente de Carlton, escuto pés cautelosos se arrastando pela sala depois da meia-noite. Saio ansioso, pensando em fantasmas, mas encontro apenas meu pai num pijama cor de mariposa. Ele olha inseguro para o ar negro à sua frente.

"Oi, pai", digo da soleira da porta.

Ele olha na minha direção. "Sim?"

"Sou eu. Bobby."

"Ah, Bobby. O que você está fazendo aí acordado, rapaz?"

"Nada. Papai?"

"Sim, filho."

"Não é melhor você voltar para a cama?"

"Quem sabe é melhor. Eu só vim tomar um gole de água, mas acho que me perdi na escuridão. É, quem sabe é melhor mesmo."

Pego sua mão e o levo pelo corredor até o seu quarto. O relógio de pêndulo bate um quarto de hora.

"Desculpa", diz meu pai.

Eu o ponho na cama. "Pronto. Tá bom assim?"

"Perfeito. Não podia ser melhor."

"Tá bem. Boa noite."

"Boa noite. Bobby?"

"Ah-hã?"

"Por que você não fica mais um minuto? A gente podia ter uma conversa, você e eu. Que tal?"

"Tudo bem." Sento na beira da cama. O relógio da mesa-de-cabeceira vai tiquetaqueando os minutos.

Ouço o ruído cavo, rascante da sua respiração. Em torno da nossa casa, a noite de Ohio zune, cricrila. O túmulo de Carlton, um dedo cinzento, se projeta entre os outros, sob a mirada dos olhos brancos e vazios do anjo. Lá em cima aviões e satélites relampejam. Agora mesmo tem gente voando para Nova York ou Califórnia, prestes a assumir uma vida de risco e invenção.

Fico no quarto até meu pai conseguir entrar num sono tartamudeante.

A namorada de Carlton mudou-se para Denver com a família um mês antes. Nunca fiquei sabendo o que foi que ela cochichou para ele. Embora ela se controlasse de maneira admirável durante o acidente, depois se descontrolou. Chorou tanto no enterro que teve que ser levada embora pela mãe — uma versão mais velha e mais ruiva dela. Começou a ir a um psiquiatra três vezes por semana. Todos, inclusive meus pais, falaram sobre como foi duro para ela, naquela idade, segurar nos braços um rapaz moribundo. Sou grato a ela por ter segurado meu irmão enquanto ele morria, mas nunca a ouvi mencionar, nem uma única vez, o fato de que, embora tivesse passado por algo terrível, pelo menos ainda estava viva e passeando por aí. Pelo menos ela se protegera tentando avisá-lo. Compreendo como é intrincada a sua dor. Mas, enquanto ela morava em Cleveland, nunca consegui olhar para ela direto no rosto. Não consegui falar sobre as feridas que ela sofreu. Não consigo nem mesmo escrever o nome dela.

JONATHAN

Naquele mês de setembro a nossa classe da sétima série congregou as turmas de diversas escolas primárias dispersas e juntou-as num único ginásio centralizado — um edifício colossal de tijolos amarelos, com o nome da escola escrito sobre a entrada principal em letras de alumínio de quase um metro de altura, letras severas e espartanas como meus receios mais profundos sobre a vida que se levava lá dentro. Eu já ouvira os comentários: quatro horas de lição de casa à noite, certas aulas dadas inteiramente em francês, brigas de navalha no banheiro. Era o fim da infância.

No primeiro dia, na hora do almoço, um garoto com o cabelo castanho-escuro chegando quase até os ombros ficou atrás de mim e do meu amigo Adam na fila da cafeteria. Estava esmolambado, desgrenhado: uma legítima emanação do perigoso coração da escola.

O garoto falou: "Ei".

Eu não tinha certeza se ele estava falando comigo, com o Adam ou com alguma outra pessoa nos arredores. Seus olhos, vermelhos e aguados, pareciam focalizar algo surpreendente que pairava junto aos nossos pés.

Fiz sim com a cabeça. Pareceu-me um meio-termo decente entre meu medo de parecer esnobe e meu terror de parecer ansioso demais. Eu tinha tomado certas decisões sobre minha nova vida. Adam, um garoto com corpo de barril parecendo um comerciante, que eu conhecia desde a segunda série, esfregava uma manchinha invisível na camisa xadrez engomada. Era filho de um taxidermista e possuía uma precoce desconfiança do desconhecido.

Avançávamos devagar na fila, segurando bandejas de plástico amarelo.

"Que espelunca, hein?", disse o garoto. "Quer dizer, assim, quanto tempo vocês vão ficar aqui?"

Decididamente isso foi dirigido a nós, embora seu olhar ainda não tivesse subido para encontrar nossos olhos. Agora eu tinha uma justificativa para olhar para ele. Seu rosto era largo e simpático, com um nariz afilado ligeiramente bipartido na ponta e um maxilar quadrado que sugeria sangue índio. Ele tinha auréolas de penugem loira no lábio superior e no queixo.

"Pro resto da vida", disse eu.

Ele fez que sim, contemplativo, como se eu tivesse dito algo curioso e instigante.

Um momento se passou. Adam teria atravessado a conversa fingindo uma surdez bem-educada. Eu lutava para ficar frio. O silêncio pegou e se manteve — um desses silêncios amistosos, prolongados, que se abrem numa conversa casual com estranhos e permitem que cada membro retorne, incólume, à familiaridade da sua própria vida. Adam dirigiu sua atenção para o início da fila, como se ali estivesse ocorrendo algo delicioso e sem precedentes.

Mas então, esquecendo minha decisão, caí num dos hábitos da minha vida antiga, uma das deficiências pessoais que eu já prometera deixar para trás.

Comecei a falar.

"É, quer dizer, o negócio é esse mesmo, não é? Até agora tudo foi assim meio fácil, quer dizer, a gente era *criança*. Não sei de que escola você veio, mas lá na Fillmore a gente tinha recreio, quer dizer, *hora do lanche*, meu, e agora, poxa, tem uns caras aqui que a minha cabeça cabe na palma da mão deles. Eu ainda não fui no banheiro, mas ouvi dizer que lá dentro tem um pessoal da oitava série esperando aparecer alguém da sétima e cada vez que vem alguém eles agarram o cara pelos pés e enfiam a cabeça dele na privada. Você ouviu falar disso?"

Adam, impaciente, puxou um fiapo do colarinho. Minhas orelhas começaram a arder.

"Não, meu", disse o estranho depois de um momento. "Não ouvi falar nada disso. Eu fumei um baseado antes da terceira aula e não tive nenhum problema."

Em seu tom de voz não havia nenhum subtexto de ironia. Nessas alturas já tínhamos chegado até o balcão da comida, onde uma mulher de cara vermelha servia macarrão com uma concha de pegar sorvete.

"Bom", falei, "talvez não seja verdade. Mas sabe como é, esse lugar aqui é jogo duro. Ano passado mataram um garoto aqui."

Adam olhou para mim com impaciência, como se eu fosse uma nova mancha surgida no peito da sua camisa. Eu abandonara minha segunda decisão. Não só estava matraqueando, estava começando a contar mentiras.

O garoto disse: ''Ah, é?''. Pelo jeito, achou minha declaração interessante mas nada de excepcional. Usava uma camisa azul desbotada e uma jaqueta de couro marrom com as mangas cheias de franjas sujas.

''É, sim'', falei. ''Um cara novato, da sétima série. Saiu em tudo que é jornal. Ele era, assim, meio gordo. E meio retardado. Estava sempre com uma pasta, e prendia os óculos com um elástico preto. Então ele apareceu por aqui e uns caras da oitava série começaram a encher o saco dele. No começo, sabe como é, só ficaram provocando, e com certeza iam acabar se cansando e deixando ele em paz se o cara tivesse a inteligência de ficar de boca fechada. Mas ele tinha um gênio péssimo, esse garoto. E quanto mais eles provocavam, mais ele foi ficando puto.''

Íamos caminhando na fila, acumulando tigelinhas de milho, caixinhas de leite e quadrados de bolo amarelo com cobertura de açúcar. Sentamos juntos sem ter decidido isso formalmente, apenas porque a história do garoto assassinado ainda não terminara. Fui esticando a história durante quase toda a hora do almoço. Não omiti nenhum detalhe das torturas da gangue, que iam num crescendo — os óculos roubados, a bomba no armário, o gato morto enfiado na pasta da vítima —, nem da raiva do infeliz garoto, impotente, cada vez maior. Adam alternava — um pouco me ouvia, um pouco fitava as pessoas sentadas nas outras mesas, com o jeito direto e desinibido de quem acredita que sua total falta de importância o torna invisível. Tínhamos terminado o macarrão e o milho e íamos começar o bolo quando a vítima conseguiu sua vingança, sob a forma de um fio esticado e quase invisível, na altura do pescoço, atravessando de lado a lado a trilha onde os garotos mais velhos andavam de *mountain bike*. Quando acabamos a sobremesa, ele estragou o serviço — não amarrou direito o arame nos troncos das árvores —, e estávamos a caminho da nossa próxima aula quando a polícia o encontrou flutuando na caixa d'água, com seus óculos novos ainda presos com elástico.

Fomos caminhando juntos, os três, para a sala onde eu e Adam íamos ter aula de matemática. Nós dois tínhamos combinado assistir o máximo de aulas juntos. Terminei a história na porta da sala.

"Poxa, meu", disse o garoto novo. Abanou a cabeça e não falou mais nada.

"Meu nome é Jonathan Glover", falei.

"Eu sou, hã, Bobby Morrow."

Depois de um momento, Adam disse "Adam Bialo?", como se não tivesse certeza se um nome assim mereceria crédito. Era a primeira vez que ele dizia alguma coisa.

"Bom, até mais", falei.

"Tá. Falou, meu, depois a gente se vê."

Foi só quando ele virou as costas que eu vi o olho azul desbotado costurado nas costas da jaqueta.

"Esquisito", disse Adam.

"Hã-hã."

"Pensei que você não ia mais contar mentiras. Achei que você tinha feito um juramento."

Na verdade, nós tínhamos trocado promessas. Eu iria abandonar meu hábito de contar histórias, e ele ia parar de examinar suas roupas à cata de imperfeições.

"Foi uma história fantasiosa. É diferente de uma mentira."

"Esquisito. Você é tão esquisito quanto ele."

"Bom", respondi com certa satisfação, "quem sabe sou mesmo."

"Com certeza. Não tenho dúvida."

Ficamos ali por um momento, vendo o olho bordado do garoto se afastar pelo hall cor de areia. "*Esquisito*", repetiu Adam, e havia uma verdadeira indignação na sua voz, uma ferrenha insistência na responsabilidade permanente do mundo no sentido de observar as regras do asseio e da modéstia. Um dos atrativos de Adam sempre fora sua qualidade de bom companheiro — um companheiro exasperado, mas, no fim das contas, sempre disposto. Seu jeito vago, sua falta de curiosidade me faziam parecer mais exótico do que eu era; na sua companhia eu podia ser o atrevido. Enquanto eu narrava mentalmente nossas aventurazinhas, imaginava Adam como um híbrido de Becky Thatcher e Sancho Pança, enquanto eu era Huck, Tom e Nancy Drew, todos juntos. Na opinião de Adam, nadar pelado ou roubar uma barra de chocolate era chegar ao limite, limite que eu ficava felicíssimo de ultrapassar. Ele me ajudava a realizar meu ideal romântico, embora ultimamente eu estivesse desconfiado de que nossas escapadas criminosas eram de uma mediocridade patética, e de que Adam não me acompanharia em águas mais profundas.

* * *

No dia seguinte, na hora do lanche, Bobby estava nos esperando. Ou melhor, deu um jeito de aparecer de novo na fila logo atrás de nós. Tinha um talento especial para dar às suas ações uma qualidade aleatória — sua vida, vista a distância, pareceria pouco mais que uma série de coincidências. Não exercia nenhuma vontade visível. E no entanto, graças a algum truque de seus olhos vagos, lá estava ele conosco na fila outra vez.

Ele falou: "Oba". Hoje seus olhos estavam ainda mais vermelhos, mais desfocados e ramelentos.

Falei: "Oba". Adam inclinou-se para puxar um fio solto na barra da calça de veludo.

"Dia dois, meu", disse Bobby. "Só faltam mil e quinhentos. Uau."

"É verdade?", perguntei. "Ainda faltam mil e quinhentos dias de escola? Quer dizer, essa conta é pra valer?"

"Hã-hã. Quer dizer, um pouco mais, um pouco menos."

"Poxa, como a coisa vai aumentando, hein? Dois anos aqui, mais quatro no científico e quatro na faculdade. Meu! Mil e quinhentos dias."

"Cara, eu não estava contando a *faculdade*." Sorriu, como se a idéia de fazer faculdade fosse grandiosa e ligeiramente absurda — uma visão colonialista de talheres prateados rebrilhando na selva.

"Isso aí, meu", falei.

Mais uma vez, o silêncio se abriu. Mais uma vez, desafiando a feroz concentração de Adam na frente da fila — onde a mulher de cara vermelha servia uns triângulos marrons cheios de calda —, comecei uma história. Hoje falei de uma universidade nova, experimental, que ensinava aos alunos tudo de que eles iriam precisar para sobreviver no mundo: como viajar barato, como tocar blues no piano, como reconhecer o verdadeiro amor. Não era lá uma grande história — eu era um mentiroso apenas razoável, não brilhante. Minha técnica para inventar derivava mais da persistência que da inspiração. Eu contava mentiras como Groucho Marx contava piadas, empilhando uma em cima da outra na esperança de que minha simples pertinácia lançaria sobre o conjunto uma luz de credibilidade.

Bobby escutava absorto, sem críticas. Não insistia na diferença entre o crível e o absurdo. Algo no seu jeito sugeria que todas as manifestações terrenas — desde as metades de pêssego flutuando em seus laguinhos de calda até minha história sobre a universidade que exigia que os alunos passassem uma semana em Nova York sem dinheiro nenhum — eram igualmente insólitas e divertidas. Naquela época eu ainda não compreendia bem o efeito exercido por mais de quatro baseados por dia.

Tudo o que ele fazia era ouvir, dar um sorriso vago, e contribuir de vez em quando com um "É" ou um "Uau!".

Mais uma vez ele sentou e comeu conosco. Mais uma vez nos acompanhou até nossa aula de matemática.

Depois que ele foi embora, Adam disse: "Ontem eu errei. Você é *mais* esquisito que ele".

Adam e eu levamos menos de um mês para perceber que nossa amizade já era uma recordação de infância. Fizemos algumas tentativas de levá-la conosco para o futuro, pois à nossa maneira um tanto irritada, de mútua desaprovação, tínhamos nos amado genuinamente. Tínhamos contado segredos; tínhamos trocado promessas. Mesmo assim, chegara a hora de cada um deixar o outro de lado. Quando sugeri certa tarde que roubássemos da loja de discos o novo álbum de Neil Young, ele me olhou com um desprezo de guarda-livros, não tanto por minha desonestidade imediata mas por toda uma vida desordenada, aleatória, que eu estava construindo. Falou então, "Você nunca nem *ouviu* Neil Young". "Meu", falei, e abandonei a esfera de seus hábitos cautelosos, alfabetizadores, para chegar perto de uns ginasianos de cabelos compridos que conversavam sobre Jimi Hendrix, de quem eu nunca ouvira falar. Roubei *Electric Ladyland* depois que Adam, com um suspiro de virtude exausta, já saíra da loja.

Não consumamos a separação sem rancores ou recriminações. Eu tinha um novo amigo de imediato, e ele não. Nossa conversa final ocorreu no ponto de ônibus diante da escola numa cálida manhã de outubro. A luz do outono caía de uma abóbada celeste azul-pólvora, onde boiava aqui e ali uma nuvem tão densa e gorda que parecia cheia de leite. Chamei Adam, que esperava o ônibus com uma turma de garotos, e mostrei-lhe o que tinha trazido: duas pílulas amarelo-claro roubadas do armarinho de remédios da minha mãe.

Ele perguntou: "Que que *é* isso?".

"O vidro dizia Valium."

"Que é isso?"

"Não sei. Acho que é um tranqüilizante. Toma. Vamos tomar e ver o que acontece."

Ele me olhou perplexo. "Tomar uma pílula dessas? Agora?"

"Ei, cara", sussurrei. "Fala baixo."

"Tomar e ir pra *escola*?", ele perguntou mais alto.

"Isso aí. Vamos nessa."

"Mas a gente nem sabe o que essas pílulas fazem."

"Pois então, esse é o jeito de descobrir. Vamos nessa. Minha mãe toma, não pode ser ruim."

"Sua mãe é *doente*."

"Não é mais doente que a maioria das pessoas." As pílulas, dois disquinhos amarelos do tamanho da cabeça de um prego, estavam na palma da minha mão, refletindo a luz suburbana. Para terminar a discussão, peguei uma e engoli.

"Esquisito", disse Adam com tristeza. "*Estranho*." Afastou-se de mim e foi ficar com os outros esperando o ônibus. Tivemos nossa próxima conversa depois de doze anos, quando ele apareceu com a esposa, saindo da semi-escuridão avermelhada de um bar de hotel em Nova York, e me contou sobre sua lavanderia, especializada nos serviços mais difíceis: vestidos de casamento, renda antiga, tapetes que tinham praticamente se casado com a poeira das décadas. Ele parecia, na verdade, perfeitamente satisfeito.

Enfiei a segunda pílula de volta no bolso e passei a manhã numa felicidade modorrenta que combinava com o calor do dia. Quando vi Bobby na hora do lanche, sorrimos e dissemos "Ei, cara" um para o outro. Dei para ele a pílula do Adam. Ele aceitou, enfiando na boca com simples gratidão e sem fazer perguntas. Aquele dia não contei nenhuma história; mal falei. Descobri que para Bobby ficar em silêncio ao meu lado era tão divertido quanto me ouvir falar.

"Gosto dessas botas", falei quando ele se sentou pela primeira vez no chão do meu quarto, enrolando um baseado. "Onde você arranjou? Quer dizer, espera aí, esse é o tipo de pergunta que não se faz, não é? Bom, de qualquer forma, eu acho essas suas botas superlegais."

"Obrigado", disse ele fechando o baseado com uma lambida habilidosa. Eu nunca tinha fumado maconha, embora afirmasse que fumava regularmente desde os onze anos.

"Parece coisa boa", comentei sobre o saquinho de plástico que ele tirou do bolso da jaqueta, cheio de uma erva dourada e verde.

Ele acendeu: "Bom — sabe como é — tudo bem". Não havia nenhum desprezo em suas sentenças truncadas, apenas embotamento e perplexidade. Seu ar hesitante era o de um amnésico lutando para se lembrar.

"Gosto do cheiro", falei. "Acho melhor abrir a janela. Caso minha mãe chegue."

Concluí com naturalidade que precisávamos de inimigos comuns sob a forma do governo dos Estados Unidos, nossa escola, meus pais.

"Ela é legal, sua mãe."

"É, tudo bem."

Ele me passou o baseado. Claro que tentei segurar de uma maneira elegante, profissional. Claro que na primeira tragada engasguei tanto que quase vomitei.

Ele falou: "Esse aí é bem forte". Pegou de volta o baseado, deu uma graciosa tragada e me devolveu sem mais comentários. Sufoquei de novo e depois que me recuperei ganhei o baseado pela terceira vez, como se de fato fosse tão experiente quanto fingia ser. Na terceira vez me saí um pouquinho melhor.

E assim, sem admitir minha inexperiência, Bobby começou a me ensinar os hábitos da época.

Ficávamos juntos todos os dias. Foi o tipo de amizade impetuosa, repentina, própria dos que são jovens, solitários e ambiciosos. Aos poucos, item por item, Bobby trouxe seus discos, seus pôsteres, suas roupas. Na casa dele passávamos apenas o tempo necessário para eu perceber do que ele estava escapando: um cheiro rançoso e azedo de roupa suja e comida velha, um pai que se arrastava de quarto em quarto com uma cautela alcoólica. Bobby dormia num saco de dormir no chão do meu quarto. Deitado no escuro, eu ficava escutando sua respiração. Às vezes ele gemia em sonhos.

Quando ele acordava de manhã, olhava em volta com uma expressão espantada, percebia onde estava, e sorria. A luz que entrava oblíqua pela minha janela transformava o medalhão de pêlos do seu peito de dourado em cobre.

Comprei um par de botas como as dele. Deixei crescer o cabelo.

* * *

Com o tempo, ele começou a falar com mais fluência. "Gosto desta casa", disse numa noite de inverno, nós dois sentados à toa no meu quarto, queimando fumo e ouvindo The Doors. Flocos de neve batiam contra o vidro, rodopiavam e caíam na rua vazia, silenciosa. The Doors cantavam "L. A. woman".

"Quanto será que custa uma casa como esta?", ele perguntou.

"Não pode custar muito. Nós não somos ricos."

"Um dia quero ter uma casa assim", disse ele me passando o baseado.

"Não quer, não." Eu tinha outras coisas em mente para nós dois.

"Quero. Quero sim. Gosto deste lugar."

"Gosta coisa nenhuma. Você só acha que gosta porque está chapado."

Ele tragava o baseado. Tinha uma maneira cultivada, quase feminina de manusear o fumo, pinçando o fininho com precisão entre o polegar e o dedo médio. Exalando, falou: "Nesse caso, vou ficar chapado o tempo todo. Assim sempre vou gostar desta casa, de Cleveland e de tudo, bem do jeito que as coisas são agora".

"Bom, seria um jeito de viver."

"Você não gosta? Devia gostar. Você nem sabe o que você tem aqui."

"O que eu tenho aqui é uma mãe que me pergunta assim que eu acordo o que eu quero comer no jantar, e um pai que quase nunca sai de dentro do cinema."

Ele deu um largo sorriso: "Isso aí, meu".

Seu braço, de punho grosso e pêlos loiros, descansava casualmente no seu joelho. Apenas descansava, como se não fosse nada de especial.

Creio que sei o momento em que meu interesse se transformou em amor. Uma noite no início da primavera eu e Bobby estávamos sentados juntos no meu quarto, ouvindo Grateful Dead. Era uma noite comum na minha vida alterada. Bobby me passou o baseado, e quando aceitei ele retirou a mão e olhou para uma berruga arroxeada no lado interno do seu pulso esquerdo. Seu rosto registrou uma leve incredulidade — pelo jeito, nos treze anos em que conhecia seu próprio corpo, nunca percebera aquela berruga, embora eu já houvesse reparado nela em várias ocasiões, uma descoloração ligeiramente fora de centro sobre a bifurcação de uma veia. A berruga o surpreendeu. Creio que ele se amedrontou um pouco, vendo sua própria carne transformada em algo estranho. Tocou a berruga, curioso, com o indicador direito, e seu rosto expôs nuamente sua irritação, como o de um bebê. Enquanto se preocupava com aquela pequena imperfeição, vi que ele habitava seu próprio corpo tão inteiramente e com a mesma mistura de maravilhamento e confusão que eu sentia pelo meu próprio corpo. Até então eu acreditava — apesar de que nunca o confessaria, nem para mim mesmo — que todas as outras pessoas eram ligeiramente menos reais que eu; que a vida delas era um sonho composto de cenas e emoções que pareciam fotografias: discretas e sem ambigüidades, auto-evidentes, planas. Tocou a berruga no punho com ternura e com um certo pavor. Foi um gesto diminuto. Vê-lo não foi mais dramático do que ver alguém olhar o relógio e registrar surpresa com a hora. Mas naquele momento Bobby se partiu e se abriu. Eu o vi — ele estava lá *dentro*. Ele andava pelo mundo no caos de si mesmo, temeroso e espantado de estar aqui, bem aqui, bem vivo num quarto todo forrado de lambris.

Então o momento passou e fiquei do outro lado. Depois daquela noite — uma terça-feira — eu não poderia voltar, mesmo que desejasse, a um estado que não implicasse pensar e sonhar com Bobby. Não poderia deixar de outorgar a cada qualidade sua um senso de realidade intensificado, nem poderia parar de imaginar, de momento a momento, exatamente como seria estar dentro da sua pele.

Noite após noite andávamos pelas ruas como dois espiões. Fizemos amizade com um mendigo chamado Louis, que morava num engradado de piano e nos trazia garrafas de vinho tinto em troca da comida que roubávamos da cozinha da minha mãe. Subíamos pelas escadas de incêndio até os telhados dos prédios no centro da cidade, só pela estranheza de ficar num lugar alto. Tomávamos ácido e perambulávamos durante horas num ferro-velho que brilhava como uma mina de diamantes, juncada de cavernas, brilhos peculiares e platôs que rebrilhavam como uma luz descorada, lunar, que eu tentava apanhar com as mãos. Íamos de carona até Cincinnati para ver se conseguíamos ir e voltar antes de meus pais perceberem nosso desaparecimento.

Certa vez, numa noite de quinta-feira, Bobby me levou até o cemitério onde seu irmão e sua mãe estavam enterrados. Sentamos nos túmulos deles, passando um baseado.

Ele falou: ''Meu, eu não tenho medo de cemitério. Os mortos são só, sabe como é, pessoas que queriam as mesmas coisas que eu e você''.

''E o que é que nós queremos?'', perguntei, meio entorpecido.

''Ah, sabe como é. A gente só quer, assim, quer dizer, as mesmas coisas que esse pessoal aqui queria.''

''E o que era?''

Ele deu de ombros. ''Viver, acho.''

Ele passou os dedos pela grama. Me entregou o baseado, que estava úmido com a mistura da nossa saliva, e soprei um fluxo de fumaça branca para o céu, onde as Sete Irmãs fremiam e faiscavam. Cleveland lançava para o alto suas pequeninas luzes — televisões e abajures. Um carro que passava deixou para trás alguns compassos de ''Helter skelter'' no ar frio da noite.

Chegou abril. O tempo ainda não estava bom para nadar, mas insisti para irmos até o lago assim que as últimas casquinhas de neve desapareceram das sombras. Eu sabia que iríamos nadar nus. Estava apressando a estação.

Era um desses dias de primavera que surgem novinhos em folha, saídos do longo, prolongado gelo, com um céu claro como neve derretida. As primeiras flores rígidas, de hastes grossas, já tinham furado o chão. O lago, que ficava a cinco quilômetros da cidade, refletia o céu numa superfície escura e imóvel como obsidiana. Exceto por uma solitária vaca cor de caramelo que descera do pasto para vir beber na parte rasa do lago, eu e Bobby éramos as únicas coisas vivas por ali. Era como se tivéssemos escalado até um lago glacial no alto do Himalaia.

''Lindo'', disse ele. Estávamos passando um baseado. Um gaio saiu voando, com um único trinado inquiridor, de uma árvore ainda nova.

''A gente precisa nadar'', falei. ''Precisa mesmo.''

''Ainda está muito frio. Meu, a água deve estar gelada.''

''A gente tem que nadar mesmo assim. Vamos. É a primeira nadada oficial do verão. Se a gente não nadar hoje, amanhã vai nevar outra vez.''

''Quem te falou isso?''

''Todo mundo sabe. *Vamos*.''

''Quem sabe. Mas tá frio pra burro.''

Nessas alturas tínhamos chegado na faixa de cascalho que fazia as vezes de praia, onde a vaca, tímida, parada à beira da água, nos olhava com olhos negros de carvão. O lago tinha o formato de ferradura, com penhascos de calcário que subiam formando um semicírculo irregular e caíam de novo na praia.

"Não está nada, nada frio", falei para Bobby. "É que nem as Bermudas nessa época do ano. Olha só."

Com medo de que não fizéssemos mais nada aquele dia além de fumar um baseado, completamente vestidos, à beira de um círculo de água negra, comecei a subir a estradinha barrenta que levava ao topo do penhasco. Os rochedos mais próximos tinham menos de seis metros de altura, e no verão os nadadores mais corajosos mergulhavam de lá nas águas profundas. Eu nunca sequer pensara em pular daquele penhasco. Não era corajoso, em absoluto. Mas aquele dia fui galgando as rochas com minhas botas de caubói, que ainda me apertavam de tão novas, e subi até a plataforma de calcário onde brotava, aqui e ali, uma luxuriante flor amarela de açafrão.

"Aqui em cima é verão", gritei para Bobby, que sozinho na praia protegia o baseado com a mão em concha. "Vem! Não fica experimentando a água, sobe até aqui logo e vamos dar um mergulho. A gente tem que mergulhar."

"Sai dessa, Jon! Volta pra cá."

Com isso comecei a tirar a roupa num estado de exaltação, com os ouvidos zunindo, a cabeça girando. Esse era um Jonathan mais confiante e arrojado, ali em pé bem no alto de uma pedra quente de sol, tirando toda a roupa diante do olhar intrigado de uma vaca bebendo água.

"Jon", Bobby chamou, com mais urgência.

Enquanto eu tirava a camisa, depois as botas e as meias, conheci um abandono que nunca conhecera antes. A sensação aumentava à medida que cada novo pedaço de pele entrava em contato com a luz e o ar frio e brilhante. Eu ia ficando mais leve, adquirindo possibilidades, a cada peça que despia. Com deselegância, pulei fora do jeans e da cueca e parei um momento, magricela, pelado, impetuoso, recebendo o sol frio.

"É isso aí", berrei.

Lá de baixo Bobby gritou: "Ei, cara, não...".

E por Bobby, pela minha nova vida, mergulhei.

Um fino lençol de gelo ainda flutuava sobre a água, não mais que uma membrana, invisível até que eu o quebrei. Ouvi os pequenos craques, senti o gelo se despedaçar à minha volta e mergulhei num frio inimaginável, um frio que parou minha respiração e que pareceu, por um longo momento, parar também meu coração. Minha própria carne se encolheu, agarrou-se aos ossos num pânico animal, e pensei, com perfeita clareza, estou morto. É assim que é a coisa.

Depois eu estava na superfície, atravessando o gelo pela segunda vez. Minha consciência realmente saiu fora do meu corpo, subiu flutuando, e em retrospecto tenho a nítida impressão de ver a mim mesmo nadando até a margem, ofegante, os pulmões apertados como dois punhos, o gelo estilhaçando a cada braçada, atirando lascas de diamante no ar.

Bobby, de roupa mesmo, entrou na água que lhe chegava até as coxas, para ajudar a me puxar para fora. Lembro-me de ver seu jeans molhado e escuro colado às suas pernas. Lembro-me de pensar que suas botas iriam ficar completamente estragadas.

Levou mais um momento até minha cabeça clarear o suficiente para perceber que ele estava gritando comigo, enquanto me ajudava a sair da água.

''Puta que pariu'', ele berrava, com a boca junto à minha orelha. ''Porra, meu, puta que *pariu*!''

Eu não respondia; estava muito ocupado com a minha respiração. Ele continuou me puxando por um bom pedaço da faixa de cascalho, até que me soltou e embarcou numa lengalenga em grande escala. O máximo que eu podia fazer era ficar ali, ofegando e tremendo, enquanto ele gritava.

No início ele ficou andando para lá e para cá num esquema rígido, como se tocasse duas metas invisíveis a três metros de distância uma da outra, o tempo todo berrando ''Seu filho da puta, seu estúpido, filho da puta''. Enquanto ele gritava o circuito entre as duas metas foi ficando mais curto, até que começou a andar em pequenos círculos, como que acompanhando o desenho de uma mola. Seu rosto estava cor de magenta. Por fim parou de andar, mas ainda continuou a dar voltas, três vezes completas, como se a mola ainda estivesse enrolada dentro dele. E durante todo esse tempo continuou berrando. Parou de me chamar de filho da puta e começou a emitir sons que eu não conseguia compreender, um blablablá furioso num jorro que parecia direcionado não a mim mas aos céus, aos penhascos, às árvores emudecidas.

Eu olhava burramente. Nunca tinha visto uma ira como aquela; não sabia que isso ocorria na vida cotidiana. Não havia nada a fazer senão esperar, e torcer para acabar logo.

Depois de algum tempo, sem dizer o que ia fazer, Bobby saiu correndo para buscar minhas roupas no alto do rochedo. Embora sua fúria tivesse amainado, não estava esgotada, em absoluto. Fiquei esperando por ele nu, ali no chão de cascalho. Quando ele voltou com minhas roupas e minhas botas, jogou tudo num monte aos meus pés, dizendo "Veste logo isso aí", num tom de profunda recriminação. Fiz o que ele mandou.

Depois que me vesti ele colocou sua jaqueta nos meus ombros, em cima da minha. Falei: "Não, você precisa dela. Sua calça está toda molhada...".

"Cala a boca", ele disse, e calei.

Começamos a voltar para a estrada, onde iríamos pegar uma carona até a cidade. No caminho Bobby passou o braço sobre os meus ombros e me puxou para junto de si, murmurando: "Seu puto, seu idiota. Idiota, idiota, *idiota*". Continuou me abraçando enquanto nos postamos na beira da estrada com o polegar esticado, e continuou me abraçando no banco de trás do Volkswagen que nos apanhou, com dois estudantes de Oberlin. Continuou com o braço em torno dos meus ombros o caminho inteiro, resmungando qualquer coisa.

De volta à minha casa, ele abriu o chuveiro e deixou jorrar uma água escaldante. Me mandou entrar, e só faltou me tirar a roupa. Só depois que eu terminei e estava enrolado numa toalha foi que ele tirou sua roupa molhada e entrou no chuveiro. Sua pele nua era de um rosado brilhante no banheiro enfumaçado de vapor. Quando saiu, cravejado de gotículas reluzentes, seu medalhão de pêlos claros se colava ao peito.

Fomos até meu quarto, pusemos um disco de Jimi Hendrix e enrolamos um baseado. Sentamos nas nossas toalhas, fumando. "Seu idiota", ele sussurrava. "Você podia ter se matado. Sabe como eu ia me sentir se isso acontecesse?"

"Não."

"Eu ia me sentir assim, que nem, sei lá."

Me olhou então com tamanho pesar. Coloquei o baseado no cinzeiro e, num ato de coragem muito mais arrojado do que pular de um penhasco na água gelada — num ato que excedia todos os meus atos de coragem juntos —, estendi a mão e coloquei-a no seu braço. Ali estava o seu braço, cheio de tendões e de pêlos dourados, sob os meus dedos. Olhei para o chão — o tapete trançado e as tábuas do assoalho cor de abóbora. Bobby não retirou o braço.

Um minuto se passou. Tinha que acontecer alguma coisa, ou então nada. Cheio de terror, com uma veia pulsando no pescoço, comecei a alisar seu braço com a ponta do dedo indicador. Agora, pensei, ele vai ver qual é a minha. Agora ele vai dar um pulo de horror e de repulsa. Mesmo assim continuei fazendo aquele único gesto em miniatura, num estado de medo tão poderoso que era indistinguível do desejo. Ele não se retraiu, nem tampouco correspondeu.

Finalmente consegui olhar para o seu rosto. Seus olhos estavam brilhantes e fixos como os de um animal, a boca pendente. Percebi que ele também estava assustado, e foi seu medo que me fez capaz de mover minha mão até seu ombro nu. Sua pele estava arrepiada sobre a curva larga e suave da escápula. Senti o subir e descer sutil de sua respiração.

Depressa, já que me faltava coragem para a deliberação, coloquei a mão na sua coxa. Ele se crispou e fez uma careta, mas não recuou. Enterrei a mão debaixo da toalha que ele usava na cintura. Vi expressões de medo e prazer deslizando pelos seus olhos. Como eu não tinha nenhuma idéia do que fazer, reproduzi os movimentos que usava em mim mesmo. Quando ele endureceu na minha mão foi como um gesto de perdão.

Depois ele estendeu a mão e com surpreendente delicadeza me tocou também. Não nos beijamos. Não nos abraçamos. Jimi cantava "Purple haze". A caldeira roncava nas profundezas da casa. O vapor sibilava pelos encanamentos.

Depois nos enxugamos com lenços de papel e nos vestimos em silêncio. Uma vez vestidos, porém, Bobby tornou a acender o baseado e começou a falar com sua voz costumeira sobre coisas costumeiras: a próxima turnê do Grateful Dead, nosso plano de arranjar um emprego e comprar um carro juntos. Passávamos o baseado sentados no chão do meu quarto como dois adolescentes americanos quaisquer, numa casa comum rodeada pelo tédio e pelo verde laborioso de uma primavera em Ohio. Ali estava mais uma aula da minha educação permanente: tal como outras práticas ilegais, a melhor maneira de se tratar o amor entre dois garotos era como um lugar-comum. A cortesia exigia que nossa performance tateante, canhestra, não fosse motivo para comentário algum, como se tivéssemos agido com a calma perícia de dois criminosos natos.

ALICE

Nosso filho Jonathan o trouxe para casa. Na época os dois tinham treze anos. Parecia famélico como um cão perdido, e igualmente sorrateiro e perigoso. Sentou-se à nossa mesa, devorando frango assado.

"Bobby", perguntei, "faz tempo que você mora aqui na cidade?"

Seu cabelo era um ninho eletrificado. Usava botas e uma jaqueta de couro decorada com um olho humano desbotado, bordado com fios de cobalto.

"A vida toda", respondeu ele, roendo o osso de uma coxa de frango. "É que antes eu era invisível. Faz pouco tempo que resolvi deixar os outros me verem."

Fiquei pensando se os pais dele lhe davam comida. Ele olhava em torno da sala de jantar com tal apetite que por um momento me senti como a bruxa de *Joãozinho e Maria*. Quando criança em Nova Orleans, eu via os cupins percorrendo os arabescos de madeira sob a janela da nossa sala de estar, e descobri que aqueles intrincados entalhes se desmanchavam na minha mão como torrões de açúcar.

"Bem", falei, "bem-vindo ao mundo material."

"Obrigado, minha senhora."

Disse isso sem sorrir. Deu uma mordida no osso de frango com tanta força que quase o trincou.

Depois que ele foi embora falei para Jonathan: "Esse garoto é uma figura, não? Onde você o encontrou?".

"Foi ele que *me* encontrou", disse Jonathan com a paciência exagerada que caracterizava sua adolescência. Embora ainda tivesse a pele lisa e a voz doce, já inventara uma brusca sapiência como entrada na idade adulta.

"E como foi que ele te encontrou?", perguntei com brandura. Eu ainda conseguia transformar a inocência sulista numa vantagem, mesmo depois de todos aqueles anos em Ohio.

"Ele falou comigo no primeiro dia de aula e foi ficando no pedaço."

"Bom", falei, "acho que ele é um tipo bem diferente. Para falar a verdade, me dá um pouco de agonia."

"Eu acho ele legal", disse Jonathan com determinação. "Ele tinha um irmão mais velho que foi assassinado."

Em Nova Orleans nós tínhamos uma palavra para pessoas como Bobby, gente de aparência nada próspera cujos parentes tinham forte tendência a ter um fim violento. Mesmo assim reconheci que, evidentemente, ele era um cara legal.

Perguntei: "Que tal um jogo de cartas antes de dormir?".

"Não, mãe. Estou cansado de jogar cartas."

"Só uma partida. Você tem que me dar uma chance de recuperar minhas perdas."

"Bom, tudo bem. Uma partida."

Limpamos a mesa e eu dei as cartas. Mas joguei mal. Meus pensamentos teimavam em desviar-se para aquele garoto. Ele olhara para nossa casa com uma cobiça tão aberta, tão ávida. Jonathan fazia canastras, uma atrás da outra. Subi para pegar um suéter e mesmo assim não consegui me esquentar.

Jonathan bateu. "Cuidado", falou. "Hoje eu estou quente."

Ele tinha um prazer tão simples e infantil em ganhar que até esquecia sua recém-adquirida impertinência. Eu não conseguia entender por que ele não era mais popular na escola. Era inteligente e mais bonito que a maioria dos garotos que eu via pela cidade. Talvez minha influência sulista o tornara demasiado gentil e bem articulado, muito pouco bruto para aquela dura cidade do meio-oeste. Mas naturalmente eu não podia julgar. Qual a mãe que não vive um pouco apaixonada pelo próprio filho?

Ned chegou em casa tarde, depois da meia-noite. Eu estava lendo lá em cima quando ouvi a chave na fechadura. Resisti a uma vontade de apagar a lâmpada de cabeceira e fingir que estava dormindo. Logo eu faria trinta e cinco anos. Tinha feito algumas promessas para mim mesma quanto ao nosso casamento.

Ouvi sua respiração quando ele subiu a escada. Me acomodei um pouco mais ereta no travesseiro, arrumei a alça da camisola. Ele parou na porta do quarto, um homem de quarenta e três anos, ainda bonito pelos padrões normais. Seu cabelo estava ficando grisalho nas têmporas, estilo artista de cinema.

"Você ainda está acordada." Estaria satisfeito ou aborrecido?

"Sou escrava disso aqui", falei, fazendo um gesto para o livro. Não, já errei. *Fiquei acordada te esperando*. Essa era a resposta apropriada. Mesmo assim, fora de fato o livro que me deixara acordada. Eu gostava de pensar que uma pessoa pode mudar sua vida sem abandonar as simples verdades diárias.

Ele entrou no quarto, desabotoando a camisa. Apareceu um V do seu peito, os pêlos negros salpicados de branco. "Parece que *Deliverance* é muito forte para Cleveland. Três casais de pais telefonaram hoje para reclamar."

"Não sei por que você pegou esse filme."

Ele tirou a camisa e a enfiou no cesto de roupa suja. O suor rebrilhava debaixo dos seus braços. Quando ele se virou vi os pêlos das suas costas, como um mapa da África em linhas simétricas.

Não. Concentre-se na sua bondade, no seu humor gentil. Concentre-se no formato dos seus flancos, ainda esguios na calça de gabardine.

"Tive sorte de reservar esse filme. Vai ser um sucesso. A sessão das sete estava com três quartos da casa cheia."

"Que bom", falei. Coloquei o livro na mesa-de-cabeceira. Fez um som macio mas surpreendentemente audível ao bater na madeira.

Ele tirou a calça. Se eu fosse um tipo de pessoa diferente poderia dizer humoristicamente: "Querido, tire primeiro as meias. Se tem uma coisa que eu não suporto é ver um homem só de cueca e meias pretas".

Eu não era esse tipo de pessoa. Ned pendurou a calça com cuidado e parou por um momento à luz da lâmpada, de cuecas e com aquelas meias pretas lustrosas que ele insistia em comprar. De tanto usar essas meias, suas pernas já estavam sem pêlos. Quando ele as tirasse, ficaria a marca da trama na pele lisa.

Colocou a calça de pijama por cima da cueca, e só aí sentou na cama para tirar as meias. Fora do chuveiro, era raro que Ned ficasse completamente nu.

"Ufa. Estou exausto."

Estendi as mãos para alisar-lhe as costas, úmidas de suor. Ele levou um susto.

"Não se preocupe", falei. "Não quero te fazer nenhum mal."

Ele sorriu: "Nellie Nervosinha".

"Jonathan trouxe um amigo novo para jantar. Você tinha que ver."

"Pior que o Adam?"

"Ah, muito pior. Um tipo completamente diferente. Esse aí é um pouco, bem, dá um pouco de medo."

"Como assim?"

"Tipo cascão. Calado. Cara de fome."

Ned abanou a cabeça. "Deixa por conta do Jonny. Ele sabe escolher."

Senti uma pontada de aborrecimento. Ned passava tanto tempo fora de casa. Tudo o que acontecia na sua ausência se tornava uma espécie de comédia doméstica; um filminho agradável exibido para um pequeno público do outro lado da cidade. Continuei alisando suas costas.

Falei: "Mas esse garoto parece assustador de um jeito mais adulto. Adam e os outros eram crianças. Tenho a impressão de que esse garoto é capaz de roubar, é capaz de fazer tudo quanto é tipo de coisa. E comecei a pensar. Jonathan também está mudando, daqui a pouco vamos ter garotas e carros e sabe Deus mais o quê".

"Claro que sim, vovó", disse Ned, entrando debaixo da coberta de bom humor. Eu sabia como ele figurava a coisa: uma comédia adolescente, um entretenimento inofensivo, repleto de primeiras namoradas e amigos hippies. Talvez ele tivesse razão. Mas eu mesma não conseguia ver a coisa como um filme. Não conseguia fazer ele perceber como tudo dá uma sensação diferente quando é a experiência da gente hora a hora. Eu sabia que se tentasse acabaria parecendo direitinho com a mãe do filme: uma personagem exageradamente dramática, a que não entende as piadas.

Ele perguntou: "Tudo bem se eu diminuir a luz? Ou você ainda vai dar mais um pega nesse livro?".

"Não. Pode apagar."

Nos acomodamos deitados lado a lado, respirando na escuridão. Parecia que devia haver tanta coisa para conversar. Talvez a maior surpresa da vida de casado fosse sua contínua formalidade, até mesmo quando a gente acabava conhecendo o corpo e os hábitos do outro melhor que os nossos próprios. Mesmo com toda essa familiaridade, às vezes ainda parecíamos duas pessoas num encontro que não estava dando muito certo.

"Hoje fiz frango com estragão", falei. "Você tinha que ver como ele devorou tudo. Dava a impressão de que estava há uma semana sem comer."

"O amigo?"

"É."

"Como é o nome dele?"

"Bobby."

Lá fora, um dos gatos do vizinho miou. Depois que miss Heidegger morreu, sua casa foi alugada a uma seqüência de três famílias, todas propensas a ter animais de estimação barulhentos e subnutridos e a ir embora repentinamente. O bairro estava decaindo.

"Ned?"

"Ah-hã?"

"Você acha que eu pareço muito velha?"

"Você parece ter uns dezesseis anos."

"Bem, estou longe dos dezesseis. Antes trinta e quatro parecia tanto. Agora não parece nada. Mas tenho um filho que daqui a pouco vai estar fazendo a barba. Que vai guardar seus segredos e rodar por aí no nosso carro."

Eu não sabia como lhe dizer de um modo que ele compreendesse: eu me sentia parando de ser uma personagem principal. Eu não podia dizer isso com essas palavras. Elas não passariam pelo ar doméstico do nosso quarto de dormir.

"Trinta e quatro não é nada, menina", disse ele. "Olha com quem você está falando. Eu mal me *lembro* de quando tinha trinta e quatro."

"Eu sei. É que sou vaidosa e boba."

Estendi o braço debaixo do cobertor e acariciei seu peito. Mais uma vez, sua pele se arrepiou debaixo da minha mão. Ele não estava acostumado a essas atenções da minha parte.

"Você está ótima", ele disse. "Está na flor da idade."

"Ned?"

"Ah-hã?"

"Eu te amo mesmo, sabe. Nossa, quanto tempo faz que eu não falo isso?"

"Ah, meu bem. Eu também te amo."

Fui descendo os dedos pelo seu bíceps, acariciei seu braço. "Hoje eu estou muito sentimental", falei. "Estou largando aquele meu jeito de durona."

“Você não é durona.”

“Hoje não”, falei com uma voz normal. Não era uma inflexão sedutora nem tampouco seca ou maternal.

Ele enlaçou minha mão com a sua. Eu tinha imaginado o casamento de duas maneiras: ou a gente amava um homem e era feliz no acoplamento com ele, ou então não. Nunca considerara a possibilidade de amar alguém sem o acompanhamento de uma inclinação da carne.

Ele pigarreou. Eu me curvei para beijá-lo e ele se deixou beijar com uma passividade virginal, quase de moça. Isso me tocou, mesmo sentindo sua barba crescida raspar minha pele.

“Hoje não”, falei de novo, e dessa vez consegui tornar minha voz grave e ofegante. Parecia uma boa imitação do desejo, uma imitação que eu poderia até alcançar e assumir como legítima se ele me acariciasse com a mesma timidez com que permitira meu beijo.

“Mmm”, foi seu grunhido baixo, que veio subindo lá das profundezas da garganta. Senti uma leveza na boca do estômago, uma sensação de expansão das possibilidades que eu não experimentava com ele havia algum tempo. Ainda podia acontecer.

Daí ele também me beijou, erguendo a cabeça do travesseiro e apertando sua boca contra a minha. Senti a pressão dos seus dentes. A leveza desmontou dentro de mim, mas não desisti. Respondi ao seu beijo, tomei seu ombro nu na palma da minha mão. Estava úmido de suor. Senti os pêlos duros e enrolados como saca-rolhas na minha palma. Seus dentes, mal cobertos pelo lábio superior, morderam minha boca com premência.

E vi que não ia conseguir. Não aquela noite. Escorreguei para fora da cena. Minha atenção deixou meu corpo e foi até o outro lado do quarto, onde ficou olhando com desaprovação um homem de quarenta e três anos dar beijos truculentos na esposa, passar as mãos úmidas nas suas costas e flancos envelhecidos. Eu poderia repassar os movimentos, mas seria apenas isso e nada mais. Eu teria suportado aquilo tudo com a raiva fumegante que as mentiras trazem.

Libertei minha boca, dei pequenos beijos ao longo do seu pescoço. “Meu bem”, sussurrei, “só quero que você me abrace um minuto. OK?”

“Claro”, ele respondeu de pronto. “Claro.” Para ser sincera, acho que ficou aliviado.

Ficamos deitados abraçados um tempo, até Ned beijar-me afetuosamente a cabeça e virar-se para o lado para dormir. Não dormíamos abraçados; nunca tínhamos feito isso. Logo ele respirava ritmadamente. Para Ned o sono vinha com facilidade. Como quase tudo. Ele tinha o talento de adaptar suas expectativas às circunstâncias.

Talvez esta noite fosse um começo. Talvez na próxima noite eu conseguisse um pouco mais.

Eu não queria ser o monstro da casa — a mãe irritada, a esposa sem generosidade. Mais uma vez prometi a mim mesma, e mal dormi até que as janelas ficaram azuis com a primeira luz.

Jonathan insistia em sua fascinação por Bobby, que se tornou um comensal fixo na nossa mesa. Ned o tolerava, porque era da sua natureza aceitar as coisas. Mantinha uma faixa de ar neutro entre sua pessoa e o mundo, de modo que tudo o que o atingia já fora filtrado e rarefeito.

Quem fazia as contas era eu.

Bobby não parecia ter nenhum outro plano. Vivia perenemente disponível. Nunca convidava Jonathan para ir à sua casa; para mim tudo bem, mas mesmo assim comecei a ficar intrigada. Certa noite perguntei: "Bobby, o que seu pai faz?".

Estávamos jantando, ele engolindo o final do seu *beurre blanc* com a terceira fatia de pão caseiro, antes ainda, parece, que Jonathan, Ned e eu começássemos a comer.

"Ele é professor", foi a resposta. "Não na nossa escola. Lá na Roosevelt."

"E a sua mãe?"

"Morreu. Há um ano mais ou menos."

Enfiou o pão na boca e pegou outra fatia.

"Que pena", falei.

E ele: "A senhora não devia sentir pena. A senhora nem conhecia ela".

"Falei assim no sentido geral. Quer dizer que sinto pena pela sua perda."

Entupindo-se de pão, ele me olhou como se eu tivesse acabado de falar em sânscrito. Depois de um momento perguntou: "Como a senhora faz este molho?".

"Manteiga e vinagre. Limão, um pouquinho de vermute. Coisa simples, não tem segredo."

''Nunca provei um molho assim. Foi a senhora que fez este pão?''

''Fazer pão é meu hobby. Sou capaz de fazer até dormindo.''

''Poxa.'' Abanando a cabeça de espanto, pegou sua quarta fatia.

Depois do jantar os meninos subiram para o quarto de Jonathan. Dali a um momento escutamos o estéreo, o tum-tum de uma bateria desconhecida que vibrava através do assoalho. Bobby tinha trazido alguns discos seus.

Ned disse: ''Meu Deus, esse garoto é órfão''.

''Ele não é órfão. O pai está vivo.''

''Você sabe o que eu quero dizer. Esse garoto vai mal.''

Levantei para lavar a louça. Quando eu era garota havia partes da cidade onde a gente nunca ia, nem chegava perto. Eram manchas negras, áreas vazias no mapa. Falei: ''Isso mesmo, e é por isso que Jonathan está tão caído por ele. Se ainda por cima fosse manco, estaria aqui todas as noites em vez de dia sim dia não''.

''Poxa vida'', disse Ned, ''nem parece você falando.''

Coloquei o prato vazio de Bobby em cima do de Jonathan. Jonathan distribuíra artisticamente sua comida pelas beiradas do prato, para dar a impressão de que fora consumida. Era tão magro que numa luz forte quase se enxergava através dele. O prato de Bobby estava imaculado como se o tivesse esfregado com a língua. Nem uma migalha sobrava na toalha onde ele se sentara.

''Sei que não parece eu'', falei. ''Sinto muita pena de tudo isso que aconteceu com ele, pena mesmo. Mas esse garoto tem alguma coisa que me assusta.''

''Ele é um bicho-do-mato, é isso o que ele é. Um garoto que não tem ninguém além do pai, e vai crescendo assim meio selvagem. Nós temos condições de dar um pouco de abrigo a um garoto selvagem, não acha?''

''Claro que temos.''

Levei os pratos para a cozinha. Eu era Alice durona, emburrada, casada com Ned, o Bom.

Ele me seguiu, trazendo os pratos. ''Não se preocupe'', disse atrás de mim. ''Todo garoto traz para casa alguns amigos meio selvagens. Jonathan vai dar certo assim mesmo.''

''Mas eu me preocupo com ele, sim'', falei, abrindo a torneira. ''Ele está com treze anos. É como — ah, não sei. É quase como ver uma qualidade oculta de Jonathan que veio à luz de repente. Algo que ele guardou o tempo todo e que nós nunca conhecemos.''

"Você está exagerando."

"Será?"

"Está sim. Se eu tivesse tempo, gostaria de falar sobre o Robby Cole. Era o meu melhor amigo no primário. Eu tinha adoração por ele porque ele arrancava tampinha de garrafa com os dentes. Entre outras coisas."

"E olha só como você acabou."

"Bom, eu casei com você."

"Uma realização louvável. Mas talvez menos que um objetivo de vida."

"Casei com você e sou dono do melhor cinema da Grande Cleveland. E tenho que ir andando."

"Tchau, até mais."

Ele pôs as mãos na minha cintura, me deu um beijo sonoro no pescoço. Recebi a breve visita do seu cheiro, do odor particular da sua pele mesclado com o cítrico da loção pós-barba. Era como entrar na esfera de ar que ele habitava, e enquanto eu ficasse dentro dessa esfera poderia compartilhar da sua convicção de que as coisas ruins passavam sozinhas, que o mundo conspirava em favor dos finais felizes. Virei-me e beijei de leve seu rosto áspero.

"Não se preocupe tanto", ele disse.

Prometi tentar. Enquanto ele estava em casa, parecia possível. Mas assim que ele saía, a possibilidade recuava como se fosse a luz de uma lanterna que ele levasse consigo. Da janela da cozinha fiquei vendo ele se afastar. Talvez a característica mais notável de Ned fosse sua capacidade de caminhar serenamente nesta cidade de pedra cinzenta e tijolo amarelo, onde o vento que vinha do lago apertava o coração da gente até ele ficar do tamanho de um alfinete.

Peguei o novo livro de cozinha que acabara de comprar, cheio de receitas do interior da França, e comecei a planejar o jantar de amanhã.

Bobby ficou até bem depois das dez, até que eu chamei: "Meninos, amanhã tem aula". Mesmo nessa época, depois de treze anos daquilo tudo, eu ainda ficava surpresa ao ver como a minha voz parecia uma voz de mãe.

Estava lendo o jornal quando Bobby desceu e falou: "Boa noite".

Sua maneira de falar, todo o seu jeito, era de um estrangeiro aprendendo os costumes do país. Ele parecia, mais que qualquer outra coisa, um refugiado de algum lugar distante, subnutrido e querendo desesperadamente agradar. A maneira como disse as palavras ''boa noite'' combinava precisamente com a minha.

''Bobby?'', falei. Na verdade eu não tinha mais nada a dizer. Disse só porque o vi parado ali com tanta expectativa.

''Ah-hã?''

''Sinto muito, de verdade, por causa da sua mãe. Quando eu falei isso na mesa, espero que você não tenha achado que foi só por educação.''

''Tudo bem.''

''Você e seu pai vão se virando bem? Alguém faz o jantar, tem quem limpe a casa de vez em quando?''

''Hã-hã. Vem uma mulher uma vez por semana.''

''Por que você não traz seu pai para jantar uma noite dessas? Quem sabe no começo da semana que vem?''

Ele me olhou com um ar sinistro e inquiridor, como se eu tivesse violado algum tabu do seu país; como se não conseguisse determinar de imediato se eu havia tido a intenção de insultá-lo ou se as regras eram assim tão diferentes por aqui.

''Não sei'', falou.

''Bom, quem sabe eu dou um telefonema pra ele. É melhor você ir andando, já é tarde.''

''OK.''

Creio que ele iria continuar em pé na minha frente até eu mandá-lo embora.

''Boa noite'', falei de novo, e o cumprimento me voltou numa versão jovem e masculina da minha própria voz.

Depois que ele foi embora subi e bati na porta de Jonathan.

''Ah-hã?''

''Sou eu. Posso entrar?''

''Hã-hã.''

Ele estava deitado na cama. Uma voz masculina anasalada, acompanhada de guitarra acústica, raspava os alto-falantes. A janela estava aberta embora estivéssemos no início de novembro, com tempo gelado. Pensei perceber um cheiro, alguma coisa adocicada e fumacenta que o ar frio não dissipara por completo.

Perguntei: ''E aí, a noite foi boa?''.

''Claro.''

''Bobby já passou por uns maus pedaços, não?''

''Você não deve sentir pena dele.''

"Você já sabia que a mãe dele tinha morrido?"

"Hã-hã."

"Você sabe de que jeito ela morreu?"

"Mais ou menos. Ela tomou um monte de pílulas pra dormir. Mas ela tinha receita, já tomava havia muitos anos. Acho que ela começou a reclamar que não faziam mais efeito. Quer dizer, pode ter sido acidente."

"Bobby não tinha um irmão que também morreu?"

Jonathan fez que sim. "Isso foi acidente, com certeza. Não foi assassinato. Foi aí que a mãe dele começou a tomar pílulas pra dormir."

Apresentou esses fatos com certo orgulho, como se representassem as realizações de Bobby neste mundo.

"Meu Deus. Cada coisa que acontece com as pessoas."

Fechei a janela. O frio naquele quarto quase fazia a respiração da gente virar fumaça.

"E conosco nunca aconteceu nada", disse Jonathan. "Nada de mau."

"Nós temos muita sorte."

Quando me afastei da janela vi a jaqueta de couro de Bobby colocada nas costas da cadeira. O olho bordado, ciclópico, com a íris do tamanho de um disco de hóquei, fitava fixamente do couro todo gasto.

Falei: "Bobby esqueceu a jaqueta".

"Ele me emprestou. Era do irmão dele. Emprestei a minha para ele hoje na escola."

"Aquele seu blusão bonito? Você trocou por isso aí?"

"Hã-hã. Bobby fala muito do irmão dele. Quer dizer, parece que era um cara muito legal. Quando ele morreu, meio que detonou a família inteira."

"Você sabe quanto custou aquele seu blusão?"

Ele me olhou daquele jeito novo, queixo desafiador e olhos duros.

Resolvi deixar passar. Achei melhor lhe dar uma margem de manobra, deixá-lo metabolizar a coisa.

"Que tal um cozido de vitela no jantar de amanhã? Tem uma receita que eu gostaria de experimentar, vitela com cogumelo e cebolinha. Que tal lhe parece?"

Deu de ombros: "Pra mim tanto faz".

Cruzei os braços com força. O quarto estava gelado.

"Que tal uma partidinha rápida antes de dormir?", perguntei. "Estou na lona, você sabe. Perdi tão feio as últimas duas vezes que nem consigo ficar de cabeça erguida."

"Não. Estou pregado."

"Uma partidinha rápida?"

"*Não*, mãe."

"Tá bom."

Fiquei ali um momento, embora fosse evidente que estava na hora de deixá-lo sozinho. A luz da sua lâmpada de cabeceira, que eu comprara dez anos antes, refletia-se no seu cabelo claro e nas suas feições precisas, esculpidas. Ele era parecido comigo, mas de uma maneira idealizada. Meus traços, que qualquer espelho me informava serem severos demais, nele se haviam abrandado.

Ele falou: "Boa noite".

"Boa noite. Durma bem."

Mesmo assim, fui ficando. Não conseguia parar de olhar para ele, embora ele se ressentisse com isso. Se tivesse coragem, teria dito: "Não faça isso. Por favor, não comece a me odiar. Você pode ter o mundo inteiro sem me botar para fora da sua vida".

Fui saindo quieta do seu quarto, tão repleta dele como quando estava grávida.

Convidei Bobby e o pai para jantar na terça-feira seguinte. Chegaram com meia hora de atraso, com duas garrafas de vinho. "Desculpem", disse o pai. "Tivemos que rodar a cidade inteira atrás de um Chardonnay decente. Espero que vocês gostem de Chardonnay."

Respondi que adorávamos.

O pai usava cavanhaque e uma jaqueta cor de mostarda com botões de metal brilhante. Seu rosto rubicundo era um torvelinho de vasos capilares partidos. Parecia um Bobby mais velho e alcoolizado.

Seu nome era Burton. Mal tocou a comida quando sentamos para jantar. Bebeu vinho, fumou Pall Malls e fez pausas ocasionais nessas atividades para pegar com o garfo um pedacinho do meu linguado com molho, segurá-lo no ar por um momento e inseri-lo na boca sem mais atenção do que um carpinteiro dá a um prego de dez centavos.

Ned lhe perguntou: "Que tal os garotos lá na Roosevelt?".

Burt Morrow olhou para ele aturdido. Reconheci a expressão.

"Às vezes eles são difíceis", respondeu numa voz comedida. "Não são maus garotos de modo geral, mas às vezes são difíceis."

Depois de um momento, Ned assentiu: "Compreendo".

"A gente tenta se dar bem", disse Burt. "Eu tento me dar bem com eles. Tento não ofendê-los, e de modo geral tenho tido sucesso, creio." Virou-se para Bobby e perguntou: "Você não diria que de modo geral tenho tido sucesso?".

"Sim, pai", disse Bobby. Olhou para o pai com uma expressão nem amorosa nem desdenhosa. Os dois compartilhavam uma espécie de pasmo, um jeito de responder a uma pergunta como se ela viesse de uma voz desencarnada sussurrando no éter. Pareciam aqueles dois irmãos mais velhos, bonzinhos e abobados, dos contos de fadas — aqueles que desperdiçam os encantos e sortilégios. Jonathan estava sentado entre os dois, seus olhos azuis faiscando de inteligência.

"É isso mesmo que eu tento fazer", falei. "Só não atrapalhar o Jonathan, e deixar que ele tenha a experiência da vida. Meu Deus, eu não saberia como discipliná-lo. Às vezes eu mesma ainda me sinto criança."

Tanto Bobby quanto seu pai me olharam com a cara aturdida de espanto.

Continuei: "Eu me casei jovem, sabe como é. Era só alguns anos mais velha que esses garotos, e com certeza não estava nos meus planos me apaixonar por um sujeito do Norte chamado Ned Glover, nem me mudar para Ohio, com esse vento que vem do Canadá e arranca o gelo do lago. Brrr. O que não quer dizer que eu faria tudo diferente".

Ned piscou o olho e disse: "Eu a chamo Helena da Louisiana. Continuo esperando que um bando de sulistas deixe um cavalo de madeira no nosso gramado".

Burt acendeu mais um cigarro. Soltou a fumaça pela boca e ficou observando as volutas que serpenteavam acima da mesa. Disse então: "Eu até que teria feito algumas coisas de outro jeito. Acho que é o caso de admitir. Faria, sim".

Eu não era ignorante em psicologia. Sabia que Jonathan precisava libertar-se do pai e de mim, cortar os laços: assassinar-nos, de certa forma, e ressuscitar-nos mais tarde, quando fosse um adulto com vida própria e nós já fôssemos sumindo no horizonte como dois velhos inconseqüentes. Eu não era cega, nem tola.

Mesmo assim, parecia muito cedo, e Bobby parecia o veículo errado. Aos treze anos temos tantas escolhas a fazer, e nenhuma idéia de como as conseqüências podem ressoar através das décadas. Quando eu tinha treze anos decidi conscientemente ser falante e um tanto intempestiva, para garantir que os jantares silenciosos de meus pais e suas longas noitadas livrescas — pontuadas apenas pelas batidas do relógio — não tivessem nenhum efeito duradouro sobre mim. Eu mal completara dezessete anos quando conheci Ned Glover, um homem bonito, bem-humorado, de vinte e poucos anos, proprietário de um Chrysler conversível e cheio de histórias sobre o Norte.

Aquela noite na cama eu lhe disse: "Bom, pelo menos agora já sabemos qual é a do Bobby".

"Qual é o quê?"

"Tudo. Toda a sua personalidade. Ou a misteriosa falta de uma personalidade."

"Você não suporta esse garoto, não?"

"Não tenho nada contra ele", falei. "É só que — bem, o Jonathan está numa época importante da vida. Não tenho certeza se ele devia andar por aí com uma figura como essa. Você não acha que Bobby talvez seja um pouquinho retardado?"

"Meu bem, essa paixonite vai se esgotar. Confie um pouco mais no seu próprio filho. Nós o criamos há treze anos, não é possível que não lhe tenhamos ensinado uma ou duas coisinhas."

Não falei nada. O que eu queria dizer era "Eu ensinei a ele uma ou duas coisinhas; você só ficou enfiado naquele cinema". Mas fiquei quieta. Ficamos deitados esperando o sono. Não haveria comunhão sexual naquela noite. Eu estava a quilômetros dessa possibilidade. Mesmo assim, pensei que tínhamos tempo.

Talvez eu tenha lutado demais para continuar sendo amiga de Jonathan. Talvez devesse ter me distanciado mais. Eu simplesmente não conseguia acreditar que aquele garoto com quem eu brincara e compartilhara segredos — a criança de uma vulnerabilidade dolorosa que me contava todas as histórias que lhe passavam pela cabeça — de repente precisasse ser tratado com a firmeza bem-educada com que se trata um inquilino.

Nosso contínuo jogo de cartas chegou ao fim, assim como nossas compras de sábado. Bobby continuava usando o blusão azul de Jonathan e começou a aparecer também com as camisas de Jonathan. Quando vinha passar a noite, dormia na cama de armar no quarto de Jonathan. Comigo era invariavelmente cordial, com seu jeito ensaiado de imigrante.

Uma manhã de março eu estava cortando uma fatia de *grapefruit* para o café da manhã. Jonathan estava sentado sozinho na mesa da cozinha, já que aquela manhã Bobby não estava conosco.

Falei: "Hoje é um dia lindo para quem gosta de patos".

Passou-se um momento. Jonathan disse: "Ééééé, pra quem góshta de paatosh".

Estava caçoando da minha voz, do meu sotaque sulista.

Eu devia ter deixado passar o insulto. Devia simplesmente não ter tomado conhecimento e servido a *grapefruit*. Mas em vez disso me virei e perguntei num tom agradável: "O que foi que você disse?".

Ele apenas sorriu, parecendo indizivelmente satisfeito consigo mesmo.

Perguntei de novo: "O que foi que você falou, querido? Não tenho certeza de ter ouvido bem".

Ele levantou da mesa dizendo: "Gaata, vou me mandaaando, té mááish". E quando foi saindo de casa aquele olho me olhava fixo nas costas da jaqueta.

Aconteceu de novo à noite, enquanto assistíamos televisão. Naquela noite Bobby estava lá em casa. Ned estava no cinema e assistíamos uma reprise de *Jornada nas estrelas*, eu e os garotos. Falei: "Pode ser que o Spock não seja uma figura muito agradável numa festa, mas é dele que eu gosto mais".

Jonathan disse: "Ele está numa missão de cinco anos no espaço sideral. Se você fosse casada com ele, ia precisar de uma dúzia de filhos para lhe fazer companhia".

Eu poderia rir com espírito esportivo, mas ainda estava muito surpresa com aquela nova maldade, tão direta. Falei: "Eu achava que fazíamos companhia um ao outro".

"Claro. Todo menino adora fazer compras e cozinhar."

Bobby estava sentado no chão, como de costume. Por algum motivo era inimigo de mobília.

Bobby falou: "Pára, Jon".

"Estou brincando", disse Jonathan.

"Sei, mas pára assim mesmo."

E assim Jonathan parou. Ficou assistindo o programa sem mais comentários. Seus pés pareciam imensos, quase duas armas, naquelas botas pretas de caubói que ele insistira em comprar.

Bobby cortara as unhas e enfiara um pente no cabelo. Pelo jeito, abandonara as botas em favor de simples tênis pretos.

Comigo ele era sempre cortês. Mais que cortês, na verdade: era obsequioso, à sua maneira. Pedia detalhes sobre os jantares que eu fazia, e perguntava como eu tinha passado o dia. Nem sempre era fácil responder, porque eu nunca tinha certeza de com quem estava falando. Ele conservava obstinadamente seu jeito de estrangeiro, embora com o tempo fosse melhorando sua simulação da normalidade certinha de uma personagem de televisão. Foi elaborando seu número. Começou a aparar o cabelo e até apareceu com roupas novas que não tinham sido de Jonathan.

Uma noite de maio eu estava passando pelo quarto de Jonathan quando ouvi uma música menos barulhenta e estridente que as que os meninos costumavam tocar. Eu me acostumara à zoeira interminável da música deles, como a gente se acostuma a um cachorro que late. Guitarras elétricas e baterias tinham se tornado um novo tipo de silêncio para mim, mas essa música em especial — uma voz feminina, doce, acompanhada por um piano — era distintamente audível.

Hesitei à porta de Jonathan. Depois bati, e fiquei surpresa com o tímido ruído de ratinho que meus dedos fizeram batendo na madeira. Ele era meu filho, morando na minha casa. Eu tinha o direito de bater na porta do seu quarto. Bati de novo, mais alto.

Ele, lá de dentro: "Oi?".

"Sou eu. Posso entrar um minuto?"

Houve um silêncio, preenchido pelo tilintar das teclas do piano. Depois de um momento, Bobby abriu a porta.

"Ei." Parado ali sorrindo, parecia muito esquisito — um ator mal escolhido para a cena — de jeans e camisa social listrada. Vi Jonathan sentado lá dentro, emburrado, com suas botas e uma camiseta preta.

"Não quero incomodar vocês, garotos", e fiquei chateada ouvindo o som acovardado da minha própria voz. Era como se eu fosse uma parente pobre, chegando para o jantar anual obrigatório.

"Tudo bem", disse Bobby. "Não tem problema."

"É que eu, ahn, queria saber que música é essa. É um som tão... diferente."

"A senhora gosta?", perguntou Bobby.

Parecia uma pergunta capciosa. Será que eu ia me expor ao ridículo? Então, afastando meus temores de menina, respondi como uma mulher de trinta e cinco anos: "É lindo. Quem é ela?".

"Laura Nyro", disse Bobby. "É, ela é boa mesmo. É um disco antigo, quer entrar e escutar um pouco?"

Dei uma olhada para Jonathan. É claro que eu deveria ter dito que não. Deveria ter continuado a cuidar da minha vida nos bastidores, dobrando as toalhas e lençóis. Mas falei "Tudo bem, só um minuto", e entrei com gratidão naquele quarto onde antes desfrutava livre acesso. Durante o último ano Jonathan praticamente recobrira as paredes com pôsteres de roqueiros cabeludos com feias caretas. A voz da mulher, voando alto, melancólica, enchia o quarto tenuamente, rodeada por todos aqueles duros olhos masculinos.

Jonathan estava sentado no chão com os joelhos encostados no peito e as mãos segurando as canelas. Ele se sentava exatamente daquela maneira desde os quatro anos de idade — era uma pose emburrada. Vi, quem sabe pela primeira vez, como o homem nascente sempre estivera guardado dentro do garoto. Ele levaria aqueles mesmos gestos consigo até a idade adulta. Aquilo me surpreendeu um pouco, embora fosse um *insight* dos mais banais. Eu chegara a imaginar Jonathan totalmente transformado como homem adulto, aparecendo um belo dia como um estranho todo gentil e solícito. Vi que estava ao mesmo tempo certa e errada quanto a isso.

Bobby pegou a capa do disco e a passou para mim, como se eu tivesse entrado pensando comprá-lo. "É esse aqui", disse. Quando peguei a capa da sua mão ele enrubesceu, por orgulho ou por constrangimento.

A capa do disco era escura, cor de chocolate espesso. Mostrava uma mulher um tanto sem-graça, de testa alta, branca, e o cabelo preto escorrido dividido ao meio. Poderia ser uma aluna poética, não muito popular, numa escola de moças, objeto mais de pena que de ridículo. Conheci muito bem garotas assim. Eu própria me sentira arriscada a ficar desse jeito, e assim me forçara a mudar. Falar alto e bom som, correr riscos, encontrar rapazes impossíveis de apresentar à mãe da gente. Ned Glover viera lá de Michigan dirigindo um conversível azul-elétrico, um homem suave, com senso de humor, muito mais velho que eu.

“Que lindo”, falei. “Ela tem uma voz tão bonita.”

Parecia exatamente a resposta de uma mulher de meia-idade afetada, careta. Devolvi depressa a capa do disco, como se ele custasse muito mais do que eu podia pagar.

“Ela parou de cantar”, disse Bobby. “Ela se casou e, sei lá, parece que mudou para Connecticut ou coisa parecida.”

“Que pena”, falei.

Ficamos ali sem jeito, como estranhos numa festa. Eu sentia a força do desejo de Jonathan me expulsando do quarto. Registrava-se fisicamente, uma pressão na minha testa e nos meus ombros. “Bom”, falei. “Obrigada por deixar uma velhinha invadir o quarto.”

“Claro”, disse Bobby. Uma música terminava e outra ia começando, uma canção mais rápida que eu já conhecia. É. “Jimmy Mack”, que era cantada por Martha e os Vandellas.

“Conheço essa”, falei. “Quer dizer, já ouvi.”

Bobby disse: “É mesmo?”.

Daí ele fez algo peculiar. Começou a dançar.

Só posso imaginar que, ao esgotar sua linguagem, ele apelou para o que conhecia. Fez aquilo automaticamente, como se fosse uma extensão lógica da conversa. Começou a balançar os quadris no ritmo e mover os pés. Seus tênis rangiam no assoalho.

“É isso mesmo”, falei. “Essa música é antiga.”

Dei uma olhada para Jonathan, que parecia espantado. Ele devolveu meu olhar, e por um momento reencontramos nossa velha cumplicidade. Estávamos unidos na nossa consternação quanto aos hábitos da população local. Eu meio que esperava que, quando estivéssemos sozinhos os dois, ele faria uma imitação de Bobby — dançando com os ombrões largos e a cara aparvalhada — só para me fazer rir.

Mas então Bobby pegou minha mão e me puxou com delicadeza: “Venha”.

“Ah, não. De jeito nenhum.”

“Não vou aceitar um não”, disse ele alegre. Não soltou a minha mão.

“*Não*”, falei de novo. Mas faltava força à minha recusa. Talvez fosse a minha educação sulista; minha determinação nata de evitar uma situação social desagradável a qualquer custo. Enquanto disse “não”, dei uma risadinha, sem querer.

Ele foi girando comigo delicadamente, no ritmo. Dançava melhor do que se poderia pensar pelo seu jeito costumeiro. Eu mesma dançava muito bem quando garota — era uma das resoluções que havia tomado, uma característica saliente da pessoa que eu decidira tornar-me — e reconheci os sinais. Havia rapazes no salão de dança em quem a gente sabia que podia confiar; sabíamos quase instantaneamente, mais pelo *feeling* que pela aparência. Certos dançarinos impregnavam a atmosfera com uma sensação de autoconfiança e inevitabilidade. Tinham uma graça generosa que nos abrangia; eles lhe diziam, só pelo toque das mãos, que você era incapaz de fazer um movimento errado. Bobby era esse tipo de dançarino. Eu não ficaria mais surpresa se ele tirasse um bando de pombas vivas da manga de sua camisa listrada.

Reagi. Peguei sua outra mão e dancei com ele da melhor maneira que consegui naquele quarto atulhado de coisas, sob os olhos desaprovadores do meu filho e os olhares soturnos dos cantores de rock. Bobby sorria tímido. A voz de mulher percorria as notas com um abandono pesaroso, como uma prima apalermada que tivesse se libertado por um breve e delirante momento.

Depois que a música terminou, recolhi as mãos e ajeitei o cabelo. Falei: "Meu Deus, olha só o que você obrigou uma senhora idosa a fazer".

"A senhora é ótima", disse Bobby. "Dança bem."

"Dançava. Na era jurássica."

"Que nada. Sai dessa."

Olhei de novo para Jonathan e vi o que esperava: todo o senso de cumplicidade deixara o seu rosto. Ele me fitava não tanto com ressentimento mas com um não-reconhecimento, como se eu fosse alguém que apenas se parecesse com sua mãe.

"Olha as doze badaladas da meia-noite", falei. "Adoraria ficar, mas tenho que dobrar os lençóis."

Saí depressa do quarto. Em menos de um minuto a mulher melancólica foi substituída por uma voz masculina possante e uma cacofonia de guitarras elétricas.

Ned chegou em casa tarde naquela noite, depois que eu já tinha adormecido. Acordei e o descobri ao meu lado, respirando fundo e franzindo a testa em sonhos. Fiquei deitada de lado, olhando para ele. Ned já fora um menino. Talvez eu nunca tivesse realmente registrado esse fato, embora, é claro, já tivesse visto fotos: Ned pequenino sorrindo debaixo de um chapéu de homem que lhe caía até as orelhas, Ned magricela, de pés grandes, de sandálias na praia. Eu mesma arrumara num caixote seus carrinhos de metal e seus soldadinhos de chumbo para guardar no sótão. Mesmo assim, nunca tinha captado bem a coisa. Este homem aqui era o que o garoto se tornara ao crescer. Ele tinha vinte e seis anos e eu dezessete quando nos conhecemos; do meu ponto de vista ele já estava na meia-idade mesmo naquela época. Era como se tivesse nascido adulto. Aquelas fotos e brinquedos poderiam ser os artefatos de um menino que havia morrido jovem, do antigo morador de uma casa velha que levara consigo todo o seu senso de ilimitadas possibilidades ao deixar o mundo. O que restara era a porcelana guardada em armários de vidro e a paciência das violetas africanas — uma vida pachorrenta e idosa. Mas agora, como que pela primeira vez, deitada ao lado de Ned, consegui enxergar a dobra infantil de seu cotovelo sob o travesseiro, os jovens músculos do peito agora flácidos e cobertos de pêlo. Coitado, pensei. Coitado do menino.

Estendi a mão e afaguei seu ombro. Poderia beijá-lo. Poderia ter deixado minha mão descer até o emaranhado exuberante da floresta do seu peito. Mas meu novo senso de sua beleza inocente ainda era delicado demais. Se ele acordasse e me desse um beijo rude, se me apertasse as costelas com força, esse novo sentimento poderia desmontar por completo. Assim, contentei-me em olhá-lo, em acariciar a curva de seu ombro peludo e macio.

BOBBY

Meu pai comprou um novo par de óculos — estilo aviador, com o aro fino de um rosa dourado. Ele chega na porta do meu quarto e fica ali parado, apoiando com elegância o cotovelo no batente.

E pergunta: "Que tal, Bobby?".

"Hein?" Estou deitado no escuro com fones de ouvido, fumando um baseado e ouvindo Jethro Tull. A música esvaziou todos os meus pensamentos e preciso de alguns minutos para entrar de novo no mundo da causa e efeito.

Ele pergunta outra vez: "Que tal, Bobby?".

"Não sei", acabo respondendo. Ele vai ter que me dar mais tempo para essa pergunta.

Meu pai aponta para a própria cabeça. Está em pé na luz. Raios de cem watts dançam à sua volta, cortam a semi-escuridão do meu quarto.

O que eu acho da sua cabeça? É uma pergunta abrangente, provavelmente bem fora do meu alcance.

Digo: "Bom...". Deixo essa sílaba suspensa no espaço.

"Meus óculos. Bobby, hoje comprei estes óculos novos."

O tempo costura mais um ponto. Ele pergunta: "O que você acha? Será que eles são muito jovens para mim?".

"Não sei." Consigo escutar como minha resposta soa tola; como é vazia. Mas sou indefeso diante das suas perguntas. É como se ele fosse um anjo propondo charadas.

Ele suspira, um som lento e sibilante de algo perfurado. Diz: "OK. Vou fazer o jantar".

"Legal, pai", digo numa voz que espero que saia alegre e cooperativa. Confiro comigo mesmo — será que hoje é a vez dele ou a minha de fazer o jantar? Terça-feira. Vez dele. Tenho esse direito.

Só depois que ele retira sua figura da porta percebo que suas perguntas foram simples. Trocou os óculos de aro de tartaruga por um modelo mais estiloso, e quer apoio. Eu devia ir atrás dele até a cozinha, retomar a conversa. Mas não faço isso. Desabo sob o peso do meu auto-interesse, e me permito voltar para a música e a escuridão.

Algum tempo depois, meu pai me chama para jantar. Fez bifes e descongelou umas batatas. Vai bebericando uísque num copo decorado com um desenho de fatias de laranja, redondinhas e com os raios tão regulares quanto as rodas de um vagão.

Comemos um tempo sem falar. Uma vez estabelecidos, nossos silêncios são difíceis de quebrar. São duros, inteiriços, como plastificados. Finalmente digo: ''Esses óculos são legais. Quer dizer, eu gosto''.

''Acho que são um pouquinho jovens demais. Desconfio que um homem da minha idade deve parecer meio bobo com óculos assim.''

''Nada disso. Tem todo tipo de gente que usa esses óculos. São legais.''

''Você acha mesmo, sinceramente?''

''Hã-hã.''

''Bom, fico contente de saber. Fico contente de ter a opinião de uma pessoa mais jovem sobre o assunto.''

''Eles são legais. São, assim, bacanas mesmo.''

''Que bom.''

Os talheres fazem um barulho metálico nos pratos. Escuto a garganta do meu pai em ação, engolindo.

Faz algumas semanas ele vem tingindo o cabelo. Está num programa mecha-a-mecha — de tantos em tantos dias, tinge mais algumas. Dessa forma espera apresentar a mudança como algo natural, como se o tempo tivesse voltado atrás contra a sua vontade.

Essa é a sua solução — envelhecer com camisas de colarinho grande e coletes de couro, tentar todas as combinações de bigode, barba e costeletas. Vi-o nas velhas fotos de namoro, os braços grandes sobressaindo na camiseta, um músico sinuoso, muito bebedor, que deu de encontro com os limites do seu talento e se apaixonou por uma fazendeira, uma viúva que entendia de sementes e colheitas.

Daí me lembro. Vem à minha mente: hoje é o aniversário. Hoje faz dois anos.

Ele volta a encher o copo com a garrafa de Ballantine e diz: "Deixa eu te fazer outra pergunta".

"OK."

"O que você acharia de um carro novo?"

"Não sei. O nosso não está legal?"

Coloca o copo na mesa com tanta força que o uísque espirra na toalha, junto com um cubinho de gelo do tamanho de um dedal. "Tem razão. Você está absolutamente certo. Não há absolutamente nenhuma necessidade de mudar nada. Concordo plenamente."

O relógio de pêndulo vai batendo. Digo: "Pai, tudo bem um carro novo".

"Eu estava pensando em alguma coisa um pouquinho mais bacana. Talvez um carro estrangeiro, com teto solar."

"Hã-hã. Legal."

"Que deixasse entrar um pouquinho de ar."

"Isso aí."

Vamos batalhando para atravessar o jantar. O rosto de meu pai está remoto e otimista enquanto come. Ele está tirando todo o grisalho, fio por fio. Seus olhos parecem nadar atrás das lentes dos óculos novos.

Ela foi-se embora em lentas etapas antes de oficializar a situação. Morava no quarto de hóspedes, fazia raras e silenciosas aparições num robe turquesa claro. Uma vez, quando passou por mim no corredor a caminho do banheiro, deu um tempo suficiente para afagar meu cabelo. Não falou nada. Olhou para mim como se estivesse parada numa plataforma num lugar plano, seco, e eu fosse indo embora num trem que subia alto, até o topo de um mundo alpino.

Quando meu pai e eu a encontramos ele deu os telefonemas e nos sentamos juntos, ele e eu, na sala de estar vazia. Deixamos ela sozinha — achamos que era mais cortês. Ficamos sentados quietos, esperando a polícia e os paramédicos chegarem. Não falamos.

Na sala de jantar, a cena de fazenda no outono não mudou. As vacas ainda projetam sombras cor de laranja, as árvores ainda lançam folhas amarelas. Meu pai vai mordiscando educadamente seu bife, nem toca nas batatas quadradas. Termino meu jantar, levo meu prato para a cozinha e o coloco no topo da pilha. Uma mosca enorme, iridescente, passeia em êxtase sobre uma lua minguante de gordura de carneiro amarelada. As cortinas ainda exibem seus bules azuis.

* * *

Mais tarde, depois que meu pai vai dormir, levanto-me e vou andar pela casa. Tomei um Dexedrine depois da aula, pensando fazer uma faxina na casa, mas em vez disso descambei na música. Dois baseados ainda não amorteceram a anfetamina a ponto de permitir o sono, nem de longe, de modo que assim que meu pai esvaziou a garrafa e se acomodou na cama dou uma volta pelos aposentos, com a cabeça estralando e flamejando como uma lâmpada. Sob a desordem acumulada há uma réplica perfeita de uma casa, como as reproduções de época que os caras montam nos museus das cidades pequenas. Esta é a sala de estar da família, um sofá cor de cereja outrora considerado muito arrojado, e uma antiga bacia de cobre, onde estariam as achas de madeira se alguém acendesse a lareira. Aqui está a porta da frente, de carvalho amarelo com uma única janela de vidro fosco pela qual os estranhos são vistos, mas não identificados. E esta é a sala de lazer, com lambris de madeira e um tapete de retalhos como um alvo redondo no chão de linóleo marrom.

Depois do acidente, meu pai tentou vender a casa. Porém em seis meses a única pessoa interessada ofereceu pouco mais que a metade do valor de mercado. Essa área de Cleveland não tinha esperanças de crescimento.

A música toca dentro da minha cabeça. Sigo pelo corredor até a porta do meu pai. Minha cabeça é um rádio iluminado — por um momento penso que a música vai acordá-lo. Paro na sua porta, observando os veios da madeira. Abro a porta e entro pé ante pé.

Meu pai respira ruidosamente. Seu relógio digital vai mostrando os segundos vermelhos. Fico ali parado, só parado, com o tempo passando na mesa-de-cabeceira. Minha cabeça toca "Aqualung". Naquele momento, compreendo o que move os assassinos psicopatas. Eu poderia pegar a cabeça dele nas mãos, acariciar seu cabelo de um preto fosco. Poderia lhe dar um soco e sentir seus dentes se quebrarem como cubos de açúcar, ouvi-los se espalharem pelo chão. Compreendo o escuro silêncio do mundo, e a luz e o barulho que estalam dentro da gente. Compreendo a sensação do traje espacial.

Eu podia ter vindo assassinar meu pai. Agora, neste momento, eu podia me esgueirar e apertar um travesseiro na cara dele. Ele está bêbado demais para lutar. Consigo me ver fazendo isso. O filme passa dentro da minha cabeça, com Jethro Tull na trilha sonora. Um travesseiro branco como a neve e meu corpo apertando o corpo dele; uma breve luta e então o êxtase dos afogados. *Aqualung my friend, don't you start away uneasy.*

Ou então eu podia dar um beijo na sua testa apreensiva. Ele está tão bêbado que continuaria dormindo mesmo assim. Eu podia entrar na cama com ele e me perder no calor almiscarado, nos odores de uísque, de axila e de British Sterling. Fico um minuto ao lado da cama, considerando as possibilidades.

No fim, o que faço é ir embora. Saio do quarto do meu pai, sigo pelo corredor e abrindo a porta entro na noite estrelada, iluminada pelas luzes de Cleveland.

Os Glover moram a pouco mais de um quilômetro, numa casa com janelas em losango. Um balanço de vime branco range na varanda da frente, duro como uma renda congelada. Fico olhando a casa deles, parado no meio das íris. Estamos no início de junho; as flores murmuram em volta dos meus joelhos. Cuidadoso como um ladrão, inspeciono a propriedade deles, sempre pelas sombras. Há luz na janela de Jonathan, um fraco brilho de marfim da lâmpada de cabeceira. Ele está lendo John Steinbeck para a escola, e depois vai me contar a história. Eu me escondo atrás de um pé de amoras. A luz da cozinha lança um longo retângulo na grama, enquanto Alice seca as colheres e as xícaras de medir. Não a vejo, mas conheço seus movimentos — é rápida e certeira como a própria ciência, embora se preocupe mais com a perfeição que com a ordem. As frigideiras de ferro estão sempre untadas de óleo, mas o jornal de domingo continua jogado na sala de estar na quarta-feira à noite. Os Glover mantêm uma casa nutritiva, semilimpa, que tem pouco a ver com o asseio. Aqui as coisas pegam e ficam.

Estou esperando, respirando na escuridão, quando ela apaga a luz da cozinha e sobe a escada. Ned só vai chegar daqui a pelo menos meia hora. Vou me esgueirando em volta da casa a tempo de ver a luz se acender no quarto dela. Vejo sua janela e vejo as outras, as que se abrem para cômodos vazios. Atrás de um par de janelas negras está a escuridão brilhosa da sala de jantar, o jogo de chá prateado lançando uma reverberação gélida. Atrás de uma terceira janela, menor, fica a lavanderia, com seu cheiro de detergente. Lá em cima, Alice manda uma breve sombra através da persiana.

Fico esperando, olhando, até que o carro de Ned estaciona. Vejo Ned ir da garagem até a porta da frente, a camisa branca brilhando na luz da varanda, moedas tilintando nos bolsos. Ned passa

Vitalis no cabelo; usa calças Sansabelt. Escuto o clique da sua chave na fechadura — um ajuste perfeito. Apaga a luz e sobe. Sinto seus passos. Alice está esperando por ele, o cabelo preso na nuca. Jonathan continua lendo no seu quarto, absorvendo a história que vai me contar amanhã.

Sento no meio dos arbustos até que todas as luzes se apagam, até que a casa se acomoda para a noite. Caminho então em volta dela num lento círculo, com as estrelas e planetas brilhando lá em cima. Muito acima de nós, as supernovas cintilam e se desintegram, furando buracos na galáxia, arrastando sua luz para o próximo mundo. Aqui embaixo, numa noite na terra sussurrante de mosquitos e grilos, giro em órbita em torno da casa dos Glover.

ALICE

Bobby eliminou da voz o tom monótono, metronômico, e adquiriu uma cadência infantil, terminando as sentenças numa nota aguda, de modo que qualquer afirmação parecia uma pergunta ansiosa, hesitante. Seu cabelo elétrico, quando submetido à tesoura do barbeiro, emergiu como um cabelo comum de adolescente, meio despenteado, meio lambido. Uma vez, ao vê-lo postado à nossa porta ao meio-dia com um largo sorriso, notei que tinha passado um creme cor da pele para disfarçar a acne.

Mesmo assim, ele nunca conseguiu fazer a transição completa. Conservou um jeito subversivo, ligeiramente perigoso — alguma coisa sôfrega e alerta. Isso aparecia no jantar, quando ele limpava o prato, e aparecia na sua insistente, infalível polidez. Só os fugitivos são capazes de uma cortesia impecável de manhã até a noite. E, além disso, o garoto que Bobby se esforçava para ser nunca dançaria como ele dançava.

Deu de trazer discos de que achava que eu ia gostar — músicas mais suaves, mais melodiosas que as de que Jonathan gostava. Uma vez ou outra ele chamava lá do quarto de Jonathan: "Senhora Glover? Se não estiver muito ocupada, quer dar uma subidinha para ouvir uma coisa?". Eu quase sempre subia. Será que podia estar tão ocupada assim, cozinhando e lavando roupa?

Aprendi uma coleção de nomes novos: Joni Mitchell, Neil Young, Boz Scaggs. Às vezes só ficava sentada com os meninos, escutando. Às vezes, numa canção mais ritmada, aceitava o convite de Bobby para dançar.

Era de se ver o jeito como ele dançava. Seu senso de ritmo não provinha, de modo nenhum, das cornijas de granito nem das cercas-vivas bem aparadas de Cleveland. Dançando, era original — seus quadris balançavam com uma voluptuosa segurança, mais graciosa que lasciva, e seus braços e pernas traçavam desenhos vigorosos e surpreendentes no ar confinado do quarto do meu filho. Quando a música terminava ele sorria e dava de ombros, como se dançar fosse uma fraqueza da cabeça, ligeiramente embaraçosa. Voltava então, em etapas visíveis, à sua permanente imagem de garoto pálido de bairro de classe média, desses que se supõe que as mães adoram.

Às vezes Jonathan vinha dançar também, com relutância; às vezes ficava no chão emburrado, apertando os joelhos contra o peito. Eu não era tola — sabia que nenhum garoto de quinze anos iria gostar que sua mãe participasse de sua vida social. Mas Bobby era tão insistente. E, além disso, eu e Jonathan sempre tínhamos sido bons amigos apesar do nosso vínculo de sangue. Decidi que aceitar os presentinhos de Bobby de música e dança não faria mal nenhum. Eu mesmo fora meio malucona com a idade de Jonathan, não há tanto tempo.

Jonathan deixou o cabelo crescer quase até os ombros, desafiando as normas da escola. Costurou remendos de cores vivas nos jeans e insistia em vestir a velha jaqueta de couro de Bobby mesmo depois que os cotovelos rasgaram de tanto uso. Em casa ele ficava em silêncio a maior parte do tempo. Às vezes seu silêncio era petulante, outras simplesmente vazio. Apesar de todo o seu esforço, Jonathan não conseguiu transformar-se num estranho para mim. Eu o conhecia bem demais. Seu jeito de dançar era tão hesitante e desajeitado quanto o de seu pai, e aquela insolência ferina que ele fingia ter era rasa como um pires. Flagrado com a guarda baixa, resvalava para a aquiescência automaticamente, sem querer. Sorria antes de lembrar-se de fechar a cara.

Uma noite de janeiro Bobby me chamou lá para cima para ouvir um disco novo de Van Morrison. Me acomodei no chão com os meninos, balançando a cabeça no ritmo. Bobby sentou-se à minha esquerda, de pernas cruzadas e costas eretas como um iogue em meditação. Jonathan sentou-se mais longe, encurvado e emburrado, os ombros quase tocando os joelhos.

"Que música legal", falei. "Gosto desse Van Morrison."

Bobby abriu um largo sorriso: "Van the Man?". Às vezes o que ele queria dizer permanecia inescrutável, apesar das suas cuidadosas intenções. Muitas vezes eu apenas sorria e concordava com a cabeça, como faria com um estrangeiro que falasse um inglês indecifrável mas evidentemente amistoso.

Em certos momentos, mesmo em seus acessos de incoerência ansiosa, Bobby fazia sentido para mim. Era um forasteiro, lutando para se assimilar. Pois eu mesma não fora transplantada para um lugar hibernal onde a maioria das mulheres da minha idade e posição tinham quilos demais e instrução de menos? Anos atrás, quando eu ainda fazia força para me adaptar, as outras mulheres da igreja e da Associação de Pais e Mestres me ofereciam receitas de pudim feito com chocolate em barra, e salsichas boiando em mostarda e geléia de uva. Eu não podia censurar Bobby por suas dificuldades de se relacionar com o jeitão local.

"Van não está mal", disse Jonathan. "Pra quem gosta desse tipo de coisa."

Perguntei: "Que tipo de coisa ele é?".

"Bom, assim meio folk. Tipo romântico. É um bom sujeito cantando o amor de uma boa mulher."

"Não sei, Jon", disse Bobby. "Ele é meio, assim, melhor que isso?"

"Serve", disse Jonathan. "É só um meio choroso. Mãe, que tal se eu tocar pra você um negócio de verdade?"

"Esse aí me parece bem de verdade", falei.

Jonathan olhou para Bobby, cujo sorriso estava agora rígido, preocupado. "É o que você pensa", disse Jonathan. Levantou-se, tirou a agulha do disco no meio da música, pegou outro na coleção guardada numa fileira de caixotes cor de laranja encostados na parede.

"Este é Jimi Hendrix", anunciou. "O maior guitarrista morto do mundo."

"Jon", disse Bobby.

"Mãe, você vai adorar isso aqui. Vai mesmo. Vou aumentar um pouquinho o volume porque Jimi a gente tem que ouvir bem alto."

"Jon", disse Bobby, "não sei se..."

Jonathan encostou a agulha no vinil e o quarto explodiu com guitarras elétricas. Elas guinchavam e ganiam como animais torturados. O baixo começou uma batida tão insistente e num volume tão alto que eu a senti subindo pela espinha. Tive a impressão de ficar literalmente com os cabelos em pé.

"Legal, né?", gritou Jonathan. "Jimi era o maior."

Nossos olhos se encontraram através da tempestade de som. Jonathan tinha o rosto corado, os olhos brilhantes. Eu sabia o que ele queria. Queria me cuspir para fora do quarto, me mandar rolando escada abaixo até a santidade familiar dos pratos sujos e do aspirador de pó. No disco uma voz masculina cantava "You know you're a cute little heartbreaker".

"É o maior", berrou Jonathan. "Muito melhor que o Van."

Tomei uma decisão. Levantei e disse: "Bobby, vamos dançar".

Ele veio imediatamente. Dançamos juntos no caos da música. Não era tão ruim assim, contanto que a gente não parasse de se mexer. Dava aquela sensação de ventania que uma andorinha deve sentir quando é pega numa corrente de ar — uma sensação simultânea de ataque e de libertação. Dava para gritar na cara dessa música. Só faltava ela levantar os braços da gente.

Pelo canto do olho vi que Jonathan estava desapontado. Sua mãe não se acovardara com sua música de alta potência. Mais uma vez, vi a criança contida no homem florescente — naquele momento sua expressão lembrava as ocasiões em que seus lances num jogo de damas não davam certo, ou que ninguém caía no seu Primeiro de Abril. Se ele deixasse, eu lhe daria um beliscão na bochecha.

Aí começou a dançar também. Que mais podia fazer? Enquanto nós três balançávamos com a música, aquele quartinho parecia tão abarrotado de gente quanto o Times Square, e igualmente carregado com o peso do momento. Jimi Hendrix rosnava "Foxy lady", e me ocorreu que esse era um nome bem adequado — mulher-raposa. Uma mulher mais velha, esperta, que não se assusta assim tão fácil. Que se recusa a entocar-se nas suas tarefas domésticas e começar a engordar.

Depois disso passei a fazer visitas mais regulares. Abandonei minha velha norma de esperar para ser convidada. Pelo jeito, tínhamos ultrapassado isso. Quando minhas tarefas me levavam lá para cima, eu dava uma batidinha na porta e entrava para ouvir uma ou duas canções. Nunca ficava muito tempo.

Uma noite quando bati na porta detectei um arrastar de pés lá dentro. Nenhum dos dois me respondeu. Tive a impressão de ouvi-los cochichar. Daí Jonathan chamou: "Entra, mãe".

Senti o cheiro no momento em que entrei — aquele odor adocicado, fumacento. O quarto estava azul com o negócio. Bobby, em pé, tinha uma atitude de pânico congelado; Jonathan estava sentado no seu lugar de costume, perto do radiador. Bobby disse: "Hã, senhora Glover?".

Jonathan falou numa voz calma e quase suave: "Entra, mãe. Vem dar uma bola".

Estendeu-me um cigarro enrolado a mão.

Fiquei na porta, indecisa. Por um longo momento perdi o rumo da minha própria personalidade e fiquei apenas flutuando, como um fantasma, observando desapaixonadamente enquanto meu filho me oferecia um patético cigarrinho todo torcido, com a brasa alaranjada brilhando à luz fraca do abajur em forma de bola de beisebol que lhe comprei quando ele tinha sete anos.

Eu sabia o que devia fazer. Devia expressar meu choque e indignação, ou pelo menos falar com ele, com gentileza mas firmemente, sobre os limites da minha tolerância. De qualquer modo, seria o fim das nossas relações familiares — nossos bailinhos improvisados — e o começo de um período mais grave, mais formal.

Depois que o silêncio já se estendera a ponto de quebrar, Jonathan repetiu a oferta: "Experimenta, mãe. Senão como é que você vai saber o que está perdendo?".

"Seu pai ia ter um ataque do coração", falei num tom normal.

"Ele não está aqui", disse Jonathan.

"Senhora Glover?", disse Bobby num tom desarvorado.

Foi sua voz que me decidiu — a entonação medrosa com que disse meu nome de casada.

"Acho que você tem razão", falei. "Senão como vou saber o que estou perdendo?"

Dei três passos para dentro do quarto e aceitei o triste cigarrinho.

"Isso aí, mãe", disse Jonathan. Sua voz era alegre e opaca.

"Como é que se faz?", perguntei. "Eu nunca fumei nem cigarro comum, sabe."

Bobby disse: "Hã, é só tragar a fumaça, assim, direto pros pulmões. E prender o máximo possível".

Quando pus o cigarro nos lábios tive consciência de mim mesma, parada ali no quarto do meu filho com uma blusa azul-clara e uma saia rodada, prestes a cometer o primeiro ato claramente ilegal da minha vida. Traguei. A fumaça era tão áspera e amarga que quase sufoquei. Meus olhos lacrimejaram e não consegui prender a fumaça nos pulmões como Bobby dissera. Imediatamente soprei uma espessa nuvem que ficou pairando no ar, esgarçada mas intacta, por um segundo inteiro até se dissipar.

Mesmo assim, os garotos aplaudiram. Passei o cigarro para Bobby.

Ele falou: "A senhora conseguiu. Conseguiu mesmo".

"Agora já posso dizer que vivi." Minha voz soou rachada e tensa.

Bobby deu uma tragada rápida, sem esforço, pinçando o cigarro entre o polegar e o indicador. A brasa se avivou. Ao exalar, apenas um fio fino e translúcido de fumaça escapou no ar.

"Está vendo?", disse ele. "Precisa, assim, prender um pouco mais".

Passou de volta o cigarro para mim. "De novo?", perguntei.

Ele deu de ombros, sorrindo com seu jeito apavorado, perplexo. "Isso aí, mãe", disse Jonathan. "Você tem que fumar o baseado inteiro. Um tapa só não faz grande coisa."

Baseado. Chamava-se baseado, não cigarro.

Falei: "Bom, mais uma". Tentei de novo, e dessa vez consegui segurar a fumaça por alguns momentos. Mais uma vez soltei uma nuvem difusa de fumaça, muito diferente do elegante jato acinzentado de Bobby.

Devolvi a ele o baseado. Jonathan disse: "Ei, eu também estou aqui".

"Opa, desculpe." Passei-lhe o cigarro. Ele pegou avidamente, como antes aceitava os presentinhos que eu trazia para casa ao voltar das compras.

Perguntei: "O que esse negócio faz, exatamente? Devo me preparar para o quê?".

"Só vai fazer a senhora rir", disse Bobby. "Só vai, assim, fazer a senhora se sentir feliz e um pouquinho boba."

"Não é tão grande coisa, mãe", disse Jonathan. "As costeletas de carneiro não vão começar a falar com você, nem nada do gênero." Deu uma tragada com perícia e desembaraço, e passou o baseado para Bobby. Quando Bobby o passou para mim, abanei a cabeça:

"Acho que chega. Só me faça um favor."

"Ah-hã?", disse Bobby.

"Toca pra mim uma música da Laura Nyro, e depois vou continuar a tratar da minha vida."

"Claro."

Bobby colocou o disco, e nós três ficamos ouvindo. Fiquei esperando começar a sentir o que havia para sentir. Quando a canção terminou, percebi que a maconha não exercia efeito absolutamente nenhum além de deixar a garganta seca. Fiquei ao mesmo tempo aliviada e decepcionada.

"OK. Obrigada pela hospitalidade, garotos."

"Quando quiser, mãe", disse Jonathan. Não consegui interpretar a sua voz. Ele poderia estar caçoando, fazendo bravata ou simplesmente sendo amigável.

"Nem uma palavra para seu pai", falei. "Promete? Jura?" Por um momento achei que a maconha tinha me afetado, afinal. Mas era apenas um assomo de culpa.

"Prometo", disse ele. "Juro."

Bobby disse: "Senhora Glover? Poxa, que legal. A senhora é... sei lá. Legal mesmo. Uau!".

"Ah, me chame de Alice, pelo amor de Deus." E deixei os dois sozinhos.

Mais ou menos uma semana depois tentei outra vez puxar fumo (chamava-se fumo, não maconha), e descobri que, se a gente insistia, a coisa tinha lá seus efeitos. Deixava a gente meio tonta e agradavelmente vaga. Tirava a dureza, a agudeza da atenção.

Numa tarde de fevereiro, uma quarta-feira em que um silêncio frígido e branco pairava sobre o mundo, sentei com Jonathan e Bobby compartilhando um baseado. Era o quarto da minha carreira, e eu já adquirira uma certa perícia. Prendi a fumaça, sentindo dentro dos pulmões o peso e o calor da erva. No estéreo, Bob Dylan cantava "Girl from the north country". A lâmpada brilhava no lusco-fusco da tarde, e o lambri das paredes adquirira uma cor de mel escura, intensa.

"Sabem", falei, "isso deveria ser legalizado. É uma coisa suave, absolutamente inofensiva, não é?"

"Hã-hã", disse Jonathan.

"Pois bem, devia ser legalizado", falei. "Se Nixon fumasse um pouquinho, o mundo seria melhor."

Bobby riu, e daí me olhou constrangido, para se certificar de que eu tivera realmente a intenção de fazer uma piada. Sua expressão era tão vacilante — ele se agoniava tanto com as transações sociais mais simples — que comecei a rir. Minha risada inspirou nele mais risos, e Jonathan também entrou na dança, rindo de alguma piada particular sua. Essa era uma das melhores qualidades da erva: sob a sua influência a gente ria de qualquer coisinha, e, quando começava, alimentava o riso só deixando os olhos passearem em torno. Tudo parecia absurdo e engraçado — o porta-incenso em forma de Buda na mesa de Jonathan, ao lado de uma boneca de mola fazendo hula-hula; o aspecto doméstico, canino, dos sapatos de camurça bege de Bobby.

Às vezes naqueles dias eu pensava na Wendy de *Peter Pan* — mãe de um bando de garotos perdidos numa ilha. Mas não fiz papel de tola. Não comprei saias e bijuterias indianas nem sandálias mexicanas. Não cultivei uma cabeleira longa e desgrenhada. Mas agora havia um sentimento diferente. Eu tinha um novo segredo, um segredo melhor. Antes, meus únicos segredos eram que eu tinha medo de sexo e não conseguia ter o mínimo interesse em conhecer os vizinhos. Eu me sentira frágil e magra, quase translúcida, uma figura insubstancial que tinha dor de cabeça com frio e sinusite com calor. Mas esse novo segredo era exultante, esfuziante — eu seria o escândalo da vizinhança se fosse descoberta. O segredo me aquecia enquanto eu andava pelas aléias dos supermercados. Eu era uma mãe que puxava fumo com o filho. As mulheres do lugar — mulheronas que abarrotavam seus carrinhos de sorvete, *marshmallow*, cereais açucarados e frios cor-de-rosa — iriam me considerar imprópria, escandalosa, degenerada. Eu me sentia jovem e esguia, inescrupulosa e promissora. Haveria vida depois de Cleveland.

E, o que talvez fosse o melhor de tudo, descobri que quando ficava chapada conseguia levar melhor as coisas com Ned. O fumo me afrouxava, de forma que, se ele apertava sua boca contra a minha ou me fazia alguma áspera carícia, eu correspondia ficando num estado preguiçoso, líquido, totalmente diferente da minha antiga noção de excitação. O sexo sempre me produzia um aperto interno, uma sensação enjoativa que depressa se transformava de prazer em pânico e de pânico em dor, de modo que enquanto Ned lutava e suava rumo ao seu laborioso término eu ficava deitada debaixo dele nervosa e zangada, dizendo em silêncio "Acaba, acaba, acaba". Agora eu conseguia acomodá-lo com um langor que não produzia nem prazer direto nem dor direta, mas uma casta sensação de cócegas que me parecia ligeiramente engraçada. O fumo miniaturizava o sexo; reduzia o ato de uma ruidosa obrigação a uma comédia carnal, humorística e até doce. Esse era o Ned, apenas o Ned, investindo e gemendo; um menino grandalhão e desajeitado. Esse era o Ned e essa era eu, uma mulher capaz de se surpreender.

A coisa foi até o verão. Na minha nova vida eu era astuta como uma raposa e nada ortodoxa, liberal de cabeça e sexualmente generosa — era a personagem que queria ser. Essa personagem viveu até o degelo e os primeiros verdes e durou até abril, quando a pereira no nosso gramado traseiro explodiu em brancas flores. Na noite de sábado antes da Páscoa, depois que terminei de rechear o pernil, saí para olhar a árvore. Era quase meia-noite e eu estava sozinha em casa. Ned introduzira uma nova sessão tarde da noite nas sextas e sábados, para competir com os novos cinemas dos shoppings. Bobby e Jonathan tinham saído.

Eu estava com uma velha camisa de lã de Ned por cima do suéter. O ar cheirava a terra úmida e crua, e a pereira postava-se no meio do nosso quintalzinho tão esplêndida e estranha como um vestido de noiva, as flores emitindo uma tênue luz branca. Parei por um momento nos degraus da cozinha. Era uma noite sem lua, tão clara que a via-láctea se destacava entre as multidões de estrelas. Naquela noite até nosso modesto quintal parecia prenhe de possibilidades nascentes. Se o futuro fosse uma nação, esta seria sua bandeira: uma árvore em flor num campo de estrelas.

Fui pisando no gramado, embora meus sapatos fossem muito finos para o clima. Eu queria sentir a crosta gelada da grama. Fui andando sob os galhos da árvore, passando pelos canteiros onde minhas tulipas já apontavam. Quando a árvore perdesse as flores, os lilases brotariam. Algum dia moraríamos numa casa com vista para a água. Corri os dedos pela casca cheia de escamas, sacudi um galho baixo e ganhei algumas flores soltas no cabelo.

Eu já me encontrava lá fora havia algum tempo quando notei os meninos sentados no meu carro. Estava estacionado na entrada de cascalho, entre a garagem e a casa propriamente dita, na sombra de uma marquise de alumínio, num bolsão de negrume tão profundo que eu jamais poderia vê-los se não tivesse parado exatamente na posição certa, de modo que as duas cabeças apareceram em silhueta entre o pára-brisa dianteiro e o traseiro.

A presença deles me pareceu estranha porém maravilhosa. Quem sabe estavam planejando uma travessia do país de costa a costa. Eu estava tão enamorada da noite que não tinha perguntas a fazer. Aquela visão parecia, simplesmente, um golpe de sorte. Podíamos fumar um baseado juntos, sacudir a árvore e ganhar flores no cabelo. Fui até o carro sem hesitação. Ao aproximar-me ouvi um rock tocando no rádio. Derek e os Dominós, pensei. Fui logo até a porta do motorista, abri e disse: "Ei, vocês me dão uma carona?".

Passamos então, nós três, por um silêncio chocado, preenchido pelo estrépito das guitarras. Uma fumaça doce saía de dentro do carro. Jonathan estava no banco do motorista. Vi seu pênis, pálido e ereto à luz das estrelas.

"Ah", falei. Só isso.

Seus olhos pareceram saltar das órbitas, como se tivessem levado um soco por trás. Mesmo naquele momento lembrei-me perfeitamente dele fazendo a mesma expressão aos dois anos de idade, quando lhe negavam um saquinho de horríveis balas cor-de-rosa num supermercado.

"Sai daqui", disse ele num tom trêmulo e controlado que cortou a música como um arame corta a neblina. Era uma voz inteiramente adulta. "Como você se atreve?"

"Jon?", disse Bobby. Puxou seu jeans para cima, mas antes disso eu já vira seu pênis também, maior que o de Jonathan e mais moreno.

Jonathan fez um gesto afastando a menção do seu nome. "Sai daqui. Está ouvindo? Está entendendo?"

Fiquei surpresa demais para discutir. Simplesmente fechei a porta do carro e voltei para casa. Lá dentro estava claro e quente. Parei no hall de entrada, respirando fundo. Vi a sala de estar vazia com perfeita clareza: revistas abertas na mesa de centro, uma almofada ainda com a marca feita pelo cotovelo de alguém. Uma mosca caminhava traçando um semicírculo na curva do vaso verde-claro de minha avó.

Subi e abri a água quente da banheira. Era só o que consegui pensar em fazer. Quando fui entrando na água, senti uma espécie de alívio. Aquilo era real e bem definido — uma água quase quente demais para suportar. Meus pés queimavam como espetados por alfinetes. Minhas coxas, nádegas e sexo escaldavam, mas fiquei firme. Não saí daquela água fumegante.

Não foi totalmente surpresa. Não quanto a Jonathan. Eu já devia saber. Mas nunca pensara conscientemente "Meu filho não vai se casar". Já pensara "Meu filho é mais gentil que os outros garotos, mais bondoso, mais aberto aos sentimentos fortes". Eram virtudes que ele tinha. Eu sabia que faltavam na sua natureza a brutalidade e a malvadeza dos meninos. Abaixei-me mais na banheira e a água quente me cobriu os ombros e me queimou o queixo. Quando começou a esfriar, abri a torneira quente outra vez.

Como foi que não reparei nos sinais? Jonathan e Bobby tinham quinze anos, mas nunca falavam de garotas. Não pregavam nas paredes retratos de mulheres nuas. Apesar de dever ter desconfiado, nunca, em nenhuma parte do meu ser, havia imaginado as implicações carnais do amor deles dois. Na minha mente Jonathan era uma criança perene; um inocente. Eu não conseguia me acostumar com a idéia de sua pequena ereção e da ereção maior de Bobby, escondidas na noite.

Como foi que contribuí? Eu conhecia psicologia demais, e no entanto sabia muito pouco. Será que eu fora o tipo de mãe que afasta o filho das mulheres? Será que eu o havia feminilizado, insistindo com demasiada obstinação em ser sua amiga?

Jonathan entrou horas mais tarde, depois que Ned voltou para casa e foi dormir. Achei que talvez batesse na porta do meu quarto mas naturalmente ele não podia, não com o pai ali presente. Foi para seu próprio quarto, fazendo o costumeiro tum-tum com as botas no carpete do corredor. Eu queria ir até lá e consolá-lo, dizer-lhe que estava tudo bem. Queria ir até lá e puxar seu cabelo com força, até tirar sangue.

Era Páscoa, e passamos por todas as ações do dia. Ned, Bobby e Jonathan atacaram suas cestinhas, soltando exclamações ao encontrar as pequenas surpresas, enchendo a boca de jujuba e bichinhos de *marshmallow*. Jonathan mordeu as orelhas de um coelho de chocolate com um entusiasmo que me causou um inesperado frêmito. Ned me deu uma cesta de delfínios, que fiquei feliz de ganhar, e uma echarpe de seda com flores brilhantes, dessas que as mulheres mais velhas que procuram um pequeno charme extra às vezes usam quando saem para almoçar.

Ned deve ter visto a decepção no meu rosto quando tirei a echarpe colorida, própria para uma senhora, do papel de embrulho. Falou baixinho: "E eu lá entendo de echarpes? Comprei na Herman Brothers, você pode ir lá trocar por outra coisa".

Dei-lhe um beijo. "Está ótima. É uma echarpe linda."

Não pude deixar de pensar que Jonathan saberia escolher uma echarpe para mim.

Comemos o jantar que eu preparara, conversamos sobre coisas cotidianas. Depois do jantar Ned foi para o cinema. Quando ele ia saindo Jonathan lhe disse: "Vamos pegar a sessão das oito, tá bom?".

"Claro que sim", ele respondeu, dando uma enorme piscada. Depois que saiu, os meninos lavaram a louça. Quis ajudar, mas Jonathan me enxotou da cozinha. Lá da sala, onde fiquei folheando uma revista, ouvi-os falando em voz baixa, indecifrável. Às vezes os dois riam.

Louça lavada, subiram para o quarto de Jonathan. "Grande jantar, mãe", disse Jonathan passando pela sala. Bobby acrescentou: "Poxa! Esse foi, assim, o melhor".

Não me convidaram para subir. Não colocaram nenhuma música. Depois de uma hora desceram com suas jaquetas. Saíram quase instantaneamente.

"Boa noite, mãe", disse Jonathan já no gramado.

Bobby falou: "Boa noite, senhora Glover".

Fiquei ali um tempo vendo os garotos descendo a rua, os dois de mãos enfiadas nos bolsos das jaquetas. Bobby dava passadas ágeis e confiantes; Jonathan andava com as pernas meio arqueadas, como esses adolescentes que oferecem insolência em lugar de convicção. Atrás de mim a casa estava vazia, os pratos secos e guardados.

Esperei para conversar com Jonathan até que surgiu uma chance de ficarmos sozinhos. Levou quase uma semana. Finalmente ele voltou para casa de suas rondas noturnas desacompanhado e eu o peguei subindo a escada. O estardalhaço que ele fazia com aquelas botas.

"Jonathan? Posso ter uma palavrinha com você?"

"Hã-hã." Parou no meio da escada e debruçou-se sobre a balaustrada como um caubói encostando o umbigo no bar. Seu cabelo escorria no rosto.

Falei: "Você não gostaria de descer? Não estou a fim de representar uma cena de balcão".

"OK", respondeu com um bom humor meio sem-graça. Deixou-se levar até a sala, onde nos sentamos.

"Bom", falei. Não sabia bem como começar uma conversa difícil com ele. Sempre conversara com ele tão sem esforço como se falasse comigo mesma.

"Hã-hã?"

"Jonathan, meu bem, eu sei que você gosta muito do Bobby." Errado. O tom foi assexuado, tipo professora solteirona. Tentei rir, mas minha risada saiu fina, esganiçada. "Gosta muito mesmo", acrescentei.

Errado outra vez. Agora o tom foi muito sabedor das coisas, muito sugestivo. Eu continuava sendo sua mãe.

Ele fez que sim, me olhando com uma cara inexpressiva, serena.

"Bom, querido, pra ser sincera, andei pensando se é bom pra você ver o Bobby tanto assim. Não acha que você deveria ter outros amigos também?"

"Não."

Ri de novo, com mais sucesso. "Pelo menos você tem a mente bem aberta neste assunto."

Ele deu de ombros, enrolando no dedo uma mecha de cabelo.

"Lembro quando eu tinha a sua idade, a gente andava numa turma grande. Éramos sete ou oito, e todos nós estávamos meio apaixonados um pelo outro. Tanto as meninas como os rapazes. Quer dizer, acho que eu sei o que significa gostar de um amigo assim desesperadamente."

"Hã-hã", ele respondeu numa voz que parecia menos impenetrável, voz de menino bonzinho. Eu desconfiei — *entendi* — que seu amor por Bobby devia lhe dar medo. Na verdade, podia ser a verdadeira causa daquela postura máscula, daquelas ribombantes botas de sete léguas.

"Escuta", falei, "sou sua amiga. Acho que eu compreendo essa história do Bobby. Ele às vezes é muito — cativante. Mas preciso te dizer uma coisa. Não se feche tanto. Ainda é muito cedo na sua vida."

Ele me olhou por debaixo da franja esfiapada e vi no seu rosto um vestígio do meu velho Jonathan, assolado por dúvidas, à mercê do mal. Por um momento pareceu que tínhamos conseguido quebrar a barreira.

"Ah, querido. Eu sei como você se sente. Sinceramente, sei mesmo. Confie em mim. Vai chegar um dia em que Bobby vai ser apenas uma pessoa que você conheceu."

Seu rosto se fechou. Foi um processo visível, como uma veneziana se fechando sobre uma janela iluminada.

Ele disse: "Você não sabe como eu me sinto. E você não conhece Bobby. Sou eu que conheço ele. Pare de tentar viver a minha vida".

"*Não* estou tentando."

"Está sim. Não suporto isso. Você consome todo o ar que tem aqui. Até as plantas morrem."

Fitei-o sem acreditar. "A sua vida é sua mesmo. Estou só tentando dizer que eu estou do seu lado."

"Só que aqui do meu lado não tem lugar pra maish ninguém além de mim meshmo, falooou, gata?"

Dei-lhe um tapa quase no mesmo momento em que percebi que ia dar. Peguei-o em cheio no rosto, com tanta força que saiu um fio de saliva do canto da sua boca. Minha mão ardeu com o impacto.

Depois de um momento, ele sorriu e limpou a boca com as costas da mão. Parecia que o tapa lhe dera grande satisfação, provara alguma coisa que ele sempre suspeitara.

"Desculpe. Não tive intenção de bater. Nunca bati em você antes, não é verdade?"

Ele se levantou sem dizer nada e subiu a escada, levando consigo aquele ar de satisfação com a descoberta. Suas botas ressoavam a cada passo como tiros de canhão.

Nossa velha amizade terminou. Jonathan e Bobby passavam cada vez mais tempo fora, chegavam em casa tarde e iam diretamente para a cama. Não me convidavam mais para dar uma bola com eles, nem para dançar. Ned me disse que iam ao cinema com bastante freqüência. Disse que às vezes se sentava com eles, assistindo um filme que já vira meia dúzia de vezes. Disse também que Jonathan era de uma astúcia surpreendente para os filmes — quem sabe tinha talento para crítico de cinema.

Eu não cometeria a tolice de tentar impedir Bobby de vir à nossa casa. Pois meus próprios pais não haviam me proibido de encontrar Ned? E seus ultimatos glaciais não tinham me empurrado direto para o casamento? Eu não poderia dizer sinceramente se me preocupava mais com o amor de Jonathan por garotos em geral ou com sua devoção particular por Bobby. É claro que torcia para que ele crescesse, assumisse uma masculinidade convencional, conhecesse uma moça e tivesse filhos, mas sabia que essa decisão já estava além dos meus poderes de intervenção. Ali Jonathan estava sozinho. Mas justo Bobby, um garoto doce, inseguro, sem ambições perceptíveis e de capacidade intelectual questionável... se Jonathan continuasse unido a Bobby talvez nunca soubesse o que o mundo em geral tinha para oferecer. Bobby era, inelutavelmente, um garoto de Cleveland, e eu sabia o futuro que Cleveland oferecia. As ruas do centro estavam cheias de rapazes que não tinham conseguido sair: moços com gravatas berrantes, baratas, já barrigudos aos vinte e cinco anos, matando o tempo nas lanchonetes antes de voltar para um emprego que desempenhavam debaixo de luzes fluorescentes enquanto o ponteiro dos segundos ia varrendo o mostrador do relógio.

Passou-se quase uma semana mais até Bobby e eu termos outro encontro.

Eu descera para a cozinha já bem depois da meia-noite, para esticar a massa de duas tortas. Havia uns quinze dias que não dormia bem, e o problema não melhorava nada com o ronco asmático de Ned. Por fim, resignada, desci de camisola, na esperança de que uma tarefa culinária simples ajudasse a me predispor para o sono.

Acendi só uma luzinha fraca em cima do fogão, e na verdade nem era preciso. Eu seria capaz de fazer tortas dentro de uma mina de carvão.

Estava quase acabando quando Bobby apareceu, com a cara sonolenta e desorientada, apesar de que com Bobby às vezes era difícil dizer. Só de calção, parou na porta da cozinha, grandalhão, corpulento e branquela.

"Ah, oi", murmurou. "Não sabia que você estava aqui. Eu desci só pra, hã, tomar um gole de água."

Uma água totalmente confiável jorrava das torneiras do banheiro. Eu sabia o que ele procurava: naquelas alturas o gim que nós guardávamos numa prateleira da cozinha já era metade água. Mas entrei no jogo.

"Não estou conseguindo dormir, então resolvi fazer alguma coisa útil."

''Hã-hã.'' Continuava parado na porta, apanhado entre o perigo do avanço e o constrangimento do recuo. Enchi um copo com água da torneira e lhe ofereci.

''Obrigado.'' Ao dar um passo à frente para pegar o copo, trouxe para a cozinha seu cheiro peculiar, um odor masculino jovem com uma camada por baixo como o cheiro de metal num dia frio. Escutei o glu-glu ritmado da sua garganta engolindo a água.

''Bobby.''

''Ah-hã?''

''Bobby, nós não somos amigos? Achei que éramos amigos, eu e você.''

Ele quase deixou cair o copo. Sorriu numa agonia de nervosismo e disse: ''Bom, nós somos. Quer dizer, eu acho que você é, assim, muito legal''.

''Obrigada. Fico contente de saber que você me acha muito legal. Mas a gente não tem se visto muito ultimamente, não é?''

''Acho que não. Eu ando, assim, meio ocupado...''

Não consegui abafar um risinho irônico. ''Você não é exatamente o diretor da General Motors. Vamos tentar não enganar um ao outro, tá bom? É pura perda de tempo.''

Seu sorriso murchou e ele deu de ombros, desarvorado: ''Bom, sabe como é. O Jonathan...''.

''O que é que tem o Jonathan?''

''Bom, ele, assim. Sabe como é. Você é, assim, que nem, mãe dele.''

''Absolutamente certo. Eu sou que nem mãe dele. Que nem uma pessoa que pode ser enganada com desculpas esfarrapadas.''

Bobby ofereceu mais um sorriso alvar, como se eu tivesse feito uma piada. Percebi que não adiantava continuar o assunto com ele. Ele estava apenas cumprindo ordens. Fiquei parada na sua frente de braços cruzados. Podia facilmente dizer ''Saia desta casa e não volte mais''. Podia ter confirmado seu status romântico.

Num visível esforço para mudar de assunto, Bobby perguntou: ''O que é isso que você está fazendo?''.

''O quê? Ah, uma torta. Estou fazendo duas tortas de pecã para amanhã.''

''Você cozinha bem à beça'', disse ele avidamente. ''Eu nunca tinha experimentado uma comida assim que alguém *fez*, quer dizer, é que nem num restaurante.''

"Não tem nada demais." Percebi pelo seu rosto que aquilo não era, afinal, só um pretexto para conversação. Ele estava genuinamente interessado no fato de que eu tinha descido para fazer tortas à meia-noite.

Ele falou: "Eu gostaria de abrir um restaurante algum dia. Quer dizer, acho que seria legal ter um restaurante, assim, numa casarona velha por aí".

Olhou com escancarada fascinação para a massa da torta, um círculo branco e luminoso na tábua de amassar.

"Não tem nenhum segredo", falei. "Eu podia te ensinar a cozinhar. É só um processo passo a passo, não tem nenhuma mágica."

"Não sei", disse ele, duvidoso.

"Escuta, eu ainda não abri a segunda massa, por que você não tenta?"

"É mesmo?"

"Venha aqui. Você vai ficar espantado de ver como é fácil; é só aprender alguns truques."

Ele veio e ficou ao meu lado no balcão. Deslizei a massa já esticada para uma fôrma, passei mais farinha na tábua e joguei nela uma bola de massa.

"Lição número um. Tente manusear a massa o mínimo possível. Não é como massa de pão — que você tem que *socar* até ela ganhar vida. Massa de torta é bem o contrário, precisa de luvas de pelica. Bom. Vá abrindo a massa com o rolo, vá rolando pra longe de você e meio pra cima. Cuidado, não passe como um trator."

Ele pegou o rolo e o apertou contra o montinho macio.

"Vá convencendo a massa. Isso. Assim mesmo."

"Nunca fiz isso. Minha mãe nunca fez torta, nem nada parecido."

"Você vai ser bom aluno. Já dá para dizer."

"Você sabe fazer aquelas bordas enfeitadas?"

"Claro que sei."

Durante o ano seguinte ensinei a Bobby tudo o que sabia em matéria de culinária. Tínhamos longas sessões juntos na cozinha, passando das tortas aos pães e dos pães aos doces. Quando suas obras saíam do forno com sucesso, gordas, douradas e fumegantes, ele as contemplava com um ar franca e irrestritamente maravilhado. Nunca vi ninguém ter tanto jeito para padeiro e confeiteiro.

Ele parecia acreditar que, partindo de elementos tão humildes e inertes como farinha, manteiga e feiosos envelopinhos de levedo, podia-se produzir a própria vida.

Jonathan às vezes assistia nossas sessões de confeitaria, mas era claro que seu coração e sua mente estavam em outro lugar. Não tinha paciência para as medidas precisas e as longas esperas aguardando a massa subir. Na verdade, faltava-lhe um interesse básico pela alimentação em si. Mesmo quando bebê sempre fora indiferente à comida.

Ficava um pouco pela cozinha, depois subia para seu quarto e punha um disco. Às vezes tocava Jimi Hendrix ou Rolling Stones, às vezes algum disco novo que eu nunca ouvira.

Nenhum dos dois garotos nunca mais me convidou para ouvir música. Em vez disso, Bobby agora entrava animado na minha cozinha dizendo: "Olha, encontrei esta receita aqui, é um peixe que vem, assim, dentro de um pastelão". Ou então: "Ei, você sabe fazer um negócio chamado brioche?".

Jonathan pediu admissão em várias universidades e foi aceito na de Nova York e na de Oregon. Todas as faculdades que ele tentou ficavam a pelo menos dois mil quilômetros de Cleveland.

Bobby não se inscreveu em nenhuma faculdade — nem sequer mencionou essa possibilidade. Apenas continuava me trazendo receitas e comprando acessórios de cozinha cada vez mais elaborados. Comprou um Cuisinart, depois um conjunto de facas alemãs tão finas e afiadas que seriam capazes de retirar o papel de parede sem perturbar o gesso por baixo.

Em junho Ned e eu assistimos a cerimônia de formatura dos dois, junto com Burt Morrow, que não víamos havia mais de um ano. Depois de nosso último encontro, Burt trocara o cavanhaque por um par de bastas suíças. Usava um paletó esporte verde e um suéter de gola olímpica, com um medalhão dourado do tamanho de uma moeda de meio dólar pendurado numa corrente.

Sentamo-nos mais para o fundo do auditório da escola, uma vasta câmara cor de salmão claro que recendia levemente, mesmo nessa ocasião, a cimento molhado e saquinhos de lanche. À medida que os nomes dos alunos eram chamados e eles subiam ao palco para receber seus diplomas, eram acompanhados por assobios e gritos de seus colegas. Dava para medir a popularidade de cada indivíduo pelo alvoroço que seu nome produzia. Nem Bobby nem Jonathan inspiraram reação absolutamente nenhuma — era como se fossem desconhecidos de seus colegas, apesar de Burt ter dado um assobio de uma estridência surpreendente ao ouvir o nome de Bobby.

Depois Bobby e Jonathan foram a uma festa que ia varar a noite num parque de diversões, num ônibus escolar cheio de outros garotos. Ned e eu convidamos Burt para tomar um drinque, já que não podíamos simplesmente deixá-lo pegar o carro e ir para casa sozinho.

"Um drinque?", ele perguntou. "Sim, um drinque com os adultos seria bom. Acho que devíamos fazer isso, sim."

Seus olhos não tinham nenhuma luz. Pareciam feitos de ágata.

Fomos para um lugar tranqüilo perto do lago, com mesas de cobre e jovens garçonetes vestidas como Mamãe Hubbard. Pedi uma vodca com suco de limão que me foi trazida com um guardanapinho de pano, e não de papel.

Ned ergueu o copo e disse: "À nova geração. Muita sorte".

Nós três bebemos à nova geração. Nos alto-falantes ocultos, uma banda tocava "Moon river".

Parecia que estávamos no lugar menos importante do mundo.

Burt Morrow disse: "Jonathan escolheu a Universidade de Nova York, não foi?".

"Foi", respondeu Ned. "A decisão foi tomada numa base estritamente econômica. A de Nova York é mais cara que a de Oregon."

Burt piscou os olhos e acendeu um cigarro. "Bem, tenho certeza de que ele vai se destacar por lá. Bobby é que não parece muito interessado em fazer faculdade."

"Ele ainda é moço", disse Ned. "Não se sabe o que vai acontecer daqui a um ano."

Burt disse: "O que quer que ele escolha, pra mim tudo bem. Eu jamais iria interferir na vida dele. Ah, de jeito nenhum. Nem pensar. Ele tem que curtir a dele".

"Pois é", disse Ned. "Todos eles têm que curtir a deles, não é mesmo?"

Burt fez que sim, tragando profundamente seu Pall Mall como se sugasse a própria essência da vida. "Certamente", disse com ar sábio. "Certamente que sim."

Foi a sua maneira de usar a palavra "certamente" que me pegou. Parecia uma criança precoce deixada aos nossos cuidados.

Falei enfaticamente: "Eles não têm que *curtir a deles*".

"Bem", disse Burt, "contanto que eles não façam mal a ninguém..."

"Burt", falei. "Quando Jonathan começou um relacionamento com seu filho ele era um garoto doce, de natureza aberta, e agora, três anos depois, ele se transformou numa pessoa que eu mal reconheço. Era um aluno que só tirava A, e quando Bobby acabou o serviço com ele Jonathan teve sorte de conseguir entrar numa faculdade qualquer."

Burt piscou para mim através da fumaça. Ned disse: "Poxa, Alice...".

"Ah, pára com isso", falei. "Só quero fazer mais uma pergunta aqui para o Burt. Quero perguntar a ele o que foi que eu fiz de errado."

Burt disse: "Imagino que você não fez nada de errado".

"Nesse caso, o que estou fazendo aqui?", perguntei. Eu começara a tamborilar com a unha no copo. Ouvi aquelas batidas rítmicas como se fosse um som irritante feito por outra pessoa. Falei: "Por que estou morando numa cidade que desprezo? Como eu fui acabar tendo um filho que me odeia? Me parecia que estava fazendo primeiro uma coisa, depois outra, na época era tudo lógico, mas, sentada aqui neste momento, tudo me parece tão impossível".

"Bem", disse Burt, engolindo a fumaça. Eu continuava escutando minha unha batendo no copo.

Falei: "Decidimos ser uma família, só isso. Tínhamos as melhores intenções".

"Bem", disse Burt. "As coisas vão dar certo. Você tem que ter fé."

"Fé é uma coisa que os jovens podem se dar ao luxo de ter. Já li todos os grandes livros, e não sou mais uma mulher bonita."

"Opalalá", disse Ned. "Se você não é bonita, então não sei por que a metade dos homens aqui deste bar estão olhando para você."

"Não seja paternalista comigo. Não se atreva. Você tem o direito de ficar ressentido comigo, de me desprezar, ou de ficar comigo até aqui, mas não me trate com condescendência como se eu fosse uma *esposinha*. Isso é a única coisa que não admito. Está me ouvindo? Está compreendendo?"

Ned, sem falar, colocou a mão em cima da minha para silenciar as batidas da minha unha no copo. Olhei para o rosto dele.

"Ned."

Falei só isso, o nome dele.

"Tudo bem", ele disse. "Vamos pagar os drinques e ir para casa."

"Desculpa", falei.

Ele me tranqüilizou: "Não foi nada. Tivemos um dia muito emotivo. Nosso único filho acaba de se formar na escola".

Continuou com a mão em cima da minha. Olhei para Burt, que fixara em mim um olhar direto de terrível compreensão.

Depois que Jonathan partiu para Nova York, Bobby arranjou um apartamento num austero edifício de pedra do outro lado da cidade. Entrou numa escola de culinária e passou a trabalhar à noite como garçom. Começou a falar em abrirmos um restaurante juntos.

"Um lugar tipo família. Acho que um restaurante seria um bom negócio, você não acha? Teria trabalho para todos nós."

Falei que eu poderia ser uma razoável lavadora de pratos.

"Você vai ser a chefe da cozinha. O lugar vai ser, assim, o único verdadeiro restaurante de comida sulista de Ohio."

Logo mais ele estava fazendo jantares para Ned e para mim na nossa casa. Passou a ser de fato um bom cozinheiro, e parecia ter idéias coerentes sobre como financiar um restaurante.

Falei que se ele quisesse abrir um lugar por conta própria eu seria a sua primeira freguesa, mas que não contasse comigo como chefe da cozinha. Ele sorriu como sorrira da vez que nos conhecemos, anos antes — um sorriso que significava que eu havia começado a falar numa língua que ele não falava.

Naquele inverno eu mesma encontrei um emprego, de secretária numa firma imobiliária. Nós precisávamos do dinheiro. O cinema de Ned ia de mal a pior, agora que tinham surgido tantos shopping centers nos arredores da cidade. As pessoas evitavam ir ao centro à noite. Na fachada do cinema, o letreiro de neon cor-de-rosa rebrilhava numa avenida em que as luzes da rua só produziam pequenas poças iluminadas; em que os manequins nus sorriam atrás da vidraça escura de uma loja de departamentos já extinta.

Embora meu emprego de secretária não fosse nada de tão elevado, nem mesmo particularmente interessante, eu gostava tanto de ter um lugar para onde me dirigir todos os dias que comecei a ter pavor dos fins de semana. Nas horas livres comecei a fazer uma horta de temperos no quintal.

Às vezes Bobby me encontrava para almoçar na cidade, pois sua escola de culinária não ficava longe do escritório onde eu trabalhava. Ele se tornara até bonito, com traços finos e convencionais, e devo reconhecer que sentia prazer ao encontrá-lo em restaurantes cheios, onde o alarido de todos aqueles assalariados famélicos punha um gume cortante no ar.

Durante nossos almoços, Bobby falava com grande animação sobre o futuro restaurante. Em algum momento ele cessara de imitar um moço direito, cheio de personalidade, para na verdade tornar-se um rapaz exatamente assim, exceto por alguns momentos em que seus olhos adquiriam um brilho um pouco exagerado e sua pele um lustro suarento. Nessas ocasiões ele me lembrava um vendedor de Bíblias, um daqueles sulistas fanáticos de uma cordialidade excruciante que eu conhecia muito bem da minha infância. Presa da empolgação, Bobby às vezes assumia esse jeito, mas sempre se apanhava no pulo, dava uma risada como pedindo desculpas e abaixava a voz — parecia até mesmo puxar o suor de volta para os poros, de modo que o efeito final era infantil e encantador, de uma periculosidade jovem agora sob controle.

Eu lhe confessava minhas preocupações, e uma vez ou outra me permitia fazer uma ou duas queixas sobre minha própria situação, já que detestava pesar nas costas de Ned. Sua asma piorara muito à medida que os negócios declinavam, e ele começara a beber um pouco.

Bobby disse vezes sem conta: "Vou encontrar quem me financie e abro o restaurante daqui a um ano, dois no máximo. Podemos dar conta de todo o serviço. Tudo vai dar certo".

Falei: "Pra você é fácil dizer isso. Você é jovem".

"Você também é jovem. Quer dizer, é jovem para sua idade. Você vai adorar ser chefe da cozinha, espere e verá."

"Não vou ser chefe de nada."

''Vai, sim. Você vai querer quando vir o lugar que eu vou fazer pra você. Vamos, Alice? Diga que me apóia e vou abrir o melhor restaurante de Ohio.''

Um homem na mesa ao lado deu uma olhada para nós. Tinha uns cinqüenta anos, cabelo bem aparado e ar de sucesso, de terno cinzento. Vi a pergunta nos seus olhos: mulher mais velha, rosto severo mas ainda não totalmente desprovida do seu próprio gênero de beleza, almoçando com rapaz ávido, boa-pinta. Por um momento segui o fio da sua imaginação enquanto ele visualizava Bobby e eu saindo do restaurante e subindo num quartinho alugado onde a luz da tarde entrava oblíqua pelas venezianas.

Bobby inclinou-se para a frente, as mãozonas esparramadas na mesa. Estendi a mão e toquei de leve seus dedos grossos e ásperos.

''Tudo bem'', falei. ''Se você está mesmo tão decidido a abrir um restaurante, conte comigo. Vou fazer o possível pra ajudar.''

Ele disse ''Ótimo'', e seus olhos brilharam com a possibilidade das lágrimas.

Abriu seu restaurante menos de um ano depois. Talvez estivesse com pressa demais. Se tivesse esperado até ter mais conhecimentos na área, poderia ter se saído melhor. Mas vivia insistindo que já estava pronto, e posso apenas especular se a fortuna minguante de Ned teve alguma influência na pressa que Bobby sentia. Conseguiu financiamento com um sujeito de aparência duvidosa chamado Beechum, um homem com cabelo de algodão penteado para a frente para encobrir a careca e vários anéis pesados de prata e turquesa em seus finos dedos brancos. Esse Beechum possuía, ou afirmava possuir, uma próspera rede de lavanderias automáticas, e vislumbrava, ou assim dizia Bobby, um sucesso semelhante no ramo da culinária sulista.

Sob a orientação de Beechum, Bobby alugou um local num pequeno shopping de subúrbio, entre uma loja de modas populares e uma padaria que exibia na vitrine um enorme bolo de casamento ligeiramente encardido. Expressei algumas dúvidas sobre a localização, mas Bobby já compilara uma lista de virtudes que não admitiam contra-argumentos.

''Fica perto de várias grandes lojas'', recitou gravemente. ''A Penney's é a loja-âncora e a Sears fica praticamente na esquina. É uma área de comércio de alimentos. E é barato. Quer dizer, a gente tem que começar em algum lugar, certo?''

Não necessito entrar em detalhes sobre o início otimista do restaurante e seu imediato declínio. Basta dizer que Bobby lhe deu o nome de Alice's, e fez o que pôde com aquela sala com luz fluorescente e teto de eucatex, uma ex-pizzaria que acabara de afundar. Colocou nas paredes pôsteres enquadrados de Nova Orleans — varandas de ferro batido no bairro francês, um negro tocando trompete — e encontrou velhas cadeiras e mesas de madeira de segunda mão. Testei receitas com Bobby e debati sobre os temperos, embora Beechum em geral prevalecesse com suas advertências sobre os custos excessivos e a timidez dos gostos de Ohio. O menu final acabou sendo uma versão nortista da cozinha sulista: quiabo, bolinhos fritos de milho, camarão preparado de todas as maneiras. As sobremesas eram notáveis. Eu fazia questão de dar uma passada por lá sempre que possível.

Às vezes quando eu vinha almoçar encontrava mais uma ou duas pessoas — freguesas com sacolas da loja ao lado, vendedores solitários em hora de almoço; outras vezes eu era a única cliente. Nessas ocasiões Bobby sentava comigo enquanto a garçonete passava um pano na prateleira das tortas, já bem limpa, ou então entregava os pontos e lia uma revista de cinema sentada ao lado da geladeira.

Passando por tudo aquilo, Bobby nunca perdia seu bom humor de vendedor de Bíblias.

''As coisas sempre começam devagar'', ele dizia. ''A gente tem que dar tempo pra propaganda boca-a-boca. Todo mundo que sai daqui fez uma refeição excelente, e cada um vai contar para mais dez pessoas. A gente tem que dar tempo.''

Falei: ''A comida está ótima, Bobby. Só espero que as pessoas acabem reconhecendo o que é bom''.

''Claro que sim. Se você tem o produto, as pessoas te encontram. É só uma questão de tempo.''

Estávamos conversando no restaurante vazio, sob as luzes fluorescentes. As pessoas passavam pela vitrine limpíssima e olhavam para dentro com uma expressão que eu reconhecia: a cara humorística e meio amedrontada que a gente faz ao ver um empreendimento malfadado. Eu mesma já olhara exatamente daquela maneira para incontáveis vitrines, para o interior desabitado de presunçosas lojinhas de presentes, para delicatessens com pouco estoque, para butiques onde cada vestido estava fora da moda havia cinco anos. Enquanto as pessoas passavam apressadas com sacolas da Sears e da Penney's, eu compreendia seus sentimentos; compreendia esse tipo particular de desprezo nervoso inspirado por qualquer prova da incapacidade humana de transformar palha em ouro.

Numa noite de novembro quente demais para a estação, seis meses depois que o restaurante abriu, Burt Morrow queimou-se e virou cinza, junto com a metade da sua casa, ao adormecer com um cigarro aceso. Ned e eu acordamos com as sirenes, apesar de naturalmente não podermos saber para onde elas se destinavam.

Mesmo assim, tive um pressentimento. Apenas uma sensação cortante sem nome, e portanto fiquei acordada muito depois que Ned já retornara ao seu sono ruidoso, quase doloroso. Quando o telefone tocou eu sabia. Pegamos o carro e fomos direto para lá, vestindo um casaco por cima do roupão.

Bobby viu quando estacionamos. Não se mexeu. Estava parado na grama ao lado de um bombeiro de capa preta. Quando eu e Ned corremos até ele, Bobby nos olhou com sua velha expressão embotada, sem compreender; aquela cara de estrangeiro.

Dei-lhe um abraço. Estava imóvel como uma estátua de sal. Falou numa voz alta e clara: "Meu pai morreu hoje, lá pela meia-noite e meia".

Tinha as mangas da camisa chamuscadas e seu cabelo emitia um horrível cheiro de queimado. Devia ter tentado entrar na casa em chamas.

Acariciei seu cabelo arruinado. Ele ficou imóvel no meu abraço. Metade da casa queimara até virar uma ruína; a outra metade estava obscenamente sem cicatrizes. A porta da frente semi-aberta mostrava o papel floral enegrecido de uma parede interna onde um espelho ainda pendia em sua moldura decorada.

Ned foi ver o que acontecera com Burt. Fiquei com Bobby. Ele logo começou a tremer e eu o abracei mais forte, o que lhe inspirou mais tremores. Seus espasmos me assustaram mas não afrouxei meu abraço. Fiquei apertando firme como fazia com Jonathan, quando ele era um bebê propenso a misteriosos ataques de choro e eu, ignorante mesmo para meus vinte e dois anos, só sabia abraçá-lo com toda a força em meu terror e minha incerteza.

Jonathan veio para o enterro. Seu cabelo loiro ainda caía abaixo dos ombros, mas agora ele usava mocassins e paletó de *tweed* com a calça jeans. Bobby se vestia no estilo dos moços trabalhadores de Cleveland: calça sintética bem vincada e camisas em tons pastel.

Os dois saíam juntos de carro, assistiam velhos filmes na televisão. Bobby estava pálido e distraído, como se o interior de seu crânio emitisse um ruído que só ele escutava. Jonathan o vigiava zelosamente, sentava-se perto, tocava seu ombro ou sua mão.

Eram como um convalescente e seu enfermeiro. Havia compaixão entre eles, mas nem sinal de romance. Mesmo tão jovens, os dois haviam adquirido um jeito de idosos: sentados juntos no sofá, faziam a gente pensar em venezianas e gabinetes de antiguidades. Bobby sempre se sentava ao lado de Jonathan, infantilmente perto. Em dados momentos um estranho talvez não soubesse dizer quem era o consolador e quem o consolado. Depois de uma semana, Jonathan voltou para sua nova vida em Nova York.

Bobby logo fechou o restaurante e por fim declarou falência como uma maneira de saldar suas dívidas. Agora ele trabalha numa padaria. Parece que se sente mais seguro no meio das tábuas enfarinhadas, dos ovos frescos e dos rolos de massa.

Como não conseguia mais pagar o aluguel do seu apartamento, mudou-se para nossa casa. Mora no andar de cima, no quarto de Jonathan, e dorme na cama estreita.

Alojar Bobby não nos incomoda. Para ser sincera, para nós tem utilidade até o pequeno aluguel que nos paga, com Jonathan na faculdade e o cinema de Ned se recusando a sair do buraco. Ned começou a passar filmes estrangeiros, do tipo que não passa nos cinemas dos shoppings. Ele conserta o carpete do saguão com fita isolante.

Jonathan liga aos domingos, como um bom filho. Mudou-se do dormitório da universidade para um apartamento em Greenwich Village. Tento imaginar sua vida: filmes e cafeterias, música em clubes de porão. Preciso imaginar esses detalhes porque ele não relata nada disso. O que ele nos conta é que suas aulas vão bem, e que não precisa de lençóis, cobertores, utensílios de cozinha nem roupas novas.

Às vezes acho que vou largar o Ned. Às vezes penso que vou simplesmente anunciar o fato e ir embora, como uma criança de dezessete anos. Mas não consigo me imaginar realmente fazendo isso. Uma das revelações do início da minha meia-idade é o fato de que gosto dele, gosto até a medula dos meus ossos. Ele me inspira ternura, até piedade. Se ele fosse mais bem-sucedido, quem sabe eu até conseguisse.

Em vez disso, estou fazendo mais um esforço para me adaptar aqui. Entrei de novo no grupo da igreja. Comecei a dar aulas de confeitaria na ACM, para esposas que querem surpreender a família nos feriados. Meu curso atraiu um número espantoso de alunas. Muitas são bem-humoradas e de bom coração, e algumas talvez possam ser convencidas a abandonar sua devoção por gelatina de caixinha e pudim em pó. No Natal, quando as aulas terminarem, três ou quatro de nós provavelmente vamos continuar sendo colegas confeiteiras.

É isso que se faz. Fazemos um futuro para nós mesmos com a matéria-prima que temos a mão. Sento numa mesa e bato a máquina de segunda a sexta, e duas vezes por semana instruo outras mulheres na arte de transformar ovos em massa, e esticar uma massa tão fina que através dela se pode ler um jornal. Tenho pouco tempo para o serviço doméstico, mas Bobby mantém a casa inteira imaculada na minha ausência. Tirando as horas em que ele trabalha na padaria, está sempre em casa. Sempre. Faz o jantar todas as noites. Depois do jantar Ned volta para o cinema e Bobby e eu assistimos televisão ou jogamos cartas. Fico com ele até a hora de dormir. Às vezes sugiro que ele saia e veja o que há de novo no mundo. Até lhe ofereço um dinheirinho, mas ele sempre diz que está exatamente onde quer estar. Assim nos sentamos, passando as horas. Para ser perfeitamente franca, às vezes desejo que ele vá embora. Ele é tão caninamente fiel em sua dedicação, tão interminavelmente agradável.

SEGUNDA PARTE

JONATHAN

Éramos meio amantes. Junto ocupávamos a clara esfera superior do amor, onde as pessoas se deliciam com a alteridade, têm carinho pelas esquisitices do parceiro, e lhe querem bem. Como não éramos amantes no sentido carnal, não tínhamos utilidade para os pequenos assassinatos. Clare e eu contávamos um ao outro nossos piores segredos e admitíamos nossos medos mais tolos. Jantávamos e fazíamos compras juntos, avaliávamos as qualidades dos homens que passavam na rua. Em retrospecto, creio que éramos como as duas irmãs das velhas histórias — as histórias em que a irmã mais nova não pode se casar até que alguém queira a mais velha, menos atraente. No nosso caso, porém, éramos as duas irmãs ao mesmo tempo. Compartilhávamos uma vida de roupas, fofocas e auto-exame. Esperávamos, sem nenhuma urgência especial, para ver se alguém iria nos querer para aquele outro tipo de amor, mais aterrorizante.

Por três anos vivemos juntos num apartamento do sexto andar na Três Leste entre as avenidas A e B, onde mulheres porto-riquenhas discutiam em espanhol e os traficantes de drogas viviam perpetuamente entrando e saindo dos apartamentos do porão. Garotos drogados, de uma beleza de cortar o coração, dançavam na esquina ao som de enormes rádios. Morávamos ali porque era barato, e porque — isso reconhecemos numa noite de bebedeira — achávamos o lugar mais interessante que outros bairros mais seguros. Não só isso, eu já confessara que considerava esse bairro uma fonte de histórias pitorescas para serem contadas na vida melhor, que ainda estava por vir. Quando falei isso, Clare me olhou cética e disse: "A crença no futuro é uma virtude desonrosa, não acha? É como fazer barquinhos dentro de garrafas. Sabe como é? Admirável, mas meio horripilante".

Clare estava com trinta e seis anos, onze a mais que eu. Vivia de acordo com vários pressupostos, a que se atinha com uma ferocidade silenciosa porém implacável. Acreditava que James M. Cain era o maior escritor americano, que a sociedade atingira seu ápice no fim dos anos 30, e que não havia mais homens para uma mulher com a sua idade e suas peculiaridades. Quando contestada nesse último ponto, ela replicava num tom de paciência quase exausta, como uma boa professora diante de seu décimo milésimo aluno medíocre: "Elimine os seguintes", dizia contando nos dedos: "Homens gays. Homens casados. Homens com menos de vinte e cinco anos. Homens com mais de vinte e cinco anos que só se interessam por mulheres jovens e lindas. Homens que ainda estão disponíveis porque não conseguem se comprometer com ninguém. Homens que são apenas uns bundões e nada mais. Estupradores e assassinos psicóticos. Muito bem. E agora, quem sobrou?".

Levava seus afazeres cotidianos com um bom humor irônico, como um ator secundário numa comédia dos anos 30. Como uma sobrevivente de guerra, que continua andando entre as ruínas de salto alto e batom.

Quando ficava deprimida, falávamos em ter um filho juntos. Clare já passara por um casamento, um aborto, dúzias de amantes e três mudanças de carreira. Eu terminara a faculdade três anos antes e escrevia uma coluna sobre restaurantes num jornal semanal, seguro apenas do meu desejo pelo homem que eu chamava de meu amante. À noite nossa rua rebrilhava com cacos de vidro. Todas as manhãs uma enorme mulher hispânica passava debaixo da nossa janela a caminho do trabalho, cantando canções de amor estridentes e sentimentais.

Certa manhã no início da primavera, quando uma única folhinha de hera verde-clara conseguira enfiar-se pela grade da janela da cozinha, Clare suspirou sobre sua xícara de café e disse: "Quem sabe vou tingir meu cabelo outra vez da cor normal. Você não acha que uma mulher de certa idade deve parar de tentar parecer excêntrica?".

Usava um quimono de uma loja de segunda mão, não de uma seda delicada e aquosa mas de um raiom vermelho berrante, cor de batom, provavelmente comprado no Havaí ou em Las Vegas uns cinco anos antes. Clare não era bonita e alegava opor-se à beleza em geral.

"Não", respondi. "Acho que uma mulher de certa idade tem mais direito ainda." Eu estava parado na porta, já que na nossa cozinha só cabia uma pessoa de cada vez.

"A diferença entre trinta e seis e vinte e cinco", disse ela, "é que aos vinte e cinco a gente não consegue parecer patética. A juventude é a grande desculpa. Você pode tentar qualquer coisa, fazer absolutamente qualquer coisa no cabelo, e sair por aí com uma cara ótima. Você ainda está experimentando ser você mesmo, portanto está tudo OK. Mas é só a gente ficar um pouco mais velha e descobre que as ilusões já começam a aparecer."

Perguntei: "Será que hoje vai ser mais um Sábado Negro?".

"Ainda é cedo para dizer."

"Não vamos deixar. Está tão bonito lá fora. Vamos fazer compras e assistir um filme em vez de pensar em suicídio."

"Quando tivermos o bebê, você acha que ele vai ter o cabelo de que cor?"

"De que cor é o seu?"

"Meu Deus, tenho que fazer um esforço para lembrar. Um castanho-escuro sem-graça, creio eu. Cabelo de vendedora de loja."

"Quem sabe a criança vai ter a minha cor", falei. "É incrível o que um gene fraco porém decidido é capaz de fazer."

Ela bebericava seu café. "Para ser sincera, tenho a sensação de que meus ancestrais morenos lá da Romênia vão atropelar os seus suecos pensativos."

"É isso que você gostaria? Uma versão em miniatura de você mesma?"

"Ah, claro que não. Outro eu? A gente ia se odiar. Para começar, eu gostaria que a criança tivesse a sua inteligência."

"Não me venha com falsa modéstia. Você é bem esperta."

"Se eu fosse tão esperta, não estaria com trinta e seis anos numa cozinha minúscula tentando encontrar a melhor maneira de ter um bebê sem me apaixonar."

Continuávamos conversando sobre o bebê. Não fazíamos planos, mas conversávamos muito. Era a nossa maneira de estar juntos. Já tínhamos tido outras idéias no passado: falamos em abrir um serviço de bufê para levar café na cama, e em morar no litoral da Espanha. Sempre discutíamos essas iniciativas com tanta minúcia que por fim atravessávamos uma linha invisível e começávamos a nos sentir como se já as tivéssemos realizado; nossa conversa acabava adquirindo um ar de devaneio. Tínhamos ensaiado levar ovos quentes desde a rua Três até a Park Avenue numa embalagem a vapor (eles viraram uma massa coagulada), compramos guias de viagem e fitas cassetes para aprender conversação em espanhol. Eu não esperava que com o bebê as coisas fossem diferentes.

"Gosto do nome Ethan para um menino", falei. "Ou então Trevor."

"Meu bem, por favor. Nada de nomes originais. Se for um menino vamos chamá-lo de Jon Júnior. Se for menina, que tal Mary ou Ann?"

"Por que não Clare Júnior?"

"Já te disse. Quero que ela seja diferente de mim."

A rival de Clare era a sua própria imagem, a elaborada personalidade que ela construíra para si mesma. Vivia na corda bamba entre sua capacidade de ser durona e cáustica e sua vontade de ser "interessante". Quando seus gestos eram executados com demasiada perfeição ela conseguia ser ligeiramente grotesca — muito experiente e maneirosa. Eu via como isso a perturbava. Às vezes ela abraçava sua persona com um desafio palpável, olhando para o mundo como se dissesse *É isso mesmo, e daí?* Às vezes assustava a si mesma. Já tinha tanta prática que era difícil agir fora de sua personagem.

Mesmo assim, tivera uma vida que eu considerava plena, interessante, e não gostava de ouvir suas observações autodepreciativas. Fora casada com um bailarino que agora morava em Berlim Ocidental e cuja companhia se apresentava periodicamente em Nova York com extravagante sucesso. Fora amante de uma autora semifamosa. Tomara heroína e ópio, e Dexedrine suficiente para fazer tratamento numa clínica de Baltimore. Minha própria vida, comparada com a sua, parecia tímida e cautelosa. Eu detestava pensar que qualquer das duas opções — uma vida exagerada, perigosa, ou uma existência confortável com um salário no fim do mês — acabava levando à mesma vaga insatisfação; à mesma certeza de que a próxima geração vai ter que melhorar a sua sorte.

"Qual a sua opinião sobre os castigos?", perguntei.

"Para mim pessoalmente? Ou para o bebê?"

"Para o bebê."

"Eu nunca bateria nele. Não ia conseguir. Ah, sei lá. Vai ver que eu ia ser uma dessas mães que ficam ressentidas e decepcionadas, e a criança acaba querendo que você lhe dê um bom tabefe e acabe logo com a coisa."

Clare trabalhava numa joalheria em St. Marks Place. Tinha um talento genial para juntar coisas heterogêneas — fazia brincos e broches com pedacinhos de cristal, vidro quebrado, metal enferrujado e figurinhas de plástico das lojas de quinquilharias. Seu trabalho tinha uma clientela pequena porém fiel. Inesperadamente eu me tornara crítico de restaurantes num semanário que começou *underground* e acabou ficando popular demais para suas instalações rudimentares e sua equipe inexperiente. Quando assumi o emprego, recém-saído da universidade, pensei que seria o primeiro passo rumo à minha verdadeira carreira numa grande revista chique de circulação nacional, mas acabei percebendo que tropeçara sem querer — quase contra a minha vontade — numa coisa boa. Em três anos o jornal se mudara de um escritoriozinho úmido no bairro das confecções baratas para um andar inteiro em Union Square. A equipe triplicara. E fui promovido de datilógrafo e repórter ocasional para colunista de restaurantes.

A graça da piada era a seguinte: eu não entendia nada de comida. Comida era a obsessão de minha mãe, e eu me recusara veementemente a ter a menor partícula de conhecimento sobre o assunto. Quando o editor resolveu publicar uma seção sobre restaurantes e disse que queria que eu escrevesse, protestei que não sabia nem mesmo como se faz *quiche Lorraine*. Ele respondeu: "Pois é justamente isso. Tem muita gente que não sabe". Ofereceu um aumento, e pelo menos sessenta centímetros de espaço por semana. E assim me tornei João-João — um sujeito de meios relativamente modestos que apreciava a boa comida mas não se encantava com uma pitada inesperada de cardamomo num creme de pimentão; que gostava de sair para jantar com amigos ou amantes uma ou duas vezes por semana e se dispunha a arriscar alguma coisa diferente quando a ocasião exigia. Fiz a resenha de restaurantes poloneses, chineses e tailandeses, percorri Manhattan de alto a baixo procurando os melhores hambúrgueres e pizzas. Indiquei quais eram os restaurantes da moda que tratavam bem até mesmo as não-celebridades, quais serviam porções ridiculamente pequenas, quais causavam boa impressão sem amedrontar nossos pais em visita do interior. Tanto Clare como eu subsistíamos com as refeições pagas pelo jornal, apesar de pagarmos um preço pelas excentricidades da nossa dieta. Uma semana comíamos apenas burritos, na outra nada além de pato de Pequim. Clare especulava se esse nosso monismo alimentar não estaria nos causando algum mal permanente. Ela trazia para casa vitaminas, bebidas feitas com aloés, proteínas em pó supostamente preferidas por famosos campeões de musculação, que sorriam e flexionavam os músculos nos rótulos de cores brilhantes.

Dizíamos um ao outro que devíamos ler para o bebê constantemente, mesmo antes que ele tivesse idade para compreender. Concordávamos que os pais devem ser acima de tudo sinceros com os filhos, tanto a respeito dos fatos mais negros como dos agradáveis.

O nome do meu outro meio amante era Erich. Eu e ele fazíamos sexo, apesar de ele não inspirar em mim a premência nem a agudeza penosa e jubilante que, combinada com o desejo, deve formar o amor. Com Erich eu não perdia a cabeça. Para ser sincero, desde que saí de Cleveland nunca havia amado um homem com quem dormi — não havia nem chegado perto dessa sensação, embora já tivesse conhecido dezenas de corpos em todas as condições e estados de espírito. Na verdade minha dedicação se concentrava em Clare e hipoteticamente em certos homens que eu via andando pelas ruas da cidade: homens de aparência forte que não aspiravam à fama ou à felicidade no sentido convencional, que caminhavam sulcando o ar numa resoluta inconsciência. Eu olhava da maneira mais discreta possível para os punks de botas militares pretas, para soturnos rapazes italianos, para os garotos durões de cabelo comprido que tinham vindo de alguma cidade pequena na esperança de que em Nova York sua reputação criminosa se conservasse.

Sabia que meus interesses não eram realistas nem saudáveis. Mas eles permaneciam obstinadamente — eram a geografia do meu desejo. Um determinado garoto que eu via às vezes na banca de jornais da esquina, de cabelo desalinhado e uma expressão irritada, era capaz de me fazer sentir uma corrente elétrica ao roçar a manga no meu cotovelo. O homem com quem eu dormia parecia esquemático e remoto.

Erich e eu fazíamos amor uma ou duas vezes por semana, em geral no seu apartamento na Vinte Leste. Tínhamos nos conhecido dois anos antes, num restaurante onde ele era *barman*. Naquela semana eu estava resenhando restaurantes gays — minha coluna ia avaliar os diversos lugares onde os leitores gays podiam ir com seus namorados se quisessem dar as mãos por cima da mesa. Aquela noite jantei sozinho, e parei no bar para tomar um conhaque antes de sair. Embora o bar não estivesse cheio, o garçom levou quase cinco minutos para me perguntar o que eu queria beber. Estava curvado no lado oposto do bar, com os braços cruzados sobre o balcão como uma dona de casa flamenga debruçada na janela, concordando com enfáticos acenos de cabeça com uma história contada por um homem idoso que usava jóias de ouro e uma echarpe verde-esmeralda. Enquanto eu esperava fiquei olhando a bunda do garçom, que era pequena e compacta, e que balançava no contra-ritmo dos seus acenos de cabeça.

Por fim o velho que estava contando a história inclinou a cabeça na minha direção, dizendo: "Acho que você tem um freguês". O garçom virou-se com ar espantado. Tinha o rosto estreito, o nariz e o queixo pontudos demais para uma beleza comum, apesar de a tez ter boa cor e os olhos serem de um azul leitoso e inocente como os de uma criança. O tipo de rosto que, acompanhado por uma tendência à vaidade, causaria agonias num espelho — um rosto capaz de passar da beleza à feiúra e da feiúra à beleza. Nova York está cheia de rostos assim, rostos que não chegam a ser bonitos, de rapazes e moças que foram paparicados por suas mães e que acreditam, com uma esperança firme embora um pouquinho envergonhada, que são capazes de se fazerem na vida com sua beleza.

Ele disse: "Opa, desculpa, quer tomar o quê?".

Pedi um conhaque. Perguntei: "Hoje o movimento está meio fraco?".

Ele concordou, servindo o conhaque num copo grande. O velho de echarpe verde-esmeralda tirou um cigarro do maço que deixara à sua frente no balcão e o colocou numa piteira de ouro com elaborada concentração.

O garçom disse: "Sabe como é, o movimento está fraco em geral".

Desconfiei que o restaurante não iria durar muito. Tinha um ar de declínio, e eu já sabia mais ou menos o que iria escrever na minha coluna no dia seguinte. Algumas frases já haviam me ocorrido: "Uma terra de ninguém tipo anos 50 que serve uma comida formal, vagamente embaraçosa"; "como um navio fantasma que chega ao porto à meia-noite a cada cem anos". Era o tipo de lugar onde uma velha tia rica poderia levar a gente, só que os fregueses eram homens mais velhos e rapazes de olhos brilhantes e cara famélica, em vez de viúvas ricas de broches e peles.

"Bom", falei, "para dizer a verdade, este lugar é um pouco assustador."

Ele colocou o conhaque na minha frente sobre um guardanapo de papel e deu uma olhada para o velho, que languidamente expelia volutas de fumaça pelas narinas. Disse então em voz baixa: "Isso aqui não é tétrico? Estou procurando outro emprego".

"Acho que é uma boa idéia."

Deu mais uma olhadela para o fumante e instalou-se na minha frente. Cruzou os braços sobre o balcão.

"Você não imagina como é difícil conseguir um emprego de garçom. Quer dizer, num bom lugar. Você nunca esteve aqui, esteve?"

"Não."

"Achei mesmo que nunca tinha te visto."

Uma profundeza inquisitiva passou rapidamente por seus pálidos olhos azuis. Estava tentando, sem maior convicção ou curiosidade, sacar qual era a minha. Imaginei que o bar era freqüentado por rapazes à procura de um encontro por dinheiro. Eu não parecia nem tão bonito para estar à venda nem tão próspero para ser comprador.

"Só quis experimentar", falei. "A gente não pode passar a vida inteira indo nos mesmos lugares de sempre."

Ele concordou, sem se convencer. Não era um restaurante qualquer; não era o tipo de lugar para quem vai sem segundas intenções.

Ele perguntou: "Você, hã, trabalha por aqui?".

"Trabalho no centro. Estava passando pelo bairro. Sou escritor."

"É mesmo? O que você escreve?"

Disse a ele o nome do jornal, e ele fez um aceno de cabeça com particular interesse. Na época, o jornal era quente. "Você escreve o quê?", perguntou de novo.

"Ah, uma porção de coisas. Escuta, você vai sair logo?"

"Bom, vamos fechar daqui a uma hora."

"Quer me encontrar para tomar um drinque num lugar menos tétrico?"

"Tudo bem. Quer dizer, quero sim."

"Meu nome é Jonathan."

"Eu sou Erich. Meu nome é Erich."

Acenou com a cabeça ao anunciar seu nome. Seus olhos perderam a incerteza. Aqui estava o meu motivo oculto — eu fora até lá para caçar o garçom.

Fui dar uma volta e encontrei-o uma hora depois num bar pelos lados da rua Trinta. Ele já tinha chegado. Estava em pé no balcão com uma garrafa de Budweiser, fingindo interesse por um filme da Esther Williams que passava no vídeo. Disse alô e acenou ligeiramente, como se concordasse com sua própria saudação.

Pedi uma cerveja e fomos lutando para arranjar conversa. Falamos sobre as coisas de costume, oferecendo breves relatos sobre nossas origens e ambições. Era uma noite de quarta-feira, havia pouca gente no bar. Coristas em tecnicolor mergulhavam num brilhante mundo aquamarino na tela do vídeo, enchendo a sala com uma meia-luz colorida, cambiante. Erich era todo desatenção inquieta, o tipo de pessoa que pica os guardanapos em pedacinhos, tamborila com os pés e não escuta direito metade do que lhe dizem. Seu cabelo já estava rareando no alto — fiquei surpreso ao saber que ele era três meses mais novo que eu.

Depois de um intervalo que para nós dois pareceu decente — duas cervejas —, fomos ao seu apartamento na Vinte e Quatro, onde ele apresentou sua segunda surpresa.

Ele era ótimo na cama. Não há outra maneira de dizer. Parecia nada menos que uma transfiguração. Conversando, era inquieto e evasivo, dado a pausas arrítmicas e estranhos espasmos de riso. Mas quando tirava a roupa assumia a fluida autoconfiança de um dançarino. Seu físico era modesto e esguio, com os braços cheios de veias e as costelas proeminentes. Aquela primeira noite, quando fomos ao seu estúdio (um único cômodo com cozinheta e banheiro), ele ficou nu tão depressa que era como se estivesse usando uma roupa de comediante, dessas que saem com um só puxão. Num momento estava vestido e no momento seguinte estava nu, enquanto eu ainda abria o último botão da camisa.

Falei: "Ei, como é que você fez isso?".

Ele sorriu e me ajudou a tirar a roupa. Seus movimentos eram rápidos e eficientes, porém delicados. Abruptamente, trocara seu jeito vago e arisco por uma concentração calma e uma competência suave e sem pressa. Desabotoou meu jeans e o deslizou ternamente até meus pés, me enlaçou pela cintura e me ergueu, com uma levíssima mostra de esforço, me colocando na cama.

Não fiquei excitado com ele. Fiquei excitado com a idéia do sexo, a facilidade daquilo tudo — eu saíra e pegara alguém, um homem sem méritos que era meu para eu fazer com ele o que quisesse. Reconheço — havia um traço de sadismo no meu desejo. Havia uma nuance de vaidade. Eu escolhia homens comuns que não iriam recusar; que achariam uma sorte me ter. Eu não vibrava com o corpo deles — que era ou volumoso ou magro, mas sempre envergonhado e grato — tanto quanto vibrava com o fato da captura. Quando Erich me colocou na sua cama fiquei excitado daquela maneira genérica, sem um foco específico, que se tornara familiar. Eu o deixaria comandar o sexo mas sairia do seu apartamento invicto. Uma parte de mim já se fora, mesmo agora, enquanto nossos peitos se tocavam pela primeira vez e nossas pernas procuravam posição. Eu era mais importante do que aquilo. A excitação que eu sentia era impaciente e não de todo agradável, como um enxame de abelhas dentro do meu peito.

Erich roçou o rosto no meu ombro, correu os dedos de leve pelo meu peito seguindo o desenho das costelas. Tinha um toque seco, como se tivesse talco nas mãos. Havia algo doce em sua seriedade, sua calvície, sua beleza esquiva. Havia nisso tudo algo de terrível.

Ficou alguns momentos em cima de mim, salpicando meu peito de beijos. Então deu uma virada ágil nos nossos corpos, de modo que fiquei por cima. Pela primeira vez consegui vê-lo bem. Era magro mas de ossos grandes, com mais pêlos no abdômen que no peito. Seu pau se encurvava para a direita, percorrido por uma veia toda irregular. Sua barriga magra e peluda, seu pênis torto de repente me causaram repulsa. Em geral com estranhos havia um momento assim de choque, quando eu compreendia totalmente a privacidade de seus corpos. Olhando o torso magro de Erich, senti como se o tivesse flagrado numa indiscrição. Vi sua alteridade, e isso me fez passar da excitação à repulsa — minha agitação transformou-se em irritação e comecei a blefar para poder continuar, enfiando cegamente seu pau na minha boca. Já estava pensando em voltar para casa e tomar um drinque com Clare. Mesmo enquanto acontecia, era uma história que eu ia contar a ela. Juntos eu e ela iríamos abanar a cabeça e conversar sobre a intrigante escassez do amor.

"Relaxa", sussurrou Erich. Não respondi, pois estava com a boca cheia. Quando ele repetiu, levantei a cabeça e disse: "Estou perfeitamente relaxado, obrigado". Iria fazê-lo gozar depressa, depois gozar também e voltar para a minha própria pele, andando livre pela rua.

Ele se afastou e mandou eu deitar de barriga para baixo. "Você está muito tenso", disse. Obedeci, cético, e ele começou a massagear minhas costas, seguindo com as pontas dos dedos a curva dos meus ombros e da coluna. "Você está muito tenso. Estou sentindo tudo isso aqui."

Contrariando meu bom senso, entreguei-me às suas mãos. Eu não gostava de ouvir que estava tenso — parecia que ele reconhecera uma falha no meu caráter. Para fazer sexo eu sempre entrava numa identidade que não era bem a minha. Ao fazer amor eu era como meu próprio hipotético irmão mais velho, um homem forte, um tanto cínico, que levava uma vida aventurosa, sem os receios de coelho timorato que assaltavam meu outro eu. Na minha mesa de trabalho ou no metrô eu devaneava com homens poderosos, coléricos, que precisavam de mim para acalmar a sua dor. Na cama com estranhos submissos, eu só pensava em orgasmo rápido e fuga.

Erich massageou minhas costas com ardente delicadeza, seus dedos seguindo com perícia a confluência dos ossos e tendões. Quando comentei sua competência, ele disse: "Eu fiz um curso". Depois fiquei sabendo que ele acreditava em adquirir formação. Era um estudante aplicado do mundo em geral, e gostava das coisas subdivididas em seqüências. Já havia feito cursos de conversação em francês, redação criativa e confecção de acolchoados.

Sob os seus cuidados, relaxei quase contra a minha vontade. Abruptamente, sem ter decidido adormecer, adormeci. Não era nada típico de mim. Mas eu andava trabalhando longas horas, até tarde. A sensação era como a de deslizar sob o efeito de um anestésico. Num momento eu estava acordado, olhando para uma foto emoldurada na mesa-de-cabeceira que mostrava dois estranhos de rosto inexpressivo, e no momento seguinte alguém me despertava do cochilo com um beijo.

Tive um sobressalto e quase pulei fora da cama. Por um momento perdi a noção de tudo. Onde eu estava, e que queixo era esse, cheirando a água-de-colônia? Ele sussurrou: "Shhh, tudo bem".

Perguntei: "Ah, meu Deus, eu dormi?". Eu estava tonto e envergonhado. Será que eu ronquei? Será que babei?

"Só alguns minutos." Me deu um beijo no pescoço e com delicadeza, mas firmemente, se posicionou entre as minhas pernas.

"Não acredito", falei. "Sabe, eu nunca..."

"Relaxa. Isto é um sonho que você está tendo."

Por algum motivo, obedeci. Embora meu instinto fosse voltar a mim mesmo, dispensar rapidamente o sexo e retomar minha vida, resolvi relaxar. Havia nisso um prazer surpreendente, voluptuoso. Deixei Erich controlar a situação e fizemos amor como se de fato eu estivesse sonhando. Ele conduziu a coisa da maneira como realizava todos os seus projetos, com a atenção escrupulosa de um pesquisador. Se o nosso acoplamento não tinha o abandono da verdadeira paixão, tinha uma solidez bem estudada que era a melhor coisa depois disso. Erich era capaz de servir uma dose exata de uísque sem precisar medir. Era capaz de fazer a mão um acolchoado de retalhos para uma cama de casal. E sabia até onde penetrar, quando retirar, quando jogar um movimento inesperado. Eu me abandonei àquilo. Ele gostava de estar no comando, e eu abri mão da minha vontade de impressionar.

Fizemos amor três vezes aquela noite. Depois da primeira vez não viramos cada um para o seu lado. Não dei minha escapada. Ele me abraçou, e eu acariciei sua coxa de poucos pêlos. Senti o cheiro do seu suor, forte mas não desagradável. Nos abraçamos em silêncio por uns dez minutos ou mais. Então ele disse: "Pronto para mais uma?".

Quando me vesti seu apartamento já perdera parte da sua estranheza. Não era de modo algum um lar auspicioso, nem mesmo confortável — um quarto sem vista nenhuma num edifício de tijolos brancos, provavelmente construído às pressas no início dos anos 60. Continha um mezanino com uma cama cheia de acolchoados de retalhos, um estéreo, uma televisão e um sofá preto absurdamente grande que, ao nascer do sol, começava sua função diária de absorver toda e qualquer luz que se filtrasse através da única janela. Na parede havia um pôster de moldura prateada com um quadro de Matisse mostrando uma sala cheia de panos luxuosos de cores fortes, sem qualquer forma de vida exceto três peixinhos dourados parecendo três punhais, suspensos num aquário azul brilhante. O apartamento de Erich poderia ser a sala de espera de um médico. Transmitia pouco do seu morador, exceto uma tênue mágoa. Mesmo assim, quando me vesti, anotei seu telefone e deixei o meu num pedaço de papel, o apartamento já adquirira um certo peso. Não parecia menos árido que quando chegamos; apenas começara a revelar-se como um lugar onde, de fato, alguém morava. Uma luzinha vermelha piscava na secretária eletrônica, indicando mensagens não ouvidas. Da porta soprei um beijo para Erich, sussurrei "Até mais", e desci três lances de escada até a rua.

Em geral esse era o meu momento predileto, depois que o sexo acabava eu me restituía a mim mesmo, ainda jovem e viável, livre para ir a qualquer lugar. Aquela noite, porém, eu me sentia irritado e sem densidade; não conseguia captar direito minha sensação de mim mesmo. A Vinte e Quatro estendia-se quieta, banhada por uma luz amarela. Uma prostituta solitária passeava de meias negras e casaco de pele, e uma barraca aberta a noite inteira oferecia laranjas, maçãs enceradas e cravos tingidos de verde para o dia de são Patrício. Eu estava impregnado de um prazer corporal complexamente mesclado com arrependimento. Algo havia se perdido, pelo menos no momento — uma certa possibilidade. Caminhei vinte quarteirões até em casa, mas não consegui me livrar desse sentimento. Ele me perseguia como um ladrão.

Só cheguei em casa depois das quatro horas. Clare estava dormindo. Quando a vi na noite seguinte, não me ofereci para lhe contar grandes coisas sobre Erich. Eu e Clare baseávamos nossas conversas sobre os homens numa atitude comum de desdém irônico, e eu não tinha certeza de como apresentar um homem como Erich. Eu não estava apaixonado, mas por uma vez o sexo da noite anterior havia sido algo diferente de comédia, desespero ou tédio.

Clare disse: "Você está muito quieto sobre esse assunto, Jonathan. O que há?".

"Nada." Estávamos tomando um Pernod no sofá. Pernod era o nosso último drinque. Costumávamos ser fiéis, mesmo que por pouco tempo, a diferentes bebidas exóticas.

"Você está sendo discreto, e não é o seu gênero. Será que esse cara pode acabar sendo alguém especial? O que exatamente você está escondendo?"

"'Esse cara' é mais um aspirante a ator servindo drinques no inferno. Por acaso, ele é uma cama fora de série."

"Meu bem, não trate uma coisa assim tão levianamente. A última cama fora de série que eu encontrei foi em, deixa ver, 1979? Vamos saber de alguns detalhes, por favor. Vai, abre o jogo. Sou a sua tia Clare."

Tomou um profundo gole do seu drinque, e acreditei ver sob a sua avidez amistosa o puro e simples medo de que eu fosse deixá-la; que eu sumisse no amor. Aparecia nos seus olhos e ao longo da boca, que ficava severa e crítica apesar do abundante batom carmesim.

Falei: "Meu bem, há lugares onde nem mesmo os melhores amigos podem viajar juntos".

"Ah, não é verdade. Você não está falando sério, está só com vergonha do assunto. Certo?"

Eu e Clare não tínhamos segredos — esse era o aspecto capitoso, arrojado da nossa amizade. Talvez fosse o nosso substituto para o conhecimento da outra criatura que outros casais derivam do sexo. Eu e Clare confessávamos tudo. Ficávamos nus e enumerávamos nossos defeitos. Conhecíamos as fantasias mais vexaminosas um do outro; confessávamos nossos enganos e ambições, nossas mentiras vaidosas. Descrevíamos todos os nossos emaranhados sexuais e sabíamos das condições intestinais um do outro.

E agora, pela primeira vez, eu queria manter alguma coisa à parte. Não tinha certeza por quê. Talvez fosse essa própria incerteza que eu esperava preservar. Erich me surpreendera com sua delicada competência. Alguma coisa nele me tocava — seu bom humor inquieto, suas perspectivas tênues. Alguma coisa nele me enfurecia. Eu não sabia o que sentia e não gostava de ser instado a dar nome aos meus sentimentos. Talvez temesse que ao descrevê-los tão cedo lhes retirasse seu potencial de crescimento ou mudança. Talvez tivesse razão.

Mas aquela noite preferi não cultivar segredos. Também eu temia a solidão e o abandono, e sabia que nunca iria construir uma vida com Erich. Na melhor das hipóteses, ele seria um passo rumo a alguma coisa incerta que ficava além do círculo de calor doméstico que eu partilhava com Clare. Ela era meu principal amor neste mundo. Eu não tinha nenhuma outra ligação tão profunda, nem de longe.

Assim, contei-lhe tudo. Não havia, como ficou claro, muito a contar. Quando terminei, Clare disse: "Meu bem, você acaba de encontrar um doutor Feelgood". Cantou algumas frases da canção de Aretha: "Don't call me no doctor, filling me up with all of them pills, I got me a man named Dr. Feelgood, makes me feel real gooo-oood".*

Isso parecia uma prestação de contas suficiente, pelo menos no momento. Erich seria o doutor Feelgood. A partir daquela noite, quanto mais eu o chamava assim, melhor o nome se ajustava. Clare e eu continuamos nosso relacionamento de duas irmãs com nossa lealdade intacta. Eu encontrara para mim uma agradável historinha lateral. Clare me aconselhou a aproveitar a coisa até que se desgastasse, como inevitavelmente acontecia com essas paixonites. Parecia um conselho sensato.

E assim eu e Erich começamos a nos encontrar. Como ele trabalhava à noite, em geral nos víamos depois das onze. Tomávamos um ou dois drinques num bar e íamos para seu apartamento.

Não fiquei sabendo de muitos detalhes da sua vida. Ele tinha uma ambição única, mal definida mas persistente: ser reconhecido. Os meios pelos quais conquistaria o reconhecimento eram incertos — ele simplesmente procurava uma brecha, tentando se posicionar para ser descoberto. Fazia testes para qualquer coisa. Tentou entrar em musicais da Broadway embora não soubesse cantar. Era capaz de trabalhar catorze horas por dia como extra em qualquer filme que fosse rodado em Nova York, e no Natal representava com total boa vontade um soldadinho mecânico em tamanho natural em frente à FAO Schwarz. Fazia intermináveis aulas de teatro e falava com convicção da sua ambição de tornar-se melhor ator, mas, à medida que o fui conhecendo, comecei a perceber que ser ator não era realmente o principal. O principal era o aplauso, e seu número na loja de brinquedos oferecia mais ou menos a mesma mistura de satisfação e angústia que ele teria sentido ao representar o papel principal num show da Broadway. Gostava da procura metódica e adorava atenção; não sonhava com a realização em si. Na sua vida comum era quase invisível — usava jeans e camisa pólo, gaguejava nas conversas mais simples, morava sozinho num apartamento despojado. Mas na loja de brinquedos na

(*) "Não me chame médico, eles me enchem de pílulas, arranjei um homem chamado Dr. Sente-bem, ele me faz sentir tão be-eem." (N. T.)

época de Natal ele nunca saía da personagem, nunca cessava seus movimentos de robô, de pernas e braços rígidos, durante um período inteiro de oito horas. De calção de ginástica numa temperatura de quase zero, correu quarenta e cinco vezes pelo mesmo quarteirão da Bleecker só para ser uma nebulosa figura de fundo numa cena de um filme que nunca seria lançado. À noite, com as luzes apagadas, era ótimo na cama.

Embora eu o visse uma ou duas vezes por semana, não cheguei a conhecê-lo. Desconfio de que ele temia que se eu — se qualquer pessoa — chegasse a conhecê-lo bem demais de alguma forma o movimento de sua vida iria esmorecer — seu obscuro destino seria confirmado. Eu mesmo me preocupava vendo que ele vivia à beira de uma rendição total à vontade de outra pessoa. Eu achava que quando ele finalmente perdesse toda e qualquer esperança de ficar famoso se tornaria um fã, encontraria um amante e se despojaria alegremente de todos os vestígios da sua vontade própria. Talvez eu tenha sentido isso no primeiro momento em que o vi, concordando ansiosamente com a conversa de um velho num balcão de bar. Estava praticando seus poderes de atenção. Eu não queria que eles se focalizassem em mim com demasiado ardor.

Quando estávamos juntos, enfatizávamos os detalhes locais: histórias pitorescas do nosso trabalho, filmes de que gostávamos ou que detestávamos. Por fim, talvez no nosso décimo ou décimo quinto encontro, quando estávamos deitados em silêncio suando no corpo um do outro, ele disse: "Então, hã, afinal quem é você?".

"O quê?"

Sua orelhas ficaram vermelhas. Desconfiei de que era uma frase que ele ouvira em algum filme.

"Quer dizer, na verdade eu não sei nada sobre você."

"Eu também não sei grande coisa sobre você", falei. "Basicamente, sei que você é um ator que trabalha como garçom de bar, quer mudar de emprego mas não está se esforçando muito para isso, e adorou *The killing fields*".

Ele disse: "Bom, eu me criei em Detroit".

"Eu também sou do Meio-Oeste."

"Eu sei. De Cleveland."

Depois de uma pausa, ele disse: "Bom, é muito interessante. Nós dois somos do Meio-Oeste. Isso realmente explica muita coisa, não é mesmo?".

"Não, não explica grande coisa." Achei que essa conversa era o início do fim para nós, e não me importei muito. Até logo, doutor Feelgood. Me mande de volta para a rua na minha própria pele, com a minha velha sensação de um futuro ilimitado.

Depois de um momento, ele disse: "Eu era músico. Quando criança. Eu era louco por música. Sonhava com isso. Eu tinha sonhos que eram só música, só... música".

"É mesmo? O que você tocava?"

"Piano. Violoncelo. Um pouco de violino."

"Você ainda toca?"

"Não. Nunca. Sabe como é, eu não tocava muito bem. Tocava bastante bem. Mas não o suficiente."

"Sei."

Ficamos um tempo deitados juntos num silêncio constrangido, esperando para ver o que ia acontecer. Não éramos nem amigos nem amantes. Não tínhamos nenhum acesso natural um ao outro fora da área do sexo. Eu achava que conseguia sentir o peso da infelicidade de Erich como um mergulhador sente o peso do oceano, mas não era capaz de ajudá-lo. Esse era o preço que pagávamos por dormir juntos primeiro e nos conhecermos depois — compartilhávamos uma intimidade desprovida de discernimento ou afeto. Eu não podia ouvir as confissões de Erich; não o conhecia o suficiente para isso. Lembrei-me da advertência de Clare — curtir a coisa até ela se desgastar.

"Escuta", falei.

Ele colocou um dedo nos meus lábios. "Shh", cochichou. "Não fale. Sabe como é, esse não é um bom momento para falar." Começou a acariciar meu cabelo e mordiscar meus ombros.

Nossas relações conservaram sua característica formal, hesitante. Cada vez que nos víamos era como um primeiro encontro. Meses depois, quando perguntei a Erich sobre seu velho amor pela música, ele respondeu apenas: "Isso passou. Sabe como é, uma história antiga. Você viu algum filme ultimamente?". Às vezes nossas conversas empacavam, e os silêncios que se seguiam se recusavam a adquirir um clima relaxado. Ele nunca vinha ao meu apartamento, nunca encontrou Clare ou nenhum de meus outros amigos. Eu deixava a minha vida para ir visitá-lo na dele. Na companhia de Erich desenvolvi uma nova persona. Era durão e ligeiramente insensível; um pouco como um objeto. Nossa comunhão se dava apenas no nível corporal, e para nós isso começou a parecer o certo. Qualquer outra coisa teria sido sentimental, forçada, indiscreta. Nossas relações eram cordiais e respeitosas. Não cometíamos infrações. Creio que de certa forma desprezávamos um ao outro. Como eu não trazia nada para a relação além dos meus músculos e nervos, descobri que era capaz de ser surpreendentemente ruidoso na cama. Era capaz de pisar no assoalho sem nenhuma timidez, com as botas ressoando como golpes de machado. E era capaz de ser um pouco cruel. Podia morder Erich a ponto de deixar marcas vermelhas como conchas na sua pele. Conseguia ter fantasias com ele — um desconhecido — algemado, humilhado, totalmente despido, amarrado a uma máquina kafkiana que o fodia implacavelmente.

Na minha outra vida, eu saía todas as noites com Clare para comer falafel ou frango no espeto ou comida vietnamita. Discutíamos quantas horas de televisão uma criança deveria ter permissão para assistir. Concordávamos que a dura realidade da escola pública já era em si mesma uma educação, capaz de compensar o despreparo intelectual dos professores. Às vezes algum pai jovem e bonito passava pela vitrine de um restaurante em que estávamos, empurrando um carrinho de bebê ou levando no ombro seu filho adormecido. Eu sempre ficava olhando.

Essa era a minha vida bem no meio da era Reagan.

E aí Bobby veio morar em Nova York.

BOBBY

Fiquei na casa de Ned e Alice quase oito anos. Fui pego pela necessidade de não fazer nada e de não mudar; durante oito anos espremi rosas em bolos de aniversário e pensei no que iria fazer para o jantar. Cada dia era um pacote idêntico, e a maravilha dos dias era a sua perfeita semelhança, um em relação ao outro. Como uma droga, a repetição altera o tamanho das coisas. Um dia em que meus pãezinhos de canela saíam perfeitos e o céu passava de chuva para neve dava a sensação de ser pleno e completo. Eu apalpava melões nas quitandas, enfiava as mãos em barris de nozes. Comprei discos novos. Não me apaixonei. Não visitei os túmulos da minha família, uma fileira de três. Esperava os aspargos e tomates reaparecerem, e tocava o disco *Blonde on blonde* de Bob Dylan até que os sulcos se aplainaram. Estaria vivendo assim até hoje se Ned e Alice não tivessem se mudado para o Arizona.

O médico anunciou: o ar de Ohio era muito carregado de pólen e da umidade do lago para os pulmões fatigados de Ned. A opção era mudar para o deserto, ou então começar a planejar o enterro. Foi o que ele disse.

Primeiro pensei ir com eles. Mas Alice me fez pôr os pés no chão. Disse: "Bobby, querido, já é hora de você se virar sozinho. O que você iria fazer no Arizona?".

Falei que ia arranjar um emprego numa padaria. Falei que ia fazer o que estava fazendo agora, só que lá em vez de aqui.

Seus olhos se apertaram, retraíram a luz. Uma ruga única, um profundo vinco vertical, apareceu na sua testa. "Bobby, você está com vinte e cinco anos. Você não acha que a vida é mais que isso?"

"Não sei. Quer dizer, a vida que eu tenho aqui é uma vida, e eu gosto bastante dela."

Eu sabia a impressão que estava dando — bobão e aparvalhado, como aquele primo que é chutado fora da brincadeira e continua brincando sozinho, como se quisesse isso mesmo. Eu não podia falar com ela sobre a beleza cotidiana, falar que não me cansava de ver a luz das seis da manhã brilhando nos fios telefônicos. Quando eu era mais jovem, esperava crescer e superar o fosso entre o eu que eu conhecia e aquilo que eu me ouvia dizer. Esperava me sentir mais como uma só pessoa.

Ela disse: "Querido, a vida é mais que isso. Acredite em mim".

"Você não quer que eu vá para o Arizona", falei numa voz obstinada de primo burro. Mas era o que eu tinha para dizer.

"Não. Sinceramente, não quero mesmo. Estou te empurrando para fora do ninho, e acho que já devia ter feito isso há algum tempo."

Fiz que sim. Estávamos na cozinha, e vi meu reflexo no vidro da janela. Naquele momento eu parecia gigantesco como um boneco de parque de diversões, com a cabeça do tamanho de um capacete de rúgbi e braços compridos que quase tocavam o chão. Era estranho, porque eu sempre me imaginava pequeno, tipo um garotinho — algo quase tão bom como ser invisível.

Ela perguntou: "Você entende o que eu estou te dizendo?".

"Hã-hã."

Compreendi que a minha vida iria mudar com ou sem a minha aprovação. Compreendi que meu suprimento daquela droga — os panos de prato xadrez vermelho, a xícara de barro cheia de colheres de madeira — estava prestes a terminar.

Resolvi ir para Nova York. Era o único lugar lógico. Minha vida em Cleveland dependia de Alice e Ned — eu precisava da casa deles para limpar, do jantar deles para fazer. Precisava deles para protegê-los e cuidar deles. Tirando isso, Cleveland era apenas um lugar onde as coisas não aconteciam. O ar cheirava a decepção: as águas do rio grossas como calda de *maple*, os shoppings feitos de blocos de concreto onde três em cada cinco lojas estavam escuras. Trabalhando numa confeitaria a gente fica conhecendo a infelicidade local. As pessoas entopem sua mágoa com bolos inteiros e biscoitinhos e tortas de chocolate e bombas de creme às dúzias. A regularidade dos meus dias com Ned e Alice era como uma fogueira de acampamento. Essa parte de Cleveland eu amava. Mas, sem eles, haveria apenas os pontos de ônibus e o vento que soprava do lago Erie. Eu não estava disposto a virar fantasma assim tão cedo.

Liguei para Jonathan. Liguei com verdadeiro nervosismo — naquelas alturas já éramos mais parentes do que amigos. Comprávamos presentes e fumávamos um baseado juntos antes da ceia de Natal. Tudo isso era muito amistoso. Mas passavam-se meses entre os feriados, e ele usava roupas que eu nunca teria pensado vestir. Falava sobre teatro; eu ia ao cinema com Ned ou assistia televisão com Alice. Ou ficava deitado no meu quarto — antes quarto dele — durante horas, só ouvindo música. Jonathan era inteligente, brilhante, saía muito, e apesar de eu gostar dele, suas visitas sempre me constrangiam. Na sua presença eu às vezes me sentia como o tal primo pateta, ou pior ainda, como um tio solteirão; um tipo jovial sem grandes exigências que só conhece a superfície externa das coisas. Jonathan punha a minha vida sob uma luz que a miniaturizava, e eu não podia deixar de ansiar pelo dia em que ele tomasse o avião de volta, pois sabia que nesse dia minha vida ia voltar ao seu tamanho normal, e eu poderia andar pelas ruas de Ohio sem aquela sensação de ser um refugiado, um desenxabido.

Mesmo assim, quando minha vida em Cleveland se esgotou, liguei para Jonathan. Eu não queria uma nova vida arbitrária em Boston ou Los Angeles. Não conseguia imaginar ficar tão sozinho. E, embora tivesse relações amigáveis com Rose, Sammi e Paul na confeitaria, na verdade não tinha ninguém que se pudesse chamar amigo. Você não encontra necessariamente muitas pessoas neste mundo. Não quando você se deixa distrair pela música e pela passagem das horas.

Nas primeiras vezes em que telefonei, fui atendido pela secretária eletrônica de Jonathan e não consegui falar com ela. Cada vez que a máquina respondia eu desligava com um pequeno baque criminoso. Finalmente, depois de tentar quase uma semana, ele atendeu em pessoa.

"Alô."

"Jon? Jonny?"

"Mm-hm."

"Jon. É o Bobby."

"Bobby. Ei, que surpresa. Tudo bem por aí?"

Era nisso que nós estávamos juntos. Um telefonema meu implicava más notícias sobre a sorte da família.

"Ah, sim, está tudo ótimo. Ótimo e perfeito, não podia ser melhor."

"Que bom. Como você está?"

"Estou bem. Estou muito, muito bem. E você?"

"Ah, tudo bem. Sabe como é. A vida continua."

Controlei minha vontade de dizer "Bom, que ótimo, até logo", e desligar o telefone. Uma cena do meu possível futuro em Cleveland passou pela minha frente. No meu próximo aniversário, o pessoal da confeitaria faria uma festa para mim. Rose, que estaria com setenta anos, me beijaria na bochecha deixando uma marca de batom e diria que eu era seu namorado predileto. Haveria um bolo, servido de graça para os fregueses. Cortaríamos uma fatia bem grande para George Dubb, um solteirão de cento e cinqüenta quilos que todos os dias comprava bombas de chocolate e uma dúzia de biscoitos Linzer.

"Escuta", falei. "Hã, você sabe que Ned e Alice estão indo pro Arizona?"

"Bom, claro. Claro que sei. Acho que vai ser bom para eles. Eles estão precisando mudar de ambiente desde 1953 mais ou menos."

"Isso aí. Bom, sabe como é, agora que eles estão indo embora, eu andei pensando, assim, quer dizer, o que eu estou fazendo aqui? Eles demoliram o Moonlight, você sabia?"

"Não. Meu Deus, faz dez anos que eu não lembrava desse lugar. Você tem ido lá?"

"Bom, pra falar a verdade, não. Nós dois fomos lá uma vez. Lembra? Viajando de ácido."

"Nunca vou me esquecer. Passei a noite inteira tentando colocar os patins e acabei dando só uma volta no ringue."

"Agora acabou. Virou um Midas Muffler."

"Sei."

"Jon?"

"Sim?"

"Tudo bem com você se eu for para Nova York? Quer dizer, dava para eu ficar com você um pouquinho? Até eu conseguir, assim, um emprego e um apartamento?"

Houve uma pausa. Escutei o zunido dos quilômetros, todas aquelas vozes cortando o ar entre Jonathan e eu. Ele falou: "Você quer mesmo vir para Nova York?".

"Quero. Quero mesmo. Acho que quero mesmo."

"A vida aqui é dura, Bobby. Semana passada mataram uma pessoa a dois quarteirões da minha casa. O corpo foi encontrado em quatro latas de lixo."

"Eu sei que não é Cleveland. Sei disso. Mas, Jonny, eu já estou, assim, até a tampa de tanto glacê. Nessas alturas já fiz um milhão de bolos."

Ele deixou mais uma pausa deslizar pelo fio. Depois falou: "Se você acha sinceramente que quer dar uma chance pra Nova York, é claro que pode ficar comigo. Claro que pode. Vou ver o que posso fazer para te manter em segurança por aqui".

Fui de trem, porque era mais barato e porque eu queria ver exatamente a distância que estava percorrendo. Olhei pela janela o tempo todo, com minha atenção total, como se estivesse lendo um livro.

Jonathan foi me encontrar na estação em Nova York. Estava todo de preto — camiseta, jeans e pesados sapatos pretos, com um brilho opaco como alcaçuz. Uma coisa era certa, ele sempre aparecia vestido de um jeito que a gente não esperava.

Nos abraçamos na estação e Jonathan me deu um exato beijinho no rosto. Então me levou para a calçada. Vê-lo chamar um táxi foi minha primeira lição sobre como tínhamos ficado diferentes. Ele saiu com um passo da calçada cheia de gente e levantou um braço bem reto, com a calma certeza de um general. Foi um ato bem pequeno, mas a sensação que ele deu de ter direito àquilo era inequívoca. Quanto a mim, meus movimentos eram como um longo pedido de desculpas.

Quando estávamos no banco de trás do táxi, Jonathan me beliscou o braço: "Nem acredito que você está aqui".

"Nem eu. É por isso que eu quis ver passar a Pensilvânia, para acreditar. Quer dizer, se eu fosse logo descendo do avião, ia parecer, assim, uma alucinação."

"E é mesmo. Esta cidade é apenas um sonho que você está tendo." E, durante o tempo que levamos para chegar até o seu apartamento, não nos ocorreu nada mais que precisássemos dizer.

O táxi se arrastava no trânsito de fim de tarde. Eu só havia estado em Nova York uma vez, anos antes, quando Jonathan ainda estava na faculdade. Eu me interessara pela cidade mas ela não tinha nada a ver comigo; ou melhor, tinha a ver comigo apenas da maneira mais indireta, como uma auto-estrada ou um navio de guerra. Naquela ocasião fiz os programas turísticos. Subi no alto dos monumentos, passeei por Greenwich Village, tomei um drinque com Jonathan e uns amigos dele num bar onde um famoso poeta morreu. Me senti confortável na minha pequenez de turista, satisfeito comigo mesmo por estar num lugar espantoso e ter um lar acolhedor, sem surpresas, para onde voltar.

Agora eu ia viver aqui. Agora era uma cidade completamente diferente.

Ela reverberava. Essa foi a primeira coisa que observei. Suas moléculas pareciam mais excitadas; as coisas fremiam e rebrilhavam de tal maneira que se tornavam difíceis de ver. Os edifícios e as ruas emitiam mais luz que a claridade que vinha do céu — e tudo isso explodia na frente da gente, de modo que a visão só captava os fragmentos. Cleveland se oferecia de um modo diferente, em pedaços maiores. Lá você via um cartaz, uma nuvem, um olmo parado sobre sua gorda sombra. Aqui, nos meus primeiros dez minutos de Nova York, só tive certeza de ver o chapéu vermelho de uma mulher, um bando de pombos e um anúncio em neon que dizia LOLA. Tudo o mais era uma contínua explosão, a cidade estourando e se despedaçando ininterruptamente.

Quando chegamos ao apartamento de Jonathan, as coisas se assentaram e se tornaram mais visíveis. Ele morava num edifício marrom numa ruazinha também marrom. Se Cleveland era uma cidade basicamente cinzenta — calcário e granito —, Nova York era marrom, toda ferrugem, chocolate desbotado e um bege de professora primária.

Jonathan disse: "Aqui está. Os braços da tarântula".

"É o seu prédio", falei, como se ele não tivesse certeza.

"É esse aqui. Eu te avisei. Vem, melhora quando a gente entra."

Lá dentro, a escada flutuava numa luz esverdeada de aquário. Um halo de luz fluorescente zumbia em cada patamar. Eu carregava uma mala e minha mochila; Jonathan levava minha outra mala. Eu não tinha trazido muita coisa para minha nova vida. As duas malas estavam cheias de discos. A mochila continha minhas roupas que, como eu já estava percebendo, não tinham nada a ver com a vida numa cidade como aquela. Era como se eu fosse um aluno de intercâmbio estudantil.

Jonathan disse: "Vamos até o sexto andar. Coragem".

Fui atrás. A escada tinha cheiro de fritura. Uma lenta canção em espanhol pairava sobre a luz pantanosa. Enquanto subíamos eu via minha mala, uma velha American Tourister azul emprestada de Alice, batendo contra a coxa de Jonathan com seu jeans preto. Até minha mala aqui parecia errada — triste, inocente e antiga como uma velha virgem.

Quando chegamos ao sexto andar, Jonathan destrancou três trancas e abriu a porta de metal. "Ta-tá!", disse quando a porta abriu pesadamente, rangendo as dobradiças.

Falei: "Teu apê". Eu não conseguia me livrar do hábito de lhe dizer que tínhamos chegado ao seu apartamento.

"E teu também", ele disse. Me convidou para entrar com uma mesura.

O apartamento era, de fato, muito diferente da melancolia submarina das escadas e do corredor. Entrava-se direto na sala, que era pintada de um vermelho alaranjado, cor de vaso de flores. Havia um sofá coberto com um lençol imitando leopardo, e uma enorme pintura de uma mulher nua, azul, contorcendo-se em êxtase para alcançar alguma coisa que pairava logo além da moldura. A sala era cheia de luz. Fluxos de luz jorravam pelas janelas com grades de ferro, ladeadas por grossas cortinas dos anos 50 onde pululavam folhas verdes e vermelhas. Se você puxasse essas cortinas a luz do sol se apagava como uma luz elétrica. Eram tão pesadas e eficientes quanto a porta de metal por onde acabáramos de entrar.

Falei: "Uau". E depois sem querer: "É o seu *apartamento*".

"A Clare, que mora comigo, tem muitas idéias sobre decoração. Vem, vamos levar suas coisas pro meu quarto."

Seguimos por um pequeno corredor, passando por duas portas fechadas, até o quarto dele. O quarto era branco, sem nenhum quadro na parede. Havia um *futon* no chão de madeira nua e um abajur branco de papel equilibrado em pernas de arame finas como traços a lápis.

"Fiquei meio empolgado com a história do zen", disse ele. "Estava precisando de um pouco de alívio de todas aquelas cores."

"Hã-hã. Eu gosto de branco."

Colocamos minha mala no chão, e passamos por um momento de difícil silêncio. Com os anos tínhamos perdido a sensação da inevitabilidade de estar juntos; éramos agora como os parentes de dois velhos amigos que morreram.

Jonathan disse: "Você pode dormir no meu *sleeping bag*. E vamos dar um jeito de enfiar as suas coisas no armário".

"OK."

"Você quer arrumar as coisas agora?"

Eu não estava a fim de desfazer as malas, mas pela lógica esse seria o próximo passo. Naquele momento senti que compreendia o passado. Em outro século o hóspede desfazia as malas, descansava e se vestia para o jantar, de modo que todo mundo tinha um bom período sozinho consigo mesmo. Na época moderna, temos que lidar com extensões de tempo mais vastas e ininterruptas.

Falei: "OK. Quer dizer, eu quase só trouxe discos".

Ele riu. "É bem o que você levaria para um abrigo antiaéreo, não é mesmo?"

Abri a mala e tirei uma pequena pilha. "Já ouviu o último da Joni Mitchell?"

"Não. É bom?"

"Excelente. Ah, ei, você tem este Van Morrison?"

"Não. Acho que nunca mais escutei o Van desde que saí de Cleveland, pra te falar a verdade."

"Ah, este disco vai te matar. Ele continua, assim, um dos melhores. Vou pôr pra gente ouvir, tá legal?"

"Nós não temos toca-discos. Só um toca-fitas. Desculpa."

"Ah. Bom."

Ele pôs a mão no meu ombro. "Vai dar tudo certo, Bobby. Nós também temos música. Não vivemos em silêncio. Mas se Van Morrison é prioridade, podemos sair agora mesmo e conseguir ele em fita. A maior loja de discos que você já viu na sua vida fica a seis quarteirões daqui."

"Tudo bem. Quer dizer, você também tem seus discos que provavelmente eu nunca ouvi, certo?"

"Claro. Claro que temos. Mas olha pra mim bem nos olhos. A gente precisa sair e comprar essa fita do Van Morrison neste minuto, não é verdade?"

"Não. Tudo bem, sério." Mas Jonathan abanou a cabeça.

"Vem comigo. Vamos tratar primeiro das coisas importantes, depois a gente desarruma as malas."

Me tirou de novo do apartamento, e fomos a pé até uma loja de discos na Broadway. Ele não mentira a respeito da loja. Nada menos do que as palavras "um sonho transformado em realidade" serviriam aqui — era o clichê em carne e osso. A loja ocupava um quarteirão inteiro da cidade, e preenchia três andares. Em Ohio eu rondava a loja de discos do shopping e o estabelecimento moribundo de um velho beatnik com paredes ainda cobertas de eucatex. Aqui, a gente passava por uma porta giratória e entrava num salão alto como uma igreja. Várias guitarras e uma voz de mulher, limpa como uma navalha, ressoavam sobre fileiras e mais fileiras imaculadas de discos. Flechas de neon reluziam, e uma morena de cabelos negros que poderia ser modelo de anúncio de perfume olhava os discos ao lado de um garotinho com a camiseta dos Sex Pistols. Era um lugar importante — a gente perceberia isso nem que fosse cego e surdo. Dava para perceber pelo cheiro; pela eletricidade vibrando na pele. Era aqui que as moléculas se agitavam mais puramente, com mais êxtase. Acreditei então que esse era o coração da cidade de Nova York. Até hoje acredito.

Descemos para a seção de fitas cassete e encontramos Van Morrison. Encontramos também um antigo Rolling Stones que Jonathan não tinha, e o *Blonde on blonde*, e os maiores sucessos de Janis Joplin. Jonathan pagou tudo com cartão de crédito. Insistiu em pagar: "É o teu presente de boas-vindas a Nova York. Compre alguma coisa pra mim quando você tiver um emprego".

Fomos voltando com nossas cassetes numa sacola amarela de plástico. Era o começo da noite num dia sem clima — um dia cálido com um céu branco e inexpressivo, um desses dias atemporais que mais parecem noites iluminadas, quando apenas o relógio nos diz se é de manhã ou de noite. Jonathan e eu conversamos sobre Ned e Alice enquanto atravessávamos ruas de um marrom brilhante, cheias de mercearias hispânicas e depósitos que já tinham fechado suas grades de metal. Com aquelas cassetes solidamente guardadas na sacola e Jonathan falando sobre seus pais, senti um primeiro clique de que estava tudo certo naquele lugar — a partir daquele momento, eu tinha uma história ali. Era minha primeira experiência verdadeira de estar em Nova York, andando por uma rua chamada Great Jones enquanto um invólucro de pão Pullman, soprado pela única rajada de vento do dia, corria atrás de nós como um bichinho enlouquecido.

Quando voltamos, Clare, a colega de apartamento de Jonathan, estava em casa. Entramos e ela disse: "Oi, querido". Como uma esposa.

A sala estava vazia. Ela havia chamado dos bastidores.

Jonathan respondeu: "Meu bem, temos companhia".

"Ah", disse a voz dela. "Esqueci. Era hoje, não é?"

E apareceu.

Não sei se consigo descrever Clare, embora consiga visualizá-la em todos os detalhes, mesmo nos seus gestos preguiçosos, que duram até que ela chegue ao ponto principal de uma história, quando então dá uma virada de pulso com a precisão letal de um pescador. Se fecho os olhos ela está ali, e está ali se os abro também. Mas o que vejo é um jeito de andar e sorrir, um jeito de sentar numa cadeira. Todos os seus movimentos lhe são particulares — tem um modo de colocar um copo na mesa, de levantar os ombros quando ri. Sua aparência é mais difícil de descrever com precisão. À primeira vista, era como Nova York transformada em mulher — mudava, mudava. Eu via que era bonita, com seu nariz grande, bonita de uma maneira aguçada, que não tinha nada a ver com revista nenhuma. Naquele dia seu cabelo era cor de laranja — eriçado como se seu cérebro estivesse em fogo. Era vários centímetros mais alta que eu, com os lábios de um vermelho escuro. Usava calça justa e uma blusa com listras de tigre que lhe caía pelos ombros.

"Bobby, esta é a Clare", disse Jonathan.

Ela inclinou a cabeça como uma anfitriã, e me estendeu uma mão de unhas longas e roxas. Depois disse: "Bobby. Que bom te conhecer".

Mais tarde fiquei sabendo que fora educada por uma boa mãe luterana em Providence, Rhode Island, e nunca superara direito o velho hábito de ter boas maneiras. Falei alô e lhe apertei a mão, que era forte e segura como a mão de um colhedor de maçãs.

"Estivemos fazendo compras", disse Jonathan. "Chegamos à conclusão de que precisávamos de uma fita de Van Morrison imediatamente."

Fiquei grato a ele por explicar que era uma coisa de que *nós* precisávamos. Eu não gostava de parecer assim tão delicado e cheio de peculiaridades, não na frente de uma estranha.

Ela disse: "Eu adoro o Van Morrison. Já tive todos os discos dele. Mas sabe como é. A cada divórcio a gente vai perdendo um monte de coisas".

"Quer que eu coloque a fita?", perguntei.

"Claro, meu bem", disse ela. "Olhe, bem ali."

Fui até as prateleiras onde ficava o toca-fitas todo preto e moderno. Na prateleira de cima, fileiras de crânios de animais mostravam silenciosamente suas órbitas vazias e seus vários arranjos de dentes e presas cor de marfim. Jonathan e Clare discutiam detalhes domésticos. Tirei o celofane da cassete, enfiei o Van na máquina e apertei o *play*. Depois de alguns momentos de um suave ron-ron mecânico, a voz de Van cantando "Tore Down à la Rimbaud" encheu a sala. Respirei fundo uma vez, duas vezes.

"Bobby?", disse Jonathan. "Está com fome?"

"Acho que sim." Eu estava olhando para os crânios a uma distância segura, rodeado pela voz de Van.

"Que tal se escutarmos um pouco e depois sairmos os três para jantar?", disse Jonathan. "É por conta do jornal. Esta semana estou na base do bolo de carne, tudo bem para você?"

"Claro. Perfeito." Eu estava perdido na música. Teria concordado até com rabo de marmota.

Ficamos no apartamento durante o primeiro lado da fita. Jonathan e Clare estavam sendo educados — gostavam bastante do disco de Van, mas o consideravam um fundo musical para a conversa. Clare fez perguntas corteses sobre minha viagem e minha vida passada com Jonathan, que desconfio que respondi com uma incoerência sorridente e suarenta. Era impossível me concentrar com música na sala.

Quando terminou o lado um, saímos. Clare vestiu uma velha jaqueta de couro com o símbolo da paz pintado em branco nas costas. Estranhamente, ela fazia sentido para mim, embora fosse a pessoa menos razoável que eu já conhecera. Era aberta, espalhafatosa — tinha um ar de circo, sem segundas intenções de espécie alguma. Fazia a gente sentir que podia pegar na mão dela quando andava na rua.

Fomos a um restaurante que não parecia restaurante. Um pedestre desinformado poderia pensar que fosse uma agência de seguros vagabunda, com venezianas e uns troféus empoeirados na vitrine. Mas lá dentro estava abarrotado de gente. Elvis Presley cantava através dos risos e do tilintar dos talheres. Numa mesa perto da porta, uma mulher de vestido de peles disse alguma coisa sobre gorilas, com sotaque britânico.

Quanto a mim, estava com jeans Calvin Klein e uma camiseta de rúgbi. Era meu traje mais interessante Sentamos numa mesa no canto, tão perto de três outras mesas que tivemos que nos esgueirar de lado para chegar até nossas cadeiras. As paredes estavam cobertas de estampas de suvenir e velhos postais, cabeças de animais empalhados, relógios de cozinha e capas desbotadas de discos de Dusty Springfield e do Kingston Trio. Uma tabuleta perto da minha cabeça dizia "Desconsidere esta tabuleta".

Clare disse para mim: "Este lugar tem muito clima".

"Hã-hã."

"Mais clima que o estado do Maine inteiro", Jonathan acrescentou.

"Então, Bobby", disse Clare. "O que você acha que quer fazer aqui em Nova York?"

"Sou um bom padeiro e confeiteiro. Acho que vou fazer isso, provavelmente. Quer dizer, é mais ou menos isso que sei fazer."

"Pensei que você tinha vindo aqui para sair fora desse negócio de padaria", disse Jonathan. "Pensei que já estava se afogando no glacê."

"Acho que sim. Acho que falei isso mesmo. Mas, quer dizer, não sei fazer mais nada. Quer dizer, não posso entrar num hospital e perguntar se estão precisando de um cirurgião." Minhas orelhas ardiam. Eu me sentia sendo testado numa matéria que não estudara.

Clare disse: "Provavelmente você seria tão qualificado quanto a metade dos médicos desses hospitais. Agora, querido, ouça sua tia. Uma das características mais fantásticas de Nova York é que aqui a gente pode fazer qualquer coisa. Esta é a Terra da Oportunidade, com T maiúsculo e O maiúsculo. Aqui você pode ganhar dinheiro fazendo absolutamente qualquer coisa que conseguir imaginar".

Fiz que sim, reparando que ela ia traçando pequenos oitos com a unha na fórmica empoeirada da mesa. Tinha olhos verdes que não vacilavam, não olhavam em volta quando falava com a gente. Usava um brinco de prata, um único brinco complexo de meio palmo de comprimento. O efeito que ela exercia sobre mim parecia o efeito da música. Eu tinha dificuldade de conversar na frente dela.

Jonathan disse: "É verdade, Bobby. Você não precisa sair correndo e agarrar o primeiro emprego que encontrar. Você tem amigos ricos".

"Hã, o que você faz?", perguntei a Clare.

"Basicamente, brinco de fazer brincos. Corro pela cidade atrás de coisas para fazer bijuterias."

Jonathan disse: "Clare é *designer*".

"Conversa. Sou traficante de quinquilharias, é o que sou. Se algum dia as mulheres resolverem parar de ser ridículas, fico sem emprego."

Olhei para seu cabelo cor de tangerina e fiquei pensando que tipo de mulher ela achava ridícula. O que falei foi: "Parece, assim, divertido".

"Ah, é mesmo. É um grande barato. E quando o bebê vier, posso trabalhar em casa."

"Você vai ter um bebê?"

"Jonathan não te contou? Estamos esperando."

O rosto de Jonathan ficou turvo. Elvis cantava "Jailhouse rock".

"Não estamos *esperando*, querida", disse ele. "Ainda estamos nos estágios iniciais de planejamento."

"Dá no mesmo."

Falei: "Não sabia que vocês eram, hã..."

"Amantes?", disse Jonathan. "Não somos. Estamos apenas conversando sobre a possibilidade de sermos pais."

"Ah."

"A maioria dos pais não são amantes", disse Clare. "Os meus não eram. Eram apenas casados, e nem davam muita bola um para o outro. Pelo menos eu e Jonathan somos bons amigos."

"Tempos modernos", disse Jonathan, meio que pedindo desculpas.

Fiz que sim. Então a garçonete chegou, e tivemos que resolver o que jantar. Jonathan disse que tinha a obrigação profissional de pedir bolo de carne, mas Clare e eu devíamos pedir qualquer coisa que quiséssemos. Pedi frango assado com purê de batata, e Clare pediu o especial do dia — atum ao forno, com batatinhas chips esfareladas em cima.

Depois do jantar fomos dar uma volta. Andamos até o rio Hudson e paramos num píer vendo Nova Jersey lá do outro lado, além das águas escuras e agitadas. Lá longe uma gigantesca xícara de café de neon pingava uma gota vermelha de café, depois a sugava de volta e voltava a pingá-la. Tanto Clare como Jonathan eram bons de papo. Eu viajava na conversa deles como se fosse uma rede estendida entre eles. Juntos, eram dois artistas. Pareciam felizes de ter público — eu não precisava falar muito. Conversaram sobre bebês, sobre mudar para o interior, sobre como sobreviver em Nova York. Trocaram dicas sobre apartamentos para alugar e barganhas para comprar.

"Meu bem", Clare me disse, "domingo vou te levar ao Lower East Side. É lá que estão as melhores liquidações."

"Não é lá não", disse Jonathan. "Clare tem uma estranha devoção pela Orchard Street."

"Jonathan só compra a varejo." O tom de voz dela implicava que esse era um hábito indolente, talvez perigoso.

"O Lower East Side", disse Jonathan, "é um ótimo lugar para fazer compras se você quiser parecer o rei das discotecas, lá por volta de 1975."

"Por que, eu pareço o rei das discotecas?"

"Pra mulher é diferente. O mundo não conspira para fazê-las parecerem umas panacas do mesmo jeito que faz com os homens."

"Qualquer pessoa que já tenha passado cinco minutos numa loja de departamentos jamais faria uma afirmação dessas. Bobby, não dê bola para o que ele fala."

Eu me deixava ir levando, tocando uma trilha sonora silenciosa dentro da minha cabeça.

Tomamos capuccino num restaurante com jardim, onde luzinhas de Natal brilhavam nas árvores e um menininho de mármore mijava numa concha de mármore. Daí fomos para casa. Clare me beijou no rosto, disse "Bem-vindo à Perdição", e desapareceu no seu quarto. Eu e Jonathan abrimos no chão seu grosso *sleeping bag*, todo verde. Jonathan me deu um travesseiro da sua cama.

Quando estávamos os dois acomodados, quando o abajur de papel branco já estava apagado, ele disse: "Amanhã vou te levar para o Central Park. Acho que, se a gente for a um lugar diferente da cidade todos os dias, semana que vem você já vai conseguir se orientar".

"Sabe onde eu gostaria de ir? Ahn, gostaria de ir a Woodstock."

"Fica a mais de cem quilômetros daqui."

"Eu sei. Sei disso."

"Deve dar pra gente ir qualquer hora dessas. Nunca estive lá. Tenho certeza de que é um lugar bonito. Cheio de velhos hippies, imagino."

"Hã-hã. Ei, você e Clare vão mesmo ter um bebê?"

"Ah, não sei. A gente tem falado sobre isso."

"Eu gosto da Clare."

"Eu também."

Passou-se um intervalo de silêncio na semi-escuridão. O barulho da rua se filtrava pelas cortinas.

"Bobby?"

"Hã-hã?"

"Sei lá. Acho que eu preciso falar com você sobre certas coisas, mas não sei de que jeito. Não tenho certeza do que dizer."

"Ah, que coisas?" Jonathan estava deitado de costas, com os braços cruzados sob a cabeça. Às vezes ele adormecia desse jeito, com suas idéias despertas marchando direto para os seus sonhos. Às vezes tinha dificuldade para separar as lembranças reais das cenas sonhadas. Isso eu sabia sobre ele.

Ele falou: "Sabe. As coisas que a gente fazia juntos. As coisas, hã, sexuais. Quer dizer, nós nunca conversamos sobre isso, e depois do ginásio nós simplesmente paramos de fazer. Acho que estou querendo saber o que você achava sobre tudo isso".

Eu escutava minha própria respiração. Esse era um assunto difícil. Naquelas alturas eu já percebera que não sentia o que os outros chamavam de "desejo". Faltava alguma coisa em mim. Eu sentia amor — o esforço e o calor do amor, o aconchego animal misturado com medo humano. Sentia isso por todos os Glover, pelo Sammi da padaria, por Bob Dylan quando ele cantava "Baby blue". Mas nada se levantava no meu ventre. Nada se acelerava, nada lutava para se libertar. Eu fizera uma espécie de amor com Jonathan porque ele queria, e porque eu o amava. Tive orgasmos que passaram através de mim como os espíritos de pessoas mais dedicadas ao corpo do que eu. Esses espíritos eram bastante agradáveis ao passar, mas, quando iam embora, iam embora de vez. Depois que Jonathan saiu da cidade, fiquei sozinho dentro de mim mesmo. Deve ter sido essa falta que me possibilitara viver minha vida de padeiro em Cleveland; não precisar de nenhuma sensação além das primeiras plumas de neve em novembro e do chiado vivo de uma agulha encostando no vinil.

Falei: "A gente era criança, Jonny. Isso foi anos atrás".

"Eu sei. E você, quer dizer, você tem visto alguém?"

"Na verdade, não. Basicamente, só tenho trabalhado e ouvido discos. É estranho, não é? Quer dizer, na minha idade."

"Bom, existem coisas mais estranhas."

Deixamos o assunto por isso mesmo. Ficamos deitados um tempo com o barulho flutuando em cima da gente — buzinas e gritos. Logo antes de adormecer ouvi gente passando, rindo, um grupo gigantesco de pessoas — um coro de catedral todo feito de gente que ria.

CLARE

Eu queria uma vida tranqüila e uma vida chocante. Pense em Van Gogh, ciprestes e torres de igreja sob um céu de cobras coleantes. Eu era filha do meu pai. Queria ser amada por alguém como minha mãe, durona e judiciosa, e queria correr gritando no meio dos faróis dos carros com uma garrafa na mão. Essa era a maldição da família. Tínhamos a propensão de acalentar bandos de desejos indisciplinados que colidiam e se cancelavam mutuamente. A maldição implicava que, se não aprendêssemos a treinar nossos desejos numa direção ou noutra, acabaríamos sem nada nas mãos. Veja meu pai e minha mãe hoje.

Casei-me com vinte e poucos anos. Quando o casamento acabou, amei uma mulher. Em ambas as ocasiões, e em outras também, acreditei que conseguira concentrar meus impulsos e embarcar numa longa vitória sobre minha própria confusão. Agora, com trinta e tantos anos, eu sabia menos que nunca o que queria. Em lugar de acreditar na mudança como fazem os jovens, começara a sentir um constrangimento nervoso que tiquetaqueava dentro de mim como um relógio. Nunca pensei que ia chegar tão longe num estado assim, tão completamente sem amarras.

Não tentei dormir com Bobby. Ele parecia demais uma personagem de desenho animado que acaba de sofrer um acidente. Só faltavam as estrelas e planetas girando em volta da cabeça. Dava a impressão de ser ligeiramente vesgo. Mesmo assim, era tocante. Talvez porque a gente sentisse que, se tirasse os olhos dele por muito tempo, ele ia sofrer outro acidente. Ia dar um largo sorriso de êxtase e cair num buraco. Seria atingido na cabeça por um piano que caía de um prédio, e apareceria com uma fileira de teclas no lugar dos dentes. Eu odiava pensar que estava me tornando protetora no limiar da meia-idade. Detestava pensar que estava adquirindo uma fraqueza por homens atônitos, ineficientes, que precisavam que alguém cuidasse deles, tal como minha mãe cuidou do meu pai até que a paciência dela se esgotou.

Embora eu não encostasse as mãos nele, não conseguia negar que Bobby era atraente, naquele seu jeito de cavalinho perdido de crina desgrenhada. Tinha as mãos grandes, quadradonas, e um rosto sincero e plano como uma pá. Se não fossem os olhos, sua inocência seria demasiado lunar para se poder tocar. Eram os olhos que cortavam. Imagine uma casinha acolhedora num subúrbio, com um anãozinho no jardim e petúnias nas floreiras. Agora imagine uma pessoa antiga e de uma tristeza gritante olhando por uma janela lá de cima. Esse era o rosto de Bobby. Era isso o que pegava a gente.

Mas eu não fazia mais que reparar nele. Ultimamente vinha sendo incomodada pelo desejo do mesmo jeito que um cavalo é incomodado pelas moscas. Era uma irritação pequena, ainda que persistente. Dava para ser espantada.

Talvez fosse o dinheiro que me atrapalhava. Minha família tinha dinheiro, do lado da minha mãe. Não era um dinheiro aristocrático, dinheiro do Velho Mundo — o pai da minha mãe fez fortuna com bijuterias. Construiu a terceira maior casa de Providence. Mudou seu nome de Stein para Stone, e mandou minha mãe estudar em Wellesley. É uma velha história. O rei do *strass* vai adquirindo legitimidade através do progresso das gerações. Comprou para minha mãe uma educação nas melhores escolas, comprou ações para mim antes de eu nascer. Segundo sua programação, o sangue iria purificar-se pela constante exposição ao dinheiro, e seus bisnetos seriam verdadeiros aristocratas, cheios de compostura e uma serena noção do próprio valor. Morreu quando eu estava com dez anos. Mas sei o futuro que tinha em mente. Um antílope de ferro fundido levantava os rígidos chifres no seu gramado dianteiro. Peixinhos folheados a ouro cuspiam água na pia do banheiro.

O desejo, porém, estragou o plano. Minha mãe não gostava dos rapazes que encontrava nas festinha de Wellesley, ou eles não gostavam dela. Tinha os traços decididos e as maneiras soturnas e secretas de um joalheiro. Não flertava. Cultivava paixões operísticas, ou acreditava que sim, e não tinha interesse em pequenas experiências coquetes. Cem anos antes, seria conhecida como uma boa mulher. Em Wellesley nos anos 40, só podia ter fama de chata. Passou os quatro anos de faculdade numa espécie de transe malhumorado e depois casou-se com meu pai, que disse que trabalhava "com vendas", e que tinha personalidade suficiente para os dois. Ele foi sua única aventura. Ela nunca quis outra.

Não sei se ele se casou com ela pelo dinheiro. Não creio que fosse assim tão simples. Meu pai era um sedutor. Aborrecia-se facilmente. Deve ter gostado do desafio que minha mãe representava, uma mulher que nunca fingia um riso ou qualquer outra reação educada, e que fora aceita por todas as escolas de direito onde tentara entrar. Ele era uma grande e frívola beldade. Talvez achasse que ela o conhecia de uma maneira mais profunda, e que poderia redimi-lo com sua seriedade e seu poder de escrutínio. Talvez planejasse torná-la mais relaxada.

Quando eu era mais jovem, todos os meus amantes foram pessoas tensas, possessivas. Meu marido Denny dançava seis horas por dia, e mesmo assim se desprezava pelo diletantismo. Minha namorada Helene tinha opiniões peremptórias sobre todos os assuntos possíveis, desde os direitos da mulher até lavar ou não o espinafre. Eu própria tinha problemas para decidir se devia ou não usar chapéu. Por volta dos vinte anos eu desconfiava de que se alguém descascasse minha aparência, meus hábitos e meia dúzia de opiniões fortes, encontraria um lugar vazio onde o eu deveria estar. Isso me parecia meu pior segredo. Eu oferecia a meus amantes minha boa vontade e minha suscetibilidade — parece que era tudo o que eu tinha. Elaborei uma política geral de doçura e flexibilidade para com pessoas que no fim acabavam trocando a fechadura por conta de alguma ofensa minha que eu não conseguia adivinhar. Pessoas que afirmavam que iriam morrer se eu as deixasse mas que me estapeavam de raiva se eu trouxesse para casa uma marca errada de cerveja. Depois do divórcio comecei a passar direto de um amante a outro achando, a cada vez, que aprendera uma lição inesquecível. Este novo amante teria senso de humor, ou não tomaria drogas. Este novo amor seria uma mulher, ou um negro, ou um magnata dos computadores com o coração todo no processamento de dados.

Desde os trinta e poucos anos eu me retirara do amor. Vivia como uma criança. Apenas de hora em hora, enquanto outras mulheres da minha idade iam aos recitais e pecinhas escolares de seus filhos. Zanzar por aí não era difícil. Eu tinha um empreguinho bobo, e um montão de dinheiro da herança esperando por mim quando fizesse quarenta anos. Havia pessoas com quem se tomar um café, e filmes e boates aonde ir. O tempo passara agradavelmente. E agora — parecia tão de repente — as vendedoras das lojas me chamavam de "senhora". Os rapazes não olhavam automaticamente quando eu passava por eles na rua. Eu não aparecia mais nas suas telas de radar.

De certo modo eu gostava da maneira como ia amadurecendo. Tinha inventado uma vida própria. Não era uma carreirista afetada morando com dois gatos num casarão cheio de mapas antigos. Não era uma alcoólatra passando das bebedeiras para as curas nos spas e vice-versa. Tinha orgulho disso. Mesmo assim, esperava que nessas alturas da vida eu já devesse ter adquirido um sentimento mais genérico de orgulho pela minha pessoa como um todo. Achava que seria capaz de dizer, se alguém me perguntasse, exatamente o que estava fazendo no mundo.

BOBBY

Era o início da minha segunda vida nova, numa cidade que tinha uma rotação própria — uma órbita mais desvairada dentro da calma rotação verde-azulada da Terra. Nova York não estava aberta para a falta de esperança e de objetivo que ronda as cidades menores. Aqui as pessoas passavam o sinal vermelho. Atravessavam xingando na frente dos carros.

Não encontrei emprego de imediato. Reconheço que não me empenhei lá muito. Jonathan ia à redação quase todo dia. Às vezes ficava até meia-noite. Dizia que a fama do jornal era um desastre natural — como um vulcão em erupção que não parava nem para dar tempo à aldeia de se reconstruir. O rapaz da composição revisava os textos, a recepcionista fazia o *paste-up* extra com seis telefonemas na linha e três anunciantes consultando o relógio na nova saleta de recepção toda branca. Juntamente com sua coluna semanal, Jonathan diagramava as páginas de artes e espetáculos e escrevia resenhas de filmes que não assistira, assinando com outro nome. Às vezes pela manhã engolia duas xícaras de café, chispava pela porta afora e só voltava depois das quatro da tarde.

Clare levava uma vida mais fácil. Era uma dessas pessoas que têm mais dinheiro do que logicamente deveriam ter em vista do que fazem. Mas eu não estava a fim de questionar nada. Ficava contente por ter companhia.

Eu sempre me levantava na mesma hora que Jonathan. Fazia o café enquanto ele tomava banho. Conversávamos e escutávamos música enquanto ele se vestia com o traje preto do dia. Quando ficava pronto, me dava um beijo no rosto. Beijava Clare também, se ela já estivesse de pé. Dizia "Tchau, queridos", e dava o fora com a metade de uma rosquinha na mão.

Depois que ele saía, a manhã assumia seu ritmo mais calmo, sua vida doméstica e diurna. Eu e Clare nos sentávamos na mesa da sala de jantar, tomando segundas e terceiras xícaras de café. Líamos os classificados. Às vezes ela pintava as unhas com uma cor nova. Às vezes assistíamos *The price is right*.

Ela saía para trabalhar às quinze para as onze. Eu arrumava a casa, comprava comida para o jantar. Ia à loja de discos todos os dias. Não comprava discos. Ficava lá ouvindo qualquer coisa que a loja tivesse escolhido como música de fundo para as compras. Ficava vendo outras pessoas resolverem o que alguém como elas gostaria de ouvir.

Clare voltava para casa lá pelas sete. Eu sempre estava com o jantar pronto. Jonathan comia fora todas as noites, para poder escrever sobre a comida. Clare costumava encontrá-lo onde ele estivesse e jantar com ele, mas ficava contente de ter uma folga e não ter que comer a mesma coisa a semana inteira. Às vezes depois do jantar ia a algum lugar com seus amigos, e às vezes ficava em casa comigo, ouvindo música e assistindo televisão. Ela dizia que sair começava a ser mais trabalhoso que seu próprio emprego. Nas noites em que ficava em casa nós fazíamos pipoca e tomávamos Diet Coke. Às vezes ela pintava as unhas de novo, pela segunda vez no dia. E numa quarta-feira à noite, em junho, resolveu assumir o longo trabalho de me reformar.

Começou com um corte de cabelo. Jonathan estava no jornal, e Clare e eu tínhamos ido ao cinema. Ela me levou para ver *A marca da maldade*, chocada ao saber que eu nunca ouvira falar desse filme. Acabou sendo uma velha comédia em cinza-e-branco passando num cinema onde um ratinho correu pelos nossos pés, rápido e penugento como um mau impulso.

Agora estávamos de novo em casa, sentados no meio das cores da sala de estar. Ia colocar o Van Morrison quando ela disse: "Ei, você já ouviu Steve Reich?".

Falei que não. Falei que estava vivendo fora da zona da música, só apanhando qualquer coisa que por acaso soprasse na minha direção. Ela disse: "Vou colocar agora mesmo". E colocou.

A música de Steve Reich revelou-se um pulso, com minúsculas variações. Era o tipo de música eletrônica que não vem de instrumentos — parece feita de interlúdios congelados de vibrações de ar. Steve Reich era como alguém gaguejando serenamente, sem nunca conseguir dizer a primeira palavra e também não se importando com isso. A gente tinha que se esforçar para entender qual era a dele, mas quando entendia a gente via a simples beleza do que ele estava fazendo — aquela bela mesmice absolutamente sem pressa. Me fazia lembrar meus dias de adulto em Cleveland, aquelas pequenas variações dispostas sobre um fundo recorrente, um desenho antigo e luxuoso.

Àquelas alturas, Clare já me conhecia o suficiente para me deixar ouvir. Não conversou sobre outros assuntos durante o Steve Reich, da mesma forma como não faria isso durante *A marca da maldade*. Quando o disco terminou, falei: "Poxa".

"Imaginei que você ia gostar."

"Poxa. Ele é ótimo. É assim, sabe..."

Tentei terminar a sentença fazendo com as mãos o formato aproximado da música. Não sei se ela compreendeu.

Ela abanou a cabeça e disse: "Bobby".

"Ah-hã?"

"Nada. Você é fanático mesmo, não é?"

Dei de ombros. Não poderia dizer onde o meu fanatismo me colocava na visão de mundo dela. Não sabia se deveria assumi-lo ou negá-lo. Olhei para o desenho do tapete entre os meus pés.

"Sabe o que eu acho?", disse ela. "Posso ser absolutamente sincera com você?"

"Hã-hã", falei, curioso pela sinceridade absoluta e temendo-a de todo coração.

"Acho que você precisa de um novo corte de cabelo, é isso o que eu acho."

Era apenas uma sugestão externa, uma questão cosmética, e não de insuficiência pessoal. Falei: "É mesmo?".

"Estou falando uma verdade em dose integral. Para ser perfeitamente franca, você não *parece* você mesmo. E, se você andar por aí parecendo outra pessoa e não você mesmo, pode acabar arranjando o emprego errado, os amigos errados, e quem sabe mais o quê. Pode acabar tendo uma vida inteira de outra pessoa."

Dei de ombros outra vez e sorri. "Esta é a minha vida. Não me parece uma vida errada."

"Mas isso é só o começo. Você não vai ficar dentro deste apartamento limpando e cozinhando para todo o sempre."

"Certo", falei, embora na verdade eu já estivesse meio convencido de que era exatamente isso que eu iria fazer.

"E escute, meu bem, esse corte de cabelo à Bee Gees só serve para enganar as pessoas. Sabe o que eu quero dizer?"

"Hã-hã. Tudo bem. Quem sabe amanhã eu vou num lugar, hã, assim, pra cortar o cabelo."

Meu estômago apertou. Será que eu precisaria de um cabelo cor de palhaço para conseguir ter uma vida nova-iorquina? Se eu deixasse isso acontecer, não iria me ajustar de novo em Cleveland, nem na casa de Ned e Alice em Arizona. Todas as minhas opções reserva iriam me bater a porta na cara.

"Eu posso cortar", disse ela. "Grátis."

"É mesmo?"

Percebi pela risada dela que todas as minhas dúvidas transpareceram naquela única frase.

"Fiz curso de cabeleireiro, por incrível que pareça. Ainda tenho a minha tesoura, posso te dar uma nova cara agora mesmo. Que tal?"

Fiz uma pausa. Daí resolvi. Era apenas cabelo, nada mais. Eu poderia deixá-lo crescer de novo até o seu estado atual e pedir outra vez meu emprego em Ohio; não precisava perder o fio da minha vida antiga.

"OK. Claro."

Ela mandou eu tirar a camisa, o que foi o primeiro constrangimento. Eu não estava em forma, não tinha nada de imponente. Parecia exatamente uma pessoa que trabalha numa padaria. Mas Clare já adotara um jeito enérgico de cabeleireira, e não deixou sua atenção se desviar para baixo das minhas clavículas. Mandou, numa voz firme e profissional, eu molhar a cabeça na pia da cozinha. Então pôs uma toalha nos meus ombros e me sentou numa cadeira no meio da sala.

Falei para ela: "Meu barbeiro lá em Cleveland sempre aparava só um pouquinho dos lados".

"Bom, estou me preparando para fazer uma cirurgia de alto impacto. Você confia em mim?"

"Não", falei depressa, antes que se manifestasse o instinto de dizer mentiras cooperativas.

Ela riu. "Bom, por que você haveria de confiar? Mas tente relaxar, tá? Deixa que a mamãe vai tomar conta de tudo."

"OK." Fiz um esforço para parar de me preocupar com a minha aparência. Assim que ela começou a trabalhar com a tesoura, lembrei-me de que nossa vida é feita de mudanças que não conseguimos controlar. Deixar que pequenas coisas aconteçam é um bom hábito. A tesoura ia estalando perto da minha orelha. Punhados úmidos de cabelo, surpreendentemente mortos e isolados, caíam no chão a minha volta.

Falei: "Continue até terminar, tá bom? Quer dizer, não vou olhar até você acabar".

"Perfeito." Parou de cortar um minuto e colocou o Van Morrison no toca-fitas, para ajudar a me acalmar.

Clare passou quase quarenta e cinco minutos cortando meu cabelo. Eu sentia seu calor e seu leve cheiro de jasmim, os dedos rápidos e competentes na minha cabeça. Sentia sua respiração me fazer cócegas. Depois que começou, tive vontade de continuar cortando o cabelo a noite inteira — de nunca ver a minha cabeça transformada, mas só ficar ali sentado sem camisa, no meio de um monte cada vez maior de cabelo, com os estalos e a concentração perfumada de Clare pairando em torno de mim.

Mas daí, por fim, ela acabou. Com uma profunda exalação e uma última tesourada nas minhas têmporas, disse: "*Voilà*. Venha até o banheiro ver o resultado".

Deixei ela me levar, embora já conhecesse bem o caminho. Queria ficar mais um pouco naquele estado de espírito cooperativo, sem ter meu cabelo e meu futuro nas mãos. Ela me levou ao banheiro, me fez parar na frente do espelho e acendeu a lâmpada.

"Ta-tá!" E ali estava eu, piscando na luz.

Ela tinha feito um corte à escovinha. Nos lados estava tão curto que se via o couro cabeludo reluzindo por baixo, e o alto era uma espécie de prateleira eriçada. Ao ver meu próprio rosto debaixo daquele corte, pela primeira vez dei uma boa olhada em mim mesmo pelo lado de fora. Eu tinha orelhas pequenas e mesquinhas, enroladinhas em si mesmas. Meus olhos eram estreitos e brilhantes, e meu nariz grande e dividido na ponta, como se originalmente se destinasse a ser dois narizes menores. Esses traços sempre tinham me parecido inevitáveis. Agora eu via como eles eram especiais. Vendo meu rosto na luz ofuscante, contra o fundo de azulejos brancos, eu parecia um parente que fora chamado para identificar um corpo. Se é verdade que temos um espírito que sai voando quando o sistema entra em colapso, então talvez seja assim que a gente vê o nosso próprio eu já vazio — com o mesmo interesse e horror com que observamos uma vítima de acidente.

Falei: "Poxa".

“Você está maravilhoso. Só dá um tempinho. Sei que no começo é um choque. Mas confie em mim, você vai virar a cabeça do pessoal por aqui.”

Eu não tirava os olhos do meu rosto no espelho. Se essa era a pessoa que eu devia ser, então eu não sabia como lidar com isso. Dava na mesma se Clare me levasse a um telefone público e me mandasse ligar para Júpiter.

Ela disse que tínhamos que esperar o Jonathan, para mostrar-lhe o meu novo eu. Não me agradava muito a idéia de me mostrar para Jonathan. Sentia-me tolo demais na minha vaidade exposta, na minha disposição para ser reformado. Mesmo assim concordei. Como já disse, Clare tinha um efeito musical sobre mim. Ela penetrava no meu cérebro. Eu me via não só fazendo o que ela queria mas perdendo o fio de onde os meus desejos terminavam e os dela começavam.

Enquanto esperávamos Jonathan, fizemos as coisas que já haviam se tornado os nossos hábitos. Estouramos pipoca e acabamos com uma embalagem de seis garrafas de Diet Coke. Ouvimos de novo Steve Reich e assistimos *Mary Tyler Moore*. Descobri que meu cabelo reformado não alterava minha maneira de sentar numa sala, nem se filtrava por entre meus velhos pensamentos incertos. Fiquei aliviado e decepcionado.

Jonathan chegou em casa depois da uma. Quando ouvimos sua chave, Clare mandou eu me esconder na cozinha, cochichando: “Vou ficar sentada aqui bem normal. Vou segurar ele na sala. Depois de uns minutos você entra como se nada fosse”.

Eu relutava em agir daquela forma. Em ressaltar tanto assim minha preocupação comigo mesmo. Mas Clare era muito grande e tinha o cabelo luminoso demais para mim. Eu tinha uma vaga lembrança de uma festa de aniversário em que um velho de nariz vermelho e peruca cor de alface tirou moedas das minhas orelhas e puxou um buquê de flores de papel de dentro de minha camisa. Sim, eu ia fingir um espanto e um prazer sem qualquer humilhação.

Assim, entrei na cozinha escura quando Jonathan abriu a porta. Escutei o ranger das dobradiças, parecendo o grunhido de um porco, e sua simples conversa com Clare. “Oi, bem.” “Oi, querido.” “Como vão as coisas?” “Um cataclisma. Como sempre.” Às vezes eles pareciam perfeitamente marido e mulher, mais do que qualquer casal que eu já conhecera. Eu compreendia que ter um bebê poderia lhes parecer, pela lógica, o próximo passo.

Fiquei ouvindo os dois. Uma luz fraca entrava pela janela, flutuando como uma névoa. As floreiras de cimento de Clare, cheias de plantinhas e temperos, tinham um brilho opaco no peitoril da janela, como coisas de uma avó. Cada planta tinha o nome numa etiqueta de papel, na sua caligrafia pequena e pontuda: erva-doce, salsinha, manjericão.

Ouvi Jonathan perguntar: "Cadê o Bobby?".

"Ah, deve estar por aí."

Essa seria a minha deixa. Era hora de sair da cozinha como se nada de extraordinário tivesse acontecido. Mas o que eu fiz foi ficar na cozinha. Me distraí com a escuridão pálida, com o zumbido da geladeira, com os vidros de temperos destinados a curar dor de cabeça, insônia e má sorte. Era como se eu fosse um cadáver emparedado num muro de tijolos escutando os vivos conversarem sobre seus simples afazeres. Me ocorreu que a própria morte talvez fosse uma forma mais distante de participação na contínua história do mundo. A morte poderia ser assim — uma simultânea presença e ausência enquanto os amigos da gente continuavam a conversar, entre lâmpadas e móveis, sobre alguém que não era mais você. Pela primeira vez em vários anos senti a presença do meu irmão. Senti inequivocamente — seu propósito, sua essência, a característica de Carlton que permanecia depois que a voz, a carne e todas as outras conseqüências corporais já tinham ido embora. Eu o senti naquela cozinha com tanta certeza quanto tinha sentido numa tarde fria e branca no cemitério, anos antes, quando um brilhante futuro reverberava para além dos túmulos, para além da curvatura da terra. Ele está aqui, falei para mim mesmo, e sabia que era verdade. Eu adquirira o hábito de não pensar nele; de me tratar como se eu tivesse nascido na casa de Ned e Alice depois que nosso pai morreu. Agora pensei neles todos, mortos em Cleveland. Agora mesmo devia haver margaridas silvestres nos seus túmulos, e dentes-de-leão cheios de pistilos. Minha gaitinha, que enfiei no bolso da camisa de Carlton no velório, já devia ter escorregado entre suas costelas e caído com um pequeno baque nas tábuas do caixão. Eu estava vivendo meu próprio futuro e também o futuro perdido do meu irmão. Eu o representava aqui da mesma forma que ele me representava lá, em algum outro lugar inimaginável. Sua passagem da vida para a morte talvez se parecesse com a minha entrada na cozinha — naquele suave vácuo, naquele zumbido nebuloso. Inspirei o ar escuro. Se eu tivesse naquele momento uma sensação de morte tranqüila e benigna, enquanto meu coração batia e meus pulmões se expandiam, ele poderia experimentar uma sensação semelhante de vida em meio à sua morte contínua. Lá fora, a roupa secava no varal suspenso no poço de ventilação. Duas mangas de camisa vazias balançavam ao vento. Vi que à medida que eu e meu irmão nos combinávamos — até no nome —, eu poderia procurar uma vida e um futuro surpreendente. Poderia alimentá-lo no seu outro mundo sendo ao mesmo tempo eu e ele neste mundo. Fiquei parado naquela cozinha enquanto Clare me atirava uma deixa atrás da outra. Fiquei vendo uma camisa social branca balançar delicadamente, seis andares acima da calçada.

Por fim, ela veio me buscar. Perguntou se eu estava bem, e eu disse que estava ótimo. Disse que estava maravilhoso. Quando ela perguntou o que acontecia, fiz um gesto impotente na direção das roupas penduradas. Ela deu um estalinho de língua, achando que eu tivera um simples ataque de timidez, e me levou pela mão.

Jonathan deu um grito ao ver meu cabelo. Disse que eu estava com uma cara perigosa. "Um Bobby para os anos 80", Clare anunciou orgulhosa, e não discordei dela. Apesar de Jonathan estar exausto, levamos meu cabelo para passear no Village. Tomamos um drinque num bar gay em St. Marks e dançamos juntos, nós três. Era como se eu tivesse quebrado uma parede de vidro e chegado numa festa, depois de passar anos num cemitério achando que estava vivo. Quando nos cansamos de dançar, insisti em andar até o píer no rio Hudson, para ver a gota de café pingar da enorme xícara de neon. Daí Clare e Jonathan voltaram para casa de táxi e eu continuei andando. Caminhei por Nova York inteira. Fui até o Battery Park, onde a Estátua da Liberdade erguia sua lampadazinha no porto, e caminhei até a fila de carruagens aguardando esperançosas os bêbados e românticos extravagantes na porta do Plaza. Estava na Quinta Avenida perto da Vinte quando o céu começou a clarear. Passou um caminhão de padaria, com o chofer cantando alto e desafinado "Crazy", de Patsy Cline, e cantei junto com ele durante meio quarteirão. Suponho que no fundo foi o corte de cabelo que fez aquilo tudo; que explodiu a ordem vulgar das coisas e me mostrou as possibilidades que tinham estado ali o tempo todo, escondidas nos desenhos do papel de parede. Numa época diferente, a gente tomava ácido mais ou menos pelo mesmo motivo.

* * *

Depois disso, as mudanças foram fáceis. Não havia mais necessidade de continuar casado com o dia-a-dia. Clare adotou o *hobby* de me transformar. Levou-me para fazer compras nas lojas de roupas usadas da Primeira Avenida, onde ela conhecia todos os vendedores e metade dos fregueses. Quando fazia compras, Clare tinha a concentração de uma mamãe águia procurando uma truta. Era capaz de atacar uma caixa de papelão cheia de trapos de poliéster de cores berrantes — artigos manchados da Woolworth's que mesmo quando novos eram tristes e desesperados — e tirar lá de dentro uma camisa de seda cheia de peixinhos amarelos. Sua personalidade era espalhafatosa mas também tinha algo de ave de rapina; a gente percebia pelos seus olhos que as coisas que ela queria emitiam um leve brilho não visível para os outros fregueses. Eu a deixava escolher, e dali a duas semanas já estava com um novo guarda-roupa de roupas de segunda mão. Tinha calças *baggy* dos anos 40 e camisas soltas de raiom cor de areia e de tabaco. Tinha velhos jeans pretos, uma jaqueta de couro de motociclista e um paletó esporte preto com ombreiras cheio de fiozinhos metálicos. Tinha até calçados de gente estranha: um par de sapatos marrons tipo Oxford com a ponta feita de uma espécie de mosquiteiro de couro; e ainda botas militares pretas, e um par de tênis pretos manchados de tinta.

Tinha também um brinco. Clare me arrastara a uma joalheria na rua Oito, e em menos tempo do que se leva para dizer "mudar" um homem do Oriente Médio enfiara um brinco de prata na minha orelha esquerda com um revólver hidráulico. Não doeu mais do que uma mordida de mosca. Clare prometeu que ia me fazer um brinco perfeito. O homem oriental sorriu. Seus dentes pareciam entalhados numa única peça de madeira.

Aqueles dias eu me surpreendia a cada vez que via meu reflexo numa vitrine de loja. Era como se eu fosse meu próprio irmão gêmeo, um cara durão, vindo de algum lugar mais barra-pesada para badernar a vida dos cidadãos comuns. O homem cujo rosto eu via flutuando sobre as mercadorias das lojas nunca teria escrito "Feliz Aniversário" em dez mil bolos. Não teria vivido contente num quarto do segundo andar que dava para o *playground* do vizinho.

Clare me apresentou para seus amigos: Oshiko, um cínico *designer* de chapéus; Ronnie, um pintor tenso que só se expressava em parágrafos completos; Stephen Cooper, que falava em vender seu negócio de importação de *marijuana* e comprar uma joalheria no interior, onde poderia dar mais atenção aos seus dotes místicos. Essas pessoas mais pareciam filmes que passavam em volta de mim — eu as olhava e ouvia com o mesmo abandono confortável que a gente sente numa poltrona da quinta fila. Eles curtiam ser as personagens que haviam criado, e não dependiam de mim para obter o seu *input*. Assim sendo, nós nos dávamos bem. Eu ficava em pé ou sentado com as minhas roupas novas, vendo as coisas acontecerem. Se é que criei alguma reputação no pedaço, foi a de ser um sujeito misterioso, de uma calma imutável. Aprendi que os nova-iorquinos — pelo menos os que Clare conhecia — valorizam o silêncio alheio. Seus dias e noites são tão cheios de ruído. Os amigos de Clare estavam dispostos a atribuir meu silêncio a uma sabedoria interior, quando na verdade eu ficava quase o tempo todo só assistindo, sem pensar em nada. Ocasionalmente eu fazia alguma pergunta, ou respondia outra. Usava o brinco que Clare fizera para mim, um aro de metal com uma conta prateada em forma de lágrima, um círculo de metal enferrujado e um minúsculo cavalinho de asas de prata. Às vezes ela me perguntava com uma ponta de nervosismo se eu estava me divertindo, e eu sempre lhe dizia que sim. Sempre era verdade. Indo àqueles lugares — boates barulhentas com a entrada disfarçada, festas em *lofts* brancos e desnudos como o Himalaia —, eu ficava pura e simplesmente feliz. Tinha passado anos num cemitério; agora eu estava na festa. No meio de toda aquela vida, eu ficava quieto como um fantasma. Uma garota linda com a pele de um branco-azulado leitoso andava serenamente entre os dançarinos com uma grossa cobra malhada enrolada na cintura. Dois rapazes de vestido xadrez como meninas de escola postavam-se gravemente de mãos dadas, como se estivessem guardando a entrada de um mundo mais severo, mais difícil, e não conseguissem imaginar que ninguém tentaria entrar.

Mas o melhor eram as noites em que Jonathan largava o trabalho cedo e saíamos juntos. Às vezes saíamos só nós dois, e às vezes Clare vinha também. Nas noites com Jonathan íamos ao cinema e depois tomávamos um drinque num dos nossos bares prediletos. Os outros amigos de Clare estavam mais decididos a fazer de suas vidas algo fabuloso, varrido pelos ventos. Dedicavam-se ao movimento constante e a saber o lugar exato, a festa dentro da festa. Eu compreendia essa vontade. Mas Jonathan, Clare e eu preferíamos bares mais velhos, afundados sob o peso do cotidiano. O Village estava cheio de bares assim naquela época, e está cheio deles ainda hoje. Eles conservam uma atmosfera passada, uma semi-escuridão interior cor de cerveja preta. Vendem amendoim e batatinhas chips em saquinhos pendurados com clipes. Os clientes habituais — bêbados quietos, firmões, que acreditam que tudo vai de mal a pior e nunca criam confusão — ficam sentados nos banquinhos do bar, tão solidamente como galinhas chocando no poleiro. Nós sempre pegávamos uma mesa no fundo.

Começamos a chamar a nós mesmos de Henderson. Não me lembro como foi o início — deve ter sido alguma piada feita por Clare ou Jonathan, e pegou. Os Henderson eram uma família de expectativas modestas e gostos simples. Gostavam de ir ao cinema ou assistir TV. Gostavam de tomar umas cervejas num barzinho barato. Quando saíamos juntos, nós três, dizíamos que era "uma noite com os Henderson". Clare era Mamãe, eu era Júnior e Jonathan era o tio Jonny. Com o tempo a história foi ganhando detalhes. Mamãe era a chefe. Queria que a gente tivesse bons modos e sentasse com as costas retas, fazia "tsk-tsk" se um de nós dizia um palavrão. Júnior era uma presença bem-intencionada, uma espécie de sombra, um tipo de escoteiro tapado que podia ser convencido a fazer qualquer coisa. Tio Jonny era a má influência. Cuidado com ele. "Júnior", dizia Clare, "não sente muito perto do seu tio Jonny. E ele não precisa entrar no banheiro junto com você, você já é bem grandinho para se ajeitar sozinho."

A gente entrava e saía da brincadeira dos Henderson. Não era algo que fazíamos o tempo todo. Era a história em que a gente entrava quando perdia o interesse pela nossa história mais verdadeira, mais complicada. Quando Jonathan saía de manhã, às vezes dizia: "Hoje eu devo terminar numa hora decente, será que os Henderson gostariam de ver o filme de Fassbinder?". Clare e eu quase sempre dizíamos que sim, pois nossas vidas eram mais livres. Preferíamos uma noite com os Henderson aos nossos outros divertimentos. Às vezes quando eu e Clare estávamos sozinhos ela dizia alguma coisa na sua voz de Mamãe, uma variação estridente e meio britânica da sua voz real. Mas sem o tio Jonny os Henderson não funcionavam. Sem nosso titio malvado nós éramos simples demais — apenas a Mamãe mandona e o menino obediente. Precisávamos das três pontas do triângulo. Precisávamos das boas maneiras, da perversidade e da voz da correção.

* * *

Encontrei trabalho, um empreguinho de nada como ajudante de cozinha num lugar no Soho que só servia omeletes. Eu dizia às pessoas, e às vezes a mim mesmo, que estava aprendendo tudo sobre restaurantes a partir de baixo, de modo que algum dia poderia ter meu próprio restaurante outra vez. Mas na verdade não acreditava nessa ambição. Só conseguia viver nela por alguns minutos de cada vez, concentrando-me nos detalhes: meu futuro eu, de testa franzida, examinando uma travessa de sobremesas antes de saírem da cozinha, ou alisando um balcão de mogno, liso e próspero como o flanco de uma égua de raça. Eu poderia querer isso. Era algo que podia trazer calor à superfície da minha pele. Mas assim que eu perdia a concentração caía direto na minha vida presente, apenas estar em Nova York com Jonathan e Clare, trabalhando num serviço comum. Eu ficava satisfeito de passar meus dias com o mexicano lavador de pratos na cozinha gordurosa do restaurante, fatiando cogumelos e espalhando *gruyère*. Esse ainda era o meu embaraçoso segredo.

Uma noite quente de agosto tomei um chuveiro e entrei nu no quarto de Jonathan, achando que estava sozinho no apartamento. Clare estava com uma velha amiga na cidade, que precisava levar para passear, e Jonathan devia estar trabalhando. Um céu negro pairava denso e pesado como fumaça, e os mendigos deixavam anjos de suor na calçada onde dormiam. Entrei cantando "Respect", com gotas d'água evaporando na pele, e o encontrei sentado no chão, tirando os tênis.

Ele disse: "Oi".

"Ah, oi. Achei que você estava, assim, trabalhando."

"O ar-condicionado da redação quebrou, e resolvemos que não estamos nem aí se o jornal não sair esta semana. Tudo tem limite, até no jornalismo."

"Hã-hã." Fiquei parado, constrangido, dois passos dentro do quarto. Havia o problema do que fazer com as mãos. Neste apartamento não ficávamos nus assim casualmente. Não era algo que fizéssemos. Senti meu próprio volume aquecendo o ar. Embora Jonathan me olhasse com um interesse amigável, eu só conseguia pensar em como eu havia decaído, no sentido físico. Na época das nossas loucuras de garotos, nós dois mais nervosos que felizes nas mãos um do outro, eu tinha orgulho do meu corpo. Tinha o peito chato, quadrado. Minha barriga se estendia sem nenhuma gordura sobre três feixes de músculos. Agora eu carregava sete quilos a mais.

Adquirira uma versão precoce do corpo do meu pai — um peito em forma de barril equilibrado em duas pernas finas. Fiquei ali parado com meu corpo peludo, virginal, lançando vapor no ar.

Ele perguntou: "E aí, você tomou um chuveiro?".

"Hã-hã."

"Parece que isso faz a diferença entre a vida e a morte." Tirou as meias e puxou a camiseta preta pela cabeça. Deixou cair seu short, que era um jeans preto cortado curto, e disse que a equipe do jornal tinha resolvido ir para casa mais cedo quando a rosa na mesa da recepcionista abaixou a cabecinha e deixou cair todas as suas pétalas. "Como um canário numa mina de carvão", explicou.

Tirou a roupa toda. Eu não via Jonathan nu desde que nós dois tínhamos dezesseis anos, mas seu corpo era bem como eu me lembrava. Esguio, sem músculos e quase glabro — corpo de menino. Não criara novas colônias de pêlos nem de gordura. Não adquirira o heróico formato em V de uma vida mais disciplinada. Sua pele parecia fresca e tensa como uma massa de pão recém-levantada. Seus mamilos rosados pousavam inocentes na curva clara do seu peito. A única mudança era um pequeno dragão vermelho, com corpo de cobra e olhar desconfiado, tatuado no seu ombro.

Deu um largo sorriso, um pouquinho embaraçado mas sem temor. Pensei em Carlton no cemitério, com sua nudez de garoto sob um céu de um duro azul.

"Vou abrir a torneira fria com força total", disse ele. "E aposto que vai sair água morna."

"É. Vai mesmo."

Completamente nu, seguiu pelo corredor até o banheiro. Fui atrás dele. Poderia ter ficado no quarto e me vestido, mas não fiz isso. Sentei na tampa da privada e fiquei conversando com ele enquanto ele tomava banho.

Quando terminou, fomos juntos para a sala. Naquelas alturas, nossa nudez já se neutralizara, perdera sua crueza. Nossas peles tinham se tornado uma espécie de roupa. Ele disse: "O ruim deste lugar é que não tem a mínima corrente de ar. Você acha que o telhado está mais fresco?".

Eu falei que sim, talvez. Ele me mandou esperar, correu até o banheiro e voltou com duas toalhas. Me jogou uma: "Pega esta aqui. É pela decência, caso a gente dê de cara com alguém."

"Você está querendo subir no telhado só com uma toalha enrolada?"

"Muita gente já fez coisas piores em emergências menores. Vam'bora."

Tirou da geladeira uma fôrma de cubos de gelo. Enrolamos as toalhas na cintura e fomos descalços até o corredor. Tudo estava quieto. Ventiladores zumbiam atrás das portas fechadas, e ouvia-se uma salsa melodiosa subindo pelo poço da escada. Jonathan fez "Shh!". Começou a andar nas pontas dos pés de uma maneira exagerada e foi subindo as escadas até o teto, segurando a fôrma azul-clara de plástico que ia pingando água. Fui subindo logo atrás.

O teto era negro e vazio, uma plataforma rodeada pelo tumulto elétrico da cidade. Soprava um vento quente, trazendo um cheiro de lixo que de tão passado já ia ficando doce. "Melhor que nada", disse Jonathan. "Pelo menos aqui o ar se mexe."

Havia uma sensação de sonho, nós dois ali quase nus bem no centro de tudo. Havia excitação e um medo vibrante, agradável.

"Aqui é legal", falei. "De certo modo é até bonito."

"De certo modo." Jonathan tirou a toalha e estendeu-a no chão. Sua pele era de um cinza gelado na escuridão.

"Dá pra ver a gente", falei. A dois quarteirões dali, um arranha-céu ardia em luzes como se ele mesmo fosse uma cidade.

"Se a gente se deitar, não. Está bem escuro aqui em cima. Além disso, e daí se alguém vir a gente?"

Deitou-se na sua toalha como se estivesse na praia. Tirei a minha e a estendi ao lado da dele. Uma brisa que vinha da rua Três, cheia de buzinas de carros e música latina, tocou minhas partes expostas.

"Toma." Estalou a fôrma de plástico, me passou um cubo de gelo e ficou com outro. "Esfregue no corpo. Não é grande coisa, mas é o que nós temos."

Ficamos deitados lado a lado nas nossas toalhas, passando cubos de gelo sobre a pele suada. Depois de um tempo ele estendeu a mão e apertou seu cubo de gelo na minha barriga saliente: "Enquanto a Mamãe não está, deixa o velho tio Jonny tomar conta de você".

"OK", falei, e fiz a mesma coisa com ele. Não conversamos mais sobre o que estávamos fazendo. Em vez disso, falamos sobre o trabalho, sobre música e sobre Clare. Enquanto conversávamos, íamos passando os cubos de gelo na barriga um do outro, no peito e no rosto. Havia sexo entre nós mas não fizemos sexo — não cometemos nenhum ato explícito. Foi um tipo de amor mais doce, mais fraternal. Foi uma dedicação ao conforto um do outro, e uma profunda familiaridade com nossos próprios corpos imperfeitos. Quando um cubo derretia, pegávamos outro da fôrma. Jonathan esfregou gelo nas minhas costas, e fiz o mesmo com ele. Eu sentia cada momento se partir com uma nova possibilidade, enquanto usávamos o restante do gelo e conversávamos sobre tudo o que passava na nossa cabeça. Acima de nós, umas poucas estrelas pálidas se espalhavam sobre um céu escaldante, roxo como um machucado.

CLARE

Eu pensava em ter bebê desde os meus doze anos. Mas só comecei a pensar seriamente lá pelos trinta e tantos. Jonathan e eu brincávamos a respeito de ter filhos — era o nosso jeito de flertar. Estávamos sempre fazendo planos. Era assim que descarregávamos qualquer estática emocional que do contrário poderia acumular-se. É estranho que duas pessoas estejam apaixonadas sem nenhuma possibilidade de sexo. A gente se vê planejando viagens e discutindo empreendimentos financeiros. Brigando por causa da cor de uma casa que os dois nunca vão possuir juntos. Discutindo nomes de um bebê que nunca vai ser concebido.

Ultimamente, porém, eu já não tinha tanta certeza. Iria receber meu dinheiro dali a um ano e pouco, mais de meio milhão de dólares, mas aos trinta e oito anos você não consegue pensar que a sua vida ainda está começando. A esperança adquire uma fragilidade. Basta pensar com muita força e ela se vai. Fiquei surpresa com o vazio interior que eu sentia, meu coração e minha barriga se equilibrando num fio. Eu sempre fora tão presente a cada momento. Achava que isso era o bastante — saborear o café e o vinho, sentir o sexo ao longo de cada nervo, ver todos os filmes. Pensava que a questão da realização pessoal pareceria irrelevante se eu prestasse atenção cuidadosa a cada mínima coisa que acontecia.

Logo mais haveria um importante acréscimo à lista das coisas que eu já não tinha idade para fazer. Eu enxergava o perigo: mulher madura apaixonada por um rapaz gay engravida para se compensar pelas ligações que não foi capaz de ter. Eu não conseguia encarar essa rota assim na caradura. Mesmo assim, ela me corroía. Jonathan tinha seu trabalho, e um amante que eu não conhecia. Tinha toda a latitude ainda disponível para um homem de vinte e sete anos. Eu, com meus seios já caindo, queria alguma coisa permanente. Queria ter um filho e dar conta do recado melhor que meus pais tinham feito comigo. Queria que o meu dinheiro, minha saúde e minha boa fortuna tivessem mais utilidade.

Uma noite Bobby saiu do banheiro só de cueca, cantando "Wild Horses". Eu estava entrando no meu quarto e quase raspamos um no outro no corredor. Ele sorriu. Tinha um corpo macio, volumoso, os músculos competindo com inícios de gordura. Minha mãe o teria chamado "um morenão", aprovadoramente. O casamento com meu pai a curara do seu interesse por homens magros e inescrupulosos. Bobby era um espécime do Meio-Oeste. Era forte, ossudo, imperturbável. Falei: "Oi, bonitão".

Ele ficou vermelho. No final dos anos 80 ainda havia um homem morando na cidade de Nova York que era capaz de corar com um elogio. Falou: "Hã, vou ficar pronto daqui a pouquinho".

Íamos sair para algum lugar. Não lembro para onde. Falei: "Fique a vontade, ninguém vai chegar lá antes da meia-noite".

"OK." Ele entrou no quarto que compartilhava com Jonathan. Parei um pouco, depois entrei no banheiro e limpei o vapor do espelho, fazendo um círculo. Ali estava o meu rosto. Nem feio nem bonito. Sempre fui uma combinação esquisita da minha mãe com meu pai.

Surpreendentemente, minha mãe estava ficando mais bonita. Numa idade em que as mulheres são consideradas "bonitonas", não "lindas", ela estava, de fato, muito bonitona: ligeiramente masculina, de rosto largo, a pele de um rosa-avermelhado, o cabelo que passara de castanho para um gris metálico. Seu rosto inexpressivo não havia enrugado, e suas maneiras abruptas e objetivas eram mais atraentes agora que outras mulheres da sua idade começavam a usar punhos de renda engomada e muito ruge no rosto. Minha mãe alcançara a si mesma. Encontrara sua beleza própria. Sempre fora destinada a ter sessenta anos, mesmo quando menina.

Meu pai, por outro lado, estava murcho como uma ameixa seca. Suas bochechas se desinflaram e agora encostavam nos ossos. Seu cabelo espetado, negro-azulado, simplesmente se dissolvera, e a pele do pescoço pendia frouxa e coriácea. Quando menina eu olhava esperançosa nos espelhos à procura de qualquer sinal do rosto do meu pai transformado no meu. Agora eu procurava sinais da deterioração dele, e os encontrava. Meu pescoço estava um pouquinho frouxo. A pele em torno dos meus olhos ia escurecendo. Os genes entravam em ação.

Mãe, você não precisava ter tanto ciúme do amor de papai por mim. No fim, você está vencendo. Você é uma advogada bonitona e o desejo não te perturba. Papai e eu estamos desbotando, e não sabemos o que fazer das nossas vidas.

Corri os dedos pelo cabelo. Então fui até o quarto de Bobby e Jonathan e parei na porta. Bobby estava debruçado sobre uma gaveta da penteadeira, procurando um par de meias. Seu traseiro era maior que o ideal, mas tinha uma bela forma. Se a expressão "à la Rubens" se aplicasse aos homens, seria perfeita para Bobby. Seu corpo era amplo mas bem proporcionado, como aquelas antigas beldades brancas e rosadas que brincavam nas clareiras a meia-luz. Havia um quê de donzela em sua reticência, embora ele não fosse feminino, em absoluto. Ele parecia uma gazela. Uma criatura precisa, de cascos minúsculos, tímido mas não delicado.

Falei: "Por que você não põe a camisa preta de gabardine?".

Ele deu um pulo ao ouvir minha voz. Surpreendê-lo tinha algo de erótico. Senti isso como se alguém tivesse puxado um zíper na minha barriga. Eu era um caçador e ele um antílope, sólido e sem a menor desconfiança.

"OK."

Fui até o armário e peguei a camisa: "Esta é uma das minhas preferidas. A gente devia tentar arranjar mais uma assim pra você".

"Ã-hã."

Segurei a camisa contra o seu peito nu. "Fica linda."

Mais uma vez, ele corou. A coisa não estava funcionando. Nenhuma vibração sexual entrava no quarto. Eu estava sendo muito maternal na minha preocupação com sua aparência. Não estávamos elaborando um subtexto.

Tem coisas que não acontecem pela vontade da gente. Eu já levara um tempo enorme só para aprender essa pequena lição.

Falei: "Quem sabe a gente sai pra tomar um drinque primeiro. Não é legal chegar lá muito cedo". Coloquei a camisa no *futon* de Jonathan. Era negra e cintilante contra o acolchoado branco, um instantâneo de beleza masculina assexuada. Fui para o meu quarto e comecei a arrumar minha cara para mais uma noite na cidade.

* * *

Um mês se passou. O inverno chegou cedo aquele ano. Uma semana antes do dia de Ação de Graças, flocos de neve grandes como moedas caíram inesperadamente do céu formando redemoinhos em torno das luzes da rua. Os lojistas do nosso quarteirão começaram a varrer freneticamente a neve recém-caída da calçada, como se os flocos fossem os seus erros juvenis que por fim os tivessem alcançado. Quando Bobby chegou em casa do trabalho eu estava sentada no sofá da sala, fazendo as unhas do pé e tomando um copo de vinho.

Ele falou "Ei", limpando a neve dos ombros do casaco.

Cumprimentei com a cabeça. Não estava a fim de conversar. O inverno já havia voltado, mais cedo do que esperávamos.

"É incrível", disse ele. "Quer dizer, a gente nunca pensa que Nova York vai ter um *clima* assim bem definido. Sabe como é?"

"Sujeito às forças da natureza. Igualzinho a qualquer outro lugar."

Queria que ele sufocasse no seu entusiasmo juvenil. Aquela noite eu só seria boa companhia para essas viúvas ricas que fumam sem parar ou algum padre que abandonou a batina.

"Tudo está, assim, *lindo*, mesmo. Tudo tão quieto lá fora. Quer dar uma volta?"

Eu lhe devolvi um olhar que esperava que resumisse minha opinião sobre folguedos na neve. Mas agora ele já estava com a corda toda, impossível de parar. O clima o envolvera por completo. Veio sentar no sofá ao meu lado.

"Cuidado com o esmalte", falei.

"Gosto desta cor."

"Verde-bílis. Minha cor pra esta estação."

"Quer ir ao cinema mais tarde?"

"Não. Hoje vou tomar um porre e chafurdar em autopiedade."

"Você está legal?"

"Não sei. Não me faça uma pergunta dessas neste momento, a não ser que você realmente queira ouvir a resposta."

"Quero. Quero ouvir."

"Esqueça. É o inverno, só isso. Não me dou bem com o frio. Vou voltar a ser o meu antigo eu, amante dos prazeres, daqui a uns seis meses, por aí."

"Pobre Clare", ele disse. Reprimi a vontade de esfregar esmalte na cara dele.

"A porra do inverno chegou um mês inteiro antes do tempo", falei, "e o meu ex vai chegar na cidade daqui a duas semanas. É demais para um mês só."

"Ex quer dizer seu ex-marido?"

"É. A trupe dele está fazendo turnê, vão se apresentar na Brooklyn Academy."

"Você vai vê-lo?"

"Ele deve telefonar. Ele sempre liga quando chega a Nova York. Na opinião dele nós não ofendemos um ao outro o suficiente quando estávamos casados."

"Você nunca fala dele. Às vezes eu até, assim, esqueço que você foi casada."

"Eu mesma tento esquecer."

"Hã, onde você o conheceu?"

"Quer dar uma boa risada? Foi em Woodstock. Sim senhor, no festival. Sete anos de tormento nascidos de um fim de semana de paz e amor."

"Você esteve em Woodstock?"

"Ã-hã. Eu já tinha abandonado quatro faculdades diferentes e acabei viajando com um pessoal que percorria toda a Nova Inglaterra comprando roupas velhas pra vender em Nova York. Ouvimos falar de um show grátis ali perto. Na época estávamos vasculhando os sótãos de todo mundo em busca de camisas havaianas. Isso não é uma coisa que eu conto pra qualquer um."

"Você esteve lá mesmo? Você foi no festival?"

"Fico parecendo uma antiguidade, não é? É como se eu já estivesse circulando por aí antes da invenção do automóvel."

"Que tal foi?"

"Um mar de lama. Você nunca viu tanta lama na sua vida. Eu me sentia um porquinho. Senti atração pelo Denny porque ele tinha um pedação inteiro de sabonete Lifebuoy lá no lago. Depois que a gente tomou banho juntos ele disse: 'Quer sair um pouco daqui e ir até a cidade comer um hambúrguer?'. E eu falei que sim, claro que sim. Já estava cansada daquele pessoal das roupas velhas. Quer dizer, eles se consideravam uns místicos, mas pagavam cinco dólares pras viúvas por tapetes velhos e casacos de peles que depois vendiam na cidade por duzentos."

"Você esteve lá", ele disse num tom de espanto contido. "Você foi."

"E desde então minha vida foi uma decepção atrás da outra. Bobby, as pessoas exageram muito aquilo lá. Foi um festival de rock, só isso. Muita sujeira e gente saindo pelo ladrão. Fui embora antes da metade, e três meses depois me casei com um bundão de marca maior."

Terminei de passar esmalte verde no dedão do pé. Depois olhei para Bobby e vi a mudança. Seus olhos estavam brilhantes e meio úmidos. Sentado, me olhava fixo com o pescoço avidamente esticado.

Tive a impressão de reconhecer aquela expressão. Era o modo como os homens às vezes me olhavam quando eu era mais jovem, quando eu era bonita e exótica em vez de apenas "interessante". Era simples e puro desejo. Bem ali, no rosto de um homem de menos de trinta anos.

Não dormimos juntos aquela noite. Levamos mais uma semana. Mas a partir daquela noite a possibilidade do sexo foi se insinuando nas nossas relações, que antes eram apenas cordiais e benignas. Antes éramos amigos, agora éramos outra coisa. Nós nos eriçávamos um pouco, ficávamos mais tímidos juntos. Quando não tínhamos mais assunto para conversar, parecia que notávamos o silêncio.

Mesmo assim, ele não teria iniciado nada. Era inseguro demais. Estava acostumado demais ao nosso modelo de irmã mais velha que ensina o irmão mais novo. Eu nunca conhecera ninguém assim, alguém em quem o mundo praticamente não deixara marcas. Talvez na Idade Média os homens fossem assim: de uma intrincada consideração, aterrorizados com a perspectiva de roçar a manga da blusa de uma mulher. Se fosse acontecer, eu mesma tinha que tratar do assunto.

Aconteceu numa noite de terça-feira. Eu não planejara de acordo com meu ciclo. Não era tão calculista assim. Gostava demais de Bobby. Era mais fácil agir com base na minha atração pela sua pessoa do que no meu interesse mais complexo pelos seus genes. Isso, pensei, podia vir depois.

Tínhamos ido ver *Providence* em St. Marks, coisa que quase me fez mudar de idéia sobre o plano todo. Bobby falou comigo durante o filme. Perguntou se o lobisomem era de verdade. Quis saber se Elaine Stritch era mãe ou namorada de Dirk Bogarde.

Respondi as perguntas dele pensando: *Ah, Jonathan, por que você não transa mulher?*

Mas assim que saímos na rua, caminhando para casa, recobrei meu interesse. Bobby era meio criança, um inocente. Não se podia realmente censurá-lo pelo que lhe faltava. Em Nova York não faltavam pessoas com quem ir ao cinema. Outras qualidades eram mais difíceis de encontrar.

Quando chegamos em casa coloquei uma velha fita dos Rolling Stones. Acendi um baseado e perguntei a Bobby se ele gostaria de dançar. Jonathan tinha saído com seu namorado aquela noite.

"Dançar?", disse Bobby. Passei-lhe o baseado. Ele fumou, parado no meio da sala, de jeans, camiseta preta e um cinto de caubói com um touro na fivela. Aquela sedução era dura de se conseguir de cara limpa. Era difícil eu não me sentir como uma piranha velha, de cinta e rímel nos olhos, tocando um disco arranhado para tentar convencer um garotão de fazenda a tirar o macacão.

"Bobby, vou te fazer uma pergunta direta. Você se importa?"

"Não, não me importo." Ele me devolveu o baseado.

"Me responda sinceramente. Do que você gosta em mim?"

"Hein?"

"Não me faça repetir a pergunta. É muito constrangedor."

"Do que eu gosto em você?"

"Você sente, assim, interesse por mim?"

"Hã, claro. Claro que sim." Devolvi o baseado e ele deu uma tragada longa e profunda.

"Bobby, você já dormiu com uma mulher?"

"Ah. Bom, não. Na verdade, não."

"E você nunca pensa que poderia gostar?"

Ele não disse nada. Não se mexeu. Os Rolling Stones cantavam "Ruby tuesday". Falei: "Vem cá. Apaga esse baseado e vem dançar um pouco comigo, tá?".

Obediente, ele deu mais uma tragada e apagou o baseado no cinzeiro. Abri os braços para ele. Ele veio. Tentei não me sentir como uma aranha — uma velha criatura ávida que ataca o corpo relutante dos rapazes não muito inteligentes. Fiz o possível para passar por cima desse sentimento.

Fomos balançando, formando um círculo. Ele dançava muito bem, o que ajudava. Não era desajeitado nem inseguro; seu corpo não apelava ao meu para lhe mostrar o ritmo nem o próximo movimento. Dançando, meio fumados, nos braços um do outro, não estávamos nem relaxados nem excitados. Enquanto dançávamos era como se fôssemos irmão e irmã, ensaiando para os romances do futuro mas também atraídos um pelo outro, atraídos e cheios de culpa e ligeiramente pesarosos com a desesperança desse contato, banal porém carregado e sutilmente perigoso. Irmão e irmã, ensaiando.

Ele tinha um cheiro de limpeza e de madeira, como as aparas de um lápis recém-apontado. Suas costas eram sólidas como as de um cantor de ópera. Ele disse: "Quando você foi ao festival, você viu o Hendrix?".

"Hãnn?"

"Em Woodstock. Você viu Jimi Hendrix?"

"Claro que vi o Jimi. Aliás, ficamos ótimos amigos. Agora vem aqui comigo. Já tou vendo que não existe uma maneira suave nem sofisticada de fazer isso."

Parei de dançar e o levei para o meu quarto. Ele não participou, mas também não resistiu. Deixei a luz apagada. Fechei a porta e falei: "Você está nervoso?".

"Ã-hã."

"Não fique. É só de curtição. É só porque eu gosto de você. Não tem motivo nenhum pra você ficar nervoso." Desabotoei sua camisa e o ajudei a tirá-la. Seus ombros estavam úmidos e cheios de pêlos que me fizeram cócegas nas mãos.

"Não estou, assim, em muito boa forma", disse ele, apesar de naquelas alturas eu já tê-lo visto sem camisa mil vezes.

"Pra mim você é lindo." Tirei minha blusa e a deixei cair no chão. Eu nunca usava sutiã. Coloquei a mão dele no meu seio esquerdo.

"Esses aqui não são de primeira, para te dizer a verdade. Você ainda vai ficar com outras mulheres que têm muito mais para oferecer nessa área."

"Eu não penso em outras mulheres."

"Você é demais, sabia?"

"Por que, o que acontece?"

"Nada. Absolutamente nada. Vem cá, tira a roupa. Deixa que a mamãe aqui vai te mostrar uns truques."

Tiramos o resto da roupa depressa, como se os verdadeiros moradores da casa pudessem chegar a qualquer momento e nos pegar em flagra usando o apartamento deles. Quando estávamos nus eu o tomei de novo nos braços e o beijei, com mais empenho do que paixão. Seu hálito era quente e um pouquinho forte, mas não malcheiroso. Hálito de carnívoro.

"Não tenha medo", falei. "É a coisa mais natural do mundo. De repente você pode até gostar."

"Eu gosto. Acho que gosto."

Eu o levei até a cama e fiz ele se deitar. Nunca antes eu estivera tão completamente no controle da situação. Se isso fazia parte da idade, eu não me importava. Havia algo de assustador mas agradável em comandar uma trepada.

Bobby se deitou nu, atravessado na minha cama. Seu pinto repousava, flácido, sobre a coxa — um pênis arroxeado, circuncidado, grande mas não enorme. Tinha um tufo de pêlos púbicos surpreendentemente pequeno. Eu ouvia o som da sua respiração.

"Tudo bem, querido", falei. "Relaxa. Deixa que eu cuido de tudo."

Ajoelhei na cama ao seu lado e acariciei seu peito e sua barriga. Ele me olhou, hesitante. Falei: "Shh. Não faça nada, não pense em nada. Deixe a sua irmã mais velha dar um jeito em tudo. Só feche os olhos, nada mais".

Ele fechou os olhos. Me inclinei e dei uma lambidinha nos seus mamilos. Eu nunca fizera nada parecido. Ele era tão grande e tão inerte. Minha carreira sexual de modo geral envolvera pessoas intensas que me queriam, que iam atrás de mim seguindo obscuros comandos da sua própria vontade. Fiz o que pude para fingir a serena competência de uma mulher mais velha. Com toda a sutileza possível, dei uma olhada para o seu pau buscando sinais de excitação.

"Clare", ele disse. "Clare, não sei se..."

"Shh. Fica quieto. Quando for hora de falar, eu te digo."

Fui descendo pelo seu ventre deixando uma trilha de beijos, peguei seu pau murcho na mão. Era como um brinquedo de borracha. Eu tinha que ficar consciente da sua humanidade, sua sensibilidade. Coloquei-o na boca e fui lambendo devagar, rodeando a cabeça, depois o lado inferior. Fiquei muito tempo nisso. Acariciei-o com os dedos, fiz cócegas de leve, passei a língua em torno dos testículos, mordi de leve as coxas. Me forcei a ir devagar. Outros homens tinham desejos, predileções, gostavam das coisas assim ou assado. Helene me dava instruções para cada movimento. Ninguém jamais se abandonara dessa forma aos meus cuidados. Eu abocanhava seu pau e me via como uma puta num filme.

Uma puta sabida e triunfante, que sempre dá um bom show. Puxei seus pêlos púbicos com os dentes, lambi a pontinha violeta do pau. E finalmente ele começou a endurecer.

Então me permiti trabalhar com mais vigor. Peguei-o de novo na boca e fiquei fazendo movimentos para cima e para baixo, para cima e para baixo, até meu pescoço começar a doer. Passei as mãos pelos lados do peito, belisquei de leve os mamilos. Senti sua respiração se acelerar. Ouvi ele gemer baixinho, um gritinho impaciente como o pio de uma pomba. Eu mesma fiquei excitada. Não intensamente, mas com uma espécie de cócega e náusea que lembrava ter sentido quando garota, quando primeiro comecei a pensar em corpos grandes e poderosos que desejavam o controle e resistiam ao controle.

Quando achei que ele estava pronto, levantei-me e sentei em cima dele. A expressão do seu rosto me surpreendeu. Ficou ruborizado, em pânico, não deliciado como eu esperava. Mesmo assim, sorri para tranqüilizá-lo. Eu sabia que não era a hora de perdermos o impulso. Falei: "Está pronto?". Sem esperar a resposta, me coloquei em posição e introduzi seu pau dentro de mim.

Alguma coisa não estava certa. Seu rosto ficou tão exposto, tão aterrorizado. Mesmo assim, continuei. Agora não havia mais como desistir. Eu não pensava no meu próprio prazer. Só subia e descia, subia e descia. Sussurrei para ele: "Meu bem, você está ótimo. Ah, está mesmo. Está uma maravilha". Não era exatamente o que eu queria dizer. Era o que eu me ouvi dizendo. Alisei seu peito. Seu rosto estava brilhante de suor. Afastei uma mecha de cabelo colada na sua testa.

E de repente, inesperadamente, ele gozou. Senti o espasmo. Ao gozar ele soltou um uivo de agonia. Era como se tivesse levado uma facada nas vísceras. Foi um som horrível, inconsolável. Esqueci o que eu precisava fazer e me agachei, apertando os joelhos contra o seu peito, esperando aquele uivo cessar. Houve um silêncio denso, cheio de ecos. Então ele começou a chorar, aberta e extravagantemente como um bebê.

Toquei seu rosto. Seu pau ainda estava dentro de mim. Percebi que estávamos perdidos um para o outro permanentemente, irremediavelmente. Agora ele era um mistério. Deitei-me ao seu lado e falei: "Tudo bem. Está tudo bem". Ele me afagou o cabelo com uma mão pesada. Falou: "Eu nunca. Nunca pensei que eu ia fazer isso".

"Mas fez", sussurrei.

Ele apertou o peito contra o meu. Senti o calor das suas lágrimas. Ele não disse mais nada. Adormeceu na minha cama e eu o deixei lá, apesar de eu mesma não conseguir dormir. Fiquei deitada ao lado dele um bom tempo, inspirando sua essência suada e perguntando a mim mesma o que, exatamente, eu tinha feito.

JONATHAN

No dia em que Arthur, o crítico de teatro, foi para o hospital, passei a noite trocando histórias com Erich. Nunca tínhamos conversado sobre nosso passado, além dos fatos mais genéricos sobre lugares de origem e temperamento familiar. Quando estávamos juntos, a memória se arrastava atrás da consciência num curto fio, e qualquer acontecimento com mais de um ou dois dias de vida caía numa escuridão pré-natal. Vínhamos conversando um com o outro a partir de um presente contínuo, onde a profundidade, o desespero e as velhas aspirações românticas não existiam; onde as vicissitudes ordinárias do trabalho adquiriam dimensões wagnerianas, e os períodos entre as exigências insanas de um patrão ou as hostilidades de um chofer de táxi eram bolsões de uma calma totalmente anódina.

Agora estávamos sentados no apartamento de Erich, com uma garrafa de Merlot, fazendo as contas. Ele colocara John Coltrane na vitrola.

"Sei que isso é difícil", falei. Era eu que tinha que pedir desculpas, pois fui eu que insisti em abordar o assunto.

"Um pouco", disse Erich. "Um pouquinho, sim. Não sou muito... expansivo sobre essas coisas. Fiz terapia mais de um ano até conseguir contar pra minha terapeuta que era gay."

"Você não precisa me contar nada que não tenha contado pra sua terapeuta. Só quero que a gente tenha, bem, uma idéia da extensão do passado um do outro. Isso pra falar de uma maneira delicada."

Erich corou, e soltou uma daquelas risadas agudas e dolorosas que o constrangimento social às vezes provocava nele. De certa maneira ele ainda não era formado. O monstruoso sofá imitando couro onde estávamos sentados fora presente de seus pais quando ele entrou na faculdade de direito em Michigan. Evidentemente, seus pais tinham imaginado que sua vida rumava para uma casa de doze cômodos e lambris na parede, porém menos de um ano depois ele abandonou a faculdade pela esperança de uma carreira de ator em Nova York. Agora seus pais não falavam com ele e o sofá ia de parede a parede no seu apartamento, como um transatlântico ancorado numa piscina.

"É só uma idéia", acrescentei. "Não é necessário fazer nenhuma confissão humilhante."

"Eu sei. Sinceramente, não sei por que hesito tanto com esse tipo de coisa. Não sei por quê. Sempre fui mais do tipo assim, sabe, de ouvir os outros falarem. Acho que é um hábito que a gente adquire trabalhando num balcão de bar."

"Eu começo", falei. E por quase uma hora ficamos lembrando de todos os nossos velhos casos perdidos no tempo, tanto bons como maus, que achávamos que já tinham recuado tanto no passado que não poderiam mais, de jeito nenhum, influenciar o modo como vivíamos agora.

Pelo jeito, nós dois caíamos lá pelo meio do espectro de risco. Nenhum dos dois fora ávido. Não tínhamos freqüentado as salinhas do fundo. Nunca tínhamos feito amor com dez estranhos diferentes numa única noite na sauna, nem pago por hora para algum rapaz da rua Quarenta, de bundinha dura e cara de mau. Mas tanto eu como ele já tínhamos levado para casa um batalhão de estranhos. Tínhamos encontrado homens em bares ou em festas; tínhamos dormido com amigos de amigos, visitantes vindos de San Francisco ou Vancouver ou Laguna Beach. Tínhamos tido vagas esperanças de nos apaixonar mas sem nos preocuparmos demais com isso, pois achávamos que tínhamos todo o tempo do mundo. O amor nos parecera tão definitivo e tão insosso — foi o amor que acabou com nossos pais. O amor os entregara a uma vida de pagar hipotecas e consertar a casa; a empregos sem nenhum charme e a corredores fluorescentes de supermercados às duas da tarde. Tínhamos esperado um amor diferente, um amor que conhecesse e perdoasse nossa fragilidade humana, mas não miniaturizasse nossas idéias mais grandiosas sobre nós mesmos. Parecia possível. Se não tivéssemos pressa nem ansiedade, se não entrássemos em pânico, um amor desafiador e ao mesmo tempo nutritivo poderia aparecer. Se a pessoa era imaginável, então era porque podia existir. E, entrementes, tínhamos feito sexo. Achávamos que vivíamos no começo de uma nova era orgiástica, na qual homens e mulheres podiam responder sem hesitação às inclinações inofensivas da carne. Fora com um senso das minhas escolhas ilimitadas que eu fizera amor com um garoto simplório que tocava flauta no Washington Square Park, com um velho francês de suéter de cashmere violeta que encontrei no metrô, e com um par de médicos bondosos que adoçavam sua união pegando ocasionalmente uma terceira pessoa. No final da adolescência e com vinte e poucos anos eu me via como uma espécie de Puck, esperto, ágil, incorrigível. Eu imaginava as casinhas arrumadinhas e os dias áridos de Ohio ficando cada vez mais para trás a cada nova aventura.

Erich e eu não repassamos caso a caso. Não fizemos um exame clínico tão detalhado. Apresentamos os pontos altos, mas nos detivemos mais explicitamente — e nos sentindo mais felizes — nos prazeres que tínhamos negado a nós mesmos. Segurando o copo de vinho com seus longos dedos, Erich franziu a testa e disse: ''Nunca gostei tanto assim do sexo totalmente anônimo. Isso nunca foi pra mim. Trabalhando em bares encontrei muitos homens, e sabe como é, fui para casa com alguns, mas nunca estive realmente por dentro desse tipo de vida. Tentei ir à sauna, mas aquilo só me dava medo. Eu só tomava um banho e ia para casa''. Depois de uma pausa ele acrescentou: ''Pra me masturbar'', e sorriu em agonia, com a testa quase roxa.

Embora estivéssemos sentados juntos naquele sofá pantagruélico, não nos tocamos. Ocupávamos dois focos distintos da luz das lâmpadas. Essa reserva era o nosso padrão, nem mais nem menos pronunciada agora que conversávamos sobre os amores que pedíamos a Deus não se revelassem fatais. Na conduta comum do nosso relacionamento, sempre tínhamos mantido uma distância cordial. Quem nos visse na rua juntos poderia supor que éramos antigos colegas de escola que já iam perdendo a velha intimidade mas não queriam declará-la formalmente morta. Apenas em casa, nus, é que pulávamos fora de nossas peles separadas. No toca-discos, John Coltrane tocava ''A love supreme''.

''O engraçado'', falei, ''é que eu costumava me sentir culpado por não ser *mais* aventureiro. Ouvia outros homens contarem que tinham transado quatro pessoas numa noite e pensava: 'Eu sou o gay mais reprimido que já existiu na face da terra'. Quer dizer, a maioria dos caras com quem transei eu sabia que provavelmente nunca ia ver de novo. Mas sempre tinha que sentir que talvez *qui-*

sesse vê-los de novo, como se fosse remotamente possível que a gente pudesse se apaixonar. Apesar de isso nunca acontecer."

Erich olhou dentro do copo de vinho e disse alguma coisa inaudível.

"O quê?"

Ele disse: "Bom, você acha que a gente está, assim, se apaixonando?".

Eu nunca tinha visto alguém tão constrangido. A cabeça inteira dele ficou carmesim, o vinho no seu copo tremia.

Achei que eu sabia o que ele queria. Ele queria desmoronar no amor. A vida era assustadora demais. O reconhecimento não vinha, apesar dos seus esforços constantes, e o futuro com que nós todos contávamos podia ser revogado com uma tosse irritante, uma flor roxa na barriga da perna.

"Não", falei. "Eu gosto de você. Mas não."

Ele fez que sim. Não disse nada.

"Você está apaixonado por mim?", perguntei, apesar de saber a resposta. Ele queria desesperadamente estar apaixonado por alguém. Eu preenchia os requisitos básicos de idade, altura e peso. Mas seu desejo não se ligava diretamente a mim. Não era pessoal.

Ele fez que não. Ficamos sentados um pouco em silêncio, e então peguei a mão dele. Eu tinha que ser carinhoso com ele porque o odiava; porque sentia vontade de berrar com ele por ser tão comum, por não conseguir mudar a minha vida. Eu também estava com medo; eu também queria me apaixonar. Fiz um carinho na mão dele. O toca-discos, programado para repetir, começou de novo a tocar o disco de Coltrane. Erich tentou dar uma risada, mas a engoliu junto com um longo gole de vinho.

Eu podia tê-lo assassinado, apesar de seus únicos crimes serem falta de concentração e pobreza de inteligência. Eu podia espetar seu coração com um garfo, porque ele era uma personagem periférica promovida pelas circunstâncias a um papel que era mal qualificado para representar. Não posso negar isso: eu achava que merecia algo melhor.

Sem falar, levantamos e fomos para a cama. Foi o nosso único episódio de acordo paranormal — de costume explicávamos as nossas ações mais simples com abundância de detalhes. Mas aquela noite pegamos nossos copos de vinho e fomos para a cama dele sem falar, tiramos a roupa e nos deitamos nos braços um do outro.

Falei: "São tempos apavorantes".

"Sim. É verdade."

Ficamos deitados um pouco sem discutir o último fato que restava nas nossas histórias sexuais — o fato de que não tínhamos tomado precauções corporais um com o outro. Agora era tarde para nos protegermos. Não havia explicação racional além do fato de que quatro anos antes, quando nos conhecemos, a doença ainda parecia pertencer à esfera de outro tipo de homem. Naturalmente sabíamos dela. Naturalmente tivemos medo. Mas ninguém que conhecíamos pessoalmente tinha adoecido. Acreditávamos — com um pouco de boa vontade — que ela atacava homens com o sangue diluído por muitas drogas, que faziam sexo com uma dúzia de pessoas todas as noites. Erich tinha uma boa coleção de discos e fotos emolduradas de irmãos e irmãs magrinhos à beira de um lago, numa sala com papel de parede, e além disso era dono de um Camaro vermelho brilhante. Falava em fazer testes e encontrar um emprego melhor. Parecia ocupado demais para estar disponível para uma morte prematura. Eu não podia dizer como ele equacionara a coisa na sua cabeça, porque essa não parecia uma conversa que fôssemos capazes de ter. Deixamos que um longo e silencioso abraço a substituísse. Depois, com nova gravidade, fizemos amor enquanto o disco de Coltrane tocava vezes e vezes sem conta.

Vários dias depois, Bobby me contou sobre ele e Clare. Eu tinha ido ver Arthur no hospital. Sua pneumonia estava passando — ele expressara otimismo sobre o futuro e a convicção de que abster-se de álcool e adotar uma dieta macrobiótica melhorariam cem por cento sua saúde. Apesar de eu ainda ter coisas importantes para fazer no trabalho, não tinha ânimo para isso. Fui para casa, passar a noite com Bobby e Clare.

Quando cheguei eles estavam juntos na cozinha, fazendo o jantar. Nossa cozinha acomodava duas pessoas tão generosamente quanto uma cabine telefônica, mas de algum jeito eles tinham conseguido se enfiar lá dentro. Escutei da sala a risada de Clare. Bobby disse: "Você tem que afastar a bunda, assim, uns dois centímetros mais para lá, senão não consigo tirar isso do forno".

Chamei: "Oi, queridos".

"Jonathan", disse Clare com uma voz aguda e humorística. "Ah, meu Deus, ele chegou em casa."

Os dois devem ter tentado sair da cozinha ao mesmo tempo e ficaram entalados. Ouvi mais risadas, e um grunhido de Bobby. Clare entrou na sala primeiro. Estava usando uma camisa amarela de boliche com um colar de contas vermelhas. Bobby vinha atrás, de camiseta e jeans preto.

"Oi, bem", disse Clare. "Que surpresa. O jornal pegou fogo?"

"Não, só estava com saudades de vocês dois. Tirei a noite de folga. Querem jogar boliche ou algo assim?"

Clare me deu um beijo no rosto e Bobby também, dizendo: "A gente estava fazendo frango e biscoitos".

"Como nenhuma de nossas mães fazia", acrescentou Clare. "Você não sei, mas na casa dos meus pais cozinha caseira era um jantar de TV pronto na bandejinha. Frango com molho parece tão estrangeiro e exótico."

Bobby disse a ela: "A mãe do Jonny era uma grande cozinheira. Nunca comprava nada congelado. Nem em lata".

"Certo", disse Clare. "E ela também mergulhava para pescar suas próprias pérolas e colocava armadilhas para pegar seus próprios visons. Jonathan, querido, que tal um coquetel?"

"Adoraria. Vamos fazer uns martínis?"

Estávamos numa fase de tomar martíni. Tínhamos comprado três taças com pezinhos e guardávamos um vidro de azeitonas verdes na geladeira.

Bobby disse: "Ótimo, a gente podia fazer um brinde".

"Vocês me conhecem. Eu bebo à saúde de qualquer coisa. Hoje não é nenhum feriado?"

Bobby disse: "Bem...", e sorriu com um constrangimento cordial.

Perguntei: "Não temos nada específico para brindar?"

Clare disse: "Vou fazer esses martínis. Vocês dois esperem aqui mesmo".

Voltou para a cozinha. Quando ficamos sozinhos perguntei a Bobby: "Que acontece, cara?".

Ele continuava sorrindo e olhando para o chão, como se visse algum segredo estampado no tapete. Bobby não tinha nenhuma capacidade para o subterfúgio. Ele podia não responder a uma pergunta, mas não era capaz de responder falsamente. Se isso era moralidade ou simplesmente falta de imaginação, eu não saberia dizer. Às vezes as duas coisas estão tão próximas que ficam indistinguíveis.

Ele disse: "Jonny, eu e Clare...".

"Você e Clare o quê?"

"Nós começamos, quer dizer, nós entramos numas. Sabe como é."

"Não. Não sei."

"Sabe. Sabe sim."

"Você quer dizer que vocês dois estão dormindo juntos?"

Ele levantou os olhos do chão, mas não conseguiu me olhar de frente. Sorria e piscava ao mesmo tempo, com uma sensação de hilaridade mal contida, como se estivesse esperando eu perceber que esqueci de vestir as calças.

Depois de um momento ele falou: "Bom. Ah, Jonny. Nós estamos, assim, apaixonados. Não é incrível?".

"É, sim. É verdadeiramente incrível."

Eu não esperava que minha voz soasse tão fria e irritada. Tive a intenção de responder num tom firme porém bondoso — de cortar aquela papagaiada romântica. Ouvindo o tom da minha voz, Bobby olhou para mim inseguro, com um sorriso congelado.

"Jonny. Agora nós somos, assim, uma família de verdade."

"O quê?"

"Nós três. Cara, você não percebe que coisa ótima? Quer dizer, assim, agora nós três estamos apaixonados."

Clare chegou com os martínis na bandeja que já se tornara parte do nosso ritual dos coquetéis. A bandeja era um velho e batido suvenir da Califórnia, com um desenho de laranjas cor de envelopes manilha e beldades de sainha curta e batom preto deitadas, cóm uma expressão distante e desiludida, numa praia de um turquesa-claro.

"Contei pra ele", Bobby disse com orgulho.

"Você bem que falou que ia contar." Ela me olhou com uma expressão mista de ironia e desculpas. "Toma, Jonathan. Toma um drinque."

Perguntei: "É verdade?".

"Sobre o Bobby e eu? Sim. Acho que esse é o nosso comunicado formal."

Bobby pegou um copo da bandeja e o levantou: "À família".

"Poxa, Bobby, francamente", disse Clare. "Pelo amor de Deus. Eu e você estamos dormindo juntos." Virou-se para mim e repetiu: "Eu e ele estamos dormindo juntos".

Dei um gole no meu martíni. Eu sabia como tinha que me sentir: alegre vendo o amor realizar seu velho hábito de aparecer inesperadamente e lançar sua luz transformadora na vida cotidiana. Em vez disso, eu me sentia seco e vazio, como areia caindo num buraco de areia. Me esforcei para simular a alegria requisitada. Achei que conseguiria chegar lá se desempenhasse o papel com suficiente convicção.

"É incrível", falei. "Quanto tempo faz? Esse é o nome de uma música, não é? 'How long has this been going on?' Um dos problemas do amor é que a gente não pode falar nele sem citar velhas canções."

"Só alguns dias", disse Clare. "A gente queria te contar, mas o assunto não pintou nas conversas regulares."

Fiz que sim, e olhei duro para ela. Nenhum de nós acreditava no que ela acabava de dizer. Nós dois sabíamos que ela e Bobby, conscientemente ou não, tinham escondido de mim o seu amor porque achavam que havia razão para esconder.

Bobby disse: "E se a gente tivesse um filho agora? Nós três".

Clare disse: "Bobby, por gentileza, cala a boca. Tá? Por favor, fica quietinho. Sim?".

"Vocês dois queriam ter um bebê, certo? Vocês andavam falando nisso. Que tal se nós três tivéssemos um bebê? Ou dois bebês?"

"Claro", falei. "Vamos ter seis logo de uma vez. Meia dúzia redonda."

"Vamos ver se a gente ainda vai agüentar olhar um para a cara do outro no Natal", disse Clare.

"Bem, ao feliz casal", falei, levantando o copo.

Bebemos ao feliz casal. Falei: "Nunca esperava isso. Agora que aconteceu, faz sentido. Mas falando sério, Bobby, quando você chegou, nunca me ocorreu que você e Clare...".

"Nunca me ocorreu também", disse Clare.

"É melhor vocês me contarem como foi que aconteceu", falei. "Nos mínimos detalhes, por mais íntimos que sejam."

Tomamos nossos drinques e depois bebemos mais uma rodada, enquanto Clare contava a história, com Bobby injetando breves explanações ocasionais. Ao contrário de Bobby, Clare era capaz de exagerar tão artisticamente que ela própria às vezes perdia de vista a linha divisória entre a hipérbole e a verdade banal. Ela não procurava se elogiar. Ao contrário, preferia retratar-se sob uma luz nada lisonjeira, em geral aparecendo em suas próprias histórias como uma personagem ingênua, ligeiramente ridícula, destinada a receber o troco pelos próprios erros como Lucy Ricardo e propensa a dedicações infelizes e inexplicáveis, como a personagem de *La strada*. Sempre sacrificava a veracidade pelo colorido — suas mentiras eram mentiras de proporção, não de conteúdo. Relatava sua vida num mundo circense, surrealista, que era convincente para ela e contudo existia a uma profunda distância de seu mundo interior, eivado de velhas derrotas e de um senso apavorado da limitação de suas possibilidades.

Clare disse: "Basicamente, a Mamãe resolveu dar ao Júnior uma lição de vida. E, bem, acho que a Mamãe ficou um pouquinho entusiasmada. Nem sei o que as garotas lá da minha turma do boliche vão dizer".

Falei: "Elas não vão gostar. Provavelmente vão te mandar embora no ato".

"Ah, tio Jónny, já faz tanto tempo que eu estava sendo boazinha. Acho que não consegui mais segurar a onda, só isso."

"Bem, seu tio está mudo de espanto. É uma surpresa e tanto."

"Sem dúvida."

Num espasmo de incerta alegria, Bobby deu um beliscão no braço de Clare. Seus dedos deixaram marcas claras na carne alva e macia. Tive uma visão dos dois envelhecendo juntos: Clare uma velha excêntrica, toda incrementada num chapéu absurdo, empastelada de maquiagem, contando a história bem ensaiada da sua queda romântica, enquanto Bobby, de barrigão e meio careca, sentado ao seu lado murmurava, todo vermelho: "Ah, Clare". Nós nos tornamos as histórias que contamos sobre nós mesmos.

"Acho que esse é o fim dos Henderson como nós os conhecemos", disse ela.

"Sim, acho que é mesmo."

Ficamos por um momento num estado súbito de desconforto social, como se fôssemos visitas deixadas juntas sozinhas por um amigo comum. Bobby disse: "O jantar está quase pronto. Vocês querem, assim, comer alguma coisa?".

Falei que estava com fome, porque comer nos daria algo a fazer. Minha cabeça parecia flutuar acima do meu corpo. Entorpecido pelo gim, sentia minhas próprias emoções como transmissões de rádio emitidas pela minha cabeça desencarnada. Estava com raiva e inveja. Eu queria Bobby. Em outro sentido, queria Clare.

Comemos, e conversamos sobre outras coisas. Depois do jantar fomos assistir *Thieves like us* no Thalia. Tanto Clare como eu já tínhamos visto esse filme várias vezes nos últimos anos, mas ela insistiu que Bobby também precisava vê-lo. "Já que de repente somos uma espécie de entidade", disse ela, "quero que ele pelo menos veja alguns filmes fundamentais." Durante o filme ela cochichava para ele e realçava seus argumentos apertando-lhe o joelho. Pintara as unhas de um cor-de-rosa espalhafatoso que aparecia claramente, mesmo na escuridão do cinema.

Pedi para ser dispensado dos drinques depois do cinema, apesar de já ter se tornado um hábito nosso terminar nossas noites juntos em algum bar, por mais tarde que fosse. Clare pôs a palma da mão na minha testa e perguntou: "Querido, você está doente?". Falei que não, apenas exausto, e aleguei que precisava estar no jornal ao raiar do dia para compensar o que não tinha feito hoje à noite. Bobby e Clare disseram que queriam ir para casa comigo, mas eu lhes disse para irem tomar um drinque sozinhos. Dei um beijo nos dois. Quando fui andando para casa o ar estava tão claro e congelado que o Big Dipper penetrava nas luzes de Manhattan, fazendo um ligeiro ângulo do teto da Cooper Union. O ar frígido faiscava em volta das luzes das vitrines. Mesmo numa noite como aquela, garotos de olhar inexpressivo andavam pelas ruas com grandes rádios negros, sua música arrancando lascas do frio.

Em casa, enrolei o *sleeping bag* de Bobby e o guardei no armário. Eu sabia que daquela noite em diante ele iria dormir no quarto de Clare. Fiz mais um martíni para mim. Uma neve ligeira começou a cair, flocos sinuosos parecendo o próprio ar transformado em pelotinhas cinzentas. Bebi o martíni no meu quarto e imaginei Bobby e Clare embarcando juntos num futuro. Eram um casal totalmente improvável. Sem dúvida chegariam juntos aos limites da sua novidade e seu caso acabaria virando uma anedota. Mas havia uma possibilidade, uma pequenina possibilidade, de que isso não acontecesse. Se ficassem juntos, por alguma combinação de atração e simples boa sorte, teriam um lar de algum tipo. Provavelmente teriam filhos. Teriam empregos comuns e se veriam empurrando um carrinho pelos corredores fluorescentes de um supermercado. Teriam tudo isso.

ALICE

Ned e eu encaixotamos o lar que tínhamos construído e fundamos um novo lar no deserto do Arizona, sob ordens médicas. Compramos uma casa de menos da metade do tamanho da nossa velha casa, num conjunto residencial que não correspondera às expectativas da construtora. Quase metade das unidades estavam vazias três anos depois da construção, e bandeirinhas coloridas, algumas rasgadas, ainda enfeitavam os portões de entrada. As casas se dispunham como *pueblos* mexicanos, com as paredes de concreto pintadas de uma cor de lama avermelhada e postes pontiagudos projetando-se acima das janelas de alumínio. Conseguimos um bom preço por uma casa de um quarto, já que nossos meios eram limitados. Não tínhamos conseguido grande coisa nem pela casa nem pelo cinema.

"Hacienda Glover", era como Ned a chamava. Nos momentos que nele equivaliam a um estado de espírito sombrio, dizia também "Tobacco Road, 1987".

Ele não se permitia demorar-se na tristeza ou pessimismo. Talvez fosse incapaz. As emoções que demonstrava iam da aceitação melancólica a uma ligeira desaprovação, e enquanto eu dava adeus à cozinha de Cleveland e à pereira do quintal percebi que sempre planejara, de alguma maneira incerta, deixá-lo. Ou melhor, planejara que algum dia teria uma vida além da nossa leve comédia doméstica, do bom humor cordial dos nossos lanches noturnos e do nosso sono casto, sem sonhos. O problema de uma união de temperamento equânime é que ela se recusa a rachar — em nenhum momento a injustiça ou a crueldade oferecem uma abertura por onde a gente pode entrar sem culpa numa outra maneira de ser. Vive-se nos detalhes: uma cozinha organizada exatamente como você quer, os tomates amadurecendo em estacas que você enfiou e amarrou com suas próprias mãos. Agora Ned estava doente, obrigado a exilar-se num lugar estranho, e eu não conseguia arranjar dentro de mim nem a raiva nem o egoísmo necessários para mandá-lo para lá sozinho. Enquanto colocava minhas facas numa caixa de papelão, meditei sobre o índice crescente de divórcios — como seria que tantas pessoas conseguiam? Os filmes e os romances da nossa infância não preparam direito alguns de nós para a impressão que nossos futuros lares vão causar; não somos alertados para os poderes de sedução exercidos pelas nossas janelas da sala com vista para o sul, ou pelas trepadeiras de malva emoldurando as portas da varanda.

E agora Ned e eu estávamos desmontando tudo, sem mais, porque seus pulmões não suportavam o ar úmido de Ohio. A facilidade foi quase chocante. Colocamos nossa propriedade nas mãos de uma mulher com duas rodelas de ruge e calças de toureiro, que levou menos de um mês para vendê-la por uma bagatela para um casal de jovens programadores de computador dispostos a apostar num bairro que talvez viesse a desenvolver-se. O cinema ia ser demolido para dar lugar a um estacionamento. Menos de oito meses depois do diagnóstico médico, estávamos morando num lugar que eu nunca imaginara sequer visitar.

O deserto revelou ter sua própria beleza selvagem; sua estranha mistura de vazio e energia, seu céu crestado, sem fim. Entre o dia em que assinamos a escritura e o dia em que chegamos com nossos pertences, o cacto na frente da nossa casa produzira uma única flor cor de marfim, que exibia como um extravagante chapéu. Poucos destinos são inteiramente desagradáveis. Se fossem, a gente se sairia melhor tentando fugir deles. Ned e eu estabelecemos nossa casa naqueles pequenos cômodos pintados de branco, penduramos cortinas e colocamos as panelas de cobre numa nova parede da cozinha, onde elas passaram a reluzir com o mesmo brilho na luz do deserto. Percebi que logo, logo aquele lugar iria adquirir sua própria inevitabilidade. De fato, já estava assumindo essa qualidade enquanto discutíamos a disposição das cadeiras e dos quadros. Ned passou um braço camarada pelos meus ombros quando fizemos uma pausa no nosso trabalho, me segurando da mesma maneira firme e delicada que usava quando era um rapaz de vinte e seis anos, quando entrei com ele num conversível e fomos até os *bayous* da Louisiana. Disse: ''Isso aqui não vai ser tão mau assim. O que você acha, garota?''.

Falei que não, que seria bom, e não senti que isso fosse uma mentira. Somos criaturas adaptáveis. Essa é a fonte do nosso consolo terreno e, suponho, da nossa ira silenciosa. Ned me abraçou na nossa futura sala de estar. As cortinas bem conhecidas estavam abertas e para além delas ficava uma paisagem linda e desolada, onde um viajante desprotegido não sobreviveria um dia sequer.

JONATHAN

Alguma coisa estava errada comigo. Faltava-me uma capacidade central de me conectar, e eu temia que isso fosse uma indicação prematura da doença. Primeiro a gente sente uma sensação de flutuar, como se nossas horas não formassem dias e nossa presença — num avião, nas ruas — não afetasse a paisagem como as presenças humanas costumam fazer. Depois, feridas escuras e febre, uma tosse que não passa. Talvez seja assim que a morte se anuncia, rompendo nosso senso de participação nos nossos próprios assuntos.

O avião taxiou, subiu atravessando uma massa branca até o céu azul tão brilhante e liso como as mais puras idéias da recompensa celestial. Fiquei sentado quieto, voando pelo país num estado de deslocamento que era quase um acalanto — quase como ir ao cinema. Vi a mim mesmo como um homem de vinte e sete anos, com o cinto afivelado contra a turbulência já anunciada, colocando uísque num copo de plástico transparente, indo visitar os pais numa casa que nunca vira.

No Arizona, pela primeira vez, meu pai falou comigo sobre a morte. Um segundo médico confirmara o diagnóstico — enfisema —, mas insistiu que com as necessárias precauções dava para viver mais trinta anos. Mesmo assim, era hora de conversar sobre certas coisas.

O que meu pai disse foi: "Filho, quando chegar a hora você me enterra onde você quiser". Nós dois estávamos sentados na mesa da copa, jogando Yahtzee enquanto minha mãe fazia o jantar.

Acrescentou: "Na verdade não vai ter importância para mim. Vou estar morto mesmo".

"Não sei", falei. "Acho que não quero resolver uma coisa dessas."

''Bem, você tem que resolver. É o lugar que você vai ter que visitar nos próximos cinqüenta anos. Ou nos próximos mil, se descobrirem um jeito de substituir todos os órgãos da gente por implantes de plástico.''

Minha mãe podia nos ouvir perfeitamente da cozinha, que formava o lado mais curto da sala-copa em L. Ouvimos a voz dela: ''A imortalidade biológica não está mais na moda. Sumiu do mapa junto com os monotrilhos e as férias em Marte''.

Trouxe então para a mesa uma travessa de tortilhas com molho. Desde que meus pais tinham se aposentado no Arizona ela não arrumava mais o cabelo. Agora usava um rabo-de-cavalo bem esticado para trás e tinha a pele bronzeada como couro. Meu pai, propenso ao câncer de pele, estava branco como a lua. Os dois juntos pareciam um colonizador e sua mulher índia.

Meu pai falou: ''Na verdade não é uma coisa tão importante assim. Desculpe ter tocado no assunto''.

Olhei para minha mãe, que deu de ombros recusando qualquer envolvimento na conversa e voltou para seus *chilis rellenos*.

''Escuta, Jonathan'', disse meu pai. ''Se sua mãe e eu caíssemos no chão agora mesmo, se a gente pusesse a mão no coração e caísse com a cara nesse prato de tortilhas, o que você faria conosco?''

''Não sei. Acho que mandaria vocês dois de volta para Cleveland.''

''É exatamente isso que não quero que você faça. Você nunca mais vai morar em Cleveland. Que sentido teria ter seus pais enterrados ali?''

''A gente morou lá trinta anos. Quer dizer, ainda parece a casa da gente.''

''Passamos trinta anos tentando sair de Cleveland'', disse ele. ''Aquele cinema quase me matou, e o clima só faltou matar nós dois, sua mãe e eu. Se você me botar lá outra vez, juro que vou voltar para puxar seu pé. Vou lhe acordar cedo todos os sábados, pelo resto da sua vida, e mandar você vir me ajudar a podar a cerca.''

''Bom'', disse eu, ''e aqui? Você gosta daqui, não gosta?''

''Aqui eu consigo respirar, e sua mãe está aprendendo a preparar margaritas azuis. É exatamente isso que Phoenix significa para nós.''

Eu não conseguia imaginá-lo enterrado no Arizona. Seria como fazer uma gozação com ele, seu túmulo no deserto, lá no meio do Oeste, com os coiotes ululando em volta.

Falei: "Não sei se consigo dizer mais alguma coisa sobre esse assunto. Não sei o que dizer".

"OK. Quer levar mais uma surra nos dados?"

"Acho que prefiro deitar um pouco. Tudo bem?"

"Claro. Você está doente?"

"Não. Só quero fechar os olhos um pouco." Levantei e fui até o sofá, recém-comprado no Arizona, uma cópia do sofá de Cleveland, com braços de madeira trabalhada e uma espécie de saiote colonial engomado. Esse novo sofá, que se abria com muitos rangidos e se transformava numa cama, fora comprado especialmente para me acomodar nas minhas visitas, já que a casa de meus pais tinha só um quarto, como todas as outras daquele conjunto. Era um bairro de viúvas e viúvos.

"Por que você não abre o sofá e tira uma soneca?", perguntou meu pai.

"Não, vou só deitar no sofá mesmo." Deitei, e coloquei um travesseiro bordado debaixo da cabeça. O tecido do sofá mostrava barquinhos cor de ferrugem, rabos de gato e patos marrons voando em séries repetidas de três. Na mesa de canto brilhava uma pequena árvore de Natal, cheia de enfeites que eu me lembrava de escolher quando criança numa loja de pechinchas. Depois de anos de árvores de "decoradores" — com bolas vermelhas e prateadas, bengalinhas de açúcar e luzinhas brancas —, meus pais tinham voltado, em miniatura, à árvore espalhafatosa e caótica de uma casa com crianças.

"Fico contente por você ter voltado para casa um tempo", disse meu pai. "Você está um pouquinho pálido, se quer saber."

"Todo mundo em Nova York está pálido nesta época do ano. Quem sabe eu me mudo para o Arizona."

"Por que você havia de querer se mudar?", disse meu pai, sacudindo o copinho de dados. "Aqui não há nada para gente jovem fazer."

"O que *você* faz aqui?"

"Nada. Na verdade não há nada para ninguém fazer." Ele rolou os dados. "Três seis. Quer mais um drinque?"

"Acho que não."

Enquanto ele ia até o bar preparar mais um drinque, escutei sua respiração laboriosa. O bar, uma estantezinha estreita entre a sala e a copa, mostrava uma fileira bem arrumada de garrafas numa prateleira espelhada. Uma toalha de mão bege, nunca usada, ficava dobrada ao lado da pequenina pia cromada.

Meus pais tinham trazido seu senso de ordem de Cleveland para o deserto. Aqui, onde a areia fina soprava através das janelas à noite, onde as plantas espinhosas do deserto vinham raspar a porta, os condimentos na prateleira eram mantidos em estrita ordem alfabética. Cada planta da casa brilhava com sua vida verde e acetinada e toda manhã minha mãe as inspecionava, arrancando as folhas mortas, que colocava num saco plástico.

"Já que você está tomando mais um drinque", falei, "acho que vou tomar também." Ouvi o gargarejo do conhaque saindo do bico da garrafa.

Meu pai disse: "Está passando *Esperança e glória* num cinema do shopping".

"Podemos ir amanhã na matinê", falei. "Assim a gente não toma sol."

"Certo." Ele trouxe meu drinque.

"Na verdade não quero decidir sobre esse negócio, sabe, do enterro de vocês dois."

"Não se preocupe tanto com isso. Quando a gente morrer você provavelmente vai estar assentado em algum lugar. Basta você nos enterrar a uma distância razoável para ir e vir."

"E se eu não me assentar?"

"Você vai. Acredite em mim, mais cedo ou mais tarde a coisa te pega."

"Vou dar uma olhada na cozinha para ver se mamãe precisa de ajuda."

"Tá certo."

"O problema é que não tenho a menor idéia de onde eu vou me estabelecer. Posso acabar em qualquer lugar, até em Sri Lanka."

"Tudo bem. A gente deve viajar enquanto é jovem." Meu pai rolou os dados de novo, e xingou sua falta de sorte.

"Não sou mais tão jovem assim", falei.

"Ah. Isso é o que você acha."

Na cozinha, minha mãe secava a alface com uma eficiência cansada. Era como trocar as fraldas do seu décimo bebê. Fiquei ao lado dela na pia. Ela adquirira um odor quebradiço, como de folhas mortas.

"Oi, mãe."

"Dá uma olhada no que eles chamam de alface por aqui. Fui a três lugares diferentes para comprar isto. Parece que alguém veio batendo nessa alface de Phoenix até aqui."

Fez a queixa num tom de bom humor brincalhão. Nas minhas últimas visitas a meus pais, primeiro em Cleveland e agora em Phoenix, ela alternava acessos de ironia e uma cordialidade popularesca, meio tensa.

"É triste mesmo", falei.

Ficamos ali quietos ouvindo meu pai levantar da cadeira e subir para o quarto. Quando ele já não podia ouvir-nos, minha mãe disse: "E então. Como vão as coisas? Como vai o Bobby?".

"Tudo OK. Ele está ótimo. As coisas vão indo bastante bem."

"Que bom", falou, acenando com a cabeça com entusiasmo, como se a resposta fosse plena e suficiente.

"Mamãe?"

"Ã-hã?"

"Pra te falar a verdade, eu tenho andado... ah, sei lá. Às vezes me sinto tão sozinho em Nova York."

"Bom, eu compreendo. É difícil a gente não se sentir sozinho. Isso em qualquer lugar."

Começou a cortar um pepino em fatias espantosamente finas e translúcidas. Parecia que a lâmina da faca dava uma iluminação ao pepino em cada fatia.

"Sabe o que andei pensando ultimamente? Andei pensando por que você e o papai não têm mais amigos. Quer dizer, quando eu era criança, eu me sentia como se nós três estivéssemos perdidos juntos, em outro planeta. Como aquela família naquele seriado antigo de TV."

"Não me lembro de nenhum seriado assim. Se você tivesse um filho, uma casa e um negócio para administrar, saberia quanta energia a gente ainda tem à noite pra ficar zanzando pelo bairro pra encontrar gente. E depois de dezoito anos vocês crianças fazem as malas e vão embora."

"Bem, claro que sim. Naturalmente. Você esperava o quê?"

Ela riu. "É o que os filhos fazem se a gente os criou direito", disse, alegre. "Querido, ninguém gostaria que você voltasse para o seu antigo quarto depois de formado."

Não éramos uma família chegada a confrontos. Não tentávamos extrair as coisas uns dos outros. Em vez disso, à medida que nossas vidas mudavam, esforçávamo-nos para criar novas maneiras de comportar-nos normalmente na companhia mútua.

"É que ultimamente venho pensando", falei, "se isto aqui é... sabe como é, se é isso aí mesmo. Um apartamento, um emprego fixo e algumas pessoas para amar. Que mais eu poderia querer?"

"Pra mim parece bom", ela disse.

Perguntei: "Mãe, quando você percebeu que queria casar com o papai?".

Ela não falou por um minuto inteiro. Terminou de cortar o pepino e começou um tomate.

Por fim, falou: "Bem, eu ainda nem sei se queria casar com ele. Ainda estou tentando chegar a uma conclusão".

"Vai, mãe. Falando sério."

"Tá bom. Vamos ver. Eu mal tinha feito dezessete anos, você sabe disso, e seu pai tinha vinte e seis. Ele me pediu no nosso quarto encontro. Lembro que eu estava de sapatos brancos. Era uma semana depois do Labor Day, e eu me sentia desafiadora e um pouco boba ao mesmo tempo. Seu pai e eu estávamos sentados no carro dele e eu estava fingindo contemplar o horizonte, quando na verdade estava preocupada por ter posto aqueles malditos sapatos, aí ele se inclinou para mim de repente e disse: 'E se a gente se casasse?'. Assim de repente."

"E o que você disse?"

Ela pegou o segundo tomate. "Não disse nada, fiquei tão espantada. E envergonhada por estar preocupada com meus sapatos num momento daqueles. Lembro que pensei: 'Sou a pessoa mais fútil que já existiu na face da terra'. Falei pra ele que precisava de mais um tempo para pensar. E descobri que não conseguia pensar em nenhuma razão pela qual nós *não* devêssemos nos casar. Assim, casamos."

"Você estava apaixonada por ele?"

Ela apertou os lábios, como se a pergunta fosse impertinente e ligeiramente irritante. "Eu era *criança*. Mas estava sim, com certeza. Eu era louca por ele. Ninguém tinha me feito dar risada como ele, você se lembra como seu avô era sério? E também naquele tempo seu pai tinha um cabelo castanho lindo, bem denso."

"Mas você sabia que, de todas as pessoas do mundo, era com ele que você queria se casar? Nunca achou que talvez estivesse cometendo um engano duradouro, perdendo o rumo da sua vida real e se desviando pra uma... sei lá, uma *tangente* de onde nunca poderia voltar?''

Ela fez um gesto com a mão espantando a pergunta como se fosse uma mosca persistente. Seus dedos estavam brilhantes de polpa de tomate. ''Naquela época a gente não fazia perguntas tão grandiosas. Não é duro para você pensar tanto, se questionar tanto, planejar tanto?''

Lá de cima, ouvi o barulho da descarga. Sabia que meu pai logo desceria de novo, pronto para mais uma rodada nos dados. ''Como ele vai indo, de verdade?'', perguntei a minha mãe.

''Ah, com seus altos e baixos.''

''Desde que cheguei aqui ele parece ótimo.''

''Isso é porque você está aqui. Mas o doutor Reuben disse que o enfisema é uma doença engraçada. Às vezes começa a melhorar de repente. Assim.''

''Então você acha que ele está melhorando?''

''Não. Mas ele pode melhorar. Pode começar a melhorar a qualquer momento.''

''E você, como está?''

''Eu? Saudável como um cavalo. Quase tenho vergonha de tanto que me sinto bem.''

''Estou falando de outra coisa. Você disse que queria arranjar um emprego por aqui. Estava falando em fazer um curso para trabalhar com imóveis.''

''Eu devia fazer mesmo. Vivo planejando ir dar uma olhada na coisa. Mas nesse caso seu pai ficaria sozinho o dia inteiro. Engraçado, quando a gente morava em Ohio ele era sempre tão capaz. Passava uma parte tão grande do tempo naquele cinema que acabei acreditando que gostava de ficar sozinho. Mas agora que estamos aqui, ele fica nervoso se demoro muito numa *loja*.''

''Você acha que ele está ficando senil?''

''Não. Está só morrendo de medo, essa é a verdade. Seu pai nunca foi assim tão introspectivo. E agora, bom, ele quer que alguma coisa esteja acontecendo o tempo todo. E eu sou uma espécie de animadora num cruzeiro para uma pessoa só.''

Ela sorriu para mim, rolando os olhos para cima com bom humor, mas dava para perceber a ironia rangendo como papel absorvente embrulhado em seda.

''Cruzeiro para dois'', falei. ''Vocês são dois.''

''De certa forma.''

* * *

Meu pai e eu fomos no dia seguinte assistir *Esperança e glória* no Phoenix Cinema Eight. Minha mãe, que alegou já ter visto suficientes filmes naquela semana, ficou em casa para trabalhar no que chamava seu jardim, um pedacinho de grama extravagantemente regada, com algumas flores duras, de caule grosso. Quando a deixamos, ia saindo para enfrentar o calor de bermuda xadrez, chapéu de palha desbotado e luvas de jardinagem que pareciam as mãos da Minnie.

Quando fomos saindo, meu pai disse: "Ali vai o último exemplar da aristocracia rural". Ela lhe devolveu um olhar que criara depois de eles se mudarem para o deserto: o olhar paciente, clinicamente afetuoso de uma boa enfermeira.

Fomos para o cinema no Oldsmobile de meu pai, um grande Cutlass azul-escuro, pesadão e silencioso como um submarino. Meu pai segurava o volante na posição quinze para as três. Usava um par de lentes escuras presas nos óculos. Lá em cima o céu era de um azul derretido, cambiante. As montanhas reverberavam a distância, para além dos bairros residenciais e dos shopping centers. Quando demos uma guinada para desviar de um tatu morto, meu pai abanou a cabeça e disse: "Quem pode lá imaginar que vai acabar morando num deserto?".

Dei de ombros. "Quem pode lá imaginar que vai acabar morando em qualquer lugar?"

"Isso é profundo demais para mim", disse ele, e entrou no estacionamento do shopping, acompanhando uma fila de caubóis de neon. As pernas dos cavalos dos caubóis piscavam em movimento.

Éramos dois entre talvez meia dúzia de pessoas no cinema, numa matinê de dia de semana. Aquele lugar vazio me fez lembrar o velho cinema do meu pai. Embora não fosse mais que uma sala de tamanho médio, rodeada por uma cortina cor de açafrão, tinha a mesma melancolia desabitada e o mesmo cheiro: mofo e pipoca velha. Uma mulher idosa duas filas mais à frente virou-se para olhar-nos, por causa da respiração pesada de meu pai. Ao encontrar o olhar dele, virou-se para a frente de novo e fez um pequeno ajuste no brinco em uma orelha.

Achei que sabia o que ela estava pensando: *Esse aí não vai durar muito neste mundo*. Devia ser viúva; uma freqüentadora de matinês. Fiquei com vontade de dar um tapinha no seu ombro gordo e lhe contar a história da vida do meu pai. Gostaria que ela soubesse que ele não era apenas um homem idoso de camisa esporte de poliéster, lutando para respirar num cineminha triste, remoto.

Esperança e glória acabou se revelando altamente satisfatório, e depois meu pai e eu fomos dar uma volta pelo shopping. Era grande, com um oásis central onde palmeiras iluminadas por *spots* molhavam suas palmas numa fonte. Os idosos se sentavam em bancos, e um homem sorridente de terno de brim branco fazia uma apresentação de órgão. "Arizona é o estado dos mortos-vivos", disse meu pai. Foi então me empurrando por uma gruta até uma loja Montgomery, para ver o que havia em oferta.

Olhamos toca-discos, televisões em miniatura, batentes de janelas de alumínio. Olhamos cortadores de grama enfileirados num gramado sintético. "Esta é uma boa máquina", disse ele, experimentando os breques de mão de um cortador vermelho-vivo.

"Eu prefiro um Turf Titan", falei, referindo-me a um monstro vermelho do tamanho de um trator. "Olha só, a gente anda montado nele."

"Isso é ridículo para uma pessoa jovem. Este outro aqui custa um terço do preço."

Éramos tão convincentes no papel de fregueses que um jovem vendedor com um penteado que tentava esconder a careca veio vindo e começou a descrever as virtudes de um modelo mais caro que aquele que meu pai havia escolhido. Enquanto o vendedor desfiava sua cantilena, uma mulher magra veio passando, levando dois gêmeos num acessório parecido com uma mochila. Era menos que bonita, com o cabelo castanho desgrenhado e um queixinho agudo, astuto. Seus olhos — seu corpo inteiro — pareciam cansados de uma maneira profunda, quase permanente, como se descanso algum jamais conseguisse restaurá-la. Mesmo assim, tinha uma autoconfiança de passos seguros que davam peso ao corredor iluminado. Caminhava em busca da ferramenta certa para o jardim. Seus gêmeos olhavam absortos e intrigados para o vácuo bem à sua frente. Enquanto ela andava pelo corredor, pensei que sua vida devia ser firmemente ancorada, apesar de toda a sua dureza doméstica. Dentro de um ano, seus gêmeos estariam andando e falando. Dentro de um ano ela saberia exatamente quanto tempo havia passado.

Ela se virou e desapareceu na seção de móveis para jardim. O vendedor apontava os dispositivos de segurança, três pontos sensíveis que tornavam o cortador de grama incapaz de arrancar um braço ou uma perna e devolvê-los sob a forma de um jato de sangue e lascas de osso. Suas mãos eram brancas e finas, com os polegares tão curvos que pareciam machucá-lo.

Eu e meu pai ouvíamos atentamente e prometemos pensar no assunto. Meu pai, acenando ao receber o cartão do vendedor, mostrava uma palidez de cera sob a fluorescência da loja Montgomery. Uma luz branca e dura passava através do seu cabelo ralo, iluminando o couro cabeludo. Assim que o vendedor terminou, fui empurrando meu pai para fora da loja e lhe paguei um drinque na escuridão silenciosa de uma churrascaria. Uma tabuleta plantada num balde de tulipas de plástico anunciava a "Promoção para os madrugadores". Éramos os únicos fregueses do bar àquela hora.

"O garoto lá estava com a corda toda", disse meu pai tomando seu uísque. "Mas por cem dólares a mais, a única coisa que você consegue é um cortador maior. Dá para mandar fazer sob medida um cortador de grama por menos de cem dólares."

"De todo jeito não tenho gramado", falei.

"Bem, quando você tiver, deve saber qual cortador comprar."

"Se algum dia eu tiver um gramado, nós dois podemos fazer uma compra a sério."

"A essas alturas posso não estar mais por aqui. É melhor ajudar você agora."

"Escuta", falei. "Nem sei se sou o tipo de cara que tem gramado em casa. Não tenho nenhuma planta. Não tenho nem carro."

"Aquele Oldsmobile tem menos de sessenta mil quilômetros. Ainda deve estar em forma quando você ficar com ele, um dia."

"Eu não quis dizer que *quero* um carro. Não disse que sinto falta. Ninguém em Nova York tem carro. Posso pagar um táxi quando preciso ir a algum lugar."

"E você está feliz por lá?"

"Sim. Quer dizer, acho que sim. Claro."

"É só isso que me importa. Você pode transformar o Olds numa banheira para passarinhos, se quiser. Só quero que você seja feliz."

Respirei fundo, e naquele momento, pela primeira vez em meses, me senti prodigamente — quase obscenamente — saudável. Havia esperado quase toda a minha vida que ele expressasse algum desejo mais detalhado e mais possível do que esse seu desejo único e avassalador: que eu fosse completamente feliz, a cada minuto.

"Me desculpa, por favor", falei. "Tenho que ir ao banheiro."

"Te espero aqui."

Os banheiros ficavam na frente do restaurante, atrás do caixa. Vi que em vez de ir ao lavatório, podia sair pela porta da frente sem meu pai perceber, e fiz isso, sem hesitação e sem motivo algum fora o simples fato de que era possível fazer. Saí pela porta de vidro *ray-ban* para a luz homogênea e sem sombras do pátio principal do shopping. Fiquei ali um momento, piscando na luz repentina, enquanto a porta fechava atrás de mim com um suspiro. Depois que ela se fechou, uma sensação de selvagem liberdade se abriu em mim; um sentimento vertiginoso, estonteante. Passei pelos fregueses até a entrada do shopping e saí pelas portas hidráulicas para a luz do dia. O estacionamento estava se enchendo de maridos e esposas recém-libertados de seus empregos — o sol maduro da tarde dourava os pára-brisas e antenas de rádio dos seus carros. Era uma luz outonal sem nenhum vestígio do frio do outono. Fui caminhando, sem pensar em nada de especial, ao longo do muro oeste do estacionamento até chegar à fileira de árvores anãs que separavam o shopping da estrada. Além da estrada ficava um punhado de *trailers*, e além dos *trailers* o deserto, uma imensa planura cheia de cactos, cercada de montanhas vermelhas denteadas. Pensei em atravessar a estrada e sair caminhando pelo deserto. Não pensei em motivos nem conseqüências. Vi pela primeira vez que é possível ir embora por pouco mais que um capricho. Optar por deixar atrás a morte do pai, a irônica solidão da mãe, nosso próprio futuro incerto. Encontrar um emprego e um quarto usando outro nome numa cidade desconhecida, caminhar por suas alamedas sem medo nem constrangimento. Fiquei parado um tempo, observando o deserto enquanto os carros passavam zunindo.

Foi meu pai quem me chamou de volta. Ou melhor, foi pensar na sua agitação crescente vendo que eu não voltava. Não me importei tanto com a idéia de que ele fosse procurar no lavatório masculino vazio, olhar na Ward's ou na Sears e no fim chamar a polícia. Não estava preocupado em pensar nas ações que ele faria. O que não consegui suportar foi pensar nele bem naquele momento, sozinho com seu drinque na churrascaria, começando a perceber que alguma coisa estava errada. Saí correndo pelo estacionamento e tive que parar um minuto na frente do restaurante para recuperar o fôlego.

Quando voltei à mesa ele perguntou: "Você está bem? Eu já estava quase indo até lá atrás de você".

"Estou ótimo. Um pouquinho de indigestão."

"Você não parece muito bem. Quem sabe é melhor ir para casa."

"Nada disso. Estou perfeitamente bem. Acho que não estou muito acostumado a beber à tarde."

A garçonete, uma mulher mais ou menos da minha idade, com pó-de-arroz cobrindo a pele ruim, riu de alguma coisa que o *barman* disse. Os dois fumavam. O *barman* era um homem de meia-idade com o olhar alerta e amistoso de um fox terrier. Seu reflexo flutuava no espelho sombrio atrás do bar, escuro como uma figura suspensa no gelo. Acima das garrafas iluminadas, uma parelha de cavalinhos de plástico puxavam uma carroça de cerveja em miniatura, num eterno círculo.

Naquela noite depois do jantar, quando meu pai pegou o jogo de palavras cruzadas, perguntei se ele não gostaria de sair para dar uma volta em vez de jogar.

"Não tem nenhum lugar para andar a pé", ele disse. "Aqui são conjuntos residenciais um atrás do outro, num raio de quilômetros."

"Vai, Ned", disse minha mãe. "O doutor Reuben disse que um pouco de exercício pode te fazer bem."

"Um passeiozinho curto", acrescentei. "Dez minutos."

Meu pai ficou ali parado, soltando uma respiração seca como papel. "Tudo bem. Mas não pense que vai escapar assim das palavras cruzadas."

"Vou dar um pulo no banheiro", falei. "Volto já."

"Esse garoto passa o dia no banheiro", meu pai falou para minha mãe.

"Tenho vinte e sete anos", falei. "Sou mais velho do que você era quando conheceu a mamãe."

No banheiro, com seu papel de parede com botões de rosa de um alaranjado vivo, joguei água fria no rosto. Só fiquei ali parado um pouco, sob o zunido grave do painel fluorescente. Não me olhei no espelho. Em vez disso olhei para o papel de parede, com seus botões de rosa alinhados em fileiras como soldados, cada um suspenso sobre uma única folha de um verde-oliva mortiço.

Aos dezenove anos eu usava colar de pérolas e mandei tatuar um dragão no ombro direito. Abandonei a universidade por um semestre, sem contar para os meus pais, e usei parte do dinheiro das mensalidades para fazer um curso de *barman*. Eu achava que podia me tornar o tipo de pessoa que faz uma coisa dessas. E agora ali estava eu, em pé no banheiro em Phoenix, sem nenhuma idéia do que fazer com meu pai, fosse vivo ou morto. Eu nunca tinha imaginado me encontrar numa situação tão comum. Fiquei no banheiro o máximo de tempo que me pareceu plausível. Como explicação dei a descarga duas vezes.

Quando saí meu pai disse: "Você tem certeza de que está bem?".

"Estou ótimo. Vamos, vamos dar uma volta."

Lá fora era uma noite clara do Arizona, endoidecida de estrelas. Quando chegamos na rua meu pai disse: "Para que lado você quer ir? Não há nada em nenhuma direção".

"Para a esquerda, então."

Fomos para a esquerda. De ambos os lados as janelas brilhavam nas casas cor de pergaminho. Meu pai começou a cantar baixinho "Give my regards to Broadway" e eu cantei junto. Depois de caminharmos uns dois quarteirões falei: "E se a gente atravessasse entre essas duas casas? Íamos sair no deserto, não é?".

"Por ali tem cobras. Escorpiões."

A idéia de que Ned Glover, ex-proprietário de um cinema em Ohio, morasse no mesmo lugar que as cobras e os escorpiões era tão impossível que dei risada alto. Meu pai deve ter achado que eu estava rindo da sua precaução. Disse: "Bem, espero que você esteja com umas boas solas no sapato", e foi andando entre duas casas rumo a um espaço aberto.

Fui ficando para trás, pensando nas cobras. Meu pai caminhou uns vinte metros, virou-se, fez sinal para mim, depois continuou a andar. Quando passou da sombra das casas para a luz estrelada do deserto, o vento soprou, eriçando todo o seu cabelo. Era como se ele estivesse saindo de um túnel. Dei uma corridinha atrás dele, prestando atenção no chão.

"Tem mesmo cobras por aqui?", perguntei.

"Sim senhor. Cascavéis. A senhora Cohen, que mora duas casas mais pra lá, encontrou uma cobra afogada na jacuzzi."

Fomos andando juntos pelo deserto. O chão era plano como um cenário de cinema; aqui e ali brotava uma iucá negra cheia de espinhos. Adiante ficavam as montanhas de topo plano, mais brilhantes à medida que se elevavam para o céu. Nas sombras profundas da base brilhavam algumas luzes, pálidas e aguadas, lampiões de eremitas, ou fantasmas de navajos, ou extraterrestres armando acampamento.

"Bonita noite", disse ele.

"Linda. Papai?"

"O quê?"

"Nada."

Fiquei com medo de que o tempo estivesse se esgotando. Embora eu sempre partisse tacitamente do princípio de que meu pai ia morrer antes de mim, imaginava sua morte ocorrendo em algum futuro remoto; um futuro em que eu dominasse melhor as coisas, em que fosse mais sólido, mais presente. De repente — parecia literalmente do dia para a noite — seus pulmões iam falhando numa velocidade impensável e meu próprio sangue estava possivelmente sob uma invasão, preparando-se para manifestar os primeiros sintomas. Havia coisas que eu queria perguntar a ele, mas não conseguia transformá-las em frases nem no conjunto residencial, nem no Oldsmobile, nem no shopping center. Eu tinha esperança de arranjar mais resolução aqui fora, debaixo das estrelas.

Ele falou: "O gato comeu sua língua?".

"Acho que sim."

Eu ainda estava lutando para inventar uma versão alternativa de mim mesmo, um cara orgulhoso e sem vacilações, capaz de fitar o pai olho no olho e contar-lhe seus segredos mais íntimos. Queria que ele me conhecesse; que tivesse me *visto*. Esperara até me estabelecer e me realizar, para poder me apresentar em termos de uma felicidade que ele pudesse compreender.

Meu pai disse: "Andei pensando naquele cortador de grama".

"Pensando o quê?"

"É muito bom negócio. Quem sabe amanhã a gente volta lá e compra, e eu fico com ele aqui em casa até você precisar."

"Você usaria enquanto isso?"

"Eu? Vou aparar o quê, meu jardim de pedras? Temos aquela baita garagem para dois carros, tem lugar de sobra."

"Você quer dizer que, na remota probabilidade de eu algum dia ter um gramado, vou vir até aqui pegar esse cortador de dez ou vinte anos de idade?"

"Eles fazem as coisas cada vez piores. Lembra daquele aspirador velho? Sua mãe daria qualquer coisa para ter ele de volta. Não se consegue comprar um daqueles por dinheiro nenhum; hoje em dia os aspiradores são todos de plástico."

"Você não está falando sério."

"Claro que estou falando sério. De qualquer forma você vai herdar tudo que tem naquela casa, então por que não herdar um bom cortador de grama para uma época futura, quando todos vão ser feitos de borracha?"

"Não quero ter um cortador de grama. Verdade mesmo. Obrigado por me oferecer."

"Quem sabe eu compro de qualquer jeito? Ele pode ficar ali, e se você não quiser pode dar para o Exército da Salvação ou coisa do gênero."

"Pai, não quero o cortador."

"Bem, espere e verá."

"Não quero ter furadeira, nem microondas, nem um Mercury sedan. Não quero entradas para o final do campeonato. Não quero um desentupidor de pia elétrico, nem uma vara de pescar com carretilha, nem uma garrafa térmica que conserve o café quente o dia inteiro."

"Calma, calma", disse ele. "Não precisa se exaltar."

"O que eu queria mesmo é saber o que aconteceu comigo. Por que não consigo construir uma vida para mim?"

O rosto dele se contraiu. Era uma expressão bem conhecida, aquele crispar dos músculos faciais sob a pele — acontecia quando ele tinha que fazer frente a algo contrário ou inexplicável. Seu rosto se enrugava, parecia encolher-se realmente, repuxando os traços para o centro. Era como se ele fizesse um esforço para enxergar por um buraco da fechadura a vários metros de distância.

"Você vai encontrar alguma coisa", ele disse. "Ainda é jovem, isso leva tempo."

"Mas o que *aconteceu*? Você estava lá, deve ter visto. Sempre penso que deve ter alguma coisa de que eu não me lembro. Tenho um emprego decente, tenho amantes, tenho amigos. Então por que me sinto tão embotado e isolado? Por que me sinto um fracasso? Você fez alguma coisa para mim? Eu não vou guardar rancor de você. Só preciso saber."

Ele parou para respirar. Seu rosto continuava a encolher.

"Eu te amava. Eu trabalhei duro. Não sei, devo ter cometido erros. Sua mãe e eu fizemos o possível para cuidar de você."

"Bom, eu sei que vocês cuidaram. Eu sei. Então como é que a minha vida foi virar uma tamanha bagunça?"

"Sua vida não é uma bagunça. Quer dizer, se você está tendo alguns problemas..."

"Só me responda essa pergunta."

"Não consigo responder." Os olhos dele ficaram vidrados, sua boca abriu um pouquinho. O que ele estaria lembrando? Naturalmente deve ter havido *alguma coisa* — um espasmo de ódio num dia em que eu não parava de chorar, alguma maldadezinha nascida do ciúme. Algum pequeno ato ou pequena omissão, uma falha breve e comum do amor que, no fim das contas, não explicaria nada.

Ficamos parados um tempo em silêncio, o que para nós era raro. Em geral, meu pai e eu evitávamos o silêncio. Ambos éramos bons conversadores e sabíamos como manter a atmosfera a nossa volta inteiramente ocupada com falação, jogos ou trechos de canções. Um falcão que parecia uma foice deslizava sob as estrelas. Uma lata vazia de Seven-Up rebrilhava ao luar como algo precioso.

"Papai, escute."

Ele não respondeu. Só então percebi como ele estava lutando para respirar.

"Papai? Você está bem?"

O rosto vago e pálido, os olhos muito maiores que o normal, ele se concentrava em inspirar. Tinha aquele ar chocado de um peixe puxado para fora da água, para um mundo de luz penetrante, irrespirável.

"Papai? Dá pra você falar?"

Ele abanou a cabeça. Meu primeiro pensamento foi fugir. Eu ainda podia dar o fora; podia negar tudo. Ninguém jamais desconfiaria de mim.

"Papai", falei, desarmado. "Ah, papai, o que eu faço?"

Ele fez um gesto para eu me aproximar. Segurei seus ombros, inspirando seu cheiro de água-de-colônia, que não mudara desde que eu era bebê. Seus pulmões guinchavam como um balão de borracha que alguém esfregasse vigorosamente.

Com todo o cuidado, como se ele fosse feito de porcelana, ajudei-o a sentar-se no chão. Sentei ao lado dele, sem soltá-lo, no chão que parecia feito de talco.

Então é isso, pensei. Esta é a morte do meu pai. Eu não sabia como ajudar, o que fazer; onde enterrá-lo. Afaguei seu cabelo espesso, que outrora já fora denso e próspero a ponto de servir de base para um casamento.

Abri a boca para falar e percebi que não tinha nada para lhe dizer. Só conseguia pensar nos clichês de leito de morte, que qualquer estranho poderia oferecer. Mesmo assim, eu os ofereci. A alternativa era deixá-lo morrer em silêncio.

"Tudo bem", falei. "Está tudo bem."

Ele não conseguia falar. Seu rosto estava escurecido e aumentado pelo esforço da respiração.

Falei: "Não se preocupe comigo e com a mamãe. Vamos ficar bem. Está tudo bem, verdade mesmo. Está tudo ótimo".

Eu não podia dizer se ele estava me ouvindo. Ele parecia ter entrado tanto dentro de si mesmo, ter se retirado do próprio cérebro e concentrado todo o seu ser na atividade insuficiente dos pulmões. Eu continuava alisando-lhe a cabeça e os ombros. Continuava dizendo a ele que tudo ia ficar bem.

Depois de um tempo, ele se recuperou. O ar começou a pegar de novo nos seus pulmões, e seu rosto, minuto a minuto, perdeu aquele ar feroz, estrangulado. Ficamos sentados juntos no chão enquanto seus pulmões, esgarçados como uma cambraia, conseguiam novamente dar passagem ao oxigênio.

Por fim ele conseguiu dizer: "Acho que exagerei. Fiquei entusiasmado demais".

"É melhor você ficar aqui", falei. "Vou pedir ajuda."

Ele abanou a cabeça: "Estou bem. É só a gente voltar para casa andando bem devagar. OK?".

"Claro. Lógico. Papai, desculpe."

"Desculpe o quê?"

Ajudei-o a se levantar e começamos a longa caminhada para casa. Levaríamos mais de uma hora para cobrir uma distância que tínhamos percorrido em vinte minutos ao sair. Lá em cima, estrelas caíam.

Quando eu tinha quinze anos, meu pai e eu fomos juntos de carro a Chicago fazer compras e na volta fomos apanhados por uma tempestade. A chuva despencava em bátegas; o céu escureceu e ficou de um cinza-esverdeado opaco que traz ciclones. A coisa ficou tão ruim que paramos numa área de descanso, de onde se via um lago lamacento e logo atrás o vasto verde de um campo de cevada. A chuva martelava no teto e no porta-malas do nosso carro. Ficamos sentados em silêncio, limpando a garganta de vez em quando, até o *flash* de um relâmpago tingir a superfície do lago de um amarelo lívido. Daí nós dois começamos a rir. Era como se o relâmpago fosse a frase final de uma longa e complicada piada. Quando acabamos de rir, conversamos sobre meu futuro, sobre a possibilidade de arranjar um novo cachorro, e sobre nossos dez filmes favoritos. Depois que a tempestade passou, voltamos para casa com o rádio tocando e as janelas abertas. Depois ficamos sabendo que de fato um furacão atingira a vizinhança, derrubara uma torre de água e um cemitério *amish* a menos de trinta quilômetros de onde tínhamos estacionado.

Agora caminhávamos juntos, muito devagar, na noite branco-azulada do deserto. ''Papai?''

''Sim, filho.''

''Quem sabe a gente assiste outro filme amanhã. Ouvi dizer que *Feitiço da lua* não é ruim.''

''Ótimo. Você me conhece, estou sempre disposto a pegar um cineminha.''

Insetos desconhecidos produziam um zumbido suave mas insistente; um zumbido nítido como o som que a própria terra talvez fizesse ao girar na escuridão, se todos nós ficássemos quietos para ouvi-lo. As luzes do conjunto residencial brilhavam. Não estavam muito longe. Mesmo assim, pareciam quase reais demais e próximas demais para se tocar. Eram como buracos perfurados na noite, deixando escapar uma luz vinda de outro mundo, mais animado. Por um momento consegui imaginar como seria ser um fantasma — caminhar para sempre através de um silêncio mais profundo que o silêncio, captar mas nunca conseguir alcançar as luzes de casa.

CLARE

Ele não disse mais nada, só "Visita básica aos pais. Culpa e filmes. Agora eles moram numa aldeia índia". Mas depois, Jonathan ficou mais quieto, mais propenso a segredos e a meias sentenças. Ficava no quarto com a porta fechada. Em março anunciou que estava se mudando.

Perguntei por quê.

"Para viver uma vida", foi a resposta.

Quando perguntei o que exatamente ele achava que estava vivendo naquele momento, ele respondeu: "Um bilhete cancelado".

Era de manhã. Uma daquelas manhãs de março pálidas e lamacentas que chegam uma depois da outra, como se desenrolando de um carretel. Jonathan olhava pela janela da sala. Passou os dedos pelo cabelo num gesto melancólico de bar quando disse a palavra "bilhete".

"Querido", falei, "só me fala o que você está querendo dizer, pão, pão, queijo, queijo."

Ele suspirou, relutando em me encarar em termos simples. As demonstrações de alegria, afeto ou generosidade lhe vinham facilmente. Era capaz de falar decentemente com sua própria voz. Mas quando estava zangado ou triste, precisava de uma imagem de onde partir. Eu já o vira ficar furioso num estilo cáustico, de olhos arregalados, tipo Bette Davis. Já o vira sofrer constrangimentos como um garoto de rua, de olhos baixos e punhos cerrados. Mas esse negócio de passar a mão no cabelo e olhar pela janela era novidade.

"Vamos lá", falei. "Desembuche."

Ele virou-se para me encarar. "A vida para a qual eu vinha me preparando foi cancelada. Eu achava que podia não me envolver e amar uma porção de pessoas diferentes. Inclusive você e o Bobby."

"E você pode. Você ama."

"Não posso. É uma nova época, todo mundo está se casando."

"Eu não, obrigada."

"Está sim. Você está com o Bobby. Eu tenho que encontrar alguém que seja meu, e não sinto mais que tenho todo o tempo do mundo pela frente. Olha, Clare, e se eu estiver doente?"

Fiz uma pausa. "Você não está doente."

"Você não sabe. A gente pode ficar sem saber durante anos."

"Jonathan, querido, você está sendo melodramático."

"Estou mesmo?"

"Sim. Você está ótimo, tenho certeza. Você está perfeitamente saudável. Agora não se mude daqui, senão vai destruir a família."

"Você e Bobby são a família. Só vocês dois." E virou-se outra vez para a janela, onde do outro lado do poço de ventilação uma jovem porto-riquenha pendurava cuecas infantis e meias pretas masculinas no varal.

Eu achava que iria engravidar logo. Parara de tomar precauções. Mas não conseguia contar para ninguém, nem para Bobby ou Jonathan. Suponho que tinha vergonha dos meus motivos. Não gostava da idéia de me ver como uma pessoa calculista ou sorrateira. Tudo o que eu queria, na verdade, era engravidar por acidente. A desvantagem inesperada da vida moderna é nossa vitória sobre nosso destino. Somos chamados a decidir tanta coisa, quase tudo, e somos perfeitamente informados sobre as repercussões. Em outra época eu teria tido filhos na casa dos vinte anos, quando estava casada com Denny. Teria me tornado mãe sem realmente decidir isso. Sem pesar as conseqüências. Mas no começo eu e Denny fomos sensatos demais — estávamos vivendo do dinheiro do meu pecúlio e ele tinha grandes ambições — e depois ficamos furiosos demais para nos permitir dar à luz. Eu de fato engravidei por acidente, de um rapaz da companhia de dança de Denny que tinha me dito que era gay. Mas dei um jeito na situação. Naquela idade, naquela época, a gente se livrava de tudo que fosse externo. Sempre livres e desimpedidos, prontos para viajar.

Agora eu queria um bebê, e queria criá-lo com Jonathan. Podemos ser um novo tipo de família. Uma família grande e desconjuntada, com tios e tias por todo lugar. Mas eu não conseguia me forçar a confessar o que estava procurando. Tentava preparar meu próprio acidente. Precisava apenas de mais tempo.

Num esforço para alegrar Jonathan, convenci-o a trazer Erich para jantar em casa. Ele não queria. Foi vencido pela insistência. Levou mais de uma semana. Eu, porém, me recusava a ceder, porque acreditava no que estava fazendo. Minha teoria sobre o problema de Jonathan era simples. Ele deixara sua vida se dividir em demasiados compartimentos diferentes. Havia o seu trabalho, e sua vida com Bobby e comigo. Havia alguns amigos da faculdade, uma vida sexual aleatória com estranhos, e um caso fixo com um homem que nenhum de nós conhecia. Eu acreditava que ele precisava de mais áreas para sobrepor as coisas.

"Por que você não quer trazer o Erich para jantar em casa?", perguntei numa manhã meio morta que se recusava a resolver-se em chuva. "Você tem vergonha de nós?"

Eu estava usando um roupão cor-de-rosa de chenilha e prendera o cabelo com um lenço de estampa zebrada. Por um momento me vi como uma esposa megera, com as mãos nas cadeiras ossudas. Muito longe de ser uma imagem lisonjeira. Mas eu não me importava tanto assim. Uma mulher como essa pelo menos sabe o que quer. A ambigüidade e a indecisão não ficam enxameando em torno dela como moscas.

"Claro que não", disse Jonathan. "Eu já te disse. Ele não ia se dar bem com os Henderson."

Ele estava tentando sair para o trabalho. Calçara um sapato só. Dava golinhos numa xícara de café enquanto Bobby lhe preparava uma rosquinha com manteiga.

Falei: "Não vamos convidar os Henderson. Podemos ser apenas nós quatro, cidadãos comuns, preocupados demais com nossos próprios defeitos para notar os defeitos dos outros".

"Eu e ele não temos esse tipo de relacionamento."

"Que tipo?"

"Tipo 'Dá um pulo lá em casa pra conhecer meus colegas'. Seria constrangedor. Para todos."

"Como você sabe, se nunca tentou? Meu bem, para ser perfeitamente sincera, acho que você coloca limites nas suas relações decidindo de antemão, e inteiramente por conta própria, o que elas podem envolver ou não."

Bobby trouxe a rosquinha para Jonathan e me deu uma palmadinha afetuosa no traseiro. Pensei com medo nas noites quietas que teríamos juntos. As rotinas domésticas invariáveis que iríamos criar.

"Talvez você tenha razão", disse Jonathan. "Agora tenho que ir andando, tchau, tchau."

Fui atrás dele no corredor. "Não vamos contar para ele nenhum segredo seu", falei alto. "Não vamos fazer piadas cretinas, nem mostrar *slides* da nossa viagem a um parque nacional."

Por fim consegui o que queria através da persistência comum. Mas, embora minha persistência em geral funcionasse, era difícil considerá-la uma virtude, já que eu não tinha paciência para sustentá-la. Minha cega determinação me levara, a despeito de muitos conselhos sensatos, a casar-me com um dançarino messiânico e depois me apaixonar por uma mulher famosa que disse que ia me ensinar a parar de odiar a mim mesma. A mesma determinação me levara a entrar num negócio de roupas usadas, numa escola de cabeleireiros, no budismo e na dança moderna. Os buldogues devem ter um tipo de problema semelhante. Uma vez que eles trancam as mandíbulas na orelha ou no rabo de um touro, devem acreditar que já terminaram o que tinham a fazer com o animal inteiro.

Erich veio jantar numa sexta-feira à noite. Eu e Bobby estávamos fazendo um daqueles jantares rarefeitos que estavam na moda naquela época: macarrão com ervas frescas, frango assado, verduras de três continentes. Estávamos tentando impressionar. Enquanto preparávamos o jantar, especulamos sobre como seria Erich.

Falei: "Melancólico, creio. Um desses tipos silenciosos, temperamentais, que as pessoas dizem que são 'difíceis', quando na verdade querem dizer que são um pé no saco".

Bobby perguntou: "Você acha que o Jonathan iria, assim, cair por um tipo assim?".

"Acho que ele poderia se sentir *atraído* por alguém assim. Lembre-se, é uma pessoa que ele não apresentou a nenhum amigo."

Bobby cortava em quadradinhos um pimentão amarelo. Eu lavava a rúcula, com as costas pressionadas contra as suas. Já tínhamos nos acostumado a trabalhar juntos naquela cozinha minúscula, a nos movimentar em sincronia.

Bobby concordou: "Hã-hã. Bem, talvez você tenha razão. Eu o imagino mais como um tipo criminoso".

"*Criminoso*? Jura?"

"Não um assassino. Não um criminoso mau. Assim, mais um tipo traficante de drogas. Sabe como é. Trambiqueiro."

"Mas ele é ator. Isso nós sabemos."

"Ah, eu acho que um monte desses caras transam drogas. Você não acha? Poxa, se não fosse assim, como eles iam se sustentar?"

"Como você imagina que ele é, fisicamente?"

"Bom, moreno. Não tão bonito, mas interessante. Bem alinhado, assim, modernoso. Imagino ele com um rabinho-de-cavalo."

"Hmm. Eu imagino ele muito jovem. Sabe como é, um desses loiros bem limpinhos e engomados que saem do Meio-Oeste aos montes e acabam fazendo anúncio de pasta de dente."

"Bem, daqui a pouco nós vamos ver", disse Bobby. E, dali a meia hora, vimos.

Jonathan e Erich chegaram juntos. Trouxeram tulipas amarelas de estufa e uma garrafa de vinho tinto. Jonathan fez Erich entrar na sua frente. Ficou parado perto da porta como se quisesse sumir e deixar nós três juntos.

Erich apertou minha mão e depois a de Bobby: "Muito prazer".

Era magro e já estava ficando careca. Usava jeans e uma camisa pólo azul-marinho com o símbolo da Ralph Lauren — o pônei de pólo — bordado em vermelho no peito. "Erich", falei. "O homem-mistério."

Sua testa alta ensombreceu. Tinha um rosto afilado, com um queixo pequeno e pontiagudo, nariz fino e olhos pequenos e brilhantes, bem juntos. Era um rosto comprimido, cheio de pânico. Parecia um homem com a cabeça presa entre as duas portas do elevador.

"Não sou nenhum mistério", falou. "Não, mistério nenhum, de verdade. Sinto muito a gente não ter se conhecido antes. Bom, estou muito contente de estar aqui."

Riu de um jeito que dava a impressão de que tinha acabado de levar um soco no estômago.

"Que tal um drinque?", perguntei. Ele disse que uma soda cairia bem, e Jonathan pulou para preparar os drinques. Sentamos na sala.

"Legal, este apartamento", disse Erich.

"É um buraco", respondi. "Mas obrigada assim mesmo. Você não teve que pular por cima de nenhum cadáver no corredor, não é mesmo?"

"Ah, não. De jeito nenhum. Por quê? Isso já aconteceu aqui?"

Não dava para saber se ele sentia repulsa ou excitação com a idéia de um assassinato no corredor. Tinha uma voz sempre entusiasmada, difícil de interpretar.

"Ultimamente não", respondi. "Então. Quer dizer que você é ator?"

"Sim. Bem, nem sei mais. Nos últimos tempos sou uma espécie de *barman*. E você, o que faz?"

Estava sentado na poltrona que achei na rua, na Primeira Avenida. Um velho monstro com as costas em forma de leque, coberto de brocado verde. Sentava como se tivesse recebido ordens de ocupar o mínimo espaço possível, com as pernas cruzadas nos joelhos e as mãos dobradas sobre as coxas.

"Transo drogas", respondi. "Faço brincos de lixo e porcarias velhas."

Ele fez que sim. "E dá para você viver disso?"

"De certa forma."

Eu nunca contava a pessoas estranhas sobre o dinheiro da minha pensão. Eu me sentia muito fútil e mimada recebendo uma renda que eu não havia suado para ganhar, enquanto todo mundo à minha volta batalhava para pagar o aluguel. Eu sempre tinha algum emprego, mas não aqueles empregos horríveis, implacáveis, que as pessoas arranjam quando têm que se sustentar.

Mas senti, obscuramente, que revelara algo incriminador. Talvez Erich fosse um espião da CIA. Um agente à paisana tão óbvio e sem disfarces que as pessoas acabavam soltando seus pequenos trambiques só pelo constrangimento social.

Jonathan trouxe nossos drinques. "Ao fim do nosso mistério", falei, e todos brindamos.

Bobby perguntou: "Você, hã, gosta de algum tipo especial de música?".

Erich piscou na direção dele. "Adoro música. Adoro todo tipo de música."

"Vou botar uma fita", disse Bobby, se levantando. "Tem, assim, alguma coisa em especial que você gostaria de ouvir?"

"Deixa ver o que você tem", disse Erich. E com uma graça surpreendente pulou daquela poltrona esbodegada e foi com Bobby até o toca-fitas.

Jonathan e eu tivemos nossa primeira oportunidade de nos olhar nos olhos. Baixinho, ele murmurou: "Eu te disse".

Bobby agachou diante da estante das cassetes. "Nós temos, bom, um pouquinho de tudo. Estamos, sabe como é, em todos os lugares do mapa."

"Ah, você tem John Coltrane", disse Erich. "Ah, olha só, você tem The Doors."

"Você gosta de The Doors?", perguntou Bobby.

"Quando eu era mais jovem eu queria *ser* o Jim Morrison. Eu costumava treinar os gestos dele no quintal. Todos os dias eu treinava e dublava. Mas depois percebi que me faltava uma parte básica do equipamento." Ele riu, soltando ar daquele mesmo jeito espantado.

"Vamos colocar agora mesmo", disse Bobby, colocando a cassete dos The Doors no toca-fitas. Depois perguntou: "Você gosta de Bob Dylan?".

"Ah, claro. Eu também queria ser ele."

"Eu trouxe alguns discos lá de Ohio. Tenho alguns, assim, bem raros. Você gosta de Hendrix?"

"Adoro Hendrix. Ele era, sabe como é, o maior."

"Eu poderia gravar alguns discos meus em fitas. Mas alguns são raros demais. Quer dar uma olhada?"

"OK, claro. Claro que sim."

"A gente não pode ouvir esses discos", disse Bobby. "Ainda não temos toca-discos. Temos que comprar. Apesar de eles estarem, assim, saindo de moda."

"Eu tenho toca-discos", disse Erich. "Se você quiser, pode vir na minha casa algum dia e tocar seus discos lá. Se você quiser."

"Ah, ótimo. Seria bárbaro. Venha aqui, os discos estão guardados no nosso quarto, meu e de Clare."

Erich disse a Jonathan e a mim: "Vocês nos desculpam um minuto?". E de repente consegui vê-lo como ele devia ter sido aos oito ou nove anos de idade: bem-educado e superentusiasmado, propenso às lágrimas, um mistério para seus pais.

"Claro", falei. Depois que eles saíram, falei para Jonathan em voz baixa: "Bom, parece que os garotos estão se dando bem".

Ele abanou a cabeça: "Eu te falei que esse negócio ia ser um desastre. Você não quis me ouvir".

"Bobagem. Não é desastre nenhum. Bobby está apaixonado por ele."

"E você acha que ele é chato e babaca."

"Jonathan. Faz uns cinco minutos que o conheci."

''Cinco minutos já bastam. A gente tem que dormir com ele pra ver qual é a dele.''

''Não sei por que você vem se encontrando com ele todos esses anos se o detesta tanto assim.''

''Sexo'', disse Jonathan. ''E minha própria loucura. Ah, acho que gosto dele de uma maneira não romântica. É que eu nunca quis misturá-lo com o resto da minha vida, e tinha razão nesse ponto.''

''Você é um cara muito estranho.''

''E você acha que eu não sei?''

Quando Bobby e Erich voltaram, sugeri levarmos nossos drinques para o telhado para ver o sol se pôr. O importante era manter nossa festinha em movimento, fisicamente, se necessário. Era uma tarde de março, excepcionalmente quente. O tipo de clima que implica uma primavera precoce, ou os efeitos de um teste nuclear.

Jonathan concordou com entusiasmo, Bobby e Erich nem tanto. Eu sabia o que eles estavam pensando. Se subíssemos para o telhado, iriam perder a próxima faixa de *Strange days*.

''Meninos, nós podemos pôr a música de novo quando a gente descer'', falei, e fiquei surpresa ao ver como minha voz parecia uma voz de mãe.

Subimos as escadas até o telhado, uma plataforma asfaltada cercada por uma mureta de concreto. O sol cor de laranja caía no horizonte de Nova Jersey. Antenas de televisão lançavam sombras intrincadas, como pássaros. As janelas dos arranha-céus do centro da cidade faiscavam em âmbar e bronze. Uma nuvem gorducha, tingida de rosa, com todas as reentrâncias e protuberâncias distintas como uma escultura em marfim, pairava acima do Brooklyn, absorvendo os últimos vestígios de luz. Cortinas de babados e o som da salsa vinham com o vento de uma janela aberta do outro lado da rua. Estávamos de frente para o poente, arrastando sombras de sete metros.

''Lindo'', disse Jonathan. ''Bem quando você começa a pensar em mudar para o campo, a cidade apronta uma dessas.''

''Adoro o telhado'', falei. Outra vez fiquei surpresa com o som da minha própria voz. Quando foi que virei uma anfitriã assim?

''No meu bairro não se escuta música assim'', disse Erich. ''Essas coisas mexicanas, nunca.''

''Eu meio que gosto'', disse Bobby.

“Eu também”, disse Erich.

Bobby mexia os quadris com ritmo e logo começou a dançar. Vendo ele passar pelo dia com seu jeito alegre, meio desconcertado, a gente se esquecia de como ele dançava bem. Era uma das suas surpresas. Assim que ouvia uma nota de música ele era capaz de se mover com muita graça e vivacidade. Parecia descartar-se de um peso interior. Um fantasma da carne, todo osso e cartilagem, que se dissolvia num acorde de guitarra ou no primeiro grito de um sax. No disco, uma mulher com um fundo de maracas e violões cantava a plenos pulmões em espanhol, com uma paixão simples e sem nenhuma vergonha. Bobby, que adorava qualquer música, boa ou ruim, dançava enquanto o final do sol desaparecia.

Erich deu uma olhada para Jonathan e para mim. Eu sabia o que ele estava pensando. Falei: “Vai firme”. E com um sorriso tímido, ele começou a dançar com Bobby.

Não dançava tão bem quanto Bobby, nem de longe, mas mexia os pés no ritmo e contorcia os braços em pequenos movimentos. Bobby virou-se para ele enquanto o céu abandonava sua última nuance azul e uma leve estrela aparecia no arroxeado que vinha crescendo no leste.

Jonathan e eu ficamos olhando, com nossos drinques na mão. Jonathan disse: “Acho que não quero só segurar vela nesta festa. Você quer?”.

“Não. Não me agrada nem um pouco.”

Jonathan colocou seu drinque no parapeito e começou a dançar com Bobby e Erich. Dançava com elegância, embora fosse contido. Movia-se dentro de uma pequena coluna de ar, sem nunca ultrapassar seus contornos exatos. Fiquei olhando. Por um momento — um momento — senti o mundo girando para longe de mim. Vi a mim mesma em pé nos últimos raios de luz, ficando mais velha num vestido roxo brilhante comprado num brechó enquanto rapazes mais jovens dançavam juntos. Longe de ser um momento comum. E mesmo assim, senti como se já o tivesse vivido antes.

Para conseguir voltar à vida real, comecei a dançar. Que mais poderia fazer? Meus saltos grudavam no asfalto fazendo poc-poc, até que tirei os sapatos e fiquei dançando de meias.

Jonathan disse: “OK, aquele número do telhado de *West side story*. Estão prontos?”.

“Como começa?”, perguntei.

“Vamos ver. ‘I like to be in America.’”

"'Okay by me in America.'"

"'Everything free in America.'"

"'For a small fee in America.'"

Dávamos vivas e batíamos palmas. Quando terminou o número, fiz três estrelas perfeitas, uma atrás da outra. Eu não fazia isso havia quinze anos. Senti minhas pernas se lançando, retas e reluzentes como facas.

Contei a eles: "Eu queria ser líder de torcida. Antes de decidir ir pro inferno".

Alguma coisa tomou conta de nós lá em cima. Lembrei de uma sensação da infância, quando um jogo ganhava impulso. Bobby desabotoou a camisa, que ficou enfunando ao vento. Todos nós dançamos exageradamente, como membros de um coro da Broadway, com saltos e rodopios. Quando a salsa terminou, começamos a cantar. Cantamos tudo que conseguimos lembrar da canção dos Jets e de "Officer Krupke". Cantamos todas as músicas de *Hair*.

Bobby disse: "Meu irmão costumava tocar esse disco dez vezes por dia. Até que minha mãe jogou fora. Meu irmão comprou outro. Daí ela jogou o toca-discos fora".

"Uma prima minha trabalhou no *Hair* ", falei. "Uns dois anos atrás, num teatro na Flórida."

Cantamos alguns números de *South Pacific*, e tudo de *My fair lady* de que conseguimos nos lembrar. Dançamos ao som das nossas próprias vozes. Quando não agüentávamos mais dançar, sentamos no asfalto quente de sol, inspirando seu cheiro de terra acre e produtos químicos. Continuamos cantando. Uma hora, enquanto cantávamos "Get me to the church on time", dei uma olhada para Jonathan e o peguei olhando para mim com uma expressão que eu nunca vira. Era um olhar ferido, carregado, algo entre raiva e tristeza. Quando nossos olhos se encontraram, ele olhou depressa para o céu. Cantamos "I heard it through the grapevine" e "Norwegian wood". Bobby e Jonathan cantaram juntos duas canções de Laura Nyro, até que os fiz voltar para coisas que todos nós conhecíamos. Ficamos sentados naquele telhado cantando até que a escuridão se instalou e a cidade incendiou-se a nossa volta com a luz de dez milhões de festas.

BOBBY

No dia seguinte, depois que dançamos juntos no telhado, Jonathan escapuliu pela trama da sua vida. Não deixou nada para trás além de algumas palavras numa folha de caderno, ancorada à mesa pelo pimenteiro. "Queridos B. e C., desejo a vocês muita felicidade juntos. Cafona, não? Seja como for, vou começar de novo em algum outro lugar, sinceramente não sei onde. Qualquer hora eu ligo. Podem dar tudo de meu que não tiver utilidade para vocês. Muito amor, J."

Clare e eu lemos essas linhas vezes e vezes sem conta, como se fossem um código para alguma outra mensagem, mais sensata. Ela ligou para o jornal e descobriu que ele deixara o emprego aquela manhã, sem aviso e sem deixar endereço. Seu quarto parecia tão branco e tão desabitado como sempre. Pelo que percebemos, apenas algumas roupas suas estavam faltando.

Clare disse: "Puta que pariu. Que filho da puta. Como ele foi fazer uma coisa dessas?".

"Sei lá. Mas fez."

Clare ficou furiosa e eu estupefato. Quando alguém partia vinha à tona o meu branco — eu sentia meu cérebro ficando todo nublado. Quando alguém ia embora eu perdia o rumo de tudo. Ficava cheio de uma confusão densa, espinhosa, forte como o efeito de uma droga. Era uma espécie de retardamento, creio. A falta de uma conexão neural. Alguém que estava aqui não está mais. Isso eu não conseguia captar.

Clare disse: "Pô, Jonathan, seu bundão! Logo agora que as coisas estavam começando a dar certo!". Amassou o bilhete e o jogou na lata de lixo, só que mais tarde foi buscar, com se achasse que o bilhete pudesse vir a servir de prova.

"Ele volta?", falei. Pensei que fosse fazer uma afirmação, mas saiu como uma pergunta.

"O que há de errado com os homens?", perguntou Clare. Estava em pé no meio do tapete da sala com os braços cruzados e o queixo duro como pedra. Vi que numa outra vida ela poderia ter sido uma professora primária maluca, uma dessas solteironas piradas que no começo parecem patéticas mas acabam transformando a vida da gente. Não respondi. Estava sentado na cadeira de veludo careca, uma que nós arrastamos até em casa desde a esquina da Quinta Avenida com a Dezoito. Eu estava com as mãos apertadas entre as coxas. Ela disse: "Falando sério. Eu gostaria mesmo de saber. Você tem alguma idéia? O que acontece na cabeça deles? O que eles querem?".

Dei de ombros. Não conseguiria responder a essa pergunta, embora pela cara ela parecesse estar à espera de uma resposta minha. Era como se eu fosse o pior aluno da classe, errando até mesmo as perguntas fáceis que ela atirava na minha direção.

Ela falou: "Vou sair". Jogou a jaqueta nos ombros, aquela de couro desbotado com o símbolo da paz nas costas. Seus brincos tilintavam, faiscavam. Desceu as escadas com tamanha determinação, batendo os saltos dos sapatos, que achei que ela ia voltar dali a uma hora arrastando Jonathan pela orelha. Que ia procurar nas estações de trem e nos aeroportos, parar o trânsito na ponte George Washington. Estava tão zangada e era tão enorme que ninguém conseguiria se evadir. Porém menos de uma hora depois ela voltou de mãos abanando. Eu mal tinha me mexido. Passara aquela hora sentado na sala, vendo a sala passar por sua paciente história. Quando Clare voltou, parou um momento, olhando confusa para mim.

Perguntei: "Você encontrou ele?".

"Claro que não."

Veio até mim com uma cara feroz e perguntou, de um jeito pão, pão, queijo, queijo: "Você me ama?".

"Não sei." Eu não conseguia pensar em nada além da verdade.

"Eu também não sei se te amo." Arrancou minha camisa com tanta força que a arrebentou nas costuras. Fizemos amor no chão da sala. Ela mordia meu pescoço e meus mamilos, puxava meu cabelo. Deixou linhas sangrentas escorrendo pelas minhas costas e nádegas.

Jonathan tirara todo o seu dinheiro do banco e comprara uma passagem para algum lugar. Eu e Clare passamos algumas semanas tentando superar a expectativa de saber notícias dele.

"Não compreendo", ela disse. "Isso não parece de verdade. É uma espécie de *gesto*. Você sabe o que o Jonathan é capaz de fazer."

"Eu sei o que ele é capaz de fazer", falei. Mas na realidade ele tinha ido embora. Alice e Ned não sabiam nos dizer nada, e tudo que sabíamos sobre Erich era seu primeiro nome e que trabalhava num restaurante. Depois do jantar, aquela noite, nós quatro nos déramos os parabéns por nossa capacidade de nos divertir. Prometêramos fazer logo mais alguma outra coisa assim exuberante. Não achamos que iríamos precisar de nenhum detalhe para continuar em contato.

Era como se Jonathan tivesse caído num alçapão. A última vez que o vimos ele lavou os pratos, engoliu uma última dose de uísque e nos deu beijos de boa-noite. De manhã saiu cedo para o trabalho. E, quando Clare e eu chegamos em casa aquela noite, lá estava o bilhete.

"Cretino, filho da mãe", disse Clare. "Mas que diabo está acontecendo com ele?"

"Ele é um sujeito dramático. Não consegue evitar ser assim."

Fiquei esperando meus verdadeiros sentimentos. Esperei todas as reações apropriadas: raiva, decepção, um sentimento de traição. Mas as semanas passavam e o branco continuava. Nada acontecia; nada de nada. Senti que estava escorregando de volta para o meu velho modo de ser de Cleveland, vivendo uma vida feita de detalhes. No trabalho, fatiava montanhas de queijos; cortei meu próprio peso em cogumelos. Em casa, assistia televisão, ou ficava olhando pela janela a luz mudar lá fora, ou via o tempo passar enquanto escutava meus discos. Fiquei surpreso ao constatar que Nova York podia ser tão banal e descampada como Cleveland. Podia assumir aquele mesmo ar de desuso. Embora a gente pense que os mortos habitam o passado, agora acredito que eles existem num presente infinito. Não há esperança de coisas melhores a vir. Não há memória do progresso humano que conduziu a cada momento.

Sem Jonathan, eu era uma assombração na minha própria vida. Não conseguia fazer contato. Caminhava pelas horas como uma sombra, vagando desarvorado, cheio de espanto, por salas e quartos onde ele já dançara, chorara e fizera amor; quartos e salas onde ele já estivera vivo a ponto de não tomar conhecimento delas.

Clare foi transando sentimentos mais previsíveis, e conseguiu sair pelo outro lado. Ensinou a si mesma a aceitar os mistérios de

Jonathan e seu irritante auto-envolvimento. Criou uma história: nunca confie em ninguém com menos de trinta anos. "Não se pode responsabilizar as pessoas, nem mesmo os de vinte e oito", dizia ela. "Nessa idade você ainda está se elaborando. Quero bem ao Jonathan, quero bem mesmo. Espero que ele me dê um telefonema qualquer dia, depois que tiver criado uma personalidade."

Por um tempo ela me odiou por eu ter vinte e oito anos. Depois daquela sessão de suor e unhadas no chão da sala ela deu fim a nossa transa e mandou eu dormir na cama de Jonathan, assim não iria sentir minha falta no dia que eu também sumisse. Então, depois de quase um mês, veio deitar na cama comigo à meia-noite. Cochichou: "Estou sendo um pé no saco, não? Me desculpa, querido, por favor. Tenho um ponto fraco nessa história de abandono. O que você acha? Acha que a gente podia ir levando juntos, só nós dois?".

"Provavelmente", falei. Estávamos vivendo uma espécie de amor. Eu gostava de fazer amor com ela; gostava do calor e do inesperado de seu corpo. Gostava da sua trilha de pelinhos dourados que iam do umbigo ao sexo, e gostava do encontro das nádegas com as coxas. Fizemos amor aquela noite, pela primeira vez em um mês, e, apesar de todos os movimentos terem sido feitos, o ponto central faltou. Eu já desconfiava de que seria assim. Agora o sexo era uma sucessão de detalhes, com uma doce implosão no fim. Era mais um componente de um dia normal.

Depois disso, passamos a dormir na mesma cama outra vez. Fazíamos amor uma ou duas vezes por semana. Mas Jonathan tirou alguma coisa do ar quando foi embora — a coisa seguinte sempre deixava de acontecer. Clare e eu ficamos encalhados no presente. Segundo a sabedoria corrente, esse é o lugar certo de se estar. Mas quando aconteceu — quando perdemos nosso senso de passado e de futuro — começamos a ir à deriva. Clare também sentia. Me chamava de "querido" e "meu bem" com mais freqüência. Olhava para mim com uma certa bondade suave que era o mais vivo oposto do desejo. Comecei a notar como os tendões do seu pescoço saltavam quando ela falava. Tomei mais consciência do modo como ela riscava com a unha figuras invisíveis na mesa enquanto falava, e como o seu rímel às vezes endurecia nos cílios em pelotas pegajosas.

Fazíamos as coisas que sempre tínhamos feito. Assistíamos televisão e íamos ao cinema, comprávamos roupas velhas e dávamos longos passeios pelos bairros sempre em transformação. De vez em quando íamos a clubes e festas. Mas nossa própria ocasião sempre nos escorregava pelos vãos dos dedos. Não encontrávamos coisas necessárias para dizer um ao outro. Eu não era de falar. Assimilava as coisas, mas não conseguia devolvê-las, transformadas, sob a forma de linguagem. Jonathan tinha voz suficiente para nós dois. Agora havia silêncios que não atingiam nenhum final lógico. Ninguém além de Clare e eu jamais vinha em casa. Não tínhamos ninguém sobre quem fazer fofocas nem com quem nos preocupar, exceto um ao outro.

Pensava nos meus próprios pais. Pensava em Alice e Ned.

Esse era o amor entre um homem e uma mulher. Esse foi o progresso na minha contínua educação.

O verão passou, chegou o outono. Só vi Jonathan no fim de novembro, e por acidente. Eu fora a um quiroprático no Upper West Side tratar de um mau jeito que dera nas costas levantando um caixote de champanhe no trabalho. O Upper West Side parecia outra cidade — vivíamos uma vida de centro de cidade. Caminhando ao longo da Central Park West até o metrô, olhei boquiaberto como um turista para os amarelos outonais do Central Park e os cachorrinhos bem tosados trotando ao lado dos sapatos reluzentes dos donos. Estava tão absorto na rica alteridade do lugar que quase passei por Jonathan sem vê-lo.

Ele estava apoiado na parede de tijolos de um prédio, lendo *The Village Voice*. Olhei fixo como se ele fosse um detalhe do bairro. Parecia uma fotografia que ganhou vida, como os detalhes de Paris devem parecer quando a gente passa por lá correndo num pacote turístico de três dias.

Falei: "Jonathan?".

Ele levantou a vista e disse meu nome.

"Jonathan, eu — é você, certo?

Ele fez que sim. "Sou eu. Cheguei à cidade há umas duas semanas."

"Eu... poxa, cara. Não sei o que dizer. Hã, você está legal?"

Fiquei tão confuso com sua aparição como ficara com sua partida. Mais uma vez, meus circuitos fecharam e me deixaram flutuando no espaço.

"Estou legal. Bobby, não imaginei que a gente ia se encontrar desse jeito."

"Ã-hã. Assim, dá para você me dizer o que está acontecendo?"

Ele suspirou. "Desculpa ter ido embora daquele jeito. Foi meio ridículo, não foi? É que eu... eu sabia que de outro jeito eu não ia conseguir. Ia só continuar por ali sendo o titio até que você e Clare mudassem de lá e me deixassem sozinho naquele apartamento horrível. Como vai Clare?"

"Legal. Assim, daquele jeito mesmo. Acho que nós dois estamos do mesmo jeito de sempre."

"Você fala como se fosse um destino terrível."

Dei de ombros. Ele era tão familiar que eu nem conseguia vê-lo. O rosto e as roupas dele ficavam se enevoando. Parecia bem possível que eu tivesse atravessado uma linha mental, e na verdade estivesse falando com alguém que apenas se parecia com Jonathan. Nova York está cheia de pessoas que desmoronaram sob suas perdas particulares, e decidiram que têm a ver com cada pessoa que passa na rua.

Ele perguntou: "Quer tomar um drinque ou alguma coisa?".

"OK. Claro."

Fomos para o primeiro lugar que vimos, um bar irlandês que servia carne assada aquecida no vapor. Era uma versão mais chique dos bares do Village que freqüentávamos em nossas noites com os Henderson. Ali as decorações de Natal de papel crepom tinham se tornado enfeites fixos para o ano todo. A televisão mostrava uma novela, que tremia e rebrilhava com luz excessiva, para uma única velha sentada no bar, pronta para gritar com qualquer um que mexesse com ela.

Jonathan pediu um Dewar's *on the rocks*, e eu tomei uma cerveja. Ele bateu o copo de leve contra o meu: "Você achava que ia me ver de novo?".

"Sei lá. Como é que eu ia saber?"

"Certo. Como é que você ia saber?"

"Aonde você foi?", perguntei. Continuava me faltando todo e qualquer senso de realidade. Pensei rapidamente em pedir desculpas, ir até o telefone público nos fundos e chamar a polícia. Mas o que iria dizer?

"Bom, eu não tinha lá muito dinheiro no banco. Quer dizer, se eu tivesse uns milharezinhos de dólares teria ido para Florença, Tóquio ou algum outro lugar. Mas, com o que eu tinha, fui só para a Califórnia. Lembra a Donna Lee, da escola? Ela está morando em

San Francisco, com uma mulher chamada Cristina. Fui até lá e passei uma temporada dormindo no sofá da sala delas, meio que tentando inventar uma vida san-franciscana para mim."

Deu um gole no seu drinque e começou a chupar um cubo de gelo no exato momento em que eu sabia que ele ia fazer isso. Continuava usando o anel de prata navajo que comprara em Cleveland quando tínhamos quinze anos. Detalhes rodopiavam e bradavam dentro da minha cabeça.

Falei: "Não compreendo, assim, isso tudo. Não compreendi desde que você deixou aquele bilhete. A gente curtiu à beça, o jantar com Erich foi ótimo, e aí você simplesmente foi embora. Pra mim isso não faz sentido".

"Bom, também não faz muito sentido para mim. Sabe, eu fiz vinte e nove anos um mês atrás. Me sinto como se fosse fazer trinta daqui a uns cinco minutos."

"Hã, feliz aniversário."

"Você também vai fazer vinte e nove daqui a algumas semanas."

"Isso aí."

"Muito bem. Escuta, tenho que ir andando. Lá no jornal eles ainda estão discutindo se vão ou não me aceitar de volta, e tenho que encontrar Fred e Georgeanne daqui a meia hora. Parece que eles ainda não resolveram se sou um gênio romântico em alta-tensão ou apenas um irresponsável. As bebidas são por minha conta."

Jogou uma pilha de notas na mesa. Pus a mão em cima da mão dele.

"Quer vir lá em casa hoje à noite?", perguntei. "Clare vai querer te ver."

Ele olhou para as nossas duas mãos. "Não, Bobby. Não quero ir até lá. Isso aqui foi apenas um acaso, você nunca vem para estes lados da cidade. Imaginei que era como se eu estivesse em Michigan."

"Você não quer ver a gente?"

Agora ele me olhou no rosto. Puxou a mão debaixo da minha.

"Bobby, o negócio é que parece que eu me apaixonei por vocês dois. Parece estranho, eu sei. Nunca esperei que uma coisa assim fosse acontecer. Quer dizer — bom, não é para isso que a gente se prepara. Parece que eu me apaixonei por você e por Clare juntos. Percebi naquela noite lá no telhado. Eu não queria namorar o Erich, nem ninguém mais. É uma coisa que não tem jeito. Conhecendo vocês, parece que não vou me apaixonar por mais ninguém.''

Ele se levantou. Falei: ''Espera. Espera um minuto''.

''Manda um beijo pra Clare. Se e quando eu ficar legal comigo mesmo outra vez, eu telefono.''

Com isso ele saiu do bar. Na minha confusão, perdi o fio do que seria razoável fazer ou dizer. Deixei ele sair para a tarde de novembro e quando cheguei na calçada ele já tinha sumido.

O que ele disse, fez. Viveu uma vida à parte. Embora estivéssemos na mesma cidade, nunca dei de cara com ele outra vez, e ele não telefonou. Deixou passar o outono e o inverno. E aí, na primavera, deixou um recado na nossa secretária eletrônica.

''Oi, Bobby e Clare. Bom, isso é uma coisa tão esquisita de se dizer assim numa fita. Bobby. Meu pai morreu hoje de manhã. Achei que devia te dizer.''

Sua voz foi seguida por um clique mecânico e um zunido quando a máquina passou para a próxima mensagem.

CLARE

Estamos fazendo três mil quilômetros num avião para ir ao enterro de um homem que nem conheci. Pela janela do avião fiquei olhando as nuvens rechonchudas jogarem sombras sobre o Texas. O Texas era plano e de uma cor só, como um envelope manilha. Lá embaixo, nas casas de fazenda que porventura tivessem decidido unir-se àquela interminável terra bege, pessoas podiam estar olhando para o avião lá em cima. Podiam estar se perguntando, como eu mesma às vezes fazia, quais seriam as vidas ricas e interessantes que iam se encaminhando para seu próximo incidente.

"Tem certeza de que não quer um pouco de vinho?", perguntou Bobby.

"Estou sem beber por um tempo", falei. "Quem sabe ela me traz uma soda ou algo assim."

Bobby se inclinou para fazer sinal para a aeromoça. O ar frio que soprava da saída de ar-condicionado desarranjou seu cabelo, que agora ele usava mais longo, puxado para trás com gel. Alisei e ajeitei seu cabelo. Depois mudei de idéia e desarranjei tudo de novo.

Eu estava com mais de dois meses de gravidez. Não contara para ninguém. Não tinha certeza do que queria fazer.

Bobby disse: "Eu estou, assim, contente de você estar aqui".

"Bom, detesto perder enterros."

"Sabe o que eu estava pensando? Que nós três poderíamos alugar um carro e voltar dirigindo. A gente podia, assim, ver o país."

"Acho que sim."

"Podíamos ir para as cavernas Carlsbad. Ou ver o Grand Canyon."

"Mmm, sempre tive vontade de ver o Grand Canyon."

"Claro. A gente podia alugar botas e mochilas. Podíamos acampar."

"Bobby, esse tipo de coisa não se aluga. Essas coisas as pessoas possuem. Tem gente que leva a vida acampando. Eu e você somos mais do tipo vida noturna."

Eu imaginara apenas ver o Grand Canyon, não caminhar por ele.

"Você não está a fim", ele disse.

"Eu só trouxe roupas de enterro. Você consegue me imaginar caminhando por uma trilha de vestido preto e salto alto?"

Bobby concordou. Alisou o cabelo com os dedos. A luz sobre o Texas rebrilhava prateada no seu rosto forte, quadrado, nas mãos pesadas de veias intrincadas. Apesar do brinco e do cabelo italiano lustroso, seu rosto era inocente como um prato vazio. Ainda era o rosto de um homem que acreditava que as diferenças humanas podiam se resolver com uma peregrinação a fenômenos geológicos famosos.

"É só, assim, uma idéia."

"Eu sei. Vamos deixar para outra vez."

Ele concordou de novo. O bebê que se aglutinava dentro de mim estava seguindo os ditames de seus genes, e dos meus também. Pequeninas unhas iam se cravando nos momentos que passavam. Bobby bebericava seu vinho. Olhávamos pela janela o vazio que passava lá embaixo.

Jonathan veio nos encontrar no aeroporto. Parecia fisicamente diminuído, como se dele tivesse vazado algum ar ou fluido vital. Fazia quase um ano que eu não o via. Será que sempre fora assim pequeno e descorado? Gente queimada de sol, com roupas de cores gritantes, se amontoava em torno dele no desembarque. Ele parecia um refugiado, com sua palidez e a camiseta preta. Alguém recém-chegado de um lugar lúgubre, empobrecido. Quando eu e Bobby saímos do avião, deu-nos um abraço rígido, formal, como os abraços dos políticos franceses.

Bobby perguntou: "Como vai Alice, Jon?".

"Ela é dura na queda. Muito mais que eu."

Perguntei: "E como está você?".

"Histérico", disse ele calmamente. "Estou um lixo."

Fomos até o condomínio dos pais dele no carro do pai, um enorme Oldsmobile azul. Eu nunca vira Jonathan dirigir. Ele parecia ao mesmo tempo infantil e paternal ao volante daquele carrão.

Segurava o volante com as duas mãos, como se estivesse pilotando um navio.

No caminho nos contou que o pai tivera um ataque do coração andando até a caixa do correio. Explicou esse fato em particular. Seu pai tivera asma e depois enfisema. Assim, parecia que sua morte por infarto deixava todo mundo se sentindo ludibriado, como se ele estivesse em perfeita saúde. Bobby perguntou: "Voltando da caixa do *correio*?", como se isso fosse o mais pungente.

Pus meus óculos de sol e fiquei vendo passarem os shopping centers. Eles reverberavam no calor. Entre um e outro havia descampados de terra vermelho-acinzentada e cheia de cactos. O Arizona era o primeiro lugar da minha vida que se revelava exatamente como eu imaginara. Enquanto seguíamos pela estrada de um brilho ofuscante, senti-me poderosa e competente. Eu era uma mulher mais velha de óculos escuros que viera ajudar dois homens confusos a lidar com a sua dor. Pensei naquele momento que ia deixar Bobby e ter o filho sozinha.

Jonathan disse: "Eu tinha escrito uma carta pra ele. A primeira em pelo menos um ano. Mas ainda não tinha posto no correio. Ainda estava com a carta no bolso da jaqueta quando soube da notícia".

Os pais de Jonathan moravam num grande conjunto de casas cor de barro a vários quilômetros de um shopping center chamado Teepee Town. Um letreiro ao lado do portão dizia: "Unidades seletas ainda à venda", em letras azuis desbotadas. Jonathan estacionou e nos levou por uma trilha de cascalho até uma das casas, passando pela caixa de correio, uma caixa convencional pintada de marrom para combinar com o adobe das construções. Para mim, o adobe fora aplicado com revólver hidráulico. Fiquei pensando que tipo de gente ia querer morar num lugar daqueles.

O interior da casa era escuro e fresco. Em vez de tapetes e cerâmicas indígenas, havia poltronas, samambaias e fotos de família em molduras cromadas. A única evidência da morte eram as flores. Havia uma meia dúzia de buquês e arranjos em vasos enrolados em papel alumínio. Numa mesinha redonda, uma pastorinha de porcelana postava-se entre dois buquês, serena e alarmante como um osso. Antes de termos oportunidade de nos aclimatar à escuridão lá de dentro, uma mulher pequena, de um bronzeado profundo, veio saindo de um lugar que devia ser a cozinha, enxugando as mãos nos jeans.

''A volta do filho pródigo'', falou arrastado, com um vestígio de sotaque sulista. ''Bem-vindos à reserva indígena.''

Bobby disse: ''Oi, Alice''.

Ela pegou seu queixo e virou-lhe o rosto para cá e para lá. Examinou-o tão atentamente como um antropólogo verificando o estado de conservação de um crânio. De repente percebi de onde Jonathan tinha tirado aquele abraço rígido, abraço de político.

Deu um beijinho apertado nos lábios dele: ''Oi, lindo''.

Bobby ficou ali duro, como se ela o deixasse mudo e pasmo. Jonathan teve que me apresentar. Alice me examinou com um olho clínico e apertou minha mão: ''Obrigada por ter vindo''.

''Eu é que agradeço por me receber.'' Parecia a coisa mais estúpida de se dizer para uma mulher que acabara de perder o marido.

Bobby falou: ''Alice, fiquei tão sentido por causa do Ned''. Passou um braço vacilante sobre os ombros de Jonathan.

''Sei como é'', ela falou. ''Eu também.''

Perguntei: ''Nós somos os primeiros a chegar?''.

''Bem'', disse Alice, ''não estamos fazendo grandes festas. Estou esperando o irmão de Ned que vem de Muncie e algumas pessoas aqui da vizinhança. Resolvemos fazer uma coisa íntima.''

''Ah'', falei. Acabava de dar mais um fora, obscuramente, e, em vez de ficar me preocupando com meu comportamento, resolvi ceder de vez e não gostar de Alice. Fosse ou não fosse recém-viúva.

''Que tal um drinque?'', perguntou Jonathan. ''Alguém quer um drinque?''

Todo mundo queria um drinque. Jonathan se ocupou de prepará-los. Percebi que assim ele devia ter crescido, servindo de cicerone, propondo drinques ou jogos de palavras cruzadas ou passeios no parque. Dava para imaginá-lo aos dois anos de idade, freneticamente interrompendo com uma palavra nova que nunca dissera antes, tentando desviar a atenção da mãe de si mesma. Agora, aos trinta anos, ia se transformando nela. Ministrava beijos rígidos em aeroportos. Cultivava uma vida tão organizada e alienada quanto a sala de estar colonial da mãe.

Depois que tomamos drinques e jantamos, Alice anunciou que ia passar a noite num motel. Bobby e Jonathan objetaram. Ela, porém, estava decidida. ''Aqui não tem lugar nem pra se coçar. A última coisa que a gente quer num lugar tão apertado é ter que respeitar a privacidade de uma senhora de idade.''

Bobby insistiu dizendo que eu e ele é que devíamos ir para um motel, mas Alice ficou inflexível: "Minha mala já está pronta. Volto amanhã de manhã, vocês nem vão estar de pé".

"Mas isso não está certo", disse Bobby. "Nós não queremos pôr você para fora da sua própria casa."

Dei no seu joelho um discreto beliscão. Será que ele não percebia o quanto Alice queria passar a noite sozinha? Eu sabia exatamente o que ela ia fazer. Ia entrar num quarto limpo e esfregado de motel, ligar o ar-condicionado a toda e deitar-se numa cama impessoal. Passaria algumas horas fora da sua vida. Eu mesma já fizera isso no fim de um romance, quando de repente meu próprio apartamento me parecera pessoal demais. Se Bobby percebeu ou não o significado do beliscão, o fato é que logo desistiu de protestar. Alice saiu da casa, prometendo fazer *waffles* à moda belga antes que qualquer um de nós se mexesse de manhã. Dei-lhe um até logo rápido, sem culpas, que pode ou não ter telegrafado o fato de que eu sabia que Alice não estava fazendo favor para ninguém. Que, embora eu compreendesse aquele impulso, isso não me fazia gostar dela nem um pouco mais.

Então ela se foi. Ficamos os três sozinhos juntos, sem ter idéia do que dizer ou fazer. Embora eu já tivesse passado por uma série de partidas, não tivera experiência direta com a morte do corpo. Meus pais ainda estavam vivos. Meus avós tinham morrido discretamente, em outros estados, quando eu ainda era muito nova. Toda a sensação de competência que eu sentira no banco de trás do Oldsmobile tinha se evaporado. Em seu lugar não havia nada além de uma vaga estupefação, e irritação com a perspectiva de dormir numa casa estranha e ir ao enterro de um estranho.

"Alguém quer mais um drinque?", perguntou Jonathan.

Tomamos mais um drinque. Nos acomodamos nas poltronas e no feio sofá colonial. Se alguma vez imaginei o processo do luto, foi como uma troca sem peias, jorrando livre como água da torneira, entre pessoas que se amavam sem reservas ou então estavam tão depauperadas por sua perda que as pequenas diferenças diárias e os velhos rancores desciam pelo ralo. Mas aqui, bebericando tônica numa salinha formal de mobília barata, não esqueci minha mesquinharia e minha vaidade costumeiras. Não conseguia sentir o choque da morte do pai. Não conseguia fazer aquele desolado conjunto residencial parecer algo mais que um lugar onde a morte era lógica e de certa forma adequada. Uma leve surpresa para a qual os moradores estavam bem preparados — preparados até demais.

Jonathan disse: "Sinto muito a gente ter que se ver desse jeito. Achei que ia ver vocês de novo, mas tinha imaginado circunstâncias diferentes".

Eu sabia que ele precisava se esforçar para fazer uma afirmação direta como essa sem adotar os gestos e inflexões de voz de alguma outra pessoa. Seu instinto mais predominante era agir como se tudo estivesse correndo bem. Como se estivéssemos nos divertindo adoidado.

Falei: "Eu também não tinha imaginado isso. Pra te falar a verdade, eu não sabia se devia vir. Ainda não tenho certeza se fiz bem".

Ele fez sim com a cabeça. Não me tranqüilizou.

Quase fora de mim de tanto nervosismo e bílis, falei: "Tenho certeza de que seu pai era um homem maravilhoso".

Bobby falou: "Ned era ótimo. Era assim, uma pessoa ótima. É pena você não ter chegado a conhecê-lo, Clare. Você teria gostado muito dele".

"Bem, tenho certeza que sim."

Um silêncio se passou. O gelo tilintava no copo de Jonathan.

Falei: "Escuta, Jonathan, não sei por que você fez isso que você fez. Imagino que precisasse fazer. Talvez o melhor seja a gente tentar esquecer isso enquanto estamos aqui".

"Eu disse para o Bobby. Tentei dizer para você também. Parece que não consigo ter uma vida perto de vocês."

"Você tem uma vida agora?"

"Mais ou menos. No jornal eles não quiseram me receber de volta, mas me ajudaram a conseguir um trampo na editoria da *Esquire*. Estou subindo os degraus outra vez. Desaparecer sem explicações é uma coisa que não cai muito bem, nem no mundo das revistas."

"Bem, espero que você esteja mais feliz do que estava", falei.

"Na verdade, não estou. Mas posso começar a ficar mais feliz a qualquer momento."

"Ótimo."

Passou os olhos pela sala como se não conseguisse imaginar como fora parar lá — como se um momento antes estivesse na sua cama em Nova York.

Falou: "Eu fico dizendo pra mim mesmo 'Meu pai morreu'. Mas não consigo fazer isso me dar a sensação de um fato. Fico sentindo o tempo todo como alguma coisa que acontece na televisão. Quer dizer, a gente imagina tudo tão dramático, mas na verdade me sinto meio pequeno. Como se isso me fizesse menos importante. Mais como um coadjuvante. Dá pra entender?''.

Bobby disse: ''O Ned era, assim, um homem bom mesmo. Clare, você ia ficar louca com ele. Ia mesmo''.

Ouvi na voz dele a possibilidade de lágrimas.

Jonathan disse: ''Ah, Bobby, por favor, fica quieto, tá?''.

''Não precisava dizer isso'', falei. Levantei da minha cadeira e fui sentar ao lado de Bobby no sofá. Fiz uma massagem nos ombros dele. A sensação era de que havia cabos de aço ao longo da sua nuca.

Bobby disse: ''Ele era como meu pai. Quer dizer, é isso mesmo que ele era. Mais até do que meu próprio pai, acho''.

Jonathan suspirou, um assobio fino e seco que me fez pensar na sua mãe. Então falou: ''Bobby, se você quer a minha família, pode ficar com ela. Neste momento lhe entrego minha vida passada inteirinha. Pode decidir onde enterrar meu pai. Pode se preocupar com o fato de que sem ele minha mãe não vai saber o que fazer da vida dela. Se você quer tudo isso, pode levar, com todo o prazer''.

Jonathan estava sentado na sua cadeira gigantesca como uma criança bem-educada, furiosa. Seu rosto estava pálido e seus olhos brilhavam. Eu nunca o ouvira falar nessa voz, mas de algum modo percebi que essa era a sua verdadeira voz, clara, calma, e prestes a arrebentar de raiva. Naquele momento parecia que seu lado amoroso, generoso, fora mais uma caracterização — a mais bem-sucedida, um elaborado sistema de gestos bondosos que cobria todos os vestígios do menininho oprimido, com sua raiva fria, que nos encarava agora. Sua cabeça parecia grande demais para o corpo. Seus pés pareciam mal tocar o chão.

Falei: ''Pára com isso. Não é hora de falar assim''.

Bobby disse: ''Jon. Jon, eu...''.

''Continue sendo eu'', disse Jonathan, ''só isso. Eu não sei ser; você é melhor do que eu para o papel. Amanhã quando eles puserem o corpo do meu pai no forno crematório, você vai ser o filho e eu vou ser o melhor amigo. Vou derramar algumas lágrimas e me sentir péssimo por algum tempo, depois voltar à minha vida normal.''

Bobby disse: "Jon". Não estava chorando, mas tinha a garganta apertada, a voz grossa e obstruída.

"De qualquer modo, você é um filho melhor", disse Jonathan. "Você traz namoradas para casa e um dia vai ter filhos. Você não precisaria chegar sempre sozinho nas férias. Um tipo solteirão, cheio de peculiaridades, com um emprego e nenhuma outra vida que valha a pena mencionar. Você faz mais sentido. Para o meu pai é tarde demais, mas você ainda pode ser o filho da minha mãe. Pode dar um jeito de dar uns netos para ela, assim ela não vai precisar ficar sozinha neste condomínio olhando as plantas do deserto voarem com o vento."

"Seu merdinha", falei para Jonathan. Eu estava em pé, sem ter decidido levantar. "A única coisa que ele te fez na vida foi te adorar. E tudo o que você já fez é deixar ele na mão. Você não tem o direito de falar assim com ele."

"Ah, você é ótima. Deixa eu me apaixonar por você e depois começa a dormir com meu melhor amigo. Você é bem a pessoa certa pra me dizer o que eu tenho direito de fazer."

"Espera um momento. Eu *deixei* você se apaixonar por mim? Quem disse que você está apaixonado por mim?"

"Eu disse. Estou dizendo. Apaixonado por vocês dois. Agora só quero que vocês me deixem em paz."

Bobby disse: "Jon. Poxa vida, Jon...".

"Tenho que ir embora", disse Jonathan. "Estou ficando biruta aqui. Até outra hora."

Falei: "Sua mãe levou o carro".

"Então vou a pé."

Levantou da cadeira e saiu pela porta da frente. A porta fez um barulhinho patético ao fechar atrás dele — madeira barata batendo num batente de alumínio.

"Vou atrás dele", disse Bobby.

"Não. Deixa ele ir, deixa ele esfriar. Ele volta."

"Não, tenho que falar com ele. Estou sentado aqui há um tempão sem dizer nada."

"O pai dele acabou de morrer. Ele não está com a cabeça no lugar. Precisa ficar sozinho."

"Não, ele já ficou sozinho muito tempo", disse Bobby. "Ele precisa que eu vá atrás dele."

Passou por mim e saiu. Eu não conseguiria segurá-lo nem que quisesse. Eu devia ter me limitado a ficar dentro de casa sozinha, mas não conseguia imaginar ficar ali sentada com as flores do enterro e o relógio fazendo tique-taque. Fui atrás de Bobby e Jonathan. Não para intervir, mas porque não queria esperar por eles, sozinha, naquela casa imaculada.

Quando cheguei lá fora, Jonathan já estava a um quarteirão de distância. Era uma figurinha ridícula caminhando curvado, apressado, sob a luz de um poste de iluminação. Cheguei na rua a tempo de ouvir Bobby chamá-lo. Ao ouvir seu nome, sem olhar para trás, Jonathan começou a correr. Bobby correu atrás dele. E eu, nervosa por ficar sozinha num condomínio mal-assombrado, corri atrás de Bobby.

Ele era o mais rápido de nós três. Eu nunca fazia exercício, estava grávida e de sapatos de salto que me faziam correr como uma heroína de filme de suspense. Uma mulher curvilínea de pezinhos pequeninos que precisa ser salva vezes e vezes sem conta. Enquanto eu tratava de correr, ofegante, quarteirão afora, vi Bobby diminuir a distância entre ele e Jonathan. À nossa volta, as casas do absurdo conjunto residencial estavam inundadas de luz, plantadas em seus gramados com trilhas de cascalho branco. Algumas tinham janelas iluminadas. A maioria estava às escuras, sem cortinas, desertas. Acima do som da minha respiração eu ouvia o rumor noturno do deserto, um barulho louco de poeira e vento.

Estava quase dois quarteirões atrás deles quando Bobby alcançou Jonathan. Vi quando ele agarrou Jonathan e o puxou pela camisa. Vi as pernas de Jonathan pedalando por um momento, como uma personagem de desenho animado. E aí vi Jonathan dar um passo para trás e dar um soco em Bobby. Foi um soco descontrolado e ineficiente que pegou Bobby no estômago e o fez dobrar-se em dois, mais da surpresa, pelo jeito, do que por causa da força. Jonathan virou-se e correu de novo. Mas Bobby já estava em cima dele com um urro. Os dois caíram juntos, atracando-se com os punhos fechados.

Dei um berro: "Parem com isso. Seus idiotas! Parem, estão me ouvindo?".

Quando cheguei os dois estavam rolando na rua, dando pontapés desajeitados e tentando segurar um ao outro. Um fio de sangue brilhava no rosto de Jonathan. Eu me inclinei. Dali a um momento consegui agarrar os dois pelos cabelos e puxar bem forte.

"Parem", falei. "Parem com isso! Agora mesmo!"

Eles pararam. Não soltei os cabelos deles até eles pararem e sentarem de frente um para o outro no asfalto que era como um veludo negro. Jonathan sangrava do corte no rosto. A manga da camisa balançava solta, expondo um ombro branco — uma lua crescente. Bobby, maior e mais forte, tinha uma mancha na testa e um rasgo no joelho da calça.

"Seus filhos da puta", falei. "Vocês são loucos mesmo, não são? Os dois."

Bobby disse: "Ã-hã". E no mesmo momento os dois começaram a rir.

Jonathan perguntou: "Você está legal? Eu te machuquei?".

"Não. Estou legal, quer dizer, estou ótimo. E você?".

"Acho que sim." Pôs a mão no corte do rosto, olhou com surpresa e satisfação as pontas dos dedos ensangüentadas: "Olha, sangue".

"Não é tão grave", disse Bobby. "É só, sabe como é, um cortezinho."

"Nunca tive uma briga de verdade", disse Jonathan. "Nunca tinha dado um soco em alguém na minha vida."

"Eu sim, quando era criança", disse Bobby. "Costumava dar socos no meu irmão. Mas ele era muito maior que eu. Ele só ria e me empurrava para longe, sabe como é."

"Espero que vocês dois percebam como esse papo é idiota", falei.

"Bom, acho que estou percebendo", disse Jonathan.

"Eu também", disse Bobby.

Os dois se levantaram e foram andando até o condomínio. No caminho Jonathan disse: "Desculpe o jeito como me comportei. Quer dizer, hoje à noite e durante o ano passado inteiro".

"Tudo bem", disse Bobby. "Quer dizer, acho que compreendo. Acho que dá para compreender."

Jonathan pegou o braço de Bobby. Foram caminhando, sólidos e satisfeitos consigo mesmos como dois burgueses passeando pelo povoado que controlavam. Jonathan me ofereceu o cotovelo, mas declinei. Fui andando sozinha, a distância. Imaginei que ia passar pelo enterro, subir em outro avião e nunca mais ver nenhum dos dois.

O enterro de Ned foi no dia seguinte, às quatro horas. Seu irmão, um vendedor de móveis chamado Eddie, veio de avião de Indiana naquela manhã. A fumaça do cigarro de Eddie lhe saía pelo nariz e entrava em seus olhos aguados, igualzinho a meu pai quando fumava. Percebi que nunca ia gostar dele. Pelo jeito, eu não gostava de ninguém naquele enterro. Também estava presente uma mulher grandona de cabelos brancos chamada sra. Cohen, e uma mulherzinha pequena também de cabelo todo branco, chamada sra. Black. Não senti nada de especial quanto a elas, mas minhas observações tendiam para o desfavorável (uma bolsa cheia de lencinhos de papel, flocos de pó-de-arroz cor-de-rosa nas rugas em volta da boca) porque esse era o curso das coisas.

Fomos todos para o crematório num pequeno cortejo de carros: o Oldsmobile, um Honda e um Plymouth. Duplicamos a ordem dos carros quando fomos andando do estacionamento até a capela: primeiro Jonathan, Alice e Eddie, depois Bobby e eu, atrás as duas mulheres. No caminho cochichei para Bobby: "Por que você acha que Alice quis que o enterro fosse para tão pouca gente?".

"Acho que foram só essas pessoas que vieram", ele cochichou de volta. Estávamos andando por uma calçada de concreto ofuscante de tão branca, ladeada por cercas floridas. Por entre folhas verdes que pareciam enceradas, sobressaíam flores como trombetas rosadas. Bobby suava num paletó escuro. Eu me esquecera de trazer óculos de sol, exceto meu par triangular com armação escarlate, que não daria para usar num enterro.

Falei: "Ele deve ter conhecido outras pessoas". Enfiei a mão na dobra do seu cotovelo, para não pisar fora da calçada naquela luz ofuscante. Descobri que gostava de segurar seu braço. Não tinha nada a ver com afeto por Bobby. Segurar o braço de alguém me fazia sentir mais como uma pessoa enlutada de verdade, menos como uma penetra num enterro.

Bobby disse: "Ele era apenas dono de um cinema em Cleveland. Quer dizer, quem é que vai vir? Os lanterninhas de dez anos atrás?".

"Bom, *alguém*." Tínhamos quase chegado na capela. Era um edifício de telhado inclinado, parecendo feito de espelhos e vidro *ray-ban*. O crematório ficava no fundo. Quando estacionamos olhei em volta procurando uma chaminé, mas atrás da igreja só se via um edifício de cimento de teto plano e sulcos paralelos nas paredes, como se tivesse sido penteado com um gigantesco pente enquanto o cimento ainda estava fresco. Naturalmente, devia ter uma tecnologia muito avançada, sem chaminés apontando para o céu.

Sentamos nos bancos da frente, no silêncio do ar-condicionado. O caixão de Ned, de madeira escura com um brilho seco, estava à mostra sob uma cruz de acrílico. No caixão havia uma única coroa de malvas. Me fez lembrar a coroa de flores que Donna Reed jogou pela amurada do navio no final de *A um passo da eternidade*. Pensei que Ned, ex-dono de cinema, iria gostar disso.

Sentei na ponta do banco, com Bobby à minha direita e nada à minha esquerda. Jonathan sentou do outro lado de Bobby, e Alice sentou perto de Jonathan. Jonathan estava chorando, em silêncio mas sem reserva. Hoje ele desistira de ser secamente corajoso. O corte no seu rosto tinha uma cicatriz marrom fina como um fio de cabelo. Uma única lágrima, colorida pela luz do mosaico da janela, tremia no seu queixo. Toquei meu próprio queixo, e as lágrimas começaram a correr dos meus olhos como se eu tivesse apertado um botão. Pensei no meu pai. Uma vez, numa discussão alcoolizada com minha mãe, ele me deixara cair num banco de neve. Creio que essa é minha mais antiga lembrança. Minha mãe foi me pegar, e enquanto os dois brigavam eu caí na neve. Meu pai tinha a mão firme, mesmo quando bêbado. Ele não teria deixado eu cair se minha mãe não estivesse tentando me pegar. A neve era branca, fria e silenciosa como a própria morte. Eu me enterrei bem fundo. Os dois me desenterraram, trocando xingamentos. Se Ned fosse meu pai, eu com certeza teria providenciado para que ele não acabasse num enterrozinho mixo no meio do deserto. As lágrimas fluíam. Bobby apertou minha mão. Por um momento me senti como se Jonathan e eu fôssemos irmãos, sendo consolados por um amigo comum. Então lembrei que eu estava chorando por mim mesma e por minhas pequenas mágoas, não pela grande mágoa de alguém que realmente morrera. Lembrar disso só serviu para me fazer chorar mais.

Depois do enterro o caixão foi levado para fora num carrinho, para ser cremado. Nós, os enlutados, entramos em nossos carros e voltamos para casa. As cinzas estariam prontas no dia seguinte. Eles trabalhavam rápido. Fiquei pensando se usavam algum novo processo de vaporização. Assim que saímos da capela, coloquei os óculos de sol, que ajudaram a esconder meus olhos vermelhos.

Todos começaram a voltar para a casa de Alice, a casa que era agora de Alice, que fora de Alice e Ned. Pensei no quanto Alice devia odiar aquela casa, com aquelas paredes de cimento com barro falso feito com *spray* e o ar-condicionado zumbindo debaixo das estacas de madeira crua que saíam das janelas. Desconfiei de que Ned provavelmente aprendera a gostar daquilo. De uma maneira meio humorística. Quem assiste muitos filmes em geral é capaz de perceber a ironia numa variedade maior de situações.

Bobby não falou o caminho inteiro de volta. *Ele está respeitando a minha dor*, pensei surpresa. Minha dor por um estranho, pelas minhas próprias lembranças, enquanto ele conhecera a pessoa viva. Meu rosto ardia. Eu perdera o rumo das coisas. Afaguei seu cabelo, depois deixei a mão cair para o seu peito quadrado, as colinas macias de músculos e gordura. De repente desejei-o ferozmente. Desejei sua gentileza e seu auto-sacrifício como se pertencessem a uma pessoa diferente, um estranho bonito e eficiente que eu acabasse de encontrar. Não era desejo pelo Bobby que eu conhecia. Eu teria gostado se aquele rapaz estranho cheio de compaixão saísse da fila e fosse para uma ruazinha lateral onde pudéssemos fazer amor gritando, saindo dos trilhos, saindo dos eixos. Compensei aquele desejo macabro beijando Bobby na orelha e cochichando: "Tudo bem, querido".

Ele sorriu. Seus olhos eram tão impossíveis de interpretar quanto os meus, atrás do *ray-ban* espelhado dos seus óculos ovais. Ele não disse nada.

Bobby e eu, Jonathan e eu — nosso amor misturado com amizade, a família esdrúxula que tentáramos formar —, tudo isso acabava parecendo apenas mais um episódio tolo. Mais uma casa com *spray* de concreto e raminhos nas janelas. Agora, inesperadamente, o peso do momento preenchia o Honda de aluguel. Bobby e eu estávamos dirigindo numa rodovia no deserto, o segundo carro num cortejo fúnebre improvisado. Eu estava grávida. Ele era o pai do bebê. Jonathan, que partira o coração de nós dois de alguma maneira obscura que eu não conseguia bem definir, estava no carro à nossa frente, ao lado de sua impassível mãe. O rádio, tocando uma velha canção de Fleetwood Mac, brilhava alaranjado na impiedosa luz branca da tarde.

De volta a casa, as duas velhinhas foram direto para a cozinha lidar com o ensopado e a sobremesa que haviam trazido. A humana preocupação com a comida em face da morte. Senti-me um pouco melhor quanto à minha vontade de dar uma trepada intensa, selvagem, ao mesmo tempo que o caixão de Ned devia estar deslizando para o forno.

Eddie, irmão de Ned, fumava sentado numa poltrona. Tinha cheiro de colônia floral e de tudo que a colônia pretendia acobertar. Fiquei pensando onde estaria sua esposa, e se ele tinha filhos. De que jeito poderia *não ter* esposa e filhos? Sempre me espantava ao ver como esses fatos eram simples e inevitáveis para a maioria das pessoas.

Ele disse: ''Foi uma cerimônia bem legal''.

''Acho que sim'', disse Alice. As velhas a haviam expulsado da sua própria cozinha. Ela andava na sala para lá e para cá, fazendo pequenos ajustes. Endireitou um quadro que não estava torto. Usava um vestido preto de coquetel que devia ter sido da época de Cleveland. Com certeza ela não teria utilidade para um vestido assim no deserto. Anos antes, ao fazer as malas e mudar-se, devia ter resolvido guardar aquele vestido para o dia de hoje.

Naquele momento consegui imaginá-la num quarto em Ohio, fazendo as malas para se mudar para uma tola casa no deserto. Consegui vê-la separando suas coisas, fazendo pacotes para o Exército da Salvação. Consegui vê-la deparando-se com esse vestido em particular. Ela deveria saber que precisaria dele algum dia. Teria se sentado na cama, segurando o tecido escuro e liso com uma certa descrença. Um vestido que comprara sem maiores preocupações num shopping center, não muito caro, nada de especial. Teria se sentado por um momento na colcha de chenilha branca, de jeans, com o vestido preto estendido no colo. Então, de maneira eficiente e científica, teria dobrado o vestido e colocado na mala junto com seus maiôs e bermudas.

Eu a via tão perfeitamente. Sacudi a cabeça para mandar embora a imagem.

Eddie disse: ''Agora não tem mais ninguém. Só as pessoas que estão nesta sala. Poxa, como foi que nós acabamos virando uma família tão pequena?''.

Alice falou: ''Nem sempre a gente fica conhecendo muitas pessoas neste mundo''. Lambeu o polegar e tirou uma manchinha da folha de uma planta. ''A gente trabalha, cria os filhos, mora numa casa, e é isso aí. Nem eu nem Ned nunca fomos muito sociáveis.''

''Em Cleveland sempre parecia que você tinha amigos'', disse Eddie.

"Gente da vizinhança. Alguns eram muito boa gente. Mas nós mudamos daquele bairro. Todos eles mandaram flores."

Foi até a janela com passos enérgicos e abriu as cortinas. A luz explodiu na sala como uma lâmpada. Jonathan inspirou fundo, depois disse "Desculpe", como se tivesse cometido algum embaraçoso ato corporal. Imaginei que Alice e Ned deviam ter sido um desses casais do tipo todo-mundo-adora-ele-mas-ninguém-agüenta-ela. Achei que, se eu tivesse me casado com Ned, ele teria tido alguns amigos que o considerassem a ponto de comprar um bilhete de avião para o Arizona. Senti as lágrimas aflorando outra vez, e apertei as mãos para detê-las. Me acomodei mais perto de Bobby. *Desculpe, Ned*, falei em silêncio. Por um momento, pareceu que Bobby e Ned se confundiram na minha mente. Era como se eu tivesse sessenta e cinco anos, sentada ali com Bobby, meu falecido marido, que tinha voltado do túmulo para apontar minhas falhas e erros.

As duas velhas levavam uma conversa animada na cozinha, por vezes produzindo uma série de notas batendo a colher numa panela. Perguntei a Eddie sobre a vida dele, só para manter a peteca no ar. Sua esposa já morrera. Ele tinha duas filhas casadas, que, segundo explicou, não puderam vir para o enterro. Era veterano de uma vida organizada, uma seqüência de nascimentos e mortes em Muncie, Indiana. Enquanto eu o escutava, as lembranças ficavam interferindo na minha atenção. Quando eu tinha quatro anos meu pai me pôs em pé no balcão de um bar, para gáudio e aplauso dos homens. Ele comprava vestidos de babados para mim, que minha mãe não queria que eu usasse. "Ela parece uma piranha", disse minha mãe, e durante anos achei que piranha era alguém que mordia o coração dos homens. Eu achava que era uma forma recalcada de elogio. Meu pai era engraçado e indulgente. Minha mãe acreditava numa vida de trabalho. Só depois de crescer comecei a ver o lado dela. Meu pai xingava e chorava, tropeçava na escada de trás. Dava escândalos, batia carros, e começou a me acusar de conspirar com minha mãe. Acabou sendo muito grande, barulhento, perigoso, e se minha mãe tivesse um pingo de senso de humor eu teria me colocado do lado dela. Meu pai tropeçava nu pelos corredores. Disse alguma coisa para mim que não consegui compreender, e logo depois foi embora. Minha mãe botou um novo papel de parede no seu quarto, margaridas reluzentes e assexuadas. Disse: "Agora as coisas vão melhorar".

Sentado na poltrona, Eddie fumava, seus olhos apagados e amarelentos após cinqüenta anos absorvendo sua própria fumaça. Falou: ''Nunca imaginei que iria viver mais que ele. Ele era o mais velho, sabe. Mas mesmo assim''.

''Sim'', disse Alice baixinho. ''Eu sei como é.''

A sra. Cohen e a sra. Black saíram da cozinha. Uma delas, eu não lembrava quem era quem, secava as mãos com um pano de prato listrado. ''Descanse em paz'', disse a outra.

''Mas ele não teve uma vida ruim'', disse Eddie. ''Ele sempre gostou de cinema, e acabou sendo dono de um cinema. Nada mal.''

''Era um homem muito bondoso'', disse a velha com o pano de prato, sra. Cohen ou sra. Black. ''Eu sempre dormia melhor à noite sabendo que podia chamá-lo e ele viria imediatamente. Nunca precisei chamá-lo, graças a Deus, mas sempre tive certeza de que podia chamar.''

''Um homem muito bondoso'', disse a outra.

Jonathan se arrastara até uma cadeira. Bobby chegou e veio sentar-se perto dele, no braço da cadeira. Se os dois pudessem se fundir num único ser, iriam se sair muito bem neste mundo.

''Obrigada por fazer o jantar'', disse Alice às duas mulheres. ''Já deve ser mais de cinco horas. Por que nós todos não tomamos um drinque, ou dois ou três?''

''Ah, eu nunca bebo'', disse a mulher com pano de prato. ''Fiz uma operação nos rins. Tenho só um rim, e mesmo esse é da minha irmã.''

''Pois é'', disse a outra.

Fiquei pensando se as duas mulheres seriam irmãs.

Depois do jantar elas foram embora. Eddie voltou para o seu hotel para ''dar uma refrescada'', prometendo voltar para ''a saideira''.

Alice falou: ''Quem sabe vocês rapazes deviam ficar um pouco juntos. Por que vocês não saem para tomar um drinque?''.

''Não sei'', disse Jonathan. ''Será que é uma boa idéia?'' Verificou com Bobby a resposta. Bobby lançou um olhar para mim. Fiquei pensando como será que a decisão caiu em cima de mim. Fiz um sim imperceptível com a cabeça.

Jonathan perguntou se era melhor levar uma jaqueta. Bobby disse que provavelmente sim. ''Vocês dois'', disse Alice, ''são um par.'' Eu nunca vira alguém tão perdido como Jonathan, tão ansioso para que lhe dissessem o que fazer.

Bobby me beijou ao sair, uma beijoca molhada na bochecha. "Nós não vamos, assim, demorar muito", cochichou. Eu o enxotei como se enxota uma mosca. Meu senso de realidade se evaporara. Estava de volta a um lugar aleatório qualquer, sozinha com uma mulher de espírito mesquinho que eu mal conhecia. Esse episódio iria terminar. Seria apenas mais uma historieta na minha vida.

Jonathan parou na porta: "Tchau. A gente volta logo".

"Vão", falei. Se eu fosse sua irmã, poderia impedir Alice de sugar toda a seiva dele. Teria posto Alice no seu devido lugar e inspirado Jonathan a ficar em pé e se defender.

"Tchau, mãe."

Alice segurou o queixo de Jonathan com seu jeito direto, científico. Olhou bem direto nos seus olhos. "Tchau, filho. Eu te amo."

Depois que os dois saíram, Alice perguntou: "Posso lhe oferecer alguma coisa?", num tom de voz ensolarado, de anfitriã, me lembrando de que eu era apenas uma visita.

"Nada, obrigada. Posso fazer alguma coisa por você?"

"Não. Acho que vou dar uma arrumada na cozinha."

"Eu ajudo."

"Não, obrigada", disse ela com um sorriso firme. "Prefiro mesmo fazer sozinha. Trate de ficar à vontade por aqui."

Para mim tudo bem. Agora nenhuma de nós duas teria que pensar em coisas para dizer. Depois que Alice foi para a cozinha liguei a televisão, com o volume no mínimo, para não interferir nos pensamentos dela.

Fiquei fitando a tela. Não reconheci o programa, nem me importei. Nas poucas vezes que assistia televisão, era só pela sensação de ver alguma coisa acontecendo. Em casa em geral eu abaixava o som e aumentava o estéreo, assim não precisava escutar o que uma personagem desconhecida dizia para a outra.

Alice ficou na cozinha um longo tempo. Um programa terminou, depois outro. Eu alternava entre assistir TV e folhear revistas. Só matando o tempo. Imaginei que Bobby e Jonathan estavam em algum bar de beira de estrada, tomando uma bebedeira e conversando sobre si mesmos e sobre Alice e eu. Senti ciúmes — não tanto da devoção de um pelo outro como da história dos dois juntos. O simples e neurótico fato do vínculo entre eles. Eu, uma pessoa mais razoável e mais completa, tomaria o avião de volta para

Nova York e partiria para outra. Teria meu bebê sozinha. Não havia nada de inevitável, nenhum elemento de destino ou sina na minha ligação com qualquer pessoa daqui. Eu folheava a *Arizona Highways* e a *National Geographic*.

E aí ouvi algo se quebrar na cozinha. Não tinha certeza se devia ir até lá ou não. Quem sabe Alice estava tendo uma crise nervosa momentânea e preferia não ser incomodada. Eu não queria me meter. Na TV, mil crianças cantavam, mudas, louvores à Coca-Cola. Eu conhecia a canção. Era um velho anúncio, misteriosamente redivivo. Decidi, pensando melhor, que seria mal-educada se não desse uma olhada em Alice.

Na cozinha, ela estava segurando as duas metades de um prato. "Deixei cair." Disse isso com um sorriso peculiar, como se deixar cair o prato fosse uma realização.

"Que pena."

"Não é nada. Esses pratos custam um dólar e noventa e oito na K-Mart. Não é problema nenhum arranjar outro."

"Que bom."

"Não é mesmo?" Ela ainda estava segurando as duas metades do prato, perfeitas como duas meias-luas. Dali a um momento deixou-as cair de novo.

"Desculpe. Me desculpe mesmo. Olha, fique na sala vendo TV. Eu estou bem, não se preocupe." Virou-se e saiu, batendo a porta de tela. O batente de alumínio fez um barulhinho débil.

Inclinei-me e apanhei o prato do chão. Dessa vez ele tinha quebrado em vários pedaços, grossos cacos triangulares. Apanhei todos e coloquei-os cuidadosamente na lata do lixo. Tinha medo de quebrá-los ainda mais. Fiquei um pouco ali na cozinha silenciosa, desejando que Bobby e Jonathan chegassem em casa. Quase voltei a me sentar na sala como ela havia mandado, mas simplesmente não conseguia me imaginar fazendo isso. Resolvi ir atrás de Alice e lhe oferecer qualquer ajuda que pudesse dar, com cuidado para não me intrometer demais. Eu era, afinal de contas, apenas uma visita.

Abri a porta e pisei no retângulo de luz que se projetou. As estrelas eram visíveis mesmo com o brilho das luzes do condomínio. O quintal não era grande coisa. Apenas um trechinho de grama esponjosa com um canteiro de flores e duas cadeiras de jardim, rodeadas por uma parede imitando adobo. Alice estava parada no meio do gramado, de costas para a casa. Segurava os cabelos com as duas mãos e balançava de um lado para o outro. Quando comecei a andar na sua direção, ela soltou algo que começou com um gemido mas desmoronou dentro de si mesmo e virou um suspiro, uma longa exalação lenta e sibilante. Com uma mão segurou um chumaço de cabelo e o arrancou da cabeça. Ouvi o som que ele fez ao ser arrancado.

"Alice?", falei.

Ela virou-se, segurando o cabelo na mão fechada. O cabelo pendia, mais de um palmo de fios crespos na luz elétrica. "Você não devia ver isso", ela disse. "Esta não é sua vida. Você devia voltar para dentro de casa."

Perguntei: "Posso fazer alguma coisa por você?".

Ela riu: "Sim, querida. Dê uma corrida até a K-Mart e compre um prato novo. E um marido novo".

Ficamos de frente uma para a outra. Achei que ela estava esperando que eu entrasse de novo em casa, ofendida. Não entrei. Talvez porque *estava* ofendida, e me recusava a lhe dar essa satisfação.

Depois de um minuto ela olhou para o punhado de cabelo e disse: "Isso é tudo que eu tenho".

Não falei nada. Não me mexi.

Ela falou: "Não quero que os meninos me vejam desse jeito. Não quero que Jonathan me veja assim. Acho que ele não ia agüentar me ver desse jeito".

"Não se preocupe com isso."

"Me preocupo, sim. Você pode me ver assim. Você nunca me conheceu de nenhum outro jeito. Sim, você pode me ver assim. Tudo bem, não é?"

"Sim. Sim, tudo bem."

Ela levantou a mão livre e agarrou os cabelos. Segurei-lhe o pulso: "Não faça isso. Não tem necessidade".

Eu não esperava tocá-la.

"Não mesmo? Eu não preciso fazer alguma coisa?"

"Não. Não, nada."

Ela suspirou. Eu segurava seu pulso. Segurava firme. Uma parte de mim esperava para ver o que Alice iria fazer, e outra parte pensava no meu próprio filho, crescido, vinculado a mim por um interminável emaranhado de amor e ódio. Ouvi as crianças do anúncio cantando sua canção para a Coca-Cola. Todas aquelas vozes. Era como um alto-falante na minha cabeça.

Ela disse: ''Sabe, eu sou mais que isso. Todos nós somos. Não, não é bem isso que eu quero dizer. Estou só com pena de mim mesma neste momento, não de toda a maldita raça. Nem mesmo do Ned. Eu sou mais que isso. E o que vou fazer com o coitado do Ned? Como é que nós não vamos ser uma piada?''.

''Você não é uma piada.''

''Não fique tomando conta de mim. Quer saber um segredo?''

Fiquei de boca fechada, segurando o pulso fino de Alice.

''Eu ia deixar o Ned. Já tinha decidido. Estava pensando de que jeito ia contar a ele, aí ele caiu morto no caminho para a caixa do correio.''

''Poxa vida.'' Foi só o que me ocorreu dizer.

''O engraçado é que eu vinha planejando deixá-lo nos últimos trinta anos. Mas não conseguia pensar num lugar para ir, no que fazer. Acho que perdi a referência do que é possível para uma mulher fazer sozinha. Nossa casa, a velha casa de Cleveland, parecia tão permanente.''

''Você podia ter chutado ele pro alto.''

''Ah, mas eu não queria ficar em Cleveland sozinha. Era um lugar horrível. E eu vivia pensando: 'Se eu for embora, essa cozinha não vai mais ser minha. Não vou mais guardar meus pratos nesse armário do canto, nem ver a luz entrando exatamente por aquele ângulo'. Eu conseguia imaginar as partes principais. As noites solitárias, trabalhar num emprego. Mas não conseguia abrir mão daquelas pequeninas coisas do dia-a-dia. E aí já estava na hora de fazer o jantar, e mais um dia se passara.''

''Bem, na verdade eu admiro você por ter ficado'', falei. ''Meu pai foi embora, e não sei se nos recuperamos até hoje.''

''Na verdade, acho que ficar é que é covarde. Pressionei Jonathan para me fazer companhia, e, quando vi que ele estava se apaixonando por Bobby, enfiei uma cunha no meio dos dois. Eu mandava Ned para o cinema dele porque, bem, como você pode imaginar, não acontecia grande coisa entre nós dois na cama. E ele não era do tipo que tem casos. Só ficava perdido nos filmes. Agora estou velha, Ned já se foi, e o pobre Jonathan não sabe o que fazer da vida.''

Notei um avião voando em silêncio lá em cima. Por fim falei: ''Não sei o que dizer''.

''Não há nada para dizer. Você podia afrouxar meu pulso um pouquinho. Está me prendendo a circulação.''

"Ah. Desculpe." Soltei e fiquei surpresa quando Alice pegou minha mão.

"Nós não somos amigas", disse. "Nem gostamos tanto assim uma da outra. Quem sabe é uma sorte para mim, ter alguém aqui comigo que não é uma amiga. Eu não poderia dizer essas coisas a uma pessoa que não fosse uma estranha. Lhe agradeço por não sair correndo."

"Fique quieta", falei. Eu não esperava ouvir tanta veemência na minha própria voz. "Se você for sentir gratidão, não vamos conseguir olhar para a cara uma da outra depois. O que estou fazendo por você outra pessoa também faria."

"Mas você está aqui. Viajou três mil quilômetros para ficar aqui comigo. É só por isso que eu estou grata."

"É tão pouco."

"É muito", respondeu ela.

"Bem", falei, e ficamos as duas em silêncio, de mãos dadas como adolescentes tímidos num encontro.

Depois de um minuto, Alice falou: "Será que você poderia fazer uma coisa para mim? Vai lhe parecer muito estranho".

"O que é?"

"Será que poderia me abraçar e me apertar bem forte? Mas bem forte mesmo."

"De verdade?"

"Sim. Por favor."

Passei desajeitadamente os braços em torno de seus ombros e lhe dei um apertão. Eu não a conhecia o bastante para recusar. Inspirei o odor pungente do seu cabelo.

"Mais forte, por favor", ela disse. "Por favor, não tenha tanto cuidado comigo. Quero ser abraçada uma última vez por alguém que não esteja me tratando com delicadeza."

Respirei fundo e apertei Alice contra os meus seios. Senti os seios dela, menores, no sutiã, senti as costelas e a coluna. Dava para perceber que ela tinha um esqueleto.

Ela falou: "Ótimo. Mais forte ainda".

Segurei meu próprio punho com a outra mão, como um lutador de luta livre, e espremi Alice até ouvi-la fazer um esforço para respirar. Percebi que ela também tinha me abraçado.

"Ah, meu Deus", ela sussurrou. "Me abraça mais forte. Não solta."

Eu ainda a estava abraçando quando um carro parou na frente da casa. "Bobby e Jonathan voltaram", falei, soltando meu abraço.

"Ah, não. Preciso de mais um tempinho sem eles."

A porta do carro bateu. "Vamos, vamos. Vai dar tudo certo", falei, perdida.

"Não estou pronta, preciso de um pouco mais de tempo."

A porta da frente se abriu. Não havia para onde ir. O muro dava toda a volta no quintal, até a altura do peito, e do outro lado havia mais casas exatamente como aquela. Falei: "Vamos". Puxei-a pela mão até o canto extremo do quintal, onde a luz era menos intensa.

"Fique aqui", falei, deixando-a na curva do muro. Escutei Jonathan chamando a mãe. Uma janela da casa incendiou-se em luz.

"Não estou chorando", ela falou. "Estou?"

"Não. Fique aqui, bem aqui." Coloquei-me na frente dela, de costas para a casa, tapando a luz.

Logo Bobby abriu a porta de trás e parou na soleira, uma forma escura, recortada pela luz. Chamou: "Clare? Alice?".

"Estamos bem, Bobby", falei. "Volte para dentro. Nós entramos em um minuto."

"O que está havendo? Está acontecendo alguma coisa?"

"Ah, não deixe ele vir até aqui", disse Alice.

"Nada, querido", respondi. "Estamos ótimas. Mas volte para casa, por favor."

"O que há de errado?" Veio pisando na grama e ficou a alguns passos de distância. Botou as mãos na cintura, como um pai zangado. Senti uma pontada de antipatia tão forte como nunca sentira por ele.

"O que há?", perguntou.

Naquelas alturas Alice começara a chorar, de humilhação e de mágoa, longos soluços secos que lhe engasgavam na garganta com um som rascante. Bobby perguntou: "É a Alice?".

"É claro que é a Alice", falei. "Entre em casa."

Bobby veio e parou perto de mim. "Alice?", perguntou, como se não a reconhecesse.

Pus as mãos nos ombros dela. Não tentei abraçá-la. Apenas a segurei, para que ela não sentisse que estava caindo, se afastando de tudo.

"Ah, Alice, sinto muito", disse Bobby. "Ah, meu Deus, que pena."

"Você não fez...", foi só o que Alice conseguiu dizer.

Bobby inspirou fundo ruidosamente e começou a chorar também. Tive vontade de lhe dar um soco. Como ele ousava não ser forte num momento como este? Cheguei a levantar a mão para fazer isso, para lhe dar um tapa que o arrancasse de si mesmo. Eu sempre quis fazer um gesto assim. Mas minha mão parou no meio do caminho e, seguindo a lei do menor esforço, acomodou-se, consoladora, nas costas dele. O que mais eu podia fazer com a minha mão? Eu não era um tipo heróico. Não tinha nenhum plano de ação. Bobby tremia, e, quando o toquei, seu tremor me atravessou como um choque elétrico. Meu pai surgiu na minha mente. De repente lá estava ele, sólido como uma fotografia, bonitão e arrogante com seu casaco de inverno. Eu estava com uma mão em Alice e outra em Bobby. Vi meu pai com tamanha clareza, e também minha mãe: indignada, eficiente, ficando velha numa jaqueta vermelha de ombros quadrados. Vi Ned tão distintamente como se o tivesse conhecido, chutado de casa pela esposa descontente, assistindo filmes no meio do seu público cada vez mais escasso, sonhando com Faye Dunaway ou Elizabeth Taylor.

Eu continuava segurando os ombros de Bobby e Alice. Sem obedecer a ninguém além de mim mesma, joguei a cabeça para trás e ri. Não que alguma coisa fosse engraçada. Mas ri assim mesmo. Eu sabia que devia ter vergonha de rir numa hora dessas, mas as coisas já tinham ido longe demais. Resolvi não ter vergonha, e não tive. Continuei rindo. O fato de que não havia nada de engraçado só me fazia rir mais forte ainda.

Logo um toque leve, questionador, pousou no meu ombro. Era Jonathan, parecendo tímido e faminto, pedindo com seu toque para ser aceito no círculo. Abri lugar para ele entre eu e Bobby, e passei o braço pelos seus ombros para poder continuar segurando Bobby também. Me permiti continuar a rir. Senti um peso vindo de dentro de mim, uma coisa grande e indigesta como um bolo de massa crua que eu tivesse engolido tanto tempo antes que já me esquecera de que estava parado nas minhas entranhas. Continuei rindo. Ri do meu pai, um garoto bêbado torturado por sua própria devoção pelo desmazelo e a desordem, e ri da minha mãe durona, vingativa. Ri de Ned, um sonhador reduzido a cinza e ossos; ri do fracote do Jonathan, ri de Bobby e mim mesma, engravidada três meses depois de fazer quarenta anos por um homem de quem eu nem tinha certeza se gostava. Ri de Alice, enfiada naquela casa de mentira no meio do deserto porque não conseguia imaginar a vida sem um armário no canto da cozinha. Ri de toda porcariazinha.

JONATHAN

Clare sentiu enjôo em sete estados diferentes. Primeiro ficou nauseada no Grand Canyon, pálida e ereta ao lado de um telescópio sem uso na Borda Sul, olhando por trás dos óculos escuros na direção da paisagem. Enquanto Bobby se inclinava sobre a grade, admirando com exclamações as profundas distâncias, Clare tocou meu cotovelo e disse em voz baixa: "Querido, acho que não consigo agüentar".

"Agüentar o quê?", perguntei.

"Isso", disse ela, apontando o abismo. "Toda esta grandiosidade, esta beleza. Um grande momento como este. É demais para mim."

Fiquei perto dela. Embora a manhã estivesse calma, tive um vago desejo de protegê-la dos ventos que se agitassem com a vastidão do *canyon*. O sol acabava de se levantar. Martelava uma luz dourada na face dos rochedos, que despencavam num lago iridescente, de uma escuridão violeta translúcida que parecia não ter fundo. Bobby dançava em êxtase na beira do *canyon*, abraçando a si mesmo e soltando grunhidos de surpresa.

"Mas isso não é nada", falei para Clare. "Fique aqui olhando, só isso, e quando a gente acabar de olhar vamos tomar o café da manhã."

As palavras "café da manhã" lhe provocaram uma convulsão. Agarrou o telescópio como apoio. O telescópio girou, rangendo, e apontou para um rasgão numa nuvem de um rosa vívido. Ela se agachou, sufocada, mas não vomitou. Um fio de saliva lhe pendia da boca, brilhando na luz.

Segurei seus ombros: "Meu bem, você está com enjôo".

"Essa porcaria é linda demais. É melhor você me botar de volta no Chevrolet."

"Espera um minuto, vou chamar o Bobby."

"Deixa ele. Não interrompa, ele está em transe ou algo do gênero."

Ela bem podia ter razão. Bobby parara seu bailado cheio de pulinhos e agora estava postado com a mão na amurada, como um capitão comandando seu navio numa tempestade. Era mais disponível que Clare e eu para ataques de sentimentos diretos — não tinha nenhum senso de ir longe demais.

Ajudei Clare a entrar no nosso Chevrolet alugado. Eu e ela tínhamos concordado, com sentimentos mistos de ironia e simples interesse, em voltar de carro do Arizona até Nova York. Essa era a nossa primeira manhã — tínhamos saído às três da madrugada da casa da minha mãe para chegar no Grand Canyon ao nascer do Sol. Nos próximos cinco dias iríamos atravessar as Montanhas Rochosas e as Grandes Planícies, prestar nossas homenagens aos mortos em Ohio, comprar caixas Shaker na Pensilvânia. No fundo, a viagem era de Bobby. Ele iria dirigir a maior parte do tempo, e insistir em parar em lojas que anunciavam "Geléia caseira" ou "Artesanato local", onde três em cada quatro peças vinham de algum lugar da Ásia. Iria comprar, com meu cartão de crédito, mais de cem dólares em fitas cassetes: os Stones, David Bowie, Bruce Springsteen. Iria tocar "Born to run" sem parar, até que finalmente Clare jogasse a fita pela janela, na estrada que ia dar em Sandusky.

Eu a acomodei no banco da frente. O carro tinha um cheiro imaculado, cheiro de borracha. Ela inspirou fundo, como se o ar desinfetado tivesse o poder de reanimá-la, e disse: "Obrigada, meu bem. Agora vá embora. Vá ver a paisagem".

"Não, vou ficar aqui com você."

"Você acha que eu quero ser aquela que te fez ficar sentado num carrinho alugado em vez de ver o Grand Canyon? Vá. Pelo amor de Deus."

Fui. Parei ao lado de Bobby na amurada. A essa hora, fora de estação, o belvedere estava vazio. Um copo de papel amassado brilhava, luminoso, na fina borda de terra vermelha além da amurada. A luz da manhã, brilhante mas sem calor, banhava nossos rostos e roupas.

"Impressionante", falei.

Bobby virou-se para mim. Não conseguia falar, e provavelmente desejava que eu também não falasse nada. Mas sua boa educação nunca falhava: "Ã-hã".

"A gente não espera por isso", falei. "Quer dizer, a gente já viu isso tantas vezes em porta-copos e panos de prato e não sei mais o quê. Achei que ia ser alguma assim meio *kitsch*."

"Ã-hã."

"Clare ficou arrasada com tudo isso. Tive que colocá-la de volta no carro."

"Hmm." Ele passou o braço sobre o meu ombro, porque me amava e porque desejava ardentemente que eu calasse a boca. Passei o braço em volta da cintura dele. Aqui estava seu cheiro e sua carne sólida, bem familiar. Ficamos vendo o sol se levantar. Bobby era quente e substancial, seu cérebro pululava com pensamentos que eram ao mesmo tempo familiares e totalmente estranhos para mim. Seu punho ainda tinha a mesma berruga cor de fígado. Clare nos esperava no carro, derrotada pela paisagem. Achei, naquele momento, que nunca amara ninguém além dos meus pais e daquelas duas pessoas. Talvez a gente nunca se recupere inteiramente dos primeiros amores. Talvez, na extravagância da juventude, a gente dispense nossas devoções com facilidade e quase arbitrariamente, partindo da suposição errônea de que sempre teremos mais para dar.

Clare sentiu enjôo outra vez na manhã seguinte, em Pikes Peak. "Quem sabe eu seja alérgica a parques nacionais", falou. Fomos com ela até a porta do lavatório feminino num posto Shell e esperamos quase meia hora. Ela saiu pálida e empertigada, de óculos escuros e batom vermelho recém-aplicado. Parecia uma antiga estrela de cinema. Atrás dela, os picos de granito estavam salpicados de neve.

Falei: "Meu bem, não é melhor a gente ir direto para Denver e botar você num avião?".

"Não. Acho que estou bem. Ontem eu consegui dar um jeito, não foi? Deve ser algum bichinho."

Na verdade, às dez horas ela já se recuperara. A cor voltou-lhe ao rosto e seu corpo largou aquela postura travada, formal. Passamos de carro por entre campos que adquiriam o seu primeiro verde, tendo ao fundo montanhas cobertas de pinheiros e álamos brancos, desnudos. Era uma paisagem verdejante, sem complicações — toda aberta, sem nenhuma ameaça subjacente. Mais para o norte, pelo que eu suspeitava, o terreno era mais áspero, os picos mais duros, e quem se afastasse muito da estrada podia ser engolido pela pura distância incomensurável da terra e do céu. Aqui, no coração do Colorado, passávamos apenas por simples manifestações de uma beleza extensa, sem terror. Havia montanhas e campos de gado. Havia riachos prateados que passavam cascateando ao lado da estrada, cravejados de pedras cor de chocolate. Uma paisagem que te toca com sua bondade fértil, mas não te muda de nenhum jeito. Ela nunca ameaça partir teu coração.

Dirigimos o dia todo e chegamos em Nebraska antes do escurecer. Clare lia *Vogue*, *Interview*, *Rolling Stone*. "O que eu mais gosto nas viagens de carro", ela disse, "é que a gente tem o direito de ler revistas idiotas durante horas e horas. Quer dizer, paisagem a gente pode olhar a qualquer momento, tem paisagem por toda parte. Mas a chance de ler uma *Interview* inteira sem sentimento de culpa? Isso é raro."

Dormimos num motel setenta quilômetros a oeste de Lincoln e recomeçamos a viagem logo que o dia rompeu. Clare só teve um leve enjôo aquela manhã. Caímos num ritmo tranqüilo de guiar, ler, comer e ouvir música, com as fazendas de Nebraska, Iowa e Illinois rolando lá fora. É preciso viajar pelas Grandes Planícies para apreciar totalmente o vazio deste país. Sua principal característica não é o trânsito ou a abundância de vitrines das lojas, mas uma solidão batida pelo vento sem a dignidade da verdadeira distância — nenhum horizonte é verdadeiramente vazio. O sol sempre rebate numa remota torre d'água ou num silo, num cartaz, num depósito, num teto de alumínio. A cada trinta ou quarenta quilômetros a gente passa por uma cidade esforçada que continua a existir porque em algum ponto do passado havia decidido existir. Parávamos para comer em algumas dessas cidades, na esperança de um picadinho feito em casa ou uma torta assada uma hora antes pela esposa do dono, mas a comida era toda morta e descongelada no microondas. Os campos iam rolando, semeados mas ainda nus, hora após hora de terra negra e vazia exposta ao céu. Clare lia alto para nós um livro de histórias de Flannery O'Connor. Nosso carro foi ficando cada vez mais vergonhoso, cheio de lixo, papéis de bala e garrafas vazias. Quando a noite caiu e paramos num hotel em Indiana, já tínhamos praticamente perdido o fio das nossas histórias e futuros — parecia que estávamos desde sempre viajando de carro, atravessando um vasto tabuleiro de fazendas, e que iríamos continuar nisso para sempre. Esse é o horror e ao mesmo tempo a maravilha das viagens longas. Você perde o fio da sua vida com uma velocidade espantosa. Um viajante interestelar não seria totalmente identificável como ser terráqueo depois de duas semanas; após seis meses nas profundezas do espaço, ele ou ela bem poderia não voltar nunca mais para a Terra.

No dia seguinte passamos por Cleveland. Clare teve enjôo de manhã, pior que em Nebraska mas menos grave que em Pikes Peak. Até chegarmos aos limites de Cleveland, lá pelas onze da manhã, ela já estava mais ou menos recuperada.

Clare disse: "Cleveland. Quando eu ia pensar em visitar um lugar tão remoto, tão exótico?".

Bobby e eu fomos tomados por um nervosismo vertiginoso na entrada da cidade. Apontávamos um para o outro os prédios, fazendo piadas com a estatura deles. Antes pareciam tão grandiosos. Passamos pelo centro da cidade apinhado de edifícios, pegamos a saída bem conhecida. Nosso itinerário foi breve. Primeiro passamos pelo estacionamento, um edifício de seis andares de tijolo e concreto que ficava onde tinha sido o cinema de meu pai. A nova construção era um conjunto de rampas em vários níveis; uma flecha de neon azul, de uma beleza não intencional, apontava a entrada. Era sereno e sem complicações, totalmente funcional, com a aparência de algo que vai ficar ali por centenas de anos. O velho cinema de meu pai, construído durante a Depressão, tinha enfeites baratos; suas paredes de tijolo amarelo formavam um desenho de espinha de peixe, e a marquise de alumínio se arqueava como uma onda do mar. Mesmo quando era novo deve ter parecido temporário, um pequeno monumento ao esquecimento e ao bom humor erguido em tempos difíceis. Aquele estacionamento era mais comercial, duro e liso como um rochedo.

Falei: "É isso aí. Descansa em paz, papai". Consegui falar num tom brusco, atrevido, porque não conseguia suportar a idéia de ficar piegas num momento tão óbvio. Não me importava com meu sentimentalismo mas detestava ser trouxa. Não ficava inteiramente triste ao ver o negócio do meu pai acabado. Estava me sentindo vagamente envergonhado e sozinho, e, mesmo assim, satisfeito comigo mesmo simplesmente por estar vivo; por sobreviver no futuro. Só o nostálgico mais contumaz podia negar que esta parte da cidade de modo geral havia melhorado. Novos restaurantes anunciavam seus nomes em letras douradas, e uma famosa cadeia de lojas de departamentos estava reformando uma defunta loja que vendia bijuterias espalhafatosas e roupas feias e fora de moda.

Passamos pela velha casa da minha família, que parecia maravilhosa. Os novos donos a tinham pintado de verde-pinho e colocado novas telhas no telhado. Uma clarabóia fora instalada no antigo quarto dos meus pais. Imaginei o estado atual dos aposentos: as madeiras pintadas de branco e o carpete retirado, deixando à mostra o assoalho de carvalho. Haveria obras de arte e alguns poucos móveis de couro.

Bobby disse: "Merda. Olha o que fizeram com a casa".

"Está ótima", falei. "Não pare. Não é mais nossa. Nem pense em chegar na porta da frente e perguntar se a gente pode dar uma espiada lá dentro."

"Eu não ia fazer isso", ele disse, mas eu sabia que, se ele estivesse sozinho, faria exatamente isso. Bobby não tinha nenhum talento para deixar as coisas em paz.

Nossa última parada foi no cemitério. Fomos até o terreno onde Bobby morava, passando pelo murinho de pedras onde flutuava a palavra "Woodlawn", escrita em letras de ferro batido, com o "n" final quebrado mas a silhueta nítida, uma clara sombra na pedra. Seguimos pela rua que serpenteava, passando por casas que se repetiam de três em três, e estacionamos onde ficava a antiga casa de Bobby. A casa já desaparecera, incendiada havia quase vinte anos e com o terreno todo terraplanado, mas ninguém construíra nada no seu lugar. Este bairro não estava sendo reurbanizado. Parecia que os moradores haviam anexado as terras sem comprá-las formalmente: uma cerca demarcava um jardinzinho, pronto para a semeadura de primavera, e um balanço enferrujava no meio do mato. Parecia que a casa dos Morrow se tornara uma espécie de Parque do Povo nos subúrbios de Cleveland. Os outros moradores do quarteirão, os que ainda viviam em casas improvisadas e desbotadas com banheiras de passarinhos e anõezinhos de gesso no gramado, tinham se apropriado dela. Eu conseguia imaginá-los se reunindo lá ao escurecer, com as crianças balançando e os balanços rangendo enquanto as mulheres plantavam sementes de girassol e comentavam os acontecimentos do dia. Era ligeiramente criminoso, uma reivindicação sem base feita por pessoas que não estavam prosperando mas apenas empurrando com a barriga, e assim a casa já passara do ponto de ser retomada. Para possuir agora esse pedaço de terra a pessoa teria que lutar para arrancá-lo de volta dos que haviam aprendido a cuidar dele. Se você passasse um trator nas suas pequeninas obras e levantasse uma nova casa seria um invasor, não muito diferente de um colonizador, e a terra ficaria manchada até sua casa voltar a desmoronar. Esse quarto de acre no subúrbio reassumira sua vocação mais selvagem, e não poderia ser domesticado de novo sem uma luta que sujasse as mãos do vencedor.

Bobby disse: "Era aqui". Clare olhou em volta incrédula. Não esperava algo tão ordinário, embora tivéssemos feito o possível para prepará-la.

Saímos do carro e fomos andando até o trecho de terra nua, sob o olhar de um único garoto boquiaberto, um ruivinho que estava cavando a terra com uma colherzinha quando estacionamos. Depois de atravessarmos, Bobby disse: "Aqui era a porta da frente. E isso aqui, seria, assim, a sala. Aquela lá é a cozinha, logo ali".

Ficamos um momento na casa fantasma, olhando em volta. Tinha desaparecido tão inteiramente, se evaporado de uma tal maneira. O sol batia em cheio na terra nua. Clare se agachou e apanhou um homenzinho de plástico bege de cócoras com uma metralhadora.

Bobby disse: "Nosso esconderijo, acho. Ou quem sabe era ali".

Atravessamos a ravina que separava o terreno do cemitério, pulando por cima de um fio de água escura que corria no fundo. Bobby olhou por um momento a figura feminina de um anjo de pedra equilibrado em cima de uma lápide, o monumento mais alto do local. Ela se inclinava para a frente, nas pontas dos pés, os braços esguios levantados numa atitude mais de êxtase que de solenidade. Imagino que o escultor não teve a intenção de lhe dar aquele ar de triunfante sexualidade.

"Aqui tinha uma cerca", disse Bobby num tom de orgulho defensivo. "Nosso quintal tinha, assim, mais privacidade."

Lembrei que aquele anjo aparecia por cima da cerca dos Morrow, flutuando entre os ramos.

Clare disse: "Ã-hã". Ela estava mais quieta desde que chegamos em Cleveland. Eu não sabia dizer o que passava pela cabeça dela.

Bobby nos levou direto para as sepulturas da sua família. Ficavam a alguma distância de onde fora a casa, numa parte mais nova do cemitério. Fileiras de lápides continuavam por mais ou menos quinze metros, e para além disso vimos a linha onde terminava a maré das sepulturas e a grama virgem esperava pelos que estavam, naquele momento, ainda vivos.

Bobby disse: "É aqui". Seu pai, sua mãe e seu irmão tinham lápides semelhantes de granito, de um cinza-escuro reluzente, parecendo molhado, onde se lia apenas seus nomes e datas. Paramos diante das sepulturas em silêncio. Bobby olhava para as pedras com um respeito simples e quase impessoal, como um turista visitando um santuário. Nessas alturas da vida seu luto já terminara e ele se afastara do processo de contínua extinção da sua família. Eles haviam içado as velas e partido, todos os três, deixando-o aqui. Passado um tempo, ele disse: "Às vezes fico pensando se não devia ter, assim, alguma mensagem nos túmulos. Não se sabe nada sobre eles, só que eram parentes".

Perguntei: "Que mensagem você gostaria?".

"Não sei. Só... Ah, meu. Sei lá."

Olhei para Clare, que olhava Bobby com uma expressão mista de espanto e incerteza. Acho que até aquele momento ela não percebera que ele era inteiramente, independentemente humano, com uma história de perdas e grandes esperanças. Ele se apresentara a ela como uma coleção de cacoetes e de potenciais inexplorados — ela praticamente o inventara. Assim como o hipnotizador vê o seu sujeito como um terreno onde plantar suas sugestões, Clare devia ver Bobby como um projeto cujo sucesso ou fracasso se refletiam apenas sobre ela. Ela era a única mulher com quem ele já dormira. Ela escolhia as roupas dele e cortava seu cabelo. Os casamentos arranjados talvez fossem assim, com a noiva chegando tão jovem e tão informe que parece absorver a união na própria pele, assimilando as tendências do marido e tornando-as indistingüíveis das suas próprias. Clare, o marido, deve ter visto pela primeira vez que Bobby tivera uma vida fora da esfera dela. Eu não sabia dizer se ela achava agradável ou decepcionante.

Depois de um tempo saímos do cemitério. Parecia que devia haver mais coisas para dizer ou fazer, mas os mortos são um assunto difícil. O mais notável neles é sua constância. Eles continuarão mortos exatamente dessa maneira daqui a mil anos. Eu ainda estava me acostumando com isso no meu pai. Durante o tempo todo que ele vivia, eu sempre pensava em termos de como ainda podíamos mudar aos olhos um do outro. Agora não podíamos mais nos revisar. Ele levara essa possibilidade consigo para o fogo do crematório.

Voltamos para o carro. Mexi nos meus brincos, dois aros de prata, olhei para minhas próprias roupas. Eu era um cara de botas de caubói e jeans preto. Usava dez pulseiras de borracha preta no mesmo pulso. Ainda podia viajar, mudar de emprego, ler Turgueniev. Qualquer tipo de amor era possível.

"Próxima parada, New York City", disse Bobby ao volante. Se não estava totalmente sombrio, ficara mais neutro — era o velho branco, sua reação à dor. Sua voz perdia o ritmo e o balanço, seu rosto amolecia. Nunca vi isso em mais ninguém. Bobby era capaz de retirar-se da superfície da sua própria pele, e quando o fazia a gente desconfiava de que se o espetasse a agulha iria penetrar vários milímetros antes de ele gritar. Nos períodos vazios ele não dizia ou fazia nada de diferente. Sua fala e suas ações continuavam funcionando. Mas algo nele ia embora, a mola propulsora sumia, e ele adquiria um torpor que podia ser erroneamente confundido com estupidez por alguém que o conhecesse menos.

Perguntei se ele queria passar pela padaria para ver seu antigo patrão e ele disse que não. Disse que já era mais que hora de voltar para a estrada, como se precisássemos chegar em Nova York numa determinada hora. Alisei seu ombro quando pegamos a estrada. Acho que nós dois nos sentimos derrotados por Cleveland, por seus objetivos vulgares e suas modestas perspectivas de ascensão. Talvez outras pessoas tenham uma experiência mais definitiva e agradável quando visitam suas cidades natais: os que escaparam de favelas industriais ou declinaram de pináculos de grande riqueza ou felicidade. Talvez sejam mais capazes de dizer: "Antes estava ali, agora estou em outro lugar".

Ficamos os três quietos durante a hora seguinte. Clare estava tão retraída que lhe perguntei se estava com enjôo outra vez, e ela respondeu que não num tom irritado. A Pensilvânia chegou com sua longa e homogênea seqüência de galpões brancos e colinas suaves. Íamos passando por tudo aquilo numa estufa de melancolia sem causa.

Sem preâmbulos, quando chegamos perto de um cartaz que anunciava "Pipoca de queijo JD", Bobby disse: "Andei pensando. Será que vocês dois um dia gostariam de, assim, ter uma casa fora da cidade? Assim, uma casa onde nós todos pudéssemos morar?".

Perguntei: "Você quer dizer, nós três?".

"Ã-hã."

Clare disse: "As comunidades estão fora de moda".

''Não iríamos ser exatamente uma comunidade. Quer dizer, somos, assim, mais como uma família, vocês não acham?''

''Acho que sim'', falei.

''Nós absolutamente não somos como uma família'', disse Clare.

''Quer você goste quer não'', Bobby lhe disse. ''Tarde demais para cair fora agora.''

Em voz baixa, Clare disse: ''Pare o carro''.

''O quê? O que foi?''

''Você está com enjôo?''

''Pára. Quer parar esse carro?''

Bobby parou no acostamento, imaginando que ela ia vomitar. Estávamos literalmente em parte alguma, numa terra de fazenda abandonada, os campos cheios de mato e lixo. Um anúncio da Texaco brilhava na curva da estrada mais adiante.

''Meu bem'', falei, ''tudo bem com você?''

Ela já abrira a porta antes de Bobby parar o carro por completo. Mas em vez de se dobrar para vomitar ela pulou do carro e começou a andar, com feroz determinação, junto aos arbustos do acostamento. Bobby e eu hesitamos, procurando a reação correta.

Perguntei a ele: ''O que foi?''.

''Não sei.''

''É melhor a gente ir atrás dela.''

Saímos do carro e corremos para alcançá-la. Um caminhão de dezoito pneus veio passando, atirando cascalho e um redemoinho de lixo nos nossos pés.

''Hei'', disse Bobby. Tocou o cotovelo dela. ''Hei, o que é?''

''Me deixe em paz. Por favor, vocês querem voltar para o carro e me deixar sozinha?''

Ela talvez tivesse a intenção, mesmo desorganizada, de nos deixar lá na Pensilvânia. Talvez quisesse voltar de carona, ou começar uma vida vagando a esmo pelo país, arranjando empregos de garçonete e morando em quartos de hotel em cidades pequenas. Eu mesmo já sentira impulsos semelhantes.

''Clare'', falei. ''Clare.'' Achei que o som da minha voz ia acalmá-la. Eu era seu melhor amigo, seu confidente. Ela se virou. Seu rosto estava escuro de raiva.

''Me deixa em paz. Vá embora, tá. Vocês dois.''

''O que foi?'', perguntou Bobby. ''Você está, assim, se sentindo mal, mesmo? Enjoada?''

''Sim.'' Para escapar de nós ela saiu do acostamento e virou bruscamente, começando a atravessar a terra plana, esbranquiçada, abandonada. Em volta, pneus rasgados e o pêlo malhado de um guaxinim mumificado pelo passar das estações. Continuamos andando junto, um de cada lado dela.

''Clare'', falei, ''o que foi? Afinal de contas, que diabo está acontecendo?''

Ela sibilou: ''Estou grávida. Está bem?''.

''Grávida?''

''Nós vamos ter um filho?'', perguntou Bobby. ''Eu e você?''

''Cale a boca'', ela falou. ''Por favor, quer calar a boca? Não quero ter bebê porra nenhuma.''

''Quer, sim.''

''Não. Ah, poxa vida. Agora já deixei passar mais de três meses. Eu nunca tinha tido enjôo matinal. Da outra vez que eu fiquei grávida, dei um jeito na situação antes de tudo isso acontecer.''

Bobby disse: ''Você quer ter o bebê''.

''Não. Eu só fui, sei lá. Preguiçosa e burra.''

''Sim. Nós podemos ter. Nós três podemos ter.''

''Você está louco. Você não percebe como você está louco?''

''Uma criança'', Bobby disse para mim. ''Ei! Nós vamos ter um bebê.''

''*Nós* não vamos ter nada'', disse ela. ''*Eu* talvez tenha um bebê. Ou talvez não.''

Falei: ''Meu bem, você tem certeza?''.

''Ah, tenho toda certeza. Certeza absoluta.''

Estávamos na metade do campo, indo para lugar nenhum. Nada havia a nossa frente exceto uma fileira de árvores nuas, cor de cimento, delimitando um outro campo. Mesmo assim, Clare marchava adiante como se as respostas para todas as suas perguntas estivessem à espera logo além do horizonte. Um sol anêmico brilhava através de um fino mingau de nuvens.

Bobby falou: ''Clare. Pára''.

Ela parou. Olhou em volta e pareceu perceber pela primeira vez que estava no meio de um campo aberto, sem nenhum destino razoável à vista.

''Não posso fazer a coisa desse jeito'', ela disse. ''Eu deveria ou estar apaixonada por uma pessoa, ou então ter o bebê sozinha.''

Bobby disse: ''Você está assustada, só isso''.

“Quem me dera. Melhor assustada que furiosa. E constrangida. Me sinto uma perfeita idiota. O que a gente iria fazer, entrar juntos num curso pré-natal? Nós três?”

“Imagino que sim”, falei. “Por que não?”

Ela disse: “Eu não sou assim tão fora do comum. É só o meu cabelo”.

Olhou para Bobby e olhou para mim, com uma expressão ao mesmo tempo desdenhosa e suplicante. Tinha quarenta anos, estava grávida e apaixonada por dois homens ao mesmo tempo. Acho que o que ela não conseguia suportar era a birutice da sua vida. Como muitos de nós, crescera esperando que com um romance ela adquirisse dignidade e direção.

“Seja corajosa”, falei. Bobby e eu estávamos na frente dela, confusos, sem lar e sem plano, acossados por um amor dolorido mas caótico que se recusava a concentrar-se da maneira convencional. Atrás de nós o trânsito rugia. Um caminhão tocou sua buzina hidráulica, um som monstruoso, oceânico. Clare abanou a cabeça, não em negativa mas em exasperação. Como não conseguia pensar em mais nada a fazer, começou a caminhar de novo, mais devagar, rumo à fileira de árvores.

TERCEIRA PARTE

BOBBY

Os prazeres da cidade eram complicados demais para se criar um filho. Demasiado imbuídos de podridão. Eu achava isso, e Jonathan também. Clare não tinha tanta certeza — temia que o bebê crescesse com a imaginação prejudicada pelo excesso de facilidades.

"E se o bebê virar uma espécie de Heidi?", ela perguntou. "Não quero que um filho meu vire bom *demais*. Eu não ia agüentar."

Lembrei-lhe tudo que Nova York oferece para quem quer que seja muito pequeno ou muito mal informado para batalhar por seu direito a um pedacinho de espaço próprio. Inventei probabilidades numéricas sobre as escolas das cidades pequenas e sobre os efeitos da cor verde no desenvolvimento psicológico.

"E escute", disse Jonathan, "crescer no campo não é mais garantia nenhuma de bom comportamento. Hoje em dia a maioria dos assassinos realmente interessantes vem de fazendas abandonadas e campings de *trailers*."

"Bom, tudo bem", disse Clare por fim. "Acho que todo mundo precisa de Nova York para ter *para onde* escapar. Se a gente criar o menino aqui, ele vai acabar se mudando para o interior quando crescer."

E assim começamos a dar telefonemas. Começamos a sair de carro pelo interior do estado para ver casas suficientemente estranhas ou desoladas para estar ao nosso alcance com o dinheiro da herança de Clare. Quando a gente sai à cata de um imóvel barato, acaba conhecendo bem a derrota humana de todos os dias. Você sente o cheiro molhado, o cheiro de mato úmido que vai se introduzindo pelos lambris empenados, você vê tetos e assoalhos numa contínua derrocada em câmara lenta. Vê como o tempo e a desintegração acabam vencendo apenas por continuar seu trabalho, dia após dia, até que o dinheiro acaba.

"Não podemos parar muito para pensar", Clare ficava dizendo. "Temos que continuar procurando. Se a gente parar e pensar, tenho medo de cair na real."

Depois de três semanas encontramos uma casa marrom de três andares a sete quilômetros de Woodstock, uma casa com uma dignidade maternal, ligeiramente insana, com uma soma total de vantagens que suplantava as falhas. As paredes se erguiam sobre uma sólida fundação. O preço era baixo — preço de corda no pescoço. A luz que vinha de um campo de alfafa flutuava pelos quartos como se o passar do tempo fosse a ilusão mais tola do homem. Água de poço, clara e fria como a própria virtude, fluía das torneiras.

Considerando-se as lacunas, a fiação estava desintegrada e os encanamentos pareciam uma renda de tanta ferrugem. Os velhos assoalhos de pinho estavam vivos de tanto pó de madeira e formigas-carpinteiras.

"Esta pelo menos tem alma", disse Jonathan. "Sabe como é? Sinto que não é tarde demais. Esta aqui ainda não morreu."

Clare concordou. Correu o polegar pelo umbral de uma porta e olhou para o dedo com uma incerteza crítica.

"Parece que é aqui mesmo", falei. "Vocês não estão com essa sensação?"

Clare disse: "Ã-hã. Náuseas. Vertigem. Pânico". Continuava olhando para o polegar.

Discutimos durante uma semana, e compramos a casa. Compramos o poço e a luz da tarde. Compramos quinze carvalhos, oito pinheiros, um bosque cheio de amoras pretas e duas sepulturas tão velhas que a pedra estava lisa como sabão. Ao sentar-se numa cadeira de vinil verde para assinar os papéis, Clare, grávida, disse: "Adeus Paris e Istambul".

Jonathan acrescentou: "Adeus Giorgio Armani. Adeus sapatos de crocodilo". Os dois deram uma risadinha amarga. E o negócio foi fechado. Clare comprara para nós três um novo começo com a fortuna do *strass* e das jóias falsas do seu falecido avô. Para comemorar, o corretor de imóveis nos serviu vinho branco em copos de isopor.

Quando saímos do nosso apartamento em Nova York demos um fim em tudo o que estava quebrado ou muito velho — quase a metade das nossas posses. Pusemos tudo na rua como oferendas para as pessoas que acabavam de chegar, cheias de esperanças, ao lugar que estávamos prestes a abandonar. Ficamos olhando da janela enquanto os passantes levavam as coisas embora. Uma mulher pegou o abajur de lava. Dois skinheads e uma garota gorda toda tatuada levaram o sofá de poliéster com estampa de oncinha.

"Adeus, tesouros", disse Clare. Seu hálito deixou uma serpentina de vapor na janela.

"Adeus, lixo velho das lojas de segunda mão", disse Jonathan. "Querida, há momentos em que o saudosismo simplesmente não tem nada a ver."

"Arrastei aquele sofá da rua Sessenta e Sete até aqui. Anos atrás, com o Stephen Cooper e o Little Bill. A gente carregava o diabo da coisa alguns quarteirões, parava um pouco, sentava nele e depois andava mais alguns quarteirões. Levamos a noite inteira. Às vezes os mendigos da rua também sentavam com a gente, e todo mundo tomava uma cerveja. Fizemos um monte de amigos aquela noite."

"E agora você é proprietária de uma casa e futura mãe", disse Jonathan. "Ou você esperava passar o resto da vida cavoucando pelas ruas de Nova York?"

"O Little Bill morreu", ela disse. "Já te contei?"

"Não."

"Foi a Corinne quem me contou. Ele morreu na Carolina do Sul — ah, faz pelo menos um ano. Todos nós já tínhamos perdido contato com ele."

"Que pena. E o Stephen, está legal?"

"Ah, o Stephen está ótimo. Ele acabou mesmo abrindo uma loja de jóias em Cape Cod. Deve estar faturando uma nota preta vendendo baleiazinhas e gaivotinhas de ouro para os turistas."

Jonathan disse: "Bem, isso é bom. Quer dizer, pelo menos ele está vivo".

"Ã-hã."

Ficamos olhando o sofá ir descendo pela Quatro Leste. Na calçada embaixo da nossa janela, um homem e uma mulher de jaqueta de couro se rejubilavam com o velho relógio de cozinha de Clare — de plástico amarelo em forma de bumerangue, coberto de elétrons vermelhos e cor-de-rosa.

"Não acredito que deixei você me convencer a jogar fora esse relógio. Vou descer e dizer a esse pessoal que foi um erro."

"Esqueça", disse Jonathan. "Eles vão te matar."

"Jonathan, esse relógio é uma raridade. Vale dinheiro."

"Meu bem, ele não funciona. Não dá mais as horas. Deixa eles levarem."

Ela fez que sim, e ficou olhando muda enquanto o casal ia correndo para a Primeira Avenida, passando o relógio de um para o outro como se fosse uma bola de rúgbi. Alisou a barriga grávida. Bafejou vapor no vidro da janela.

Isso foi há mais de dez meses. Agora moramos num campo de frente para as montanhas. Flores azuis cheias de espinhos sobem pela nossa cerca. Abelhas zumbem no êxtase do seu trabalho diário e fiapos de um céu azul leitoso pendem por trás das árvores. As montanhas são velhas. Já foram desgastadas pelo vento e pela chuva. Não têm nenhuma anarquia nem grandiloqüência, como as serras e cordilheiras mais fotogênicas. Estas montanhas lançam uma sombra suave — seus penhascos não lembram o choque das plataformas continentais. São revestidas de uma suave penugem de pinheiros. Cortam modestas meias-luas no céu.

"Odeio a natureza", disse Clare. "É tão óbvia." Ela está parada a minha frente na grama comprida, precisando de corte. É o primeiro mês de abril da nova década e ela é uma nova Clare. Está mais afiada agora, com uma mordacidade mais verdadeira em suas piadas. Ao contrário do que se poderia imaginar, a maternidade não a suavizou.

Eu lhe digo: "Ah, tenha dó. Veja se supera isso, tá?".

Dois corvos vão deslizando pelo céu acima da casa. Um deles solta um grito rouco, como metal raspando no metal.

"Nojentos", disse Clare. "Comedores de carniça. Esperando o primeiro de nós morrer de tédio."

Canto baixinho no ouvido dela: "By the time we got to Woodstock, we were half a million strong, and everywhere there was song and celebration".*

"Pare com isso", diz ela, afastando a canção com a mão como se fosse um corvo irritante. Suas pulseiras de prata tilintam. "Se tem uma coisa que nunca esperei ser, é uma velha hippie."

"Tem coisas piores para a pessoa ser."

(*) Quando chegamos em Woodstock já éramos meio milhão, e por toda parte havia música e celebração. (N. T.)

"Tarde demais. As borboletas estão voltando a ser bombardeiros. Você não reparou? Eles vão construir conjuntos habitacionais naquela montanha, pode tomar nota do que eu digo."

"Não acho. Não acho que haveria fregueses suficientes."

Ela olha para as montanhas como se o futuro estivesse escrito lá em letrinhas brilhantes. Aperta os olhos. Por um momento parece uma mulher do campo, toda feita de tendões e desconfianças, apesar do batom berrante e da blusa verde-limão. Poderia ser a mãe da minha mãe, parada na porta da sua casa em Wisconsin, olhando com ar desaprovador a vastidão de tudo o que não possui.

"Contanto que haja fregueses suficientes para o Café Lá em Casa. Meu Deus, ainda não consigo acreditar que resolvemos lhe dar esse nome."

"As pessoas vão adorar", digo.

"Ah, isso tudo é tão esquisito. É tão fora de moda e tão... esquisito."

"Bom, é mais ou menos mesmo."

"Não tem 'mais ou menos' nenhum."

Ela é tão amarga e dura, tão parecida com seu eu revisado, que um espasmo de uma felicidade canalha surge dentro de mim. Ela é tão real, é tão *Clare*. Faço uma dancinha rápida, de movimentos desconexos. Não tem nada a ver com a graça nem com as rígidas e invisíveis leis do ritmo — é como se eu fosse um bonequinho de madeira puxado por um barbante. Clare levanta os olhos para o céu, como uma esposa. Há lugar aqui para as peculiaridades diárias.

Diz: "Fico contente que um de nós se sinta bem com tudo isto".

Digo: "Ah, querida, o que tem aqui para a gente não se sentir bem? Agora somos *alguma coisa*, quer dizer, não vamos explodir se um de nós tiver alguma idéia esquisita".

"Seria legal se fosse verdade."

"Sabe o que eu gostaria de fazer um dia? Gostaria de arrumar o galpão e fazer uma casinha separada, assim a Alice poderia se mudar para cá quando se cansar do serviço de bufê."

"Ah, claro. Vamos construir uma casinha para minha professora do quarto ano primário também."

"Clare?"

"Ã-hã?"

"Você está feliz aqui, não está? Quer dizer, esta é a nossa vida. Certo?"

"Ah, claro que sim. É a nossa vida. Você me conhece, eu só sei pensar reclamando. É assim que a minha cabeça funciona."

"Certo."

Ficamos olhando as montanhas, depois nos viramos para olhar a casa. É tão velha que até os espíritos já se entranharam nas paredes. Não dá a sensação de ser habitada pela infelicidade particular de ninguém, mas sim pelos dias reunidos de dez gerações, seus almoços e suas brigas, seus nascimentos e últimos suspiros. Agora, neste momento, é um vergonhoso casamento de velhas e novas decepções. As tábuas do assoalho estão em ruínas e a cozinha reformada tem um linóleo cor de laranja e armários em estilo espanhol, imitando madeira. Vamos consertá-la, devagar, com o dinheiro que ganharmos no nosso restaurante. Somos forças da ordem, vindas da cidade com talentos, ferramentas e nossa crença num futuro generoso. Jonathan e Clare olham para a casa e vêem o que ela pode se tornar. Conversam sobre antiguidades, um aparador de lareira salvo de uma casa em Hudson e trazido até aqui de caminhão. Embora eu não vá lutar contra o progresso, gosto da casa como ela é, com o assoalho infestado de insetos e lambris imitando madeira que parecem a própria mágoa e preguiça transformadas em acessórios de decoração. Acomodada em um hectare e meio de mato, a casa combina com as velhas montanhas. Também é dócil e amaciada. Ficou humilde com o tempo.

Clare disse: "Andei pensando. E se a gente pintasse os vidros da janela de azul? Um azul-cobalto, sabe como é? Você acha que iria ficar, assim, *bonitinho* demais?".

"Pergunta pro Jonathan", respondo. "É ele que sabe dessas coisas."

Ela fez que sim. "Bobby?"

"Ah-hã?"

"Ah, sei lá. Fico olhando para este lugar e me sinto como se estivesse em pé numa asa de avião. A três mil quilômetros de altura. Acho que quero que você e Jonathan achem isso aqui tão estranho quanto é para mim."

Dentro da casa o bebê começa a chorar. "Isso é que faz toda a diferença", diz Clare. "Eu sempre cometi apenas os meus próprios erros, nunca tive que me preocupar com mais ninguém desse jeito."

“Tudo bem”, eu lhe digo. “Está tudo ótimo e perfeito. Confie em mim. Tá bem?”

Ela faz que sim, incerta. Está sempre perdendo a batalha — decidir, em vez de se preocupar. A preocupação é também o que a faz tão geniosa; está tentando criar uma personalidade que corresponda às suas piores expectativas.

Ela diz: “Vamos ver como Jonathan está se virando com ela”.

“OK. Claro, vamos nessa.”

Entramos na casa juntos. A porta abre direto na sala grande e retangular, uma sala muito chinfrim, ainda coberta de papel de parede com tambores azuis e águias vermelhas de cenho franzido. A essa hora do dia está cheia de quadrados de luz que caem oblíquos de três lados. Jonathan vai andando em círculos com Rebecca deitada no ombro. Ela chora, uma série de gritinhos penetrantes como soluços mortificados.

“Misterioso ataque de raiva”, ele diz. “A fralda está OK, e ela comeu há meia hora.”

“Deixa eu tentar”, diz Clare.

Jonathan não consegue disfarçar a relutância. Não gosta de ceder a criança para ninguém, nem para os sonhos dela própria. Mas quando Clare estende os braços ele lhe passa o bebê.

Clare a abraça, cochicha para ela. “Ei, meu amor. O que foi? Só uma crisezinha de desespero existencial?”

Rebecca é um ser de dez quilos com uma penugem macia no cabelo e os olhos escuros, furiosos. Agora, aos onze meses, já tem seu jeito. Tem tendência à contemplação. Resiste tanto ao riso quanto à dor até que eles a tomam de assalto, e então se entrega por completo.

Clare entra na sala com ela, sussurrando. Fala com o bebê do mesmo jeito como fala com Jonathan ou comigo, em sentenças completas, mas sem a corrente subterrânea de raiva.

“Vamos, vamos, senhorita Rebecca, você não está sendo razoável. Mas, poxa, por que você haveria de ser? Meu Deus, se algum dia eu encher seu saco para você ser razoável e sensata, quer me dar um tiro, por favor?”

Jonathan observa num êxtase de afeto hesitante. A paternidade trouxe várias surpresas — e a maior é a torturada devoção de Jonathan. Eu e Clare ficamos mais calmos perante a fragilidade de Rebecca e suas intermináveis necessidades. Jonathan ainda não descansou desde que ela entrou neste mundo. Ele é uma ilustração viva do poder que tem o amor de alterar os nervos da gente.

Agora ele tem algo vital a perder. Agora há uma pequena vítima para cada história trágica que ele contar para si mesmo.

Rebecca se recusa a ficar quieta, e nós a levamos para fora. Está perdida no choro assim como um barco a motor se perde em barulho e borrifos de água. Caminhamos com ela por todo o terreno da casa, e deixamos que seus gritos se dissipem no ar do meio-dia. Jonathan apanha uma margarida e a gira diante do seu rostinho vermelho e enrugado.

"Ei, garota, ei. Dá uma olhadinha nessa coisa espantosa, sem precedentes, aqui na minha mão." De todas as qualidades de Rebecca, Jonathan está mais apaixonado pela sua capacidade de espantar-se. Ele quase chora quando ela arregala os olhos para uma bola de lã ou uma colher de chá que reflete o sol. Mas ela continua chorando, com a cara enfiada na margarida.

"Não se deixa comprar com flores", diz Clare. Há um verdadeiro orgulho na sua voz. Se Jonathan ama Rebecca por ser o melhor público do mundo, Clare ama a teimosa insistência da criança em manter seus próprios mistérios.

Caminhamos até a fileira de árvores atrás da casa. Aqui, na sombra interminável, não há grama digna desse nome. Há apenas lixo da floresta — bolotas de pinheiros, galhos caídos, excrementos de veado. Caminhamos entre as árvores silenciosas arrastando atrás de nós o choro de Rebecca como uma echarpe brilhante.

Clare pergunta: "Ei, rapazes, vocês chamaram o encanador hoje?".

Jonathan diz que sim: "Ele só pode nos atender daqui a duas semanas. Você não quer me deixar tentar mais uma vez?".

"Merda. Esta casa não vai ficar pronta antes do ano 2000. Você sabe disso, não?"

"Qual é a pressa?", diz Jonathan. "Vem aqui, Rebecca."

Estende os braços para pegá-la, mas Clare mantém seu abraço. "Não tem pressa", diz ela. "Quer dizer que vamos continuar esquentando água no fogão pelo resto da vida?"

"Somos pioneiros", disse Jonathan. "Não podemos esperar ter todos os confortos da cidade assim logo de cara."

Ela diz: "Acho que vocês dois são meio retardados. Acho mesmo, sinceramente".

Ela aperta o bebê com mais força e sai depressa na nossa frente, penetrando mais no bosque. Barras de luz, fraturadas por galhos de pinheiro, pairam pesadamente lá em cima. Jonathan sai atrás dela, como se pensasse que ela está planejando levar Rebecca embora e criá-la sozinha no meio do mato.

Nosso restaurante vai abrir daqui a menos de uma semana. Jonathan e eu trabalhamos o dia todo, terminando tudo. Não é nada de grandioso, apenas um restaurante de nove mesas num antigo bar tipo *saloon* de faroeste. Reformamos o bar como um par de noivas encomendadas pelo correio e recém-chegadas na fronteira. Pintamos tudo de branco e pusemos cortinas listradas. Jonathan cobriu as paredes com fotos antigas: retratos de escola com garotinhos de gravata-borboleta e avental, homens e mulheres de bermudas xadrez, queimados de sol, posando ao lado de um lago, a avó de alguém tirando neve com a pá. Pendurou também um salmão recorde pescado em 1957 e uma prateleira cheia de troféus. Nos troféus homens e mulheres de ouro brilhante, nus e assexuados como anjos, encenam a excelência humana em boliche, golfe, *badminton* e boa cidadania. Será um lugar simples, apenas café da manhã e almoço. Compramos mesas e cadeiras descombinadas nas mesmas lojas de segunda mão onde encontramos os troféus, as fotos e o salmão laqueado.

"Vamos todo mundo pra lá", diz Jonathan. "O Café Lá em Casa está prestes a abrir as portas." Dá umas pinceladas de tinta branca sobre uma cicatriz no friso. Está de macacão e rabo-de-cavalo.

Estou na cozinha, colocando conservas e *ketchup* em potes de dois quilos nas prateleiras. "Não mandaram geléia de morango", digo. "Mandaram, assim, metade amora e metade pêssego."

"Vou telefonar e dar uns berros com eles. Eles devem achar que podem nos mandar qualquer coisa que está sobrando e que eles precisam despejar em alguém, só porque nós não sabemos o que estamos fazendo."

Quando os potes estão todos enfileirados nas prateleiras vou para o balcão, ver Jonathan pintar. "Clare acha que a gente devia achar estranho isso que nós estamos fazendo."

"Mas *é* estranho", diz ele. "Quem disse que não é estranho?"

"Bem, acho que ela pensa que a gente devia estar mais nervoso com tudo isso."

"Ela só está ansiosa porque é ela quem está pagando a conta. Ela esperou a vida inteira para ganhar esse dinheiro e agora, pimba, ele está sendo gasto."

"Está sendo, assim, *investido*."

"Certo. Ela tem sido um pé no saco ultimamente, não?"

"Ah, eu não diria isso."

"Pois eu digo. Já faz muito tempo que ela vem sendo uma verdadeira jararaca. Para falar a verdade, desde que ficou grávida."

"Bom, sabe como é." Coloco uma nova cassete no toca-fitas. Jimi Hendrix canta "Are you experienced".

"Mas acho que ela vai ficar legal", diz Jonathan. "A maternidade é dura para todos nós. Eu sei que é dura para mim."

Arranjo um pincel e ajudo nos retoques. Jimi manda ver com seus grunhidos de veludo, uma voz viva vinda do mundo dos mortos, enquanto eu e Jonathan recobrimos as últimas marquinhas. Gingamos com a música. Há uma perfeição nisso, pintar uma parede juntos enquanto Jimi canta. Há um entrelaçamento de épocas, o passado chegando aos trambolhões no futuro. Algo me ocorre de repente, sob a forma de uma surpresa: tenho o que queria. Um irmão ao lado de quem trabalhar. Um futuro revisado brilhando como uma lâmpada sobre as nossas cabeças.

Eis o que é indizível a nosso respeito: eu e Jonathan somos membros de uma equipe tão antiga que mais ninguém poderia entrar, nem que a gente quisesse. Adoramos Clare mas ela não é cem por cento da equipe. Na verdade, não. O que nos une é mais forte que o sexo. É mais forte que o amor. Estamos relacionados. Cada um de nós é o outro nascido numa carne diferente. Podemos amar Clare mas ela não é nós. Só nós podemos ser nós mesmos e ao mesmo tempo cada um ser o outro. Vou espalhando tinta sobre uma antiga marca. Os rostos pintados das crianças do primário, todas com quarenta ou cinqüenta anos agora, olham das paredes com um otimismo de olhos claros, cheio de dentes.

Mais tarde fechamos o restaurante e vamos até nosso carro passando pela rua principal. Prefiro andar pelo meio das coisas — sou aquele que gosta da cidade. Estou a caminho de Woodstock desde que tinha nove anos e agora, mais de vinte anos depois, cheguei.

Meu irmão tinha razão — ainda tem gente por aqui. O festival, como fiquei sabendo, aconteceu a noventa quilômetros daqui, num vasto campo cheio de relva, que não é nem mais nem menos que isso. Um espaço vazio rodeado de árvores de um negro esverdeado. Jonathan e eu tentamos nadar num lago cor de chocolate enquanto Clare ficou sentada na grama com Rebecca, mas os mosquitos nos enxotaram de volta para o carro. Acabamos almoçando num lugar que Clare acreditava ser aquele onde ela foi com o futuro marido quando os dois fugiram do show propriamente dito. Ela disse que os hambúrgueres iam vir com três picles e um envelope fechado de *ketchup*, e assim eles vieram.

Woodstock é aquilo em que as cidades deveriam transformar-se antes que o velho futuro descarrilasse e um novo futuro tomasse seu lugar. Barbudos românticos ainda dedilham suas guitarras na praça da cidade, ainda sonhando que são criaturas da floresta e aprendizes de feiticeiros. Senhoras de cabelos grisalhos frisados e soltos balançam a cabeça no ritmo, sentadas nos bancos. Clare diz que é patético e Jonathan não presta muita atenção de qualquer forma, mas eu aprecio a gentileza das ruas quietas da cidade e a alegre determinação das pessoas de viver de maneiras meio fora do eixo.

Jonathan e eu voltamos para casa no nosso Toyota usado, subindo e descendo as colinas, com as sombras dos galhos batendo no pára-brisa. Ele está afundado no banco de passageiro, os tênis apoiados no painel. "Vou te dizer o que é realmente estranho em tudo isso", diz. "O que é realmente, verdadeiramente estranho é o fato de estarmos fazendo isso. As pessoas falam que vão se mudar para o interior e abrir um restaurantezinho, mas quem realmente faz isso?"

"Nós fizemos. Estamos fazendo."

Quando chegamos ao topo da última colina, piso no breque.

"Que foi?", pergunta Jonathan.

"Nada. Só quero olhar um minuto."

De onde paramos podemos ver nossa velha casa marrom lançando sua chaminé no meio de um matagal cheio de zimbro. Três clarabóias captam a luz que logo vai deslizar por trás das montanhas, e a hera que cresceu livremente durante décadas balança, com as folhas revelando a prata no lado inferior. A casa está lá há mais de um século sem ceder à natureza. Nenhuma trepadeira se enfiou no meio dos tijolos, nenhum lago subterrâneo ampliou sua extensão encharcando as fundações. Embora eu costume cantar a canção de Woodstock para amolar Clare, agora canto-a para Jonathan, com uma atitude meio séria que é ainda mais agradável por sua meia seriedade. ''We are stardust, we are golden, and we've got to get ourselves back to the garden.''* Ele ouve alguns compassos e começa a cantar também.

No jantar conversamos sobre o restaurante e o bebê. Ultimamente nossas vidas se dedicam ao real — preocupamo-nos com a tosse de Rebecca e com a entrega da nossa câmara frigorífica usada mas restaurada. Estou começando a compreender a verdadeira diferença entre juventude e maturidade. Os jovens têm tempo para fazer planos e pensar em novas idéias. Os mais velhos precisam de toda a sua energia para acompanhar o que já foi posto em ação.

''Não gosto do doutor Glass'', diz Clare. Está sentada ao lado do cadeirão de Rebecca, colocando na sua boca pudim de baunilha. Antes de cada nova colherada, Rebecca olha desconfiada para a colher, conferindo e verificando o conteúdo. Herdou meu apetite e o ceticismo de Clare. Está ao mesmo tempo famélica e atenta.

''Por que não?'', pergunto.

''Bem, ele é *hippie*. E não pode ter mais de trinta e cinco anos. Prefiro levar Rebecca a um velho besta qualquer. Sabe como é, alguém de sapatos razoáveis, que tratou da mãe da gente e de todos os irmãos dela quando eram crianças e tiveram varíola, pólio e coisas do gênero. Quando Glass me diz para não me preocupar com esses ataques de tosse, não paro de pensar: 'Quem está me dizendo isso é um homem de sandálias Birkenstock'.''

''Concordo'', diz Jonathan. ''Glass faz *tai-chi*. Eu preferiria encontrar alguém que jogasse golfe.''

''Pra mim o Glass parece legal'', digo. ''Quer dizer, gosto dele. Com ele se pode conversar.''

Jonathan diz: ''Acho que o essencial é o seguinte: a gente quer que o médico do filho da gente seja um tipo paternal. Sabe como? Uma pessoa que não se afete com as modas''.

''Amém'', diz Clare. ''Amanhã vou procurar um novo pediatra.''

(*) Somos pó de estrela, somos dourados, e temos que voltar para o jardim. (N. T.)

"Acho mesmo que o Glass é legal", digo.

Clare segura uma colherada de pudim a dois centímetros da boca de Rebecca. "Quero tentar outra pessoa. Fico nervosa com o Glass, acho que ele é muito relaxado. Tudo bem?"

"Bom, tudo bem."

"Então tudo bem." Ela enfia a colher na boca de Rebecca com uma pontaria suave e certeira. Clare está se transformando na Mamãe da nossa época dos Henderson. Nós não falamos mais nos Henderson, talvez porque a diferença entre a nossa vida real e a vida hipotética deles diminuiu a um ponto que não se pode mais medir.

Mais tarde, quando pusemos Rebecca na cama, assistimos televisão juntos. É o que há para fazer à noite, com um bebê, no interior. Deitamos na cama *king-size*, rodeados de batatas fritas, cerveja e Diet Coke. Os quartos lá em cima são aconchegantes e escuros. O teto deles acompanha a curvatura do telhado. Os últimos proprietários — os que reformaram o andar térreo com papel de parede de águias e armários em estilo espanhol — devem ter ficado sem dinheiro na hora da escada. Aqui em cima o desleixo tem mais pátina. Neste quarto o papel de parede pulula com flores carnívoras desbotadas, e as venezianas pendem de cordões esfiapados cor de chá forte. Clare vai passeando pelos canais. Temos televisão a cabo, um poderoso ímã que chupa cada impulso invisível que passa lá em cima. Além das estações normais pegamos shows de *strip-tease* de Nova York, novelas mexicanas, mulheres japonesas demonstrando alegremente invenções tão complexas que só outras invenções japonesas podem apreciá-las devidamente. De vez em quando sintonizamos um canal hesitante, nevoento, que é quase assustador — parece que são homens e mulheres andando, só andando, por um campo vazio. Pode ser uma transmissão que pegamos por engano, algo vindo de um mundo que não deveríamos ver.

"Cento e vinte estações e mesmo assim não tem nada para ver", diz Clare.

"Nada na TV hoje, vamos trepar", diz Jonathan.

Clare olha para ele com as sobrancelhas arqueadas e os olhos escuros: "Trepem vocês dois".

Jonathan pula em cima dela e simula uma cópula frenética, tipo coelho. Ele geme: "Ah *baby*, ah *baby*, ah *baby*".

“Sai. Sai de cima de mim. Estou falando sério. Vai pular em cima do Bobby.”

“Aaahh *baby*.”

“Bobby, faz ele parar.”

Dou de ombros, impotente. “Vou gritar”, ela diz. “Vou chamar a polícia.”

“E dizer o que para a polícia?”, pergunta Jonathan.

“Que tem dois homens me aprisionando nesta casa. Eles me atraíram até aqui para fins de reprodução, e estão me forçando a viver num perpétuo 1969.”

“A reprodução você já fez”, diz Jonathan. “Se esse fosse nosso único propósito, já teríamos acabado com você.”

“O bebê ainda precisa de leite, não precisa?”, diz Clare. “E a casa precisa de uma mamãe. Não precisa?”

Jonathan pára um momento, considerando a pergunta. “Não. Você está livre para ir embora.” Ele sai rolando de cima dela e pega o controle remoto. “Vamos ver se tem alguma coisa boa vinda de Júpiter.”

“Se eu for embora”, diz Clare, “levo o bebê.”

“Ah não, não leva não”, ele responde. Então se lembra de adequar a voz. “Ela é de todo mundo”, diz com mais delicadeza.

Clare se recosta no travesseiro, inclina a cabeça na minha direção. “Bobby?”

“Ah-hã?”

“Eu gostaria de saber o segredo da sua calma imperturbável. Aqui estamos nós num esquema altamente peculiar e nem um pouco convencional, numa casa que pode desabar em cima da gente a qualquer momento, Jonathan e eu estamos brigando pela posse da minha filha...”

“*Nossa*”, diz Jonathan. “Falando sério, Clare, você tem que parar com esse negócio de *seu*, *seu*, *seu*.”

“Pela posse do nosso bebê”, diz ela, “e você fica sentado como se não estivesse nem aí. Às vezes acho que é *você* que está chegando de Júpiter.”

“Acho que estou mesmo. Quer dizer, nada disso me parece tão estranho assim.”

Ela olha para o teto, os olhos dilatados, dois discos negros. “Eu devia saber. Devia ter imaginado no primeiro momento em que vi você, com cabelo secado no secador e jeans Calvin Klein. E aí você conseguiu passar praticamente da noite para o dia para um tipo hippie do East Village. É tão engraçado. No fim, Jonathan e eu é que somos os conservadores. Somos nós que precisamos olhar no espelho e saber o que vamos ver a cada dia. Você é capaz de fazer qualquer coisa, não é?''

''Não'', respondo. ''Não sou capaz de fazer qualquer coisa.''

''Me dá um exemplo. Cite alguma coisa que você não faria.''

''Hã, bem, eu não ficaria sozinho. Não fiquei mais, assim, sozinho, desde que era criança.''

''É isso aí'', diz ela. ''Você é um sujeito sociável, não é? Você espelha os desejos de todo mundo. Ah, por que não pensei nisso antes? Quando você morava com os pais de Jonathan você era um rapaz bonzinho de Ohio, quando morou no East Village você era todo modernoso, e agora que moramos no interior você é essa figura doce, tipo hippie paternal. Você só dá para as pessoas o que elas querem. Não é mesmo?''

''Não sei.''

Há coisas que não posso dizer a ela, coisas que eu não saberia como dizer. Sou parte dos vivos e parte dos mortos. Estou vivendo para mais gente, não só para mim.

''Ah, Clare'', diz Jonathan lá do pé da cama. ''Você virou o quê, de repente, a Nancy Drew da psique? Você acha mesmo que pode resumir o Bobby assim numa sentença?''

''Nesta vida a gente anda de sentença em sentença'', diz ela.

Estendo o braço e aliso o cabelo de Clare. Tento beijar seus lábios perturbados.

''Meninos, meninos'', diz ela, recusando meu beijo. ''Que turma mais perversa nós somos. Que gangue mais estranha.''

''Nós não somos, assim, muito mais esquisitos que as outras famílias'', digo. ''Pelo menos amamos um ao outro. Não foi você que disse isso primeiro?''

''Quem sabe eu disse. Uns mil anos atrás.''

Olho para seu rosto assustado, um rosto que está envelhecendo. Acho que sei o que assusta Clare — uma certa capacidade de inventar nosso próprio futuro se perdeu. Agora estamos seguindo um plano feito ao acaso ao longo de uma auto-estrada na Pennsylvania. Agora as coisas boas são as predizíveis, e as surpresas significam más notícias.

Ponho meus lábios sobre os dela de novo. Desta vez ela devolve o beijo. Jonathan continua zapeando pelos canais, olhando preguiçoso, desatento.

CLARE

Eu nunca esperei isso, um amor tão voraz que quase não é algo pessoal. Um amor que tira você do lugar, que tira você de sua própria forma. Eu sabia que, se estivesse atravessando a rua com a criança e um carro virasse a esquina buzinando a toda, eu a defenderia com meu próprio corpo. Faria isso automaticamente, da mesma forma como a gente levanta os braços para proteger a cabeça e o coração. Defendemos nossas partes vitais com as partes mais resistentes, mais descartáveis. Nesse aspecto, a maternidade funcionava conforme prometido. Mas descobri que a amava sem verdadeira compaixão ou boa vontade. Era um amor uivante, inundado pela luz dos refletores, uma coisa assustadora. Dava medo. Eu a defenderia de um carro em alta velocidade, sim, mas eu a amaldiçoaria ao mesmo tempo, como um prisioneiro amaldiçoa o carrasco.

A boca de Rebecca trabalhava para formar a palavra ''mamãe''. Sempre que eu a deixava ela se agitava. Algum dia ela pagaria uma fortuna aos terapeutas para que a ajudassem a resolver o mistério da minha personalidade. Haveria farto material — uma mãe vivendo com dois homens, intrincadamente apaixonada por ambos. Uma mulher indecisa, desorganizada, que escapara de todos os esquemas convencionais. Que arrastara consigo a própria infância até a casa dos quarenta. Antes eu fora apenas um indivíduo particular, uma mullher desleixada, bagunçada, tratando da própria vida; agora estava em vias de me tornar o enigma central da vida de outra pessoa.

Ser mãe era o peso-pesado, a grande perturbação. Em comparação, ser amante — mesmo uma amante nada convencional — era inócuo e banal.

Talvez fosse esse o segredo que minha própria mãe descobriu. Ela pensara que meu pai, impetuoso e indisciplinado, seria a aventura da vida dela. E aí dera à luz.

* * *

Experimentamos uma variação do arranjo clássico, nós três. Bobby e Jonathan iam para o café antes do nascer do Sol todas as manhãs, eu ficava em casa com Rebecca. Eu não queria saber de negócios. Um dia eu recomeçaria a fazer jóias, ou alguma outra coisinha. O restaurante era o projeto dos rapazes, uma maneira de eles se sustentarem e começarem a me devolver o dinheiro. Eram bons trabalhadores, nunca se queixavam. Ou melhor, Bobby era um bom trabalhador e nunca se queixava, e Jonathan mais ou menos seguia o seu exemplo. Os dois saíam de casa às cinco horas todas as manhãs, assim que a escuridão começava a ceder, e não voltavam antes das quatro ou cinco da tarde, quando a noite já vinha entrando pelos cantos da casa. Para ser sincera, eu não sabia muito sobre o trabalho deles. Bobby cozinhava, Jonathan era o garçom, e um garoto bonzinho da cidade, meio retardado, limpava as mesas e lavava os pratos. Embora eu ouvisse as histórias que eles contavam — fregueses furiosos, utensílios de cozinha que estouravam ou pegavam fogo no meio da correria do almoço, roubos absolutamente inimagináveis (alguém roubou o salmão empalhado da parede, outra pessoa levou o assento do toalete feminino) —, tudo isso parecia acontecer num reino ficcional, remoto e ligeiramente sem vida. Eu sentia pelos rapazes. Mas para mim a característica única e mais relevante deles era uma ausência diária de onze ou doze horas. A vida real, o coração e a medula da vida real, era o que acontecia durante as horas que eles não estavam.

Durante anos, na maior parte da minha vida consciente, eu caminhara cuidadosamente sobre um poço subterrâneo de tédio e desesperança que ficava logo abaixo da fina camada externa da minha imaginação. Se ficasse muito tempo parada, se cedesse ao repouso, quebraria a casca e cairia. Assim, fazia coisas, ia a boates, assistia filmes. Vivia mudando o cabelo.

Agora, com Rebecca para tomar conta, cada momento tinha uma gravidade elétrica que nem sempre era agradável mas que batia fundo. Às vezes eu ficava entediada — nem sempre os bebês são interessantes —, mas sempre, dali a um minuto ou meia hora, ela iria precisar de alguma coisa que só eu podia providenciar. Parecia que a cada dia ela criava ou desenvolvia um novo gesto ou reação que a levava um tantinho mais para perto da sua própria personalidade final. De hora em hora ia se transformando mais plenamente em alguém. As horas se costuravam uma à outra, e nada de frouxo ou desesperançado ameaçava desembaraçar o dia. Eu dava banho em Rebecca, lhe dava comida, limpava seu cocô. Brincava com ela. Mostrava a ela o que podia do mundo.

Tudo bem, reconheço que eu gostava mais quando os rapazes não estavam. Assim que eles chegavam em casa, perdia-se aquela sensação de contínua emergência. Cansados como estavam, me mandavam relaxar enquanto cuidavam de Rebecca. Estavam sendo bons pais, pais responsáveis. Eu sabia que devia me sentir grata. Mas não queria relaxar, queria ficar tensa e aflita. Queria ocupar-me freneticamente de Rebecca a cada momento de vigília, e então cair num sono tão negro e amorfo quanto o futuro não vivido.

Bobby amava nossa filha mas não se atormentava com sua existência ruidosa e vulnerável. Num mundo onde houvesse mais espaço poderia ser um pioneiro, com grandes visões de reinventar a sociedade num pedaço de terra longe dos velhos erros. Possuía essa característica religiosa. O coração mole e uma concentração intensa. Não tinha um interesse profundo pela carne. Às vezes, quando segurava Rebecca no colo, eu sabia como ele a via — como uma cidadã do seu mundo futuro. Ele a respeitava por aumentar a população local, mas não se agoniava com os detalhes do destino que a esperava. A seus olhos, ela era parte de um movimento.

Eu e Bobby dormíamos juntos numa nova cama *king-size*. O quarto de Rebecca ficava ao lado, seguido pelo banheiro e pelo quarto de Jonathan. Os dias de Bobby eram implacáveis. Ele fritava ovos, assava tortas, lutava com os fornecedores. Chegando em casa encontrava os gritos e as fraldas sujas de Rebecca. À noite dormia o sono dos exaustos e esgotados — uma inconsciência desesperada. Eu me sentia grata pelo declínio do seu interesse pelo sexo, não só porque também estava cansada mas porque meus mamilos tinham ficado marrons de aleitar Rebecca. Três estrias amarelas corriam da minha costela inferior até o sexo. Eu tinha quarenta e um anos. Não conseguia mais me sentir bonita. Se Bobby fosse mais ardente ou mais tenso, se confessasse envergonhado que eu agora lhe causava repulsa, eu teria alguma base de onde partir. Poderia começar a sentir um novo orgulho desafiador. Mas ele era ele mesmo, um homem caridoso, trabalhador. Dormíamos juntos pacificamente.

Jonathan gerava mais eletricidade ao passar pelos seus dias. Se Bobby se movia com a vontade metódica, ligeiramente bovina, de um aspirador de pó, sugando cada trabalho e tarefa, Jonathan seguia desembestado como um batedor de ovos, maníaco e de olhos vagos de tanta falta de sono. Tanto ele como Bobby me disseram que como garçom ele oferecia charme em vez de competência. Os copos de água ficavam por encher. Os ovos mexidos chegavam fritos. Diziam que havia momentos na correria do café da manhã em que ele parecia realmente adormecer em pé, andando. Num momento estava enchendo uma jarra de creme de leite e no momento seguinte estava ao lado de uma mesa anotando um pedido, sem nenhuma lembrança do que acontecera no intervalo entre as duas coisas. Logo ele e Bobby iriam contratar uma garçonete e Jonathan se tornaria o anfitrião e *office-boy* de reserva. "Vou ficar cuidando para todo mundo ficar feliz", disse ele. "Vou lhes servir mais café e perguntar sobre a cidade deles. Vamos contratar um especialista para garantir que cada um realmente receba o que pediu."

Sua verdadeira vocação era o bebê. Todas as noites depois do trabalho ele lhe trazia alguma coisa: uma bonequinha de plástico da loja de pechinchas, uma rosa de algum jardim, um par de minúsculos óculos escuros. Levava-a para longos passeios antes do jantar e lia para ela depois.

Lá pelas quatro da manhã ele acordava Rebecca, mudava sua fralda e a trazia para a cama onde eu dormia com Bobby. Era de uma paternidade cômica, de cuecas, carregando nossa filha adormecida. "Sei que é quase abusar de uma criança, acordá-la desse jeito. Mas nós temos que vê-la antes de sairmos para botar o pão no forno." Enfiava-se então na cama ao meu lado, com Rebecca no colo. Alguns dias ela choramigava, sonolenta, à luz da lâmpada. Outras vezes dava risadinhas e balbuciava palavras ininteligíveis. "Senhorita Rebecca", Jonathan sussurrava. "Ah, você é uma mocinha muito fina, não é? É sim. Olha essas mãos. Vai ser uma tenista, hein? Ou uma violinista, ou alpinista." Mantinha um fluxo ininterrupto de fala. Às vezes, quando ela chorava, só Jonathan conseguia consolá-la. Nos meus braços ela chorava, nos de Bobby ela berrava e esperneava. Mas quando Jonathan a pegava ela se aquietava. Olhava para ele com olhos ávidos e surpreendentemente duros. Apegava-se a ele porque ele pouco se deixava ver, e porque, durante as horas em que estava em casa, tomava conta dela da maneira mais cortês e elaborada. Mesmo assim tão pequena, acredito que já estava se apaixonando.

* * *

Rebecca e eu compartilhávamos um amor mais nervoso. Enquanto os rapazes estavam fora, eu e ela vivíamos juntas num estado de constante necessidade. Ela precisava de mim e, com uma veemência cada vez maior, necessitava de minha proteção. Eu precisava apenas da segurança dela, mas precisava por completo, o tempo todo. Precisava saber que ela estava bem a cada minuto. O preço era alto para nós duas. Por vezes, quando estávamos juntas, quando eu verificava a temperatura da água do seu banho ou arrancava um lápis de sua boca, quase sentia a pergunta estralando no ar a nossa volta: *E se eu falhar, se eu não conseguir protegê-la?* Às vezes ficávamos irritadas juntas. Eu era capaz de ser impaciente e mandona com ela, de negar demasiadas coisas. Ela era viciada nos meus medos. Chorava se eu a vigiava de muito perto e chorava se percebia que por um momento eu me esquecera de vigiá-la.

Eu começava a compreender alguma coisa sobre minha mãe. Ela fizera uma escolha depois que eu nasci. Não havia lugar na casa nem na sua natureza parcimoniosa para duas crianças difíceis. Ela fora forçada a escolher. Talvez tenha sido assim que a batalha começou. Meu pai tivera que brigar por uma fatia. Usara suas melhores armas, seu sexo e sua impetuosidade, mas minha mãe prevalecera com seu poder de organização e sua retidão. Eu amava mais meu pai. Ele me chamava de Peg e Scarlett O'Hara, dizia que tudo bem comprar qualquer coisa que quiséssemos. Mas lá pelo fim, quando ele caía no gramado esbravejando e quebrava a mobília de tão bêbado, dei-lhe as costas. No fim uma criança prefere a ordem, não a paixão ou o charme.

Como mulher adulta eu me apaixonara pela inteligência e o senso de humor de Jonathan, e também, suponho, pelo fato de ele ser inofensivo. Não era frígido nem perigoso. Nem homem nem mulher. Não havia nenhuma ameaça de falhar através do sexo. Agora eu percebia que também Rebecca um dia iria se apaixonar por ele. Ele tinha jeito de pai. E tinha o calor de mãe sem a ameaça implícita — ela não iria morrer se Jonathan a perdesse de vista por um breve instante. Ele trabalhava o dia todo e depois voltava para casa com um presente nas mãos, corado com a pura excitação de vê-la depois de tantas horas de separação. Bobby era docemente remoto e eu era constante demais. Jonathan exercia um charme regular, que sua ausência diária tornava perfeito. Rebecca iria ser dele. Iria gostar de Bobby e de mim, mas iria pertencer a Jonathan.

* * *

Havia horas — momentos — em que eu acreditava que encontrara de fato minha recompensa. Eu tinha amor e um lugar na terra. Era parte de algo doce e protegido. Uma família. Era o que eu achava que queria. Minha própria família soltava faíscas de tanto ciúme e raiva. Nem um único presente de casamento de meus pais sobreviveu. Devoramos o passado. Agora não sobrara nada para se herdar exceto os melhoramentos que minha mãe fizera, os utensílios dourados e as estampas florais — depois que meu pai foi embora, parou de beber, encontrou Cristo e depois começou a beber de novo.

Porém outras vezes eu sentia falta do caráter cabeçudo e violento da minha própria família. Éramos uma gente difícil, conhecidos na vizinhança: a Coitada da Amelia Stuckart e Aquele Marido Dela. Fiquei famosa no bairro como A Coitadinha da Filha Deles. Baseei minhas primeiras auto-invenções nos conceitos de privação e orgulho. Usava as saias mais curtas possíveis, arrepiava o cabelo como uma tempestade de ouriços. Trepei com meu primeiro guitarrista magricela aos catorze anos, no banco de trás de uma caminhonete. As forças locais da ordem facilitaram as coisas para mim com seus sutiãs acolchoados e penteados femininos, com suas faces barbeadas e cheias de Aqua Velva. Eles me diziam: "Venha juntar-se a nós no nosso mundo", e eu escolhi para namorado um traficante de drogas. Via a mim mesma diminuindo aos olhos dos conselheiros escolares e dos pastores da igreja — *talvez, senhora Rollins, esta aqui já esteja além da nossa ajuda.* Eu ia para a escola com um frasco de tequila na bolsa. Atravessava as noites geladas de Rhode Island viajando de anfetamina. Deixava atrás de mim uma trilha de vapor. As pessoas que foram bem cuidadas não imaginam a liberdade que há em ser mau.

Agora, tarde na vida, eu fora salva. Os rapazes voltavam direto para casa todas as noites, cuidavam de Rebecca, faziam nosso jantar. O amor deles não era imaculado. Talvez amassem um ao outro mais do que amavam a mim. Talvez estivessem me usando sem saber. Dava para eu viver com isso. Eu não me importava de tocar o fundo escuro das boas intenções alheias. O que às vezes me causava problemas era a simples natureza amistosa da coisa toda. Vivíamos num mundo de bondade e ordem doméstica. Eu às vezes me sentia como Branca de Neve vivendo entre os anões. Os anões tomavam bem conta dela. Mas quanto tempo ela teria resistido por lá sem a esperança de encontrar alguém de tamanho real? Quanto tempo teria ficado varrendo e costurando até começar a ver que sua vida se compunha de um porto seguro e muitas carências, sutis porém difusas e penetrantes?

ALICE

Quando chamei Jonathan para o Arizona, não mencionei o pacote. Não era o tipo de presente que se comente por telefone. Simplesmente exerci minha prerrogativa de mãe e exigi uma visita. De modo geral eu não o incomodava muito, e ele sempre sofrera de uma culpa exagerada. Desconfio de que ele gostaria que eu o sobrecarregasse mais. Acho que teria encontrado algum alívio numa mãe que o assediasse, o apoquentasse. Dada sua natureza, ele não tinha muita opção senão obedecer quando liguei dizendo que queria vê-lo. "O deserto é lindo nesta época do ano", falei. "Por favor, venha passar uns dias." E ele veio.

Fui buscá-lo no aeroporto de Phoenix. Não estava muito mudado com a vida no campo. Desde que fora embora para estudar na universidade, mais de dez anos atrás, eu me acostumara a passar meses sem vê-lo e aprendi a ter uma nova objetividade. Quando menino ele parecia uma invenção minha e eu o amava com uma intensidade ardente, toda emaranhada, que por vezes me machucava. Era como se a parte de mim que me despertava mais ternura, o pedacinho machucado que só queria chorar e ser abraçado, fosse cortado fora e agora tivesse uma vida em separado, para além dos meus poderes de consolação. Sua existência era tão premente, e me deixava tão infeliz, que eu mal sabia que cara ele tinha. Agora eu o amava de uma maneira menos terrível, a partir de uma reserva mais profunda de calma, e enxergava melhor suas particularidades humanas. Entre os passageiros que desembarcavam no aeroporto ele era pálido e belo, mas parecia inacabado; à medida que amadurecia eu começava a ver que ele corria o risco de envelhecer sem adquirir uma aparência de repouso. Infantil, sem marcas, com a beleza eqüina de um garoto, ia adquirindo aquele ar perenemente fresco e inexperiente que às vezes faz um velho parecer uma criança antiga em estado de choque. No meio do grupo que esperava, acenei e ele veio chegando, parecendo animado e ao mesmo tempo obcecado por alguma coisa, andando a passos incertos pela multidão como se suspeitasse que o lugar estava cheio de inimigos disfarçados.

"Oi, mãe."

"Alô, meu querido."

Nos abraçamos, perguntamos pela saúde e felicidade um do outro e fomos indo para o carro. No caminho ele perguntou: "Como vão os negócios?".

"De vento em popa", falei. "Não estou dando conta dos pedidos, mas detesto recusar qualquer cliente nestas alturas. Estou tentando arranjar outra cozinheira, mas é difícil encontrar alguém que faça as coisas do jeito que eu gosto."

"Tenho orgulho de você. Quem iria dizer que você ia se tornar uma grande executiva do serviço de bufê?"

"Cuidado, cuidado. Não venha querendo ser protetor para o meu lado."

"Não estou querendo ser protetor. Desde quando você anda com essas frescuras?"

"Ah, não ligue para o que eu falo, acho que são os nervos. Nunca tive uma firma, muito menos uma firma de sucesso. Não consigo parar de pensar que alguma coisa vai acontecer e tudo vai desmoronar."

"Não se preocupe. Ou será que isso também é ser protetor? Tá bom, então *se preocupe*. Coisas horríveis acontecem com as pessoas mais legais."

"É verdade", falei. "Pura verdade. Como vão os seus negócios?"

"Uma doidice. Parece que a gente passa o tempo inteirinho lá, e tudo está sempre à beira da loucura total. Mas estamos conseguindo não ter prejuízo. Nos dias mais movimentados até ganhamos um dinheirinho."

"Que bom. É um ramo difícil. Conseguir zerar o caixa no primeiro ano significa que vocês estão tendo sucesso."

"Acho que sim. Vivo acordando no meio da noite pensando: 'Esqueci de levar o café para a mesa cinco'."

"Bem-vindo ao *front*", falei.

Quando chegamos ao carro tivemos uma briguinha cordial para resolver quem iria dirigir. Eu preferia dirigir, já que conhecia o caminho, mas um filho adulto não gosta de ser passageiro da mãe, mesmo no território dela. Joguei-lhe as chaves, pensando no seu bem-estar.

Seguimos pela auto-estrada plana e reluzente, conversando sobre coisas comuns. O sol, que não era muito inclemente naquela época do ano, brilhava sobre as iucás em flor e os belos emaranhados de algarobeira cinza-carvão. Pensei sem inveja na garoa e no *fog* que naquele momento imperavam na Costa Leste. O deserto, pelo que descobri, tinha uma beleza severa demais para penetrar de imediato na pele da gente. Seu parente geográfico mais próximo é a geleira — assim como a geleira, ele é capaz de enganar os não-iniciados, que confundem seu lento giro com paralisia. Nós que ali morávamos o amávamos pela sua simplicidade, sua limpeza, sua sugestão diária de eternidade. Uma paisagem reflorestada passa a parecer congestionada e ao mesmo tempo efêmera, doce mas jovem demais, e sujeita a imprevisíveis reviravoltas da fortuna. Não é por acaso que as primeiras civilizações surgiram em desertos. Não é por acaso que muitos velhos voltam para lá.

"Você está com uma cara ótima", disse Jonathan dirigindo. "Gosto do jeito que você transou o cabelo."

"Bem", falei, "agora tenho que ter uma aparência. Não posso mais andar por aí feito a selvagem da montanha. Para falar a verdade, achei um barbeiro. Barbeiro de homem. A maioria dos salões de cabeleireiro por aqui ainda insiste em fazer aqueles *penteados* na gente, aquele troço todo estufado e cheio de laquê, e não tenho nenhum interesse nisso. Corto o cabelo cada três ou quatro semanas e não penso mais no assunto."

"Adoro esse penteado. Minha mãe é uma executiva de um bufê com cabelo à escovinha. Não estou sendo protetor. Estou apreciando."

Estacionou no nosso conjunto e levou sua mala para casa, dizendo: "O lugar aqui não mudou nada".

"Só perdeu um pouco mais de terreno para as forças da entropia", falei. "Eu queria dar uma ajeitada um pouco melhor antes de você chegar, mas uma cliente minha muito boa, já antiga, me chamou para fazer um jantar de última hora, de modo que ontem passei o dia inteiro fazendo camarão com *cilantro pesto* em vez de limpar e passar o aspirador."

"Tudo bem. Nossa casa em Cleveland sempre foi um pouco organizada demais, para falar a verdade. Quer dizer, fico contente de saber que você não passa o tempo todo aqui limpando a casa."

"Que essa seja a última das suas preocupações. Acredite."

Como ele ia dormir no sofá-cama, não havia necessidade de desfazer a mala. Ele simplesmente a colocou num canto da sala. Quando fez isso, fui tomada pelo nervosismo — eu o trouxera até o Arizona para uma finalidade tão estranha. Quem sabe eu agiria, afinal, como se fosse uma simples visita. Lhe daria de comer, lhe compraria algumas roupas novas apesar dos seus protestos, e o mandaria de volta para casa.

Perguntei: "Está com fome?".

"Um pouco. Não comi o almoço que serviram no avião. Num dado ponto da minha carreira de passageiro aéreo percebi que eu posso simplesmente recusar a bandeja quando eles trazem. Mas ainda me sinto muito ousado fazendo isso. Como se estivesse jogando dinheiro fora."

"Por que a gente não sai para almoçar? Descobri um lugar maravilhoso a uns quinze quilômetros daqui, onde fazem tortilhas de primeira. Eu adoraria contratar a cozinheira deles, ter alguém que conhece de verdade a cozinha mexicana tradicional, mas acho que não poderia pagar o salário dela."

"Parece ótimo. Vamos lá."

De repente ele estava tão parecido com o pai que parei e fiquei olhando fixo, com o sangue pulsando nas minhas têmporas. Todas as mães devem experimentar momentos assim, quando os filhos adultos — que partiram irrevogavelmente para as próprias personalidades — de repente revelam a natureza do pai, num traço tão puro e não diluído que parecem o próprio homem renascido até o último detalhe, até a tossezinha de três notas que pontuou os últimos quarenta e tantos anos. O que vi em Jonathan naquele momento foi a boa vontade de Ned, bamba e fácil; sua necessidade de ser agradável, entusiasmado, e sempre manter as coisas rolando suavemente. Se eu fosse uma pessoa diferente, um tipo mais valente, eu o teria agarrado pelos ombros e dito: "Queira aquilo que você quer mais ferozmente. Seja mais difícil, seja mais exigente. Senão você nunca vai construir uma vida que lhe use por inteiro".

Em vez disso, tirei dele as chaves do carro e falei: "Desta vez é melhor eu guiar. Nem eu mesma tenho certeza de como se chega nesse lugar, e olhe que já fui lá umas dez vezes".

Passamos os dois dias seguintes conversando, comendo e indo ao cinema. Levei-o para conhecer minha cozinha alugada e o escritório improvisado, apresentei-o à minha equipe de três pessoas. Perguntei também pela sua vida, embora muitas vezes não tivesse certeza de como formular minhas perguntas. "Como vai o bebê?" era a abertura mais óbvia.

"Ela está ótima", Jonathan respondeu tomando uma margarita. "Ela é incrível. Às vezes parece que todos os dias muda um pouco. Estou começando a compreender por que as pessoas têm meia dúzia de filhos — é difícil perceber que agora ela já está engatinhando e nunca mais vai ser tão indefesa assim. É um alívio também. Mas dá para entender que a pessoa queira ter outro filho só para ver uma outra pessoa passar outra vez por esse período assim tão desamparado."

"E você passa bastante tempo com ela?", perguntei.

"É claro. Claro que sim. Sou pai dela. Sou um dos pais dela."

Abanei a cabeça: "Acho que não compreendo muito bem".

"O que há para compreender? Você já esteve lá, você já viu nós todos juntos. Somos três pessoas que têm um bebê. O que que isso tem demais?"

"Não tem nada demais. Só que eu acho que sou antiquada."

"Você não é nada antiquada. Não com esse corte de cabelo."

"Bem, vá lá. O que me preocupa é que acho que você está sendo explorado nessa história toda. Bobby e Clare têm um ao outro. E você, tem o quê?"

Aqui estávamos em terreno delicado. Nunca tínhamos reconhecido formalmente suas inclinações — além de Bobby, eu nunca conhecera nenhum namorado seu. Que eu soubesse, ele não tinha nenhum. E aqui está a terrível verdade: eu preferia que fosse assim. Se ele tivesse insistido, eu teria tentado acomodar uma imagem mental de meu filho realizando atos sexuais com outros homens. Mas ele não era dado a insistência. Fazia suas visitas no papel de um casto solteirão, e eu e seu pai sempre estivemos dispostos a recebê-lo como tal. Se a vida não estava deixando muitas marcas nele, imagino que tivemos nosso papel nisso.

"Nós todos temos um ao outro", ele falou. "Mãe, você tem razão. Você não está compreendendo. Quem sabe a gente conversa sobre algum outro assunto."

"Como queira. Só me diga uma coisa. Você está feliz com o que está fazendo?"

"Sim. Estou em êxtase. E sou parte de alguma coisa. Sou parte de uma família e de um negócio. Estamos construindo um lar juntos. Você fica muito atrapalhada porque não parecemos exatamente uma família comum."

"Tudo bem. Vou tentar não ficar tão atrapalhada com isso."

E, depois de um momento, passamos a outros assuntos. Eu poderia ter correspondido a uma confissão de um amor não convencional, se ele optasse por me fazer essa confissão. Mas não podia exigir uma tal franqueza. Simplesmente não podia. O gesto teria que partir dele.

Não consegui chegar no ponto que queria até a véspera da sua partida, à noite. Tínhamos jantado em casa — fiz um abacate a vinagrete simples e filé de salmão grelhado. Depois de tirar a mesa fiz um café e falei: "Jonathan, querido, tive um motivo para lhe pedir que viesse até aqui desta vez. Tem uma coisa que quero lhe dar".

Seus olhos ficaram mais rápidos — deve ter pensado que eu tinha um tesouro de família guardado para ele. Por um momento eu o vi perfeitamente com quatro anos de idade, precocemente bem-educado mas fora de si de tanta avidez, numa loja de brinquedos onde nenhuma aquisição seria um luxo além da imaginação.

"O que é?", ele perguntou, escondendo educadamente a ansiedade.

Suspirei. Se eu tivesse um acolchoado ou um relógio de ouro eu teria lhe dado no lugar do que lhe reservava, mas nem eu nem Ned nunca tínhamos guardado esse tipo de coisa. Tanto eu como ele vínhamos de famílias mais interessadas no futuro que no passado. Subi para o quarto sem falar, tirei a caixa da gaveta da cômoda e levei-a para baixo.

Ele entendeu o que era. "Ah, mãe."

Coloquei-a com cuidado na mesa, um retângulo de madeira lisa com uma placa de bronze com o nome completo de Ned e suas datas. Falei: "Já é hora de você tomar conta disto. Esse foi o único pedido do seu pai — que você resolvesse o que fazer com isto".

Ele fez que sim. Olhou para a caixa mas não a tocou. "Eu sei. Ele me falou."

"Você andou pensando nisso?"

“Claro. Claro que sim. Mãe, também é por isso que estou fazendo o que estou fazendo. Estou tentando construir um lar, algum tipo de lar.”

“Sei.” Sentei-me ao lado dele. Ficamos os dois olhando para a caixa como desconfiados de que ela fosse se mexer sozinha.

Ele perguntou: “Você já olhou dentro?”.

“Sim. Primeiro achei que não ia agüentar olhar. Depois, com o tempo, percebi que não agüentava não olhar.”

“E?”

“Parece fuligem. A cor é cinza-amarelado. Tem mais do que a gente imagina. Eu pensava que era só um punhado, uma coisa parecida com o talco que a gente espalha ao vento com uma mão só. Mas não é assim, tem uma boa quantidade. Tem algumas lasquinhas de osso escuras, como marfim velho. Querido, uma coisa eu posso te dizer — isso é o seu pai tanto quanto um par de sapatos dele. Você quer olhar?”

“Não. Agora não.”

“Tudo bem.”

“Por que você está me dando isso agora? Quer dizer, bom, é isso mesmo: por que agora?”

Hesitei. A verdade era esta: eu estava saindo com uma pessoa. Era mais jovem que eu, seu nome era Paul Martinez, e começara a me ensinar toda uma gama de prazeres que eu mal imaginava quando era casada com Ned.

Parecia que estava vivendo minha vida ao contrário. Com Ned eu tinha ordem, tinha um santuário, tinha a serenidade que a gente espera ter na velhice. Agora, no início de minha verdadeira velhice, estava me apaixonando por um homem moreno, discutidor, que tocava violão e me beijava em lugares que Ned hesitava até em chamar pelo nome. Eu me sentia mal tendo suas cinzas em casa agora.

Mas para Jonathan eu disse apenas: “Estou com medo de virar a Morticia Addams, com as cinzas do marido numa prateleira de mármore sobre a lareira. Eu nem devia ter guardado isso tanto tempo”.

Haveria tempo de contar a ele sobre Paul, se a atração pegasse e se firmasse. Embora suas atenções me fizessem vibrar, eu ainda não confiava nelas — havia tantas razões para um homem mais jovem acreditar por um breve instante que amava uma mulher mais velha. Por que perturbar Jonathan sem necessidade? Melhor esperar e ver se o *affair* era sério, se merecia que eu o perturbasse.

"Compreendo", ele falou. "Nem consigo acreditar direito que isto aqui são as cinzas dele de verdade. Parece tão... não parece uma coisa que acontece no século XX. Que um cidadão guarde as cinzas de seu pai numa caixinha."

"Você quer levá-las para o deserto junto comigo? Poderíamos ir agora mesmo."

"Aqui? Assim, sair e espalhar as cinzas atrás da casa?"

"Sim. Agora escute. Essa não é a vida que seu pai e eu sonhamos. Não era a realização das nossas fantasias. Não mesmo. Mas é onde nós acabamos chegando, e não fomos infelizes aqui. Para falar a verdade, tenho sido muito feliz."

"Ele me disse para não enterrá-lo no deserto. Me disse isso explicitamente. Queria que eu me assentasse em algum lugar, e o enterrasse ali onde construísse um lar."

"Jonathan, meu bem. Você não acha que é um pouquinho... *kitsch* esse anseio todo por um lar?"

Ele revirou os olhos fingindo espanto. "Mãe, você está me falando para virar hippie?"

"Estou te falando para parar de se preocupar tanto. Seu pai morreu. Ele se preocupava com sua falta de raízes porque não conseguia imaginar que alguém conseguisse ser feliz sem estar bem firmado no chão. Essa era a natureza dele. Mas seria uma vergonha deixar que a falta de imaginação de seu pai reprimisse sua própria vida. Especialmente vinda de além-túmulo."

Ele fez que sim. Depois de um momento de hesitação, estendeu a mão e tocou a caixa. Correu os dedos de leve sobre as letras gravadas na placa. Sem erguer a vista, falou: "Mãe, se alguma coisa me acontecer...".

"Não vai lhe acontecer nada", falei depressa.

"Mas se alguma coisa acontecer."

Respirei fundo e olhei para ele. Esse era o motivo real pelo qual eu convivera sem questionar com minha imagem de Jonathan como um simples solteirão, com sua falta de emancipação sexual. Eu sabia que algum dia poderia receber um telefonema, de Bobby, de Clare ou de alguém que eu nem conhecia, me dando o nome de um hospital.

"Tudo bem", falei. "Se alguma coisa acontecer."

"Se alguma coisa acontecer, se você acabar ficando com o papai e comigo, não quero que você espalhe nossas cinzas aí nesse deserto. Me dá arrepio. OK?"

Não falei nada. Levantei e servi café.

"Você quer levar as cinzas de volta e espalhá-las lá em Woodstock?", perguntei, colocando na mesa as duas xícaras fumegantes.

"Talvez. Não tenho certeza."

"Você é que sabe. É uma decisão estritamente sua."

"Eu sei. Vou encontrar um lugar. Você quer ir ao cinema?"

"Que tal jogar palavras cruzadas?"

"Ótimo. Beleza. Você começa."

No dia seguinte fomos de carro até o aeroporto com as cinzas de Ned na mochila preta de Jonathan, enfiadas entre as meias e as cuecas. Dessa vez exigi o lugar do motorista e Jonathan não protestou. Era um dia raro, nublado, o céu cheio de nuvens que vieram rolando desde as Montanhas Rochosas, ainda pesadas mas já esvaziadas de sua chuva. O ar estava prateado, repleto de uma luz fixa, sem sombras, que parecia não ter origem, que podia emanar do chão do deserto tanto quanto da atmosfera.

Jonathan estava falando sobre seu interesse cada vez maior pela carpintaria quando desviei da auto-estrada e entrei numa estradinha lateral que eu conhecia.

Ele disse: "Ei, você está querendo cortar caminho?".

"Não. Não é isso."

"Aonde nós estamos indo?"

"Fica frio."

"Vou perder meu avião."

"Não vai não. E, se perder, pode pegar outro."

A estrada, uma estreita faixa recém-asfaltada, ia dar nas montanhas onde um punhado de homens e mulheres endinheirados haviam construído suas casas. Uma cliente minha morava lá, numa casa que combinava tão intrincadamente com as rochas ao redor que mal se distinguia que ali havia uma casa. Mas, antes de chegar até essas moradias elaboradas, a estrada mergulhava numa ravina rasa que continha uma das pequenas surpresas do deserto: um afloramento de água subterrânea, não tão ostensivo a ponto de formar um lago, mas úmido o bastante para que crescesse ali uma relva exuberante e um modesto grupo de álamos, cujas folhas tremeluziam como em perpétua surpresa.

Parei o carro nessa ravina. Parecia especialmente bela na luz nublada. Os álamos eram luminosos com seus troncos brancos e suas folhas verde-claras, e um raio de sol que as atravessava incendiava uma única faceta da montanha ao fundo, áspera e vermelha.

Falei: "Jonathan, vamos espalhar as cinzas aqui. Vamos acabar logo com isso".

"Aqui? Por que aqui?"

"Por que não? É lindo aqui, você não acha?"

"Bem, claro que sim. Mas..."

Deu uma olhada para a mochila no banco de trás.

"Tire a caixa daí", falei. "Vamos. Confie em mim."

Devagar, com grande deliberação, ele estendeu o braço para trás e abriu o zíper da mochila. Virou-se com a caixa aninhada nas duas mãos.

"Tem certeza?"

"Tenho certeza. Venha comigo."

Saímos do carro e demos vários passos na relva seca e espessa. Jonathan segurava a caixa. As moscas zumbiam preguiçosas a nossa volta, e um lagarto cor de poeira paralisou-se no topo de uma rocha cor-de-rosa, fitando-nos com toda a intensidade de sua vida acelerada.

"Aqui é bonito, *sim*", disse Jonathan.

"Eu passo aqui às vezes. Tenho clientes que moram por aqui. Sempre que você vier me visitar, de agora em diante, nós podemos vir até aqui se você quiser."

"Será que eu devo abrir a caixa?"

"Sim. Não é difícil. Está vendo como é o fecho da tampa?"

"Acho que sim." Tocou no fecho e logo tirou a mão, sem levantar a tampa.

"Não. Não consigo. Aqui não é o lugar certo."

"Meu bem, são só cinzas. Vamos espalhá-las e tocar nossa vida em frente."

"Eu prometi. Aqui não é o lugar certo. Não é o que ele queria."

"Esqueça o que ele queria."

"Você pode esquecer. Eu não."

Ele segurava a caixa bem apertada, os nós dos dedos já brancos como se tivesse medo que eu fosse arrancá-la. Falei: "Isso não é justo".

"Não sei se é justo, mas é verdade. Mãe, por que você quis se casar com papai?"

"Eu já contei essa história."

"Você já me contou que estava usando sapatos brancos depois do Labor Day, que ele tinha um cabelo espesso muito bonito e que você não via nenhuma razão para não se casar com ele, e então casou. Mas por que casou com ele, por que *ficou casada* com ele, se o seu interesse nele era só isso? Será que nossa família começou só porque casar e ter um filho era o que você achava que devia fazer?"

"Dobre a língua, rapaz. Eu amava seu pai. Não foi você quem ficou agüentando a vida naquele conjunto residencial durante anos. Não era você que acordava no meio da noite quando ele não conseguia respirar e entrava em pânico."

"Não. Mas você o amava? É só isso que eu quero saber. Sei que você se sacrificou por ele, deu apoio a ele e tudo o mais. Mas você era apaixonada por ele?"

"Isso é pergunta que se faça para a própria mãe?"

Ele apertava a caixa nos braços. "Acho que talvez eu é que fosse apaixonado por ele", falou baixinho. "Eu o adorava."

"Ele era apenas um homem comum."

"Eu sei. Você acha que não sei disso?"

Ficamos ali parados na beira do bosque de álamos. Nada aconteceu; nada se mexia. Jonathan segurava a caixa, o rosto obstinado, os olhos apertados. Depois de vários minutos eu disse: "Jonathan, encontre alguém para você, uma pessoa para amar".

"Eu tenho alguém."

Senti uma espécie de vertigem ouvindo nós dois falarmos desse jeito — um arrepio, uma sensação estonteante de grande altura e proteção insuficiente. Nós sempre fôramos tão reservados um com o outro. Agora, já meio tarde no jogo, quando eu tinha coisas para discutir com ele, não possuíamos uma linguagem que facilitasse as coisas.

Falei: "Você sabe o que eu quero dizer".

Ele desviou o olhar, petulante, como se alguma coisa no horizonte a minha direita tivesse captado sua atenção. Ali, bem na minha frente, irado, evitando meu olhar, estava o menino de quatro anos que eu conhecera mais intimamente do que conhecia a mim mesma. Agora ele estava de volta sob a forma de um homem que ia amadurecendo de uma maneira britânica, professoral; adquirindo um jeitão magrela, meio derrubado, caseiro demais.

"Você não sabe nada sobre isso", falou por fim. "Nossas vidas são mais diferentes do que você possa imaginar."

"Sei bastante sobre as mulheres", falei. "E uma coisa eu posso lhe dizer. Essa mulher não vai deixar você ter direitos iguais sobre o bebê dela."

Ele conseguiu me olhar. Seus olhos eram duros e brilhantes. "Rebecca não é o bebê *dela*. Rebecca é o *nosso* bebê."

"Por assim dizer."

"Não. Literalmente. Bobby, Clare e eu não sabemos qual de nós é o pai. Foi assim que resolvemos fazer a coisa."

Não acreditei. Eu sabia — de algum jeito eu sabia — que ele e aquela mulher não tinham sido amantes. Ele estava me contando uma história, como gostava de fazer quando criança. Mesmo assim, fui na dele.

"E é isso que Clare queria também?"

"Sim. É o que ela queria."

"Pode ser que ela tenha dito que queria. Pode ser que ela achasse que queria."

"Você não conhece Clare. Está pensando numa pessoa diferente."

"Não, meu querido. É você que está pensando numa pessoa diferente. Eu sei o que significa acreditar que as pessoas que a gente conhece são diferentes, que a vida da gente vai ser diferente. E estou aqui te dizendo que há leis universais. A mulher não compartilha o filho."

"Mamãe", disse numa voz estudadamente calma. "Mãe, você está falando sobre você mesma. É você que se recusaria a ceder um filho seu."

"Agora me escute. Saia por aí e encontre alguém para amar. Tenha um filho seu, se é isso que quer."

"Eu já tenho. Rebecca é filha minha também, tanto como de qualquer pessoa."

"Três é um número ímpar. Quando há três pessoas, em geral uma acaba caindo fora."

"Mãe, você não sabe o que está dizendo. Você não sabe porra nenhuma do que está acontecendo."

"Por favor, não fale comigo desse jeito. Eu ainda sou sua mãe."

"E você, por favor, não venha dar uma de comandante comigo. É de você que quer falar."

Aqui ele me pegou. Era de mim que eu queria falar. Eu é que desaparecera no casamento, que me deixara levar pelo conforto simples, pelo incessante conforto dos detalhes domésticos. E agora, num bosque no meio do deserto, eu queria falar.

"Só estou dizendo", falei, "que parece que existem certos limites. Já é bem difícil duas pessoas ficarem juntas como casal."

"E eu penso seriamente que esses limites são uma profecia que se auto-realiza. Bobby, Clare e eu somos felizes juntos. Planejamos continuar juntos."

"Não é o que a história nos ensina."

"A história muda. Mãe, o mundo não é mais o mesmo. O mundo vai acabar a qualquer minuto, por que a gente não há de experimentar ter tudo o que é possível?"

"Querido, as pessoas acreditam que o mundo vai terminar desde o dia que o mundo começou. Ele não acabou e nem mudou muito."

"Como você pode dizer isso? Olhe para você mesma!"

Percebi o chão arenoso debaixo dos meus pés, de um cinza-avermelhado. Fiquei consciente de mim mesma, de jeans e jaqueta de camurça, a céu aberto.

"Você acha que na hora H Bobby vai escolher você? É isso aí, não é? Você acha que Clare vai recuar e você e Bobby vão criar essa criança juntos, com Clare como pano de fundo."

Ele olhou para mim, e eu o vi. Vi tudo: sua fome pelos homens, sua culpa, sua decepção, sua raiva. Vi que de certa maneira sua raiva era uma raiva de mulher. Ele tinha um sentimento feminino de traição. Acreditava que fora empurrado injustamente para as margens, que fora amado pelas pessoas erradas, por razões erradas. Por um momento senti medo dele. Senti medo do meu próprio filho, lá longe naquele lugar agreste tão distante de outros seres. Havíamos nos protegido com o silêncio porque nossa única opção era uivar um para o outro, arranhar, morder, esganiçar-se. Ambos tínhamos vergonha demais para sentir a raiva comum.

"Você não sabe o que está dizendo", disse ele baixo, e reconheci que era verdade. Tínhamos perdido o rumo um do outro; éramos estranhos de um modo profundo, impenetrável, que corria como um rio sob nossa devoção e nossa cordialidade. Talvez sempre tivesse sido assim.

Falei: "É melhor a gente ir andando e tentar pegar seu vôo".

"É sim. É melhor."

''A respeito das cinzas. A escolha é sua. Me avise o que você decidir, quando decidir.''

Ele fez que sim. ''Quem sabe um dia eu as dê para Rebecca. Tome aqui, garota. Sua herança de família.''

''Ela também não vai saber o que fazer com elas.''

''Se eu tiver alguma influência, vai saber sim. Quero que ela cresça sem ter nenhuma dúvida quanto a onde colocar as cinzas do avô.''

''Seria bom. Seria muito bom para ela.''

''Ã-hã.''

''Então vamos. Estamos em cima da hora.''

Voltamos para o carro e fizemos o resto do caminho em silêncio. Jonathan recolocou as cinzas na mochila e fechou o zíper. Enquanto eu dirigia, tentei elaborar algum conselho materno, mas não conseguia achar a forma de dizer. Gostaria de lhe dizer algo que levara quase sessenta anos para aprender: que a gente deve aos mortos ainda menos do que deve aos vivos, que nossa única chance de felicidade — uma chance bem pequena — consiste em dar as boas-vindas à mudança. Mas não consegui.

Como perdêramos tempo, ele teve que saltar na calçada em frente ao terminal. ''Tchau, mãe.''

''Tchau, tchau. Se cuide.''

''Pode deixar. Eu sempre me cuido.''

''Não tenho tanta certeza. Vá, vá logo. Senão você perde o avião.''

Ele desceu do carro e jogou a mochila por cima do ombro. Antes de sair a passos largos em direção ao avião, deu a volta e veio até minha janela: ''Até mais''.

Será que estava doente, ou apenas ficando mais velho? Por que parecia um pouco abatido, os olhos grandes demais no rosto?

''Jonathan? Me dá uma ligada quando chegar, tá? Só para eu saber que você chegou inteiro.''

''OK. Claro.''

Ele se inclinou na janela aberta e eu lhe dei um beijo leve, mas bem na boca. Um beijo de adeus. E então, sem acenar nem olhar para trás, ele se foi.

JONATHAN

Bobby e eu chegamos na estação alguns minutos antes do trem de Erich. Numa estação de cidade pequena como aquela — apenas uma construção de tijolos marrons do tamanho de um galpão, com uma plataforma de concreto na frente — você sente o quanto está longe de tudo. Aqui, onde o campo e a cidade se encontram, você compreende que o importante de um trem que se aproxima é a sua subseqüente partida para outros lugares. Ainda enquanto observávamos a linha prateada do trem se enrodilhar como uma cobra em torno da última colina verde, consegui imaginar a ventania poeirenta que levantaria ao partir. Fagulhas, um perdido copinho de papel voariam rápidos pela plataforma e depois voltariam a assentar-se no silêncio predominante. Do outro lado dos trilhos, uma máquina vermelha toda torta que outrora vendia jornais jazia de boca escancarada em meio às urtigas e rabos-de-gato.

Eu chamara Erich porque me sentia sozinho. Não é verdade: eu deveria dar à minha condição seu verdadeiro nome. Quando nos mudamos para Woodstock pensei que haveria por ali mais homens gays não comprometidos; imaginei que iria encontrá-los em bares e liquidações de quintal. Mas, como acabei percebendo, todos os gays que moravam lá haviam chegado aos pares. Assim, acabei ligando para o doutor Feelgood e o convidei para um fim de semana.

Como eu estava nervoso, dei uns tapinhas no ombro de Bobby. Havia mais de um ano que eu não via Erich. Além de nós, a única pessoa na plataforma era uma senhora idosa, obesa, procurando com irritação alguma coisa numa bolsa de palha branca. Fiquei com a mão no ombro de Bobby quando o trem fez a curva e veio chegando. Uma figura da minha vida antiga e mais sensata vinha me visitar na minha nova vida, estranha e bucólica.

O trem chegou bufando; as portas se abriram com um suspiro. Uma família desembarcou, seguida por um homem calvo de terno marrom, seguido por uma mulher obesa mais jovem que se encontrou com a velha da bolsa de palha branca. Por um momento me pareceu que Erich não estava no trem. E aí ele apareceu, com uma mala de lona azul, no topo dos três degraus metálicos do trem.

Percebi assim que o vi. Numa pessoa magra como Erich, a perda de até mesmo dois quilos faria um efeito notável. Ele perdera pelo menos cinco. Sua pele parecia cinzenta, densa.

Ele sorriu. Desceu a escadinha com competência, embora devagar, como se equilibrasse um jarro invisível na cabeça. Bobby segurou seu braço quando ele desceu o último degrau e pisou na plataforma.

"Oi", disse Erich. "Aqui estou."

"Olha só", falei.

Depois de uma breve hesitação, nos abraçamos. Através das suas roupas — calça jeans preta, camisa jeans azul —, senti sua magreza. Era como abraçar um feixe de gravetos. No abraço senti uma onda de pânico. O sangue me subiu à cabeça de repente, me deixou tonto. Só conseguia pensar em me soltar e fugir, correr daquela plataforma para o meio do mato e das urtigas. Enquanto Erich e eu nos abraçávamos o mundo se desmanchou em partículas brilhantes que nadavam diante de meus olhos, um horrível torvelinho de cores, e por um momento eu poderia dar-lhe um murro, chutá-lo para debaixo das rodas do trem para que se esmigalhasse, virasse pó. Para que não mais existisse.

Em vez disso, segurei seus ombros ossudos e disse: "Que bom te ver". O trem partiu de novo, em meio a uma fúria de poeira cintilante que chegava até os joelhos.

Ele agradeceu: "Obrigado. Muito obrigado. Que bom estar aqui. Faz muito tempo que eu não vou ao campo. Alô, Bobby".

Ele e Bobby apertaram as mãos. Não consegui ver na cara de Bobby o quanto ele percebera. Carregou a mala de Erich para o carro com a certeza impassível de um velho serviçal da família. Erich caminhava bastante bem, embora houvesse uma cautela palpável nos seus passos, uma deliberação de velho, como se seus ossos fossem frágeis e quebradiços como cera.

Perguntei: "Fez boa viagem?".

"Ótima. É sim, ótima. O trem passa por uns lugares lindos, esse pedaço aqui é, ahn, lindo mesmo, não?"

"É sim", falei. "Bom para os apreciadores do gênero."

Ele piscou, incerto. Erich compreendia as piadas formais, mas perdia as pequenas ironias.

"Nós gostamos daqui", falei. "É exatamente tão repousante, tão satisfatório e tão chato como a gente sempre imaginou que o campo fosse."

"Ah! Bem, que bom. Isso é bom."

Entramos no carro e partimos para casa. Bobby foi guiando, Erich sentou-se no banco da frente. Sentei atrás, no lugar das crianças. Ao passarmos pela estrada bem conhecida olhei para fora, para o mato selvagem, e não conseguia parar de pensar em me esconder ali; enfiar-me profundamente no campo de relva alta até ficar completamente escondido entre as folhas amarelo-esverdeadas, descorando com a chegada da estação. Catorze meses antes, quando Erich e eu fizemos amor pela última vez, tomamos precauções. Mas, menos de um ano antes disso, não tínhamos tomado nenhum cuidado. Corri os dedos de leve no meu peito e fiquei olhando as folhas da relva balançarem debaixo do céu.

Erich disse: "Bobby, você trouxe sua coleção de discos para cá?".

"Ah, claro. Você me conhece. Temos toca-discos e tudo."

"Eu lhe trouxe alguns presentes da cidade. Tem uma loja de discos enorme bem no meio do distrito financeiro, dá para acreditar?"

"Ah, eu conheço essa", disse Bobby. "Sim, eu costumava ir lá."

Fomos guiando para casa, administrando nossa conversa por espasmos. Descobri, para minha surpresa, que a possibilidade de perguntar a Erich sobre sua saúde me causava uma nítida aversão social. Não era horror e sim constrangimento o que me impedia de mencioná-la; era como se ele tivesse voltado de uma guerra sem os braços ou as pernas. De onde eu estava sentado, via a pele sem viço que assomava entre seu cabelo fino — tanto a pele como o cabelo haviam perdido um lustro só perceptível pela ausência. Embora Erich nunca tivesse sido robusto, seu cabelo agora parecia que ia quebrar na mão da gente. O couro cabeludo era duro e seco; sem sumo. O que fiz, diante desse evidente declínio, foi apontar minhas paisagens prediletas, comentar as excentricidades da população local e relatar nossa recente visita à feira rural, onde pepinos premiados e porquinhos de raça eram orgulhosamente exibidos.

Eu não conseguia parar de alisar meu peito. Atravessamos o rio Hudson. Lá embaixo, barcaças cortavam a água escura, faiscante. As árvores na outra margem estavam ficando amarelas e vermelhas com as primeiras noites de geada. Em meio às árvores, as mansões em ruínas de milionários mortos olhavam cegamente para o céu frio, de um azul gelado.

Quando chegamos ao caminho de pedregulhos que levava à casa, Erich assoviou de espanto e disse: "Ah, que maravilha! Nem acredito que isto seja de vocês".

Eu nunca ouvira esse tom de excitação na sua voz — um tom subjacente de trêmulo fascínio. Eu não acreditava muito. Soava falso, como um arroubo efusivo. Era como se ele fosse a esposa de um homem ambicioso visitando a casa de campo do patrão.

"Espere até ver lá dentro", falei. "Ainda falta muito."

"Ah não, a casa é perfeita. É simplesmente perfeita. Seja lá como for por dentro."

"Espere só", falei.

Clare veio nos encontrar na varanda com o bebê. Rebecca, de banho recém-tomado, nos olhava com olhos esbugalhados, como se nunca tivesse visto nada parecido — três homens saindo de um carro e subindo os degraus da varanda. Clare disse: "Olá, rapazes".

Erich respondeu: "Alô. Ahn, que bom te ver. Ah, olha só o bebê!".

Percebi no rosto de Clare que ela desconfiava de alguma coisa. Quase pude acompanhar o processo interno que ela desenvolveu, fazendo força para comparar o Erich de agora com o Erich que conhecera anos antes. Será que ele sempre fora assim magro e cinzento? Sua pele tão opaca?

"É esta aqui", disse Clare após um momento. "Hoje ela está num bom dia, está angelical desde que abriu os olhos de manhã. É melhor admirá-la rápido, porque as coisas podem mudar a qualquer momento."

Erich, hesitante com crianças pequenas, ficou a vários passos de distância e disse: "Oi, nenê. Olá". Rebecca abriu a boca para ele, ou para o vácuo ao redor dele, com um fio de saliva pendendo voluptuosamente do queixo. Ela já falava havia meses. Em particular, era capaz de tagarelar durante horas, misturando palavras reais com seu vocabulário particular, mas quando se defrontava com estranhos, retraía-se, só olhando com uma fascinação desavergonhada e ligeiramente temerosa, sem se comprometer com nada, esperando para ver o que acontecia. Na dúvida, aferrava-se a seus privilégios de bebê, e nas suas fixações perplexas havia um abandono quase sexual. Eu já aprendera uma lição sobre a paternidade — você ama seu filho, em parte, porque o vê inteiramente nu. Um bebê não tem vida recôndita, e comparativamente todas as outras pessoas que você conhece parecem encapotadas, dissimuladas e cheias de tristes pequenos truques. Em um ano e meio eu aprendera que, embora conseguisse imaginar Rebecca já crescida me deixando zangado, magoado ou desapontado, não via como ela pudesse se tornar uma estranha para mim. Nem que acabasse pesando cento e cinqüenta quilos. Nem que alegasse descender de um deus-inseto, ou assassinasse alguém para obter ganho pessoal. Éramos conectados um ao outro; tínhamos estabelecido uma intimidade que enquanto os dois vivêssemos nada poderia desfazer.

"Que tal me dar um apertão?", falei. Clare, relutante, passou-a para mim. Quando a tomei nos braços ela me olhou com espanto, sem piscar. Falei: "Ei, senhorita Rebecca", e ela riu abruptamente, em êxtase, como se eu tivesse saltado de dentro de uma caixa.

Abracei-a junto ao peito. Encostei o nariz no seu ombro gorducho e aspirei seu cheiro.

Erich disse: "Que interessante. Quer dizer, isso que vocês estão fazendo por aqui. É muito, muito interessante mesmo".

"Para dizer o mínimo", disse Clare. "Vamos entrar, eu levo você até seu quarto. Ah, eu sempre quis dizer isso para alguém."

Clare mostrou a casa a Erich, e Bobby foi atrás com a mala. Fiquei um momento lá fora com Rebecca. A luz da tarde, que adquirira o peso dourado de outubro, ia pousando em cada árvore, individualmente, na encosta da montanha. Uma gorda aranha malhada esperava imóvel no exato centro de uma teia que descrevia um tenso hexágono entre dois postes e a grade da varanda. Com a mesma velocidade com que varríamos as teias, essas aranhas do campo — algumas de cores alegres, outras pálidas como pó — as reconstruíam. Rebecca murmurava. Começou a bater as mãos daquela maneira frenética, exasperada, que antecedia suas crises de choro sem motivo. Alisei seu cabelo, esperando as lágrimas começarem. Pensei ir embora com ela, simplesmente sair andando e levá-la para as montanhas comigo.

"Ainda tem tanta coisa pra fazer", sussurrei. "Os assoalhos ainda estão cheios de pó de madeira podre. E nós ainda nem começamos a mexer na cozinha."

Levamos Erich para ver o restaurante, que naquelas alturas estava indo bastante bem; eu e Bobby podíamos deixá-lo por algumas horas aos cuidados de Marlys, nossa ajudante de cozinha, e sua namorada Gert, a nova garçonete. Quando abrimos o restaurante, nossa idéia inicial era simular o tipo de lugar que queríamos encontrar na nossa viagem de carro quando voltamos do Arizona — um pequeno café excêntrico que servisse comida honesta, feita por mãos humanas. Como depois percebemos, não éramos os únicos a desejar esse lugar simples e evasivo. Nosso restaurante vivia cheio, e nos fins de semana as filas iam até a metade do quarteirão. Era gratificante e ligeiramente embaraçoso ver as pessoas tão ávidas por uma comida tão comum: pão feito em casa, batatas fritas na hora, sopas, refogados, duas tortas diferentes por dia. Às vezes eu sentia que estávamos enganando os fregueses, nos fazendo de simples — tínhamos levado existências enroladas, neuróticas, e agora estávamos ganhando a vida servindo tortas feitas com maçãs vindas de um pomar a menos de quinze quilômetros e encomendando a uma vovó das redondezas conservas feitas em casa. Mesmo assim, metade dos nossos clientes usavam roupas *country* compradas por catálogos e suéteres rústicos feitos em Hong Kong ou na Guatemala. Imagino que ninguém estava se iludindo.

"Ah, que *maravilha*!", exclamou Erich. O restaurante já fechara, mas em metade das mesas ainda havia fregueses terminando suas refeições. Marlys e Gert nos cumprimentaram com sua mescla particular de animação, companheirismo e um ódio esquivo, indefinível. Descobri que estava vagamente constrangido com a palidez e a magreza de Erich — parecia que trouxera alguma perversidade minha, algum segredo desagradável, para dentro daquele lugar onde eu efetivamente simulara inocência.

Marlys levou Bobby para a cozinha para lhe mostrar o que faltava encomendar, e para mostrar um vazamento que conseguira tapar provisoriamente na máquina de lavar louça. Eu já aprendera que até mesmo um pequeno restaurante bem-sucedido funciona num estado de contínua crise. As máquinas quebravam, pegavam fogo, falhavam quando mais eram necessárias. Os produtos chegavam machucados ou verdes, as larvas cavavam túneis na farinha. O apetite dos clientes seguia um padrão distinto mas imprevisível, de modo que os ingredientes que numa semana se esgotavam na semana seguinte ficavam estragando nas prateleiras. Os lucros, embora regulares, eram pequenos, e parecia que a cada hora, literalmente, era preciso assar mais tortas, cortar mais batatas, discutir com o verdureiro por causa de um caixote de alfaces murchas. Às vezes eu entrava no restaurante e via, com certo espanto, que as pessoas estavam sentadas em todas as mesas comendo sem preocupação nem atenção especial, conversando sobre suas vidas. Acreditavam que aquilo era um restaurante, não achavam nada extraordinário que lutássemos contra o mofo, contra os parasitas, contra a desonestidade mesquinha e interminável dos fornecedores, para colocar aquela simples comida naqueles pratos de cerâmica branca. Nas raras ocasiões em que um freguês reclamava que seus ovos estavam muito cozidos ou o bacon malpassado, eu tinha que me conter para não berrar: "Você não percebe a sorte que tem por estar comendo isso aqui? Não *compreende*? Onde está a sua gratidão, pelo amor de Deus?". Eu já começava a compreender melhor a atração do desidratado, do congelado no *freezer* e descongelado no microondas. *O gosto é quase igual, e é algo previsível. Já está cortado, enrolado, fatiado, picado. Não vai apodrecer. Vai durar até os clientes decidirem que querem aquilo outra vez.* Menos de dois anos antes, os proprietários de todos aqueles cafés de beira de estrada, desolados, com sua iluminação ofuscante, pareciam nossos inimigos, vendendo comida corrompida devido à ambição e à preguiça. Agora eu os via como vítimas de uma derrota mais prática, mais sedutora.

Gert perguntou a Erich e a mim se gostaríamos de tomar alguma coisa. O café ainda estava quente, e sobravam dois pedaços de torta de amora. Será que ela sabia que Erich estava doente? Seria essa a verdadeira causa de sua solicitude? Percebi que Erich ficou encantado com Gert, que era de fato encantadora, uma mulher de rosto forte, corado, e longos cabelos grisalhos, que abandonara um bom emprego numa editora para viver com Marlys no interior. Andava como uma fazendeira, de vestido estampado e casaquinho abotoado, mas falava russo e havia editado a obra de um grande poeta. Depois que dissemos não, obrigado, para o café e a torta, e ela voltou aos fregueses, tive que me esforçar para não cochichar: "Nós achamos que ela rouba da caixa registradora".

Erich disse na sua nova voz, animada demais: "Este lugar é uma doçura".

"Faz parte do pacote", falei. "É um aspecto integrante do nosso atrativo para o público-alvo."

"Quem são todas essas crianças?", ele perguntou, indicando as fotos nas paredes.

"Gente estranha. Cinco por um dólar num brechó ali no Hudson. Nestas alturas, metade são alcoólatras, ou piraram em Jesus Cristo, ou estão na penitenciária do estado. A outra metade mora em *trailers* com os seis filhos."

Ele aprovou com a cabeça, como se esses fossem bons finais para a vida das crianças. Bobby chegou da cozinha seguido por Marlys, uma mulher grandalhona, de sardas e cabelo cor de abricó. "Acho que a máquina de lavar louça está pifada", disse Bobby. "Parece, assim, bem ruim."

"Ótimo", falei. "Eles vão levar semanas para mandar uma nova. Você sabe como eles são."

Marlys me deu um soco de mentirinha: "Oi, machão".

Levantei as mãos: "Oh, ah, não me machuque, por favor!". Esse era o método que eu e Marlys tínhamos elaborado para atravessar o labirinto da sexualidade e do poder. Ela ganhava um bom dinheiro no nosso restaurante e ficava constantemente nos dando murros, beliscando nosso rosto com força ou nos dando tapas na bunda. Eu era seu patrão, e fingia um terror físico não inteiramente diferente dos meus sentimentos verdadeiros. Marlys era ampla, calma e competente em assuntos mundanos. Já havia consertado a lavadora no meio da correria do café da manhã. Era marinheira perita, ótima esquiadora e sabia o nome das árvores.

"Bom, vamos ter que nos arranjar com essa até ela pifar completamente", disse Bobby. "Talvez a gente tenha que lavar pratos a mão de novo, por algum tempo. E torcer para o fiscal da saúde não passar por aqui."

"A vida glamourosa de um dono de restaurante", falei para Erich, que concordou, agradável.

Jantamos em casa, e conversamos principalmente sobre o bebê. Clare e eu usamos Erich como público para nosso interesse nos detalhes da educação de uma criança. Enquanto passávamos o milho, os hambúrgueres e a salada de tomate, cada um queria contar suas histórias prediletas sobre as peculiaridades de Rebecca, sobre o nosso choque ao sentir as diversas implicações morais e físicas da paternidade, e sobre as nossas várias resoluções no sentido de conduzi-la, relativamente sã e salva, a uma vida com amor e salário. Erich, cujas boas maneiras deviam estar gravadas nos seus genes, ouvia piscando muito, fingindo, ou de fato sentindo, um ardente interesse pela nossa conversa. Não dava para dizer.

Depois do jantar, pusemos Rebecca na cama e vimos um dos filmes que Clare tinha alugado. (''Nós *não* vamos'', ela dissera, ''ficar na dependência da conversa neste fim de semana. Vou apelar para filmes, jogos, qualquer negócio. Eu contrataria um número com cachorros de circo se arranjasse um por aqui.'') Depois do filme, espreguiçamo-nos, bocejamos e dissemos que estávamos cansados — uma verdade parcial. Sim, concordamos, já era hora de ir para a cama. Erich sentava-se todo encolhido na sua cadeira, com as mãos enfiadas entre os joelhos, como se a sala estivesse gelada. Era tão miúdo, e estava tão decidido a ser um bom hóspede, um que não atrapalha — que concorda com tudo, que insiste que os desejos de seus anfitriões combinam exatamente com os seus. Quase sem querer, falei: ''Erich, há quanto tempo você está assim?''.

Ele me olhou com uma expressão mista de surpresa e decepção, piscando depressa. Me ocorreu que talvez me considerasse a origem da sua doença. Como, de fato, eu poderia ser.

Ele respondeu: ''Eu não sabia se dava para perceber''. Falou tão baixo que eu mal ouvi. Sua voz era como o silvo de um radiador. Mas piscava furiosamente e apertava mais as mãos entre as coxas. ''Eu tenho me sentido *melhor*. Quer dizer, bom, eu achei que minha aparência estava normal.''

''Já faz quanto tempo?'', perguntou Clare. Antes de eu falar ela se levantara, com o pretexto de fazer um chá de ervas, e ali ficou parada, ao lado do sofá. Bobby, sentado, observava em silêncio.

Erich hesitou, como se se esforçasse para lembrar. ''Bom, eu já andava me sentindo doente há mais de um ano. Mas não conseguia acreditar, quer dizer, parecia tão estranho ter imaginado esses sintomas todos tão claramente e de repente começar a tê-los. Por um tempo achei que era pura hipocondria. Mas aí, bom. Soube o diagnóstico há uns cinco meses.''

''E você não me ligou?'', perguntei.

''E ia adiantar?'' Agora a sua voz cortou o ar tão nítida como um cabo de aço na neblina. Sua voz perdera o tom educado, entusiasmado, e adquirira uma amargura que nele eu nunca ouvira. "Não é uma coisa que tem cura. Não dá para fazer nada, só se preocupar."

"Eu vi você quando você estava doente", falei. "Você não disse nada."

Mas ao mesmo tempo lembrei: nós não temos um relacionamento. Nossa troca se baseia fundamentalmente no sexo e na solidão compartilhada.

Ele me olhou. Seus olhos eram terríveis. "Para falar a verdade, fiquei constrangido. Quando eu pensava numa coisa dessas, quando eu *imaginava*, sabe como é, eu sabia que teria medo, teria raiva. E também, bom, culpa. Nada disso me surpreende muito. Mas estou surpreso de estar me sentindo tão constrangido."

"Querido, tudo bem", disse Clare.

Erich fez que sim. "Claro que tudo bem. Que mais haveria de ser senão tudo bem?"

"Nada", ela disse. "Desculpe."

"Eu achava que estava trabalhando para chegar a alguma coisa, algo como esta casa. Sabe como é, pensando o que fazer com minha vida. Pensei que ia dar um jeito de ganhar dinheiro e acabar num lugar como este."

"As noites aqui são longas", disse Clare.

"É o paraíso", disse Erich. "Não tente me enganar. Isto aqui é a porra do paraíso, e você sabe disso muito bem."

Ficamos onde estávamos, com as luzes acesas e o relógio fazendo seu tique-taque. Eu só pensava em Rebecca. Assim como eu antes desejara desaparecer na relva alta, agora queria apenas ir até o seu quarto, acordá-la e consolá-la. Pensei nos seus pezinhos perfeitos, pensei no jeito como ela segurava o cabelo com uma mão e chupava o polegar da outra. Fiquei pensando se com vinte e cinco anos algum vestígio desse hábito permaneceria. Será que, quando moça, ela iria brincar com o cabelo quando estivesse cansada ou ansiosa? Será que alguém ia amar essa sua característica — a mecha de cabelo castanho enrolando, desenrolando e outra vez enrolando em volta de um dedo inconsciente? Será que alguém se irritaria com isso? Alguém olharia para ela um dia em que ela estivesse exausta, os dedos trabalhando céleres, e pensaria: "Já estou cheio disso"?

Falei: "Vou dar uma olhada no bebê".

"Ela está ótima", disse Clare. "Não deu nem um pio."

"Mesmo assim vou dar uma olhada. Mal não faz."

''Jonathan, ela está bem'', disse Clare. ''Falando sério. Está mesmo.''

Erich dormiu sozinho na minha cama aquela noite. Embora eu alegasse que ia dormir no *futon* da sala, acabei com Bobby e Clare na cama deles. Deitei entre os dois, de braços cruzados.

''A pior merda que eu sinto'', falei, ''é que estou preocupadíssimo comigo mesmo. Erich está *doente*, e eu sinto pena dele, mas de um jeito meio... remoto. É como se a minha preocupação comigo mesmo fosse uma marcha militar, essas marchas de Sousa, e a doença real de Erich fosse um *flautim* tocando lá no fundo.''

''Isso é muito natural'', disse ela. ''Mas escute, você deve estar bem. Você está com saúde, e já faz, o que, mais de um ano, desde a última vez que você e Erich...''

''Pode incubar por mais de cinco anos'', falei. ''Agora eles acham que pode ser até dez anos.''

Ela fez que sim. Alguma coisa estava errada; ela não estava reagindo da maneira como eu esperava, com seu topete e sua picardia ''clareana''. Parecia que tinha saído da sua personagem.

Bobby estava deitado em silêncio do meu outro lado. Ele mal abrira a boca desde a hora do jantar. Chamei: ''Bobby?''.

''Ah-hã?''

''O que é? Poxa vida, você está tão quieto.''

''Estou legal. Estou só pensando.''

Clare me deu um apertão no braço. Eu sabia o que ela queria dizer: deixa ele em paz até ele ter tempo de se acomodar na sua própria reação. Bobby ia lidando com as surpresas do mundo com um jeito tão deliberado que era quase sonolento. Clare e eu já tínhamos decidido em particular que se a casa pegasse fogo um de nós teria a responsabilidade de ajudá-lo a resolver de qual janela pular.

''Eu me sinto assim tão... estranho'', falei. ''Como é que vou conseguir passar os dias de agora em diante sem ficar me examinando e procurando sintomas a cada cinco minutos?''

''Meu bem, com toda probabilidade você está ótimo'', disse Clare, mas na voz dela faltava convicção. Para compensar, me deu uns tapinhas no peito. Desde que o bebê nasceu, Clare ficara mais inclinada ao contato físico, embora suas carícias ainda fossem vagas e fugidias como se ela temesse que a carne alheia lhe queimasse as mãos.

''O que você acha, Bobby?'', perguntei.

''Acho que você está bem.''

''Bom, ainda bem. Que bom que você acha isso.''

Clare disse: ''Como será que Erich vai conseguir administrar tudo isso? Tenho a sensação de que ele não tem muitos amigos''.

''Ele tem amigos'', falei. ''Você acha o que, que ele vive no vácuo? Acha que ele é apenas um extra de cinema sem nenhuma vida própria?''

''Como é que eu vou saber?''

Percebi pelo tom da sua voz que ela me acusava, de alguma maneira, por não amar Erich. Desde que o bebê nascera ela descartara parte do seu velho cinismo, e considerava que o mundo tinha obrigação de corresponder a padrões impecáveis de afeto.

''Por favor, não fique irritada comigo'', falei. ''Agora não. Outra hora qualquer você pode se irritar em dobro.''

''Não estou irritada'', ela disse. Era um hábito seu renegar suas ações no instante mesmo em que as cometia. Naquele momento achei que só por ser ela mesma ela podia causar sérios danos ao bebê. Como iria afetar Rebecca o fato de crescer com uma mãe que berrava ''Eu não estou berrando!''.

''Certo'', falei. ''Você não está irritada. Você sempre sabe exatamente o que sai da sua boca, e tudo que os outros pensam que ouviram é ilusão.''

''Nós não precisamos brigar bem neste momento. A não ser que você realmente queira.''

''Quem sabe eu quero. Você está com raiva de mim porque não estou apaixonado pelo Erich, não é verdade?''

''Claro que não. Como eu poderia estar com raiva de uma coisa dessas? Ou a gente se apaixona por alguém ou não se apaixona.''

''Ah, nós três estamos muito mais acostumados com a ambigüidade. Não estamos? Me diz uma coisa. Você acha que eu estraguei a minha vida? Acha que tem alguma coisa de errado no fato de eu estar apaixonado por você e por Bobby e ter uma relação estritamente sexual com Erich?''

''É você quem está dizendo isso.''

''Mas eu quero saber o que *você* acha. Você acha que tem alguma coisa inacabada em mim. Não é mesmo? Você acha que eu e o Bobby somos meio homem cada um. É por isso que você acabou com nós dois. Aos teus olhos, juntos nós formamos uma pessoa. Certo?''

"Pára com isso. Você está perturbado, não é uma boa hora para tentar conversar."

"Não é que eu tenha querido", falei. "É só o que aconteceu. Não quero que de repente você fique contra mim por causa disso. Clare, pelo amor de Deus, estou com medo demais."

Ela começou a dizer "Não estou...", mas se flagrou a tempo. "Ah, quem sabe estou. Eu também estou com medo."

"Não tenho obrigação de amar Erich só porque ele está doente", falei. "Não tenho que de repente assumir responsabilidade por ele."

"Não. Acho que não."

"Que merda, por que fui convidá-lo?"

"Jonathan, querido. O fato de Erich estar aqui não faz diferença nenhuma. Do jeito que você fala, parece que ele trouxe algum micróbio para cá."

"E não trouxe? Antes eu podia passar o dia inteiro sem pensar no assunto. Agora perdi isso."

"Não faz sentido. Bom, faz sentido dentro da loucura. Compreendo o que você quer dizer. Mas não ponha a culpa nele. Não é culpa dele."

"Eu sei", respondi, infeliz. "Sei disso."

Minha limitação era minha própria racionalidade. Eu era equilibrado demais, bem-comportado demais. Se eu fosse um tipo de pessoa diferente, poderia sair furioso pela casa, quebrando louça e arrancando quadros da parede. Naturalmente isso não ia resolver nada, mas haveria um voluptuoso alívio — o único prazer que eu conseguia imaginar naquele momento. A idéia do sexo me repugnava, tanto quanto o consolo dos amigos que sabiam que seu sangue era saudável. Meu único desejo era sair correndo e gritando pela casa, arrancando as cortinas, quebrando os móveis, arrebentando vidraça por vidraça.

"Vê se dorme", disse Clare. "Não adianta ficar acordado se preocupando com isso."

"Eu sei. Vou tentar."

"OK. Boa noite."

"Boa noite."

Ela escorregou um braço sobre a minha barriga e me puxou para mais perto do seu nimbo de calor e perfume. Do outro lado Bobby respirava de leve. Eu sabia que devia me sentir consolado e quase me senti, mas a verdadeira sensação de consolo tremulava logo além do meu alcance. Eu estava num lugar remoto com pessoas cujas vidas continuariam sem mudanças se eu morresse. Estava deitado entre Clare e Bobby, atento para ouvir Rebecca. Se ela acordasse e chorasse, eu iria ao quarto dela consolá-la. Esquentaria uma mamadeira e lhe daria para beber no colo. Fiquei deitado com o ouvido ligado no primeiro chorinho, mas ela continuava dormindo.

BOBBY

Passava da meia-noite. As nuvens já tinham passado, rolando em sua longa jornada até o Atlântico, vindas do coração do continente. A lua cheia entrava, livre e estrídula, pela janela do nosso quarto. Ao pisar no assoalho branco de luar parei para olhar Jonathan e Clare, adormecidos na sombra da água-furtada. Ela emitia seu ronco baixo, soprando suaves bolhas. Ele dormia com a cabeça longe dela, como se seu sonho fosse puro ruído e ele não desejasse perturbar o sono dela.

Segui pelo corredor e bati na porta, mas não esperei a resposta. Aquele quarto ficava do lado sem lua da casa — mantinha uma escuridão mais profunda. Parei um momento perto da porta, depois cochichei: "Erich?".

"Sim?"

"Está dormindo?"

"Não. Bom, não. Não estava mesmo."

"É só, sabe como é. Vim ver se você está confortável."

"Estou. Esta cama é boa."

Sua cabeça era uma mancha escura movendo-se na beirada do acolchoado de cores vivas. Eu captava vislumbres dele: seus olhos, sua testa abaulada. O quarto não cheirava a doença.

"É a velha cama de Clare", falei. "Bem, minha e de Clare, por um tempo. Agora é do Jonathan e nós dois temos, assim, aquela outra."

"É uma boa cama. Não é mole demais. Sempre acho que no interior a cama vai ser macia."

"Às vezes entra um camundongo aqui", falei. "A gente vive dizendo que vai armar uma ratoeira para ele mas nunca fazemos nada. Nem sei se nós temos, assim, estofo para morar no interior."

"Os camundongos por aqui devem ser mais limpos. Devem ser mais parecidos com animais de verdade."

Um silêncio se passou. Depois de um momento, ouvimos o camundongo arranhando dentro da parede. Rimos.

Perguntei: "Você tem, assim, gente em Nova York para ajudar a cuidar de você?".

"Bom, tem voluntários. Se eu ficar muito doente mesmo, posso chamar uma dessas organizações."

"E a sua família?"

"Minha família não quer mais saber de mim."

"Eles não querem te ajudar?"

"Eles nem *falam* comigo. Pra eles eu acabei. Minha irmã telefona, mas ela não ficaria no mesmo quarto comigo. Ela acha que os filhos dela podem pegar."

"Você continua no seu emprego?"

"Não. Não, eles me despediram há algumas semanas, depois que fui para o hospital com pneumonia."

"E os seus amigos?"

"Alguns morreram no último ano. Eles foram embora *assim*, três pessoas em seis meses. O cara que eu sempre considerei meu melhor amigo está mais doente que eu, está no hospital. Ele não reconhece as pessoas, a menos que esteja num dia muito bom, mas muito bom mesmo."

"Você está com medo?"

"O que você acha?"

"É. Bem, eu também estaria."

Ele suspirou: "Mesmo assim, às vezes não sinto medo. A coisa meio que vai e vem. Mas agora cada minuto é diferente. Mesmo quando não estou com medo, as coisas são diferentes. Eu me sinto — ah, não sei explicar. Diferente, só isso. Eu costumava me perder de mim mesmo, sabe como é? Como se não tivesse corpo, como se fosse simplesmente, sei lá, como se *fosse* a rua onde eu estava andando. Agora eu nunca me perco de mim mesmo."

"Ã-hã."

"E, sabe, nas poucas vezes em que eu realmente pensava na coisa, me imaginava sendo velho e sem remorsos. Sabe como é? Imaginava, assim, um velho famoso na cama, cheio de gente em volta, dizendo 'Não me arrependo de nada'. Isso é bobo, não? É uma tremenda bobagem."

"Você se arrepende do que, exatamente?"

"Ah, bem. De nada, acho. Quer dizer, eu achava que ia fazer mais com a minha vida. Mas pensava que tinha mais tempo. E, como eu já disse, achava que ia ser famoso e me retirar num lugar como este aqui.''

''Ã-hã. Bem, isto não é para todo mundo. Tem só um cinema. Nenhum lugar para se ouvir boa música.''

Ele riu, um som baixo meio rascante, como quem raspa uma batata. Dava para ouvir a doença na sua risada. ''Nunca gostei muito dessas coisas em Nova York'', disse. ''Eu só estava, bem, acho que a gente teria que dizer que eu andei jogando com a minha vida. Acho que a gente teria que dizer isso. Eu pensava que de algum jeito as coisas iam dar certo. Achava que só precisava trabalhar duro e ter fé.''

Fui andando até a cama. Parei ao lado dele, enquanto o camundongo continuava arranhando dentro da parede. ''Ahn, ei, que tal se eu entrasse na cama com você um pouco?''

''O quê?''

''Não é certo você ficar sozinho aqui. Que tal se eu entrasse debaixo das cobertas com você um pouquinho?''

''Estou sem roupa.''

''Tudo bem.''

''O que acontece com você? Você quer dormir comigo porque eu estou doente?''

''Não.''

''Você iria querer se eu não estivesse doente?''

''Não sei.''

''Ah, pelo amor de Deus. Quer sair daqui, por favor? Dá para você sair do quarto?''

''Escuta, desculpa. Não tive intenção, assim, de te ofender.''

''Eu sei que não. Mas saia. Por favor.''

''Bom. OK.''

Saí do quarto e fechei a porta. Senti um peso nos meus braços e pernas, uma sensação indigesta de decepção e de um constrangimento flutuante, sem nome. Eu não quis me intrometer na sua privacidade. Só queria abraçá-lo um pouco, guiar sua cabeça para o meu peito. Só queria segurá-lo enquanto seu corpo passava pelo longo trabalho de se entregar ao passado.

JONATHAN

Erich voltou no fim de semana seguinte. Nem sei por que o convite foi feito, nem por que razão foi aceito — nenhum de nós, inclusive Erich, parecia estar se divertindo muito. No domingo ele passou o dia inteiro emburrado e retraído. Mesmo assim, quando o levamos até a estação, Bobby perguntou: "Você quer voltar no próximo fim de semana?". Erich hesitou, depois disse que sim, tudo bem. Disse numa voz inexpressiva, decidida, como se reivindicasse o que era seu por direito.

Quando Bobby e eu estávamos voltando para casa de carro, perguntei: "Você quer mesmo que o Erich volte assim tão cedo?".

"Jon, esse cara precisa dar um tempo aqui no interior. Falando sério, você *viu* a cara dele?"

Por um momento me pareceu que Bobby ainda não havia compreendido a natureza da doença de Erich; pelo jeito ele acreditava que Erich estava apenas estressado e exausto, precisando de um bom descanso. Falei: "Bobby, ele precisa de mais que isso".

"Bom, uma temporada no campo é só o que nós podemos lhe dar. Agora ele é, assim, um membro da família. Quer a gente goste ou não."

"A família", falei. "Olha, você ainda vai me deixar louco com esse papo-furado."

Ele deu de ombros e sorriu, pesaroso, como se eu estivesse me irritando com circunstâncias que obviamente ficavam além do nosso controle. Erich agora estava ligado a nós, ainda que tenuamente, e na economia particular de Bobby éramos obrigados a oferecer tudo o que tínhamos.

Erich voltou na sexta-feira seguinte, no trem das cinco. A essas alturas já readquirira seu entusiasmo bem-educado, um tanto esganiçado, embora agora estivesse mais propenso aos lapsos. Bobby assumiu a responsabilidade de garantir o conforto de Erich, e no final da segunda visita os dois tinham embarcado numa espécie de namoro. Bobby tinha uma afeição canina, e Erich aceitava seus cuidados com uma avidez doentia e ligeiramente irritada, como um fantasma indignado que voltasse para exigir reparações dos vivos.

Domingo no fim da tarde eu estava na cozinha com Clare e Rebecca. Clare cortava um abacate. Rebecca estava sentada no balcão, brincando com as forminhas de biscoito em forma de bichinhos, e eu estava ao seu lado, cuidando para ela não cair. Pela janela víamos Bobby e Erich sentados na grama revolta, conversando seriamente. Bobby fazia gestos largos com as mãos, indicando enormidade, e Erich concordava com a cabeça sem muita convicção.

"Quer dizer que Bobby tem um novo amor", falei.

"Não seja venenoso, querido", disse Clare. "Não fica bem em você." Colocou as fatias de abacate num prato e começou a descascar uma cebola.

"Acontece que não sinto que de repente Erich tem que virar nossa boa ação predileta. Ele é praticamente um estranho."

"Nós temos lugar aqui para um estranho, você não acha? Ou por acaso nos falta alguma coisa?"

"Quer dizer que agora você virou a madre Teresa? Me parece um tanto súbito."

Ela me olhou com uma calma bem equilibrada, mais acusadora e irrefutável do que qualquer censura. Alguma coisa tinha acontecido com Clare. Eu não conseguia mais ler suas reações — ela abandonara seu cinismo e adquirira um ar maternal e opaco. Continuávamos amigos e parceiros domésticos, mas não éramos mais íntimos.

"Eu sei", falei. "É que eu sou podre, mesmo."

Ela me deu uns tapinhas no ombro. "Por favor", falei, "não me dê *tapinhas* no ombro! Você nunca fez isso."

Rebecca, que contemplava, babando, uma forminha em forma de alce, começou a chorar. A discórdia lhe cortava a pele como um fino fio; ela chorava sempre que alguém ao seu redor falava com raiva.

"Ei, garota", falei. "Tudo bem, não ligue para nós."

Tentei pegá-la nos braços mas ela não quis vir. Insistiu em ir no colo de Clare, que foi para a sala com ela enquanto eu terminava de cortar a cebola.

* * *

Por fim, Erich veio morar conosco. Não tinha nenhum outro lugar para ir exceto o seu apartamento árido e desconfortável, para os lados da Vinte Leste. Iria suportar sua doença na companhia de voluntários até ir parar em alguma cama de hospital disponível para quem não tem prosperidade nem seguro-saúde. Bobby insistiu que ele viesse nos visitar com freqüência, e, quando a viagem começou a ser cansativa demais, mudou-se definitivamente. Ofereci meu quarto, afirmando que já me acostumara a dormir na sala. Ficar com Erich não foi um processo simples. Eu ficava com raiva por ele estar doente e ao mesmo tempo sentia um impulso de tratá-lo como esperava ser tratado se eu mesmo caísse doente. Exercia a ternura que esperava poder inspirar nos outros se meu vigor se esvaísse e meu corpo começasse a mudar. Às vezes eu tomava pé nesse sentimento e o experimentava, num ímpeto de legítima preocupação. Às vezes apenas o manifestava. Depois de um período de resistência, Erich concordou em ficar com minha cama, e ao fazer isso abandonou, quase palpavelmente, um certo grau de participação no mundo dos vivos, dos que continuavam tocando em frente. Esse momento pode chegar para todos nós, num dado ponto da nossa passagem final da saúde para a doença. Abandonamos nossa velha obrigação de levar em conta as necessidades alheias, e entregamos aos cuidados dos outros. Há uma mudança de status. Tornamo-nos cidadãos de um novo reino, e, mesmo conservando o melhor e o pior do nosso eu anterior, não estamos mais corporalmente no comando do nosso destino. Erich precisava do meu quarto para o complexo trabalho de morrer. Era uma pessoa com sua individualidade e não suportaria ficar no meio do nosso trânsito doméstico. Assim, com um sorriso cortês e ligeiramente melindrado, ele permitiu que eu o colocasse na minha cama. Fiz trinta e dois anos no dia seguinte à sua chegada definitiva.

Nós o levávamos para passear no bosque, preparávamos refeições que não sobrecarregassem seu sistema. Era um espírito velho na casa, alternadamente cortês e irritado. Era como se nosso avô tivesse vindo morar conosco.

O inverno passou, chegou a primavera. O restaurante prosperava. Rebecca ganhou dentes novos e descobriu a luxuosa possibilidade de dizer não para tudo o que lhe pediam. Erich ia declinando de maneira imprevisível. Sua energia minguava e voltava, às vezes de uma hora para outra. Tinha problemas de intestino, febres, a visão nublada. Às vezes sua mente vagava, ele ficava disperso e esquecido. Fazia visitas semanais ao hospital em Albany. Nos seus dias melhores, conseguia caminhar no bosque com uma cesta, colhendo cogumelos. Nos dias piores ficava na cama todo enrodilhado, nem acordado nem dormindo.

No meio de tudo isso, eu vivia ligeiramente à parte. Não teria convidado Erich para morar conosco, mas não conseguia me forçar a desejar ativamente que fosse embora — vivia nervoso demais com meu papel de rabugento da casa. Aprendi a encontrar um frígido consolo em ser bom para Erich. Sentia com isso uma obscura esperança de apaziguar o destino.

Uma tarde, voltando do restaurante para casa, encontrei-o sentado na varanda, enrolado num cobertor. O sol tinha se posto atrás da montanha. Sombras violetas se adensavam, embora o céu ainda estivesse claro — sempre iríamos sofrer esses fins de tarde prematuros nesta casa. Erich estava sentado numa antiga cadeira de vime, com meu velho cobertor azul puxado até o pescoço, parecendo um adolescente tuberculoso. Enquanto sua carne definhava, sua aparência ia se tornando cada vez mais adolescente. Suas costelas saltavam, suas orelhas, mãos e pés pareciam grandes demais para o corpo.

Falei: "Oi. Como vai?".

"Tudo bem. Nada de muito mal."

Entre nós prevalecia uma formalidade, igual à época em que dormíamos juntos. Éramos corteses e remotos. Continuávamos a agir como se tivéssemos nos conhecido há pouco.

Falei: "Bobby vai ficar no trabalho até mais tarde. Marlys tem uma reunião de mulheres, então ele está fazendo as tortas para amanhã. Clare e Rebecca estão por aí?".

"Estão lá dentro."

"Vou pegar Rebecca. Quem sabe trago ela aqui fora um pouco, está bem?"

"OK. Jonathan?"

"Ah-hã?"

"Olha, eu tenho uma coisa, assim, difícil de dizer. Mas andei pensando. Você nunca fica, assim, pensando em nós dois? Quer dizer, em você e em mim."

"Eu penso em nós. Claro que sim."

"Não estou falando só em *pensar*. Não é só isso. Quer dizer, bom, às vezes você não fica matutando por que será que nós sempre ficamos com o pé atrás? Parece que a gente poderia ter se esforçado muito mais para nos fazermos felizes.''

Mesmo em sua condição extrema, uma conversa assim direta era dura para ele. Seus dedos amassavam a beirada do cobertor e seus pés tamborilavam na cadeira de vime.

''Bem'', falei, ''nós tínhamos um certo tipo de relação. Era mais ou menos o que nós dois queríamos, não era?''

''Acho que sim. Acho que era. Mas ultimamente andei pensando, sabe como é. Andei pensando, afinal de contas nós estávamos esperando o quê?''

''Acho que estávamos esperando a nossa verdadeira vida começar. Provavelmente cometemos um erro.''

Ele respirou fundo, com um barulho rascante. No centro exato da teia esticada entre os postes da varanda, uma bela aranha amarela pendia imóvel.

''Cometemos um erro, sim'', ele disse. ''Quer dizer, acho que provavelmente cometemos. Acho que eu estava apaixonado por você, mas não conseguia reconhecer. Eu estava, sei lá. Com muito medo para reconhecer. E agora parece que foi um tamanho desperdício.''

Fiquei parado na varanda, nas tábuas do assoalho descoradas pelo tempo, em cima da minha própria sombra, uma sombra longa e arroxeada. Olhei para Erich. Naquele momento ele tinha um jeito antigo, totalmente digno, um aspecto nem velho nem jovem, nem macho nem fêmea. Seu corpo estava invisível sob as grossas dobras do cobertor, seus olhos brilhavam no rosto descolorido. Era como se ele fosse uma esfinge propondo um enigma.

Eu achava que sabia a resposta. Erich e eu nunca fomos apaixonados; não estávamos predestinados a sermos amantes. Não perdemos nenhuma oportunidade romântica. Em vez disso tínhamos nos escondido juntos, no nosso sexo tão bom e no nosso companheirismo sem exigências. Tínhamos mantido um ao outro à tona enquanto esperávamos. Era como se fôssemos servos, dois homens calvos e castos que haviam dedicado a vida a um vago ideal de obediência e ordem.

No entanto, falei: ''Acho que eu também estava apaixonado por você''.

Eu não queria que ele morresse intocado. Se ele morresse nessas condições eu também poderia ter que morrer assim.

Ele falou: ''Você está mentindo''.

“Não estou.”

Pensei no meu pai lá no deserto, sem receber nada de mim além de consolos vazios. Ele morrera ao voltar da caixa do correio, segurando um punhado de catálogos e folhetos. Eu tinha no bolso uma carta para ele.

“Está sim”, disse Erich.

Hesitei. Depois disse: “Não, estou falando sério. Acho que provavelmente eu estava apaixonado por você”.

Ele fez que sim, numa fúria fria. Não ficara consolado. Uma mariposa quase translúcida de tão branca, mais uma agitação do ar do que uma presença física, passou voando.

Ele disse: “A gente poderia ter se saído melhor, eu e você. O que aconteceu conosco?”.

“Não sei.”

Ficamos sem falar e sem fazer um movimento durante menos de um minuto. Fitávamos um ao outro em furiosa descrença. “Somos covardes”, falei por fim. “Não cometemos nenhum erro dramático. Foi apenas um errinho estúpido que fugiu do controle. Como se chama isso? O pecado da omissão.”

“Acho que é isso o que mais me incomoda.”

“A mim também”, falei. E então, como não havia mais nada a dizer, entrei em casa para pegar Rebecca.

CLARE

Erich trouxe algo novo para dentro de casa. Ou quem sabe trouxe à tona algo velho. Algo que sempre estivera lá. Ele caminhava pelo corredor com ruído, extraía o fôlego difícil do ar empoeirado. Os fatos puros e simples da doença e da morte podem parecer remotos enquanto não se sente o cheiro imaculado dos remédios. Enquanto não se vê a pele ir ficando cor de argila.

Ser mãe tornava certas coisas impossíveis, coisas que eu teria feito quase sem pensar na minha outra vida. Eu não conseguia negar a Erich as coisas de que ele precisava, e ao mesmo tempo não conseguia abraçá-lo. Descobri um fato singular: mais ou menos contra a minha vontade, eu agora só era capaz de proteção. Suponho que fosse algo sentimental, embora eu não sentisse na boca nenhum gosto de sentimento. Eu me sentia dura, glacial, clínica. Pela primeira vez não pensava em mim mesma. Uma zona do meu cérebro, aquela que eu considerava *eu*, parecia ter sido completamente sugada. No seu lugar havia aquele impulso constante e inflexível de fazer o que era necessário. Eu dava comida a Erich enquanto os rapazes estavam no trabalho, lembrava-o de tomar seus remédios, ajudava-o a ir ao banheiro nos dias em que precisava de ajuda. Falava com ele bondosamente. Nada me impediria de fazer isso. Mas eu não *me importava* com ele. De certa forma nossas relações eram estritamente comerciais. Eu só me importava, verdadeiramente, com Rebecca, que estava viva e crescendo. Erich já passara, em parte, para fora do mundo. Embora seu conforto e sua segurança fossem vitalmente importantes para mim, sua existência não era. Agora compreendo melhor por que as mães aparecem tantas vezes nas histórias como santas ou como monstros. Nós não somos humanas no sentido comum da palavra, pelo menos não enquanto nossos filhos ainda são pequenos. O cuidar nos transforma em monstros inexoráveis, e se ocasionalmente perdemos de vista os pontos mais finos, mais imperecíveis da alma enquanto atendemos às necessidades do frágil corpo, isso não se pode evitar.

A maioria dos dias eu ficava sozinha com Rebecca e Erich. Agora que os rapazes tinham Marlys e Gert, conseguiam vir para casa com mais freqüência. Mas, mesmo assim, o grosso do meu tempo se passava com uma criança de dois anos e um homem moribundo.

Eu alugava filmes e fazia suco. Comecei a treinar Rebecca para usar o banheiro, e de vez em quando mudava os lençóis sujos de Erich. Ele tinha dias passáveis e dias piores. Nos dias maus às vezes era rabugento comigo. De repente era capaz de dizer: "Eu *odeio* suco de maçã, já estou cheio disso, será que não tem nenhum outro suco no mercado?". Reclamava dos filmes que eu trazia para casa. "*Senhora Miniver*? Meu Deus, foi isso que sobrou na locadora?"

Mas ele nunca perdia a paciência com Rebecca. Às vezes, nos dias em que ficava de cama, os dois assistiam vídeos juntos. Eu trazia para casa *Dumbo*, *Branca de Neve*, e tudo dos Muppets. Erich também gostava desses filmes. Não encantava Rebecca tão completamente quanto Jonathan, mas mantinha seu interesse. Possuía uma capacidade singular de se concentrar, e penso que ela se sentia segura com ele. Erich conseguia imitar tão perfeitamente um homem que tem jeito com crianças. Deixava ela mandar nele. A pedido dela, fazia uma dancinha aos soquinhos com um macaco de pano que ela misteriosamente chamara de Shippo, enquanto ela virava de cabeça para baixo uma boneca chamada Baby Lou e sacudia suas duras pernas de plástico. Ele aceitava todos os jogos que ela inventava, como por exemplo passar um dinossauro de borracha para lá e para cá enquanto se recitava uma longa e sempre mutável lista de exigências. Ele conseguia imitar a voz do sapo Kermit, o que ela achava hilariante e ligeiramente perturbador.

Às vezes, quando levava um lanche para os dois, eu os encontrava sentados juntos na cama de Erich, vendo televisão, com brinquedos espalhados por todo lado. Às vezes eu prendia o fôlego ao vê-los assim, Rebecca tagarelando e fazendo andar um dos seus bichinhos de plástico em cima do joelho ossudo de Erich, ou Erich distraidamente alisando o cabelo dela enquanto os dois assistiam um desenho animado. Por pior que ele se sentisse num determinado dia, sempre era atencioso com minha filha. Seus poderes de concentração eram formidáveis. Parecia ter assumido um projeto: nunca mostrar para essa menininha nenhum comportamento desagradável ou mesquinho, nunca deixar de ser flexível e companheiro na presença dela. Erich era diferente de Jonathan. Ele não a amava. Gostava bastante dela. Ser bom com ela era um dos princípios organizadores em torno dos quais ele construía os seus dias. Disso ele fez seu trabalho.

No início senti como uma vaga perturbação se agitando na minha barriga, algo entre náusea e dor. Às vezes eu achava que estava ficando com úlcera, ou coisa pior, embora o médico tivesse me dito que era apenas ansiedade. Finalmente, depois de vários meses, percebi. Eu estava chegando a uma decisão. Ou uma decisão estava chegando a mim. Ela estava crescendo dentro de mim, quase contra a minha vontade consciente.

Ela só alcançou seu estado final numa tarde de maio, quando eu tirava um cochilo com Rebecca. Rebecca agora se recusava a fazer a sesta, e só deitava à tarde se eu a levasse para a minha cama e lesse alto para ela um dos seus livros. Ela estava com quase dois anos e meio. Desenvolvera uma obsessão por vários livros, inclusive um sobre um coelho que dava boa-noite para todos os objetos do quarto e outro sobre um porquinho que encontra um osso mágico. Lemos os dois livros, duas vezes cada um, e pegamos no sono juntas. Acordei vinte minutos depois com o som da voz de Rebecca. Ela estava deitada ao meu lado, contando uma história para si mesma. Isso também era um hábito recente. Era capaz de falar sozinha durante horas. Fiquei deitada quieta, ouvindo.

"Eu vou pra loja. Eu pego um *osso que fala*. A menina nunca viu o osso. Ela pegou o osso e foi para casa do Coelhinho. E o Coelhinho estava lá, e o Jonathan também estava lá. E aí eles falaram: 'Poxa vida, que gatinho bonitinho'. E Jonathan pegou o osso. Aí ele falou: 'Agora eu vou fazer uma coisa muito gostosa com este osso'. E aí ele fez... *mingau*. Estava muito gostoso. E aí o Coelhinho falou: 'Oba', e daí a mamãe e o Bobby e o Erich falaram. E eu dei salada pro Erich, porque ele estava doente. E Jonathan também comeu salada. E aí era de noite, e o Coelhinho tinha que dormir. E aí era o dia seguinte, e o gatinho foi para a cidade. Aí o gatinho falou: 'Poxa vida! Olha só que surpresa!' "

Enquanto eu a ouvia deitada, meu peito se contraiu em pânico. Senti um calor me subindo ao rosto. Não sabia dizer assim de imediato por que eu estava enervada com o que ouvi. Era apenas o fluxo de consciência normal de Rebecca, aquele blablablá que ela vinha falando há mais de um mês. Porém aos poucos, enquanto eu estava deitada na cama com ela, descobri. Ela estava virando ela mesma. Estava emergindo da névoa do seu auto-envolvimento e começando a compreender a vida independente das outras pessoas. Logo ela iria deixar o seu mundo incorpóreo de criança. Iria lembrar-se das coisas. Era uma câmara se aprontando para disparar. *Clique* — uma casa marrom com a porta azul. *Clique* — seus brinquedos favoritos. *Clique* — Jonathan chegando para pegá-la de manhã. Ela levaria essas imagens consigo para o resto da vida.

E se ela atingisse sua plena consciência enquanto Erich morria e Jonathan começava a adoecer? O que aconteceria com ela se suas lembranças mais antigas girassem em torno do declínio e desaparecimento final das pessoas que ela mais adorava?

Uma manhã, algumas semanas depois, eu estava na cama com Rebecca, Bobby e Jonathan. Era uma manhã comum. Rebecca acordara de bom humor e estava contando para si mesma uma elaborada história sobre um coelhinho e um elefante voador. Dali a um momento Bobby iria descer a escada para fazer o café. No seu quarto Erich ainda dormia, e Jonathan estava sentado ao meu lado com o lençol puxado sobre o peito.

Bobby disse: "Depois do trabalho tenho que trocar umas telhas. Vocês viram quantas o vento arrancou? Esse telhado, assim, já era".

"A gente devia trocar o telhado todo", falei. "Vamos chamar uma firma."

"Quando a casa estiver mais ou menos em forma", disse Jonathan, "quero que minha mãe venha aqui de novo. Acho que seria mais fácil para ela acreditar na minha vida se ela me visse mais."

"Ah, os pais", falei. "Vocês sabem, estive pensando. Eu devia mesmo levar a senhorita Rebecca para Washington por alguns dias, para ver minha mãe."

Bobby levantou para fazer café, meio segundo antes de eu achar que ele ia levantar. "Por que a gente, assim, não convida sua mãe pra vir aqui?"

"Porque ela tem sessenta e cinco anos e não é nem um pouquinho liberal. Pode crer, você não ia querer a Amelia por aqui, metendo a boca no nosso estilo de vida. É isso que ela acha que nós temos. Não uma vida; um estilo de vida."

"Você não acha melhor ela se acostumar?", disse Jonathan.

"Meu querido, ela ainda não se acostumou nem com o fato de que eu tenho *seios*. Ainda fica constrangida de me ver nua. Confie em mim. É melhor levar Rebecca até lá por alguns dias."

"Bem, sabe, se você precisa mesmo", disse Bobby, e foi fazer suas tarefas matinais.

"Só alguns dias", disse Jonathan. "Certo? Tipo assim, dois ou três dias?"

Fiz que sim, e alisei o cabelo de Rebecca. Será que ela iria sentir a tensão na minha mão, e começar a chorar? Mas ela continuou tagarelando, sem se perturbar. Nossas tapeações internas não deixam muitos resíduos neste mundo.

Eu só sabia mais ou menos o que queria fazer. A coisa virou um plano só quando me vi fazendo, e daí parecia que eu estava seguindo um roteiro que já conhecia havia meses ou anos. Fiz a mala com as coisas de Rebecca: suas roupas e alguns brinquedos essenciais, seu carrinho e o cadeirão. Enquanto Jonathan me ajudava a levar as coisas para o carro, ele disse: "Meu bem, você está indo embora só por alguns dias. Não é até o fim do milênio".

"Quero estar preparada", falei. "É importante evitar fazer compras com minha mãe, a qualquer custo. Se as fraldas acabarem, ela vai me levar na Saks."

"Não me parece tão mal", disse Jonathan. Estava com uma jaqueta jeans, com o suave rosto branco de Albert Einstein num broche na lapela. Uma multidão de tulipas de um vermelho-escuro brotara no gramado. Uma cotovia maluca que fazia seu ninho ali por perto vociferava para nós, nos galhos mais baixos do carvalho. Coloquei o carrinho no porta-malas e Jonathan acomodou em volta a sacola de fraldas.

"Culpa", falei. "Até o meu sentimento de culpa quanto ao dinheiro da minha mãe às vezes me parece decadente. É melhor evitar. Não acabar numa situação em que ela pode me comprar um vestido de quinhentos dólares, que vai me deixar que nem esposa de astronauta. É melhor levar provisões e só ficar em casa com ela."

Fiquei pensando se não estaria explicando demais. Não queria parecer um criminoso com o álibi suspeito de tão perfeito, os movimentos intrincadamente explicados.

"Você que sabe", ele respondeu. Não havia desconfiança na sua voz.

Fechou a tampa do porta-malas: "Vou sentir falta de você".

Dali a um momento Bobby sairia de casa com Rebecca. Toquei na manga de Jonathan.

"Escuta, desculpa."

"O quê?"

"Ah, sabe como é. Lamento ser tão covarde a respeito da minha mãe. Da próxima vez vou trazê-la aqui. Você tem razão. Ela tem que se acostumar."

"Bem, os pais são duros na queda. Pode crer, eu sei o que estou dizendo."

"Sinto muito mesmo, de verdade." Ouvi a possibilidade das lágrimas na minha voz.

"Meu bem, o que foi?"

Naquele momento, tive certeza de que ele sabia. Abanei a cabeça: "Nada".

Ele me deu um apertãozinho para me reconfortar: "Clare, sua boba. Sua malucona". Na verdade, ele não sabia. Ainda não criara o hábito da perda. Acreditava que sua vida ia ficar cada vez maior e mais gorda. Talvez fosse essa a falha fundamental na sua percepção. Talvez fosse isso o que o impedia de se apaixonar.

"Ah, pára com esse papo-furado de boba e malucona, tá? Sou uma pessoa adulta. Não sou sua coleguinha de jardim-de-infância."

"Opa, desculpa."

"Falando sério, Jonathan, às vezes eu só queria que você..."

"O quê? Você queria que eu o quê?"

"Sei lá. Quanto tempo mais você pretende ser garoto? Pro resto da vida?"

"Quer dizer, não ser garota?"

"Quer dizer não ser... Ah, sei lá, não ligue. Hoje eu estou uma cascavel. Senti isso assim que acordei."

"Escuta, você me liga quando chegar lá? Para eu saber que você chegou bem?"

"Claro. Claro que ligo."

Ficamos ali um momento, olhando a paisagem em volta como se fôssemos novos no lugar. Como se tivéssemos acabado de sair da nossa Winnebago para esticar as pernas e nos maravilharmos com esse trecho de parque nacional.

Perguntei: "As coisas não deveriam ser mais simples?".

"Bobby diz que é um novo mundo. Ele diz que a gente pode fazer qualquer coisa que imaginar."

"Isso porque Bobby é um babaca iludido. Digo isso como um grande elogio."

Percebi que continuava segurando a manga da jaqueta de Jonathan. Quando soltei, o tecido guardou a marca dos meus dedos.

"Vou lá ver o que está acontecendo com Bobby", falei. "Se eu e Rebecca não sairmos logo, vamos chegar em Nova York na hora do *rush*."

"OK."

Jonathan ficou esperando ao lado do carro, com as mãos bem enfiadas nos bolsos de sua calça cáqui, o sol batendo no seu cabelo claro. Virei para ele quando cheguei na varanda. Ele me deu um sorriso irônico de irmãzinha e entrei em casa.

Bobby vinha descendo a escada com Rebecca. "Eu estava quase desistindo", falei. "Se não chegarmos em Manhattan antes da uma..."

Ele levou o dedo aos lábios: "Erich está dormindo. Teve uma manhã difícil".

Tirei Rebecca dele. Ela também estava tendo uma manhã difícil. "Não *quero*", ela dizia.

Bobby cochichou: "Você já arrumou tudo?".

"Ã-hã. A bagagem já está toda no carro. Diga tchau para o Erich por mim, tá?"

"Tá bom."

"*Não quero*", disse Rebecca.

Bobby estava no degrau de baixo, com a barriguinha esticando um pouco a camiseta. Naquele momento parecia tão inocente e bem-intencionado. Tive vontade de lhe dar umas porradas por ser um tamanho idiota; uma personagem tão ingênua e otimista. Dava para imaginá-lo quando velho, arrastando os chinelos. Afirmando que o lar para convalescentes era ótimo e perfeito. Na sexta-feira tem pudim de chocolate, diria ele. A atendente se chama Harriet, ela sempre me mostra fotografias dos filhos.

"Escuta", falei. "Tive uma idéia louca. Você quer vir comigo?"

"Hein?"

"Agora mesmo. Joga umas coisas numa sacola e vem junto."

"Eu sempre achei, sabe como é, que sua mãe não me aprova. Não aprova a nós."

"Foda-se minha mãe. Você quer vir?"

"Temos que cuidar do Erich."

"Jonathan pode cuidar do Erich. Já é hora de ele começar a assumir mais responsabilidade, você não acha? Eles dois vão se ajeitar direitinho juntos. Vão ficar muito bem sozinhos."

"Clare, o que foi? Que bicho te mordeu?"

Eu segurava o bebê. "Nada. Não importa. Eu sou uma boba malucona, só isso."

Saí de casa com Rebecca e Bobby veio atrás até o carro. Enquanto eu prendia Rebecca na cadeirinha, ela começou a fazer manha e choramingar. Quando o carro começasse a andar ela iria acalmar-se, mas por algum tempo ficaria inconsolável. Preparei-me para os seus gritos.

"Tchau, rapazes", falei.

"Não", disse Rebecca lá da sua cadeirinha. "Não, não, não, não, não!"

Os dois me beijaram, me disseram para guiar com cuidado. Beijaram Rebecca. Suas atenções foram só o que faltava para fazê-la passar do limite. Ela abriu a boca, quase se afogando num uivo que vinha preparando desde o café da manhã.

"Tchauzinho, senhorita Rebecca", disse Jonathan pela janela. "Ah, nós te amamos, apesar de esporadicamente você ser monstruosa. Divirta-se com sua horrenda vovozinha."

"Cuidem-se", falei. Saí de marcha à ré. Acenei, e os rapazes também. Estavam lado a lado em frente da casa dilapidada. Enquanto eu ia saindo, de repente Jonathan veio correndo para o carro. Por um momento achei que ele tinha alguma coisa para me dizer, mas depois percebi que ele queria apenas correr ao lado do carro por alguns metros, tolo e fiel como um cão. Continuei dirigindo. Ele me alcançou e por um breve momento acompanhou o carro, soprando beijos. Dei mais um tchau, uma última vez. Antes de chegar à curva, olhei no espelho retrovisor e vi os dois. Jonathan e Bobby, parados no meio da estrada. Pareciam um par de beatniks, vestidos com desleixo num lugar remoto e sem importância. Com seus óculos de sol, camisetas e cabelos despenteados, pareciam parados à beira do velho ciclo: os anos 60 prestes a explodir em torno deles, uma longa tempestade de amor, raiva e expectativas frustradas. Bobby passou o braço no ombro de Jonathan. Os dois deram adeus.

A estrada era de prata no sol da manhã. Um dia perfeito para viajar. Rebecca continuava com seus uivos no banco de trás. Os quilômetros iam passando debaixo das rodas. Eu sabia que nossa vida não ia ser fácil. Imaginei nós duas juntas em San Francisco ou Seattle, morando num apartamento onde se ouvia pela parede os bate-bocas dos estranhos. Eu iria empurrar seu carrinho por ruas desconhecidas, procurando a mercearia. Ela não ia achar que a nossa vida era estranha — até ficar mais velha e começar a perceber que as outras meninas viviam diferente. Aí começaria a me odiar por eu ser sozinha, por ser velha e excêntrica, por não ter conseguido criá-la com um quintal, uma sala de jogos e um pai. Por um momento pensei em voltar. O impulso passou por mim, e se fosse possível fazer um balão naquele ponto da estrada eu talvez fizesse. Mas estávamos num trecho reto. Segui a linha dupla amarela até o impulso ser absorvido, ganhando distância. Eu mantinha as mãos no volante e não pensava em nada a não ser o próximo quilômetro, depois o seguinte. Dei uma olhada para trás. Rebecca estava finalmente se acalmando com o movimento do carro. Antes de adormecer, ela me olhou com um olhar sinistro, o nariz escorrendo, o chapeuzinho de algodão torto na cabeça, e disse uma palavra. Disse: "Mamãe". Pronunciou-a com uma distinta ponta de desespero.

Falei: "Um dia você vai me agradecer, meu bem. Ou talvez não".

Agora estou sozinha com isto. Com este amor. O amor que corta como um raio X, que não tem nenhuma parcela de genuína bondade e compaixão.

Me perdoem, rapazes. Parece que consegui o que queria, afinal de contas. Um filho meu, uma direção para onde seguir. A casa e o restaurante podem não ser muito para oferecer em troca, mas é o que tenho para dar a vocês.

Peguei um desvio e rumei para o Oeste.

BOBBY

A lua nos acompanha, um crescente branco no céu azul-pólvora. Estamos no carro, voltando da mercearia para casa: Erich, Jonathan e eu. Erich esses dias é uma presença escorregadia. Vem e vai. Se eu não estivesse dirigindo, talvez o segurasse para ele não sair voando pela janela do carro. Em vez disso, pergunto a Jonathan: "Como está ele lá atrás?".

Jonathan olha para o banco de trás. "Tudo bem, Erich?"

Erich não responde. Está numa crise de ausência. Quem saberá dizer o que ele escuta? "Acho que ele está bem", diz Jonathan. Concordo e continuo dirigindo. Dos dois lados da estrada passam fazendas. As vacas vão cuidando da sua vida, firmes como a própria História.

Em casa ajudamos Erich a sair do carro, subimos com ele os degraus da varanda. Ele sorri com a beatitude confusa dos velhos muito velhos. Talvez esteja contente porque voltamos para casa. Talvez esteja se lembrando de um brinquedo que ganhou quando tinha quatro anos. Guardamos as compras na cozinha.

Digo: "Que tal um banho?".

Jonathan pergunta: "Você acha que ele precisa?".

"Acho que ele ia gostar."

Levamos Erich para cima, abrimos a torneira da banheira. O vapor põe um lampejo nos azulejos brancos. Enquanto esperamos a banheira encher, ajudamos Erich a tirar a roupa. Ele não resiste nem participa. Seu rosto assume sua expressão atônita, algo diferente do inexpressivo. Quando perde o fio de si mesmo, vai ficando com esse ar de muda incompreensão, como se não conseguisse acreditar no vazio que vê. É o espanto divorciado do medo e da surpresa. Não tem nada a ver com o rosto de um recém-nascido.

Depois que ele fica nu, nós o sentamos na tampa da privada. A banheira enche devagar. Erich senta com uma obediência quieta, as mãos pendendo frouxas entre as coxas que são como dois galhos. Jonathan estende as mãos e toca seu cabelo.

Digo: "Vou pôr uma música".

"OK." Jonathan fica ao lado de Erich, apoiando suas omoplatas com a mão. Com a outra mão faz carinhos animados, consoladores, no cabelo de Erich.

Ligo o rádio no quarto. Está sintonizado numa estação de sucessos antigos, a música da nossa infância. Nesse momento Van Morrison canta "Madame George". Aumento o volume para que chegue até o banheiro.

Quando volto Jonathan diz: "Essa música é ótima. Sempre foi uma das minhas favoritas".

"Quer dançar?", pergunto.

Ele me olha incerto, querendo saber se estou brincando.

"Vamos", digo, e estendo os braços. "Erich não vai cair. Não é mesmo, Erich?"

Erich olha fixo na direção de seus pés nus. Cautelosamente, Jonathan retira as mãos. Erich não cai para a frente. Depois de um momento Jonathan vem para os meus braços e começamos a valsar. Nossos sapatos batem nos azulejos nus. Sinto a agitação da contínua vida de Jonathan. Ela tremula por sua pele como uma rede de fios nus. Passo a mão pelas suas costas. Van canta: "Say goodbye to Madame George. Dry your eyes for Madame George".*

"Bobby?", diz Jonathan.

"Ah-hã?"

"Ah, nada. Eu ia dizer uma besteira, tipo 'Estou com medo', mas é claro que estou. Nós todos estamos."

"Bom, é mesmo. Quer dizer, acho que sim."

Dançamos até o final da canção. Eu gostaria de dizer que Erich sorri, ou balança a cabeça no ritmo. Seria bom pensar que ele está junto conosco desse pequeno modo. Mas ele está perdido no seu próprio mistério, olhando fixo para um buraco que vai se abrindo cada vez mais. Quando terminamos de dançar, nós o ajudamos a levantar, e o deitamos na banheira. Juntos, esfregamos sua cabeça e seu pescoço ossudo. Lavamos o côncavo de seu peito e as profundas cavidades sob os braços. Por um breve instante ele sorri. Da sensação do banho, ou de algo mais particular que isso.

(*) Diga adeus a madame George. Seque seus olhos por madame George. (N. T.)

Depois do banho, nós o colocamos na cama. É o fim da tarde. Jonathan diz: "Vou dar um pulo no restaurante e fazer as encomendas, tá?". Eu lhe digo que vou trocar as telhas que faltam.

Vamos cuidar das nossas tarefas. É uma tarde normal, rumando para a noite. Jonathan vai de carro até a cidade, eu apóio a escada na parede da casa e subo com um carregamento de novas telhas de cedro. Elas parecerão cruas e amarelas em contraste com as velhas, cor de café. As telhas velhas, cobertas de agulhas de pinheiros, quebram e lascam debaixo das minhas mãos e dos meus pés.

Do telhado enxergo à distância. Vejo nossa pequena propriedade, e os campos e montanhas mais além. Vejo um conversível vermelho deslizando pela estrada. Perto da varanda está caído um brinquedo de Rebecca, uma boneca chamada Baby Lou. Escarrapachada na grama, parecendo chapada, dá um largo sorriso de enlevo para o céu. Não consigo acreditar que Clare se esqueceu de levá-la.

Passo por um momento de pânico. Sei que Clare e Rebecca não vão voltar. Eu poderia dizer alguma coisa antes de elas irem embora, mas não podia me arriscar — e se Jonathan decidisse ir junto? Não posso deixar a casa desmoronar. Levou muito tempo para construir. Jonathan e eu pertencemos a este lugar, juntos. Clare levou Rebecca para o mundo dos vivos — para seu barulho e suas surpresas, seu risco de decepção. Ela provavelmente está certa. É ali que Rebecca deveria estar. Nós aqui estamos no outro mundo, um lugar mais quieto, mais propenso ao perdão. Segui meu irmão até este mundo e na verdade nunca saí daqui.

Tenho trabalho para fazer. Tenho um telhado para consertar.

O pânico passa.

Rebecca vai voltar algum dia, e a casa vai estar esperando por ela. É dela. Não é grande coisa — uma casa de madeira roída pelo cupim e refeita aos pedaços, com o trabalho de mãos inexperientes. Não é muito, mas está em pé agora e vai continuar em pé quando ela tiver vinte anos. Agora, neste momento, consigo vê-la. É claro como uma janela aberta para o futuro. O que vejo é uma mulher de cabelo castanho-claro, sem beleza de acordo com os padrões comuns, mas possuidora de uma graça esbelta e uma maneira firme de preencher seu próprio corpo, como quem não pede desculpas por existir. Consigo vê-la parada na varanda de uma casa que ela herdou. Uma casa que ela nunca pediu, e não consegue resolver direito o que fazer com ela. Consigo vê-la ali parada, com um casaco de inverno, expirando um vapor translúcido no ar límpido e brilhante. Isso é tudo que vejo. Não é uma visão significativa. Mas eu a vejo com surpreendente clareza. Vejo suas botas nas tábuas do assoalho e o ar quebradiço do inverno no seu cabelo. Vejo a maneira como seu queixo rompe a luz frígida enquanto ela se posta diante desse presente indesejado. Toco meu próprio queixo. Ajoelhado ali, no telhado, sinto a simples protuberância do meu queixo. O tempo passa, eu começo a trabalhar. O martelo produz uma música metálica, regular, que lança tremores pela espinha dorsal da casa. Prendo uma telha no lugar. Vou martelando outra.

Tarde da noite, Jonathan me acorda tocando meu cabelo. Abro os olhos e vejo seu rosto, luminoso na escuridão do quarto, tão próximo que sua respiração me faz cócegas no rosto. Ele leva um dedo aos lábios e me faz um sinal. Eu o sigo pelo corredor. As pintinhas da sua cueca vão flutuando na escuridão. Ele está só de cueca; eu estou de sunga e camiseta. Ele faz sinal de novo e eu o sigo escada abaixo. Sombras se apegam ao complicado desenho das suas costas.

Na sala ele diz: "Desculpe te acordar desse jeito. Mas preciso da sua ajuda para um trabalho".

Pergunto que trabalho é esse que se tem que fazer à meia-noite. Como resposta, ele pega um objeto da mesa ao lado do sofá. Demoro um momento para focalizar a vista — é a caixa com as cinzas de Ned. Segurando-a com as duas mãos, ele vai até a porta da frente.

"Vamos."

Saímos e paramos na varanda, fitando o negrume profundo como dois passageiros num transatlântico. Em noites sem lua a casa parece flutuar; parece estar navegando pelo espaço. Tudo que se oferece na noite em torno é um campo de estrelas e a inquietação das árvores.

Jonathan diz: "Mudei de idéia, não vou mais esperar para espalhar estas cinzas. De repente me ocorreu que este lugar aqui é tão bom como qualquer outro".

"Quer dizer que você quer espalhar as cinzas do Ned agora? Aqui mesmo?"

"Ã-hã. Vamos fazer isso nós dois."

"Ahn, você não acha que Alice gostaria de estar aqui também? Quer dizer, será que a gente não devia fazer alguma cerimônia?"

"Nada disso. Minha mãe vai ficar contente de saber que já tratei do assunto. Hoje em dia ela não é muito chegada em cerimônias."

"Bom, se é assim."

"Vamos." Ele desce a escadinha da varanda e eu vou junto. Pisar na grama é como caminhar no próprio espaço sideral. Vou andando de cabeça leve, com a sensação de caminhar no espaço.

Digo: "Jon. Jonny, quem sabe a gente devia esperar para fazer isso. Você não acha que vai se arrepender por não ter planejado alguma coisa?".

"Se você não quer fazer, vou sozinho." Ele dá alguns passos rumo à estrada, uma mancha de prata fosca em meio à escuridão. Três sapos lançam seus coaxos e gemidos. As Sete Irmãs pulsam lá no céu, um pequeno redemoinho na tempestade de estrelas. Vou atrás dele. Ao atravessarmos a estrada lembro-me de mim mesmo na infância, seguindo meu irmão até o cemitério para comemorar nosso heróico futuro juntos. Jonathan caminha com uma determinação ao mesmo tempo ritualista e ligeiramente maluca. Está usando apenas aquela cueca de pintinhas, enquanto as galáxias explodem lá em cima.

Um campo de alfafa vazio se estende para além da estrada. A alfafa roça, gemendo, nossas pernas nuas. Embora eu saiba, com minha experiência da luz do dia, que esse campo termina num matagal e num galpão abandonado, neste momento vejo apenas um oceano de alfafa. Enquanto caminhamos Jonathan diz: "Acabei de perceber como é ridículo ficar guardando as cinzas do meu pai até encontrar um lar perfeito para elas. Decidi que este lugar é perfeito. Este campo bem aqui. Nem sei quem é o dono disso aqui, você sabe?".

"Não."

"Ah, Bobby. Eu queria fazer parte de alguma coisa que não estivesse morrendo."

"Mas você faz."

"Não faço, não. Pensei que fizesse, mas de verdade não faço."

"Jon. Jonny."

Ele espera, mas não consigo lhe dizer. Não consigo lhe dizer o que eu sei — nós dois temos uma devoção fora do mundo dos vivos. É isso que nos separa de Clare e das outras pessoas. É isso que nos manteve juntos quando as circunstâncias comuns determinaram que nós dois haveríamos de crescer e nos separar.

Depois de um tempo ele diz: "Bom, acho que é hora de eu me livrar delas. Agora mesmo. Aqui. Este lugar parece bastante bom".

Estamos tão enfiados dentro do campo que a escuridão se fechou atrás de nós, apagando a estrada e a casa. Tudo que vemos é alfafa. Os grilos fazem sua zoeira e os mosquitos voejam em torno da nossa cabeça, sem acreditar na sorte que tiveram. Estamos ali parados numa escuridão estrelada, vibrante, completa como o fim do mundo.

"A tampa é meio complicada", diz ele. "Um minuto só. Pronto."

Ele põe a caixa no chão: "É duro de acreditar. Meu pai me levava nos ombros. Uma vez ele me fez cócegas até que eu mijei nas calças. Ainda lembro de como ele se sentiu mal. Ficou tão constrangido. E meio indignado".

"Você quer, assim, dizer algumas palavras?"

"Ah, acho que já disse. Escuta, você quer enfiar a mão ao mesmo tempo que eu?"

"OK. Se você quer."

Nós dois nos abaixamos. "Vou contar até três. Um, dois, três."

Enfiamos a mão. Há um saco de plástico dentro da caixa, e nós o apalpamos. As cinzas de Ned têm uma textura aveludada, meio gordurosa. Estão cheias de lascas de osso. Quando nós as tocamos, Jonathan respira fundo.

"Ah. OK. Acho que essa foi a pior parte. Você já pegou um pouco?"

"Ã-hã."

Ficamos ali com as mãos cheias de cinzas e ossos. "Ela tinha razão", diz ele. "Isto aqui é tão ele quanto um par dos seus sapatos velhos. OK. Lá vai."

Em silêncio, atiramos as cinzas no campo. Andamos em pequenos círculos, distribuindo. Está escuro demais para vê-las cair. Elas desaparecem das nossas mãos. Se é que fazem algum som, ele é afogado pelos insetos e pelo roçar da alfafa.

Voltamos para a caixa muitas vezes. Não falamos até que as cinzas terminam.

"Tá bom", diz Jonathan. "Pai, cheguei até aqui. Isso é o melhor que consegui fazer."

Ele pega a caixa e vamos andando até a zona da escuridão onde achamos que a casa deve estar. Espalhando as cinzas perdemos a direção, e erramos a casa por uns quatrocentos metros. Precisamos voltar caminhando pela estrada. Damos o que pensar a um Volvo solitário que passa — dois homens andando de cuecas por uma estrada no campo, segurando uma caixa vazia.

"Bobby?", diz Jonathan.

"Sim?"

"Sabe por que eu resolvi fazer isso assim de repente?"

"Não."

"Depois que Clare e Rebecca foram embora, comecei a achar que não queria que elas voltassem para encontrar Erich passando tão mal lá em cima e as cinzas do meu pai numa prateleira da sala. De repente achei que é muita morte na casa. Foi quando resolvi jogar as cinzas lá no pasto. Quer dizer, eu estava guardando elas para o quê?"

"Bom, para nada, acho eu."

"Quero pintar o quarto de Rebecca. Está muito encardido. E se a gente pegasse umas latas de tinta amanhã, depois do trabalho? Alguma coisa bem vistosa que ela vai adorar, tipo um cor-de-rosa vivo. Ninguém me avisou que os bebês têm tanto mau gosto."

Ouço sua respiração. O fraco brilho das estrelas reluz, cinzento e falho, na sua pele nua. Caminhamos vários minutos em silêncio.

"Escuta", diz ele.

"Ã-hã."

"Se alguma coisa me acontecer, este lugar serve para colocar minhas cinzas também. Se e quando a hora chegar, quero que você diga isso para minha mãe. Diga a ela que fiz um único pedido, e que foi esse. Meu Deus, se tanto eu como meu pai acabarmos espalhados por aqui, para onde vai minha mãe quando ela morrer?"

"Ela poderia vir para cá também."

"Bom, ela vive sendo arrastada para lugares onde ela não quer ir. Por que haveria de ser diferente depois que ela morrer, certo?"

"Certo. Quer dizer, acho que sim. Agora este é o lugar de nós todos."

"E se fosse verdade mesmo? Não seria realmente algo?"

Não falamos mais. Há demasiadas coisas para dizer. Percorremos o último trecho, observados invisivelmente pelos bichos da noite. É como um sonho, um desses sonhos da infância de vergonha em público, de andar por uma estrada com roupa de baixo rasgada. Mas, neste sonho em particular, não sinto nenhum constrangimento. Apenas estou aqui, sem roupa, numa estradinha do interior, com o vento escuro soprando ao redor. As cinzas de Ned estão se mesclando ao chão no mundo em miniatura das formigas e besouros que se arrastam em suas armaduras. Erich dorme seu sono superficial, intrincadamente iluminado pelos sonhos. Há uma beleza no mundo, embora seja mais dura do que jamais esperamos. Ela parece tão pouco com a paisagem de outono na parede da sala de jantar da minha família quanto um osso se parece com um homem ou uma mulher. Em algum lugar deste continente Clare e Rebecca estão dormindo, num motel ou na sala de uma amiga. Quando a silhueta azul da casa surge à nossa frente, me lembro de que um lar também é um lugar para onde fugir. Este aqui é nosso; nós o temos para fugir dele, e o temos para voltar para ele.

Neste momento a escuridão permite ver o futuro — as manhãs frias e as noites longas, a música cotidiana. Jonathan e eu estamos aqui para manter um presente, de modo que as pessoas possam voltar para ele quando seu futuro escassear. Estamos vindo para cá há muito tempo. Vamos subindo até a entrada da casa e vejo algo agitar a cortina da janela do quarto. Por um momento penso que Clare voltou. Agarro o ombro de Jonathan.

"O quê? Que foi?"

"Nada. Não é nada. Não importa."

Entre o impulso e o toque, recobrei a razão. Clare não voltou. O que vi foi apenas o vento soprando. Ou foi o vento ou foi o espírito da própria casa, perturbado pela nossa ausência noturna mas velho demais para se surpreender com as tarefas nascidas da distância entre o que podemos imaginar e o que de fato criamos.

JONATHAN

Uma tarde de abril, vários meses antes de Erich morrer, Bobby e eu o levamos até um lago que conhecíamos, lá no meio de um bosque. Dirigimos quinze quilômetros até chegar ali, um círculo brilhante de água azul negra cercada de pinheiros. Como ainda era abril, tínhamos o lago todo só para nós. "Primeiro mergulho da estação", disse Bobby quando saímos do carro. "É uma tradição nossa."

"Lindo", disse Erich. Estava então muito frágil. Suas pernas doíam e andava com dificuldade — a doença corria nele mais depressa que na maioria das pessoas. Seu rosto se alterara durante o inverno. De repente seus olhos pareciam maiores, e seu queixo mais quadrado. Creio que o formato do seu crânio começava a transparecer.

"A gente não vem aqui desde o verão passado", digo. Bobby e eu ajudamos Erich a passar pela trilhazinha que desce por uma encosta até a meia-lua de terra e agulhas de pinheiro que serve de praia. O lago estava de uma imobilidade quase sobrenatural — ainda era cedo para as abelhas, as libélulas ou o reflexo das folhas. Menos de um mês antes, fiapos de neve se demoravam, reluzentes, em meio às sombras. Agora os troncos das árvores estavam úmidos e vívidos como uma pele de animal, e o sol era quente mas de um branco invernal, ainda evitando as cores mais profundas que iria adquirir em maio. O lago refletia uma única nuvem em forma de charuto que se estendia de margem a margem. Paramos na praia estreita, e Bobby atirou uma pedra que foi ricocheteando na superfície da água, lisa e plácida como uma lápide.

"No verão vocês vêm nadar aqui?", perguntou Erich.

"Ã-hã", falei. "A praia fica lotada, é a Coney Island do pedaço. É algo de se ver. Tem bebês, tem cachorros, tem pessoas de oitenta anos nadando peladas."

Ele fez que sim, solene. Me arrependi por ter me referido a uma estação futura, que ele poderia não ver. Ainda estava me acostumando ao sistema de cortesia específica que prevalece entre os doentes. Era como ser anfitrião de um parente empobrecido, quando o próprio negócio da gente vai indo bem. Só por intermédio daquela presença nada próspera é que percebemos o quanto nossa riqueza tem a ver com quase tudo o que a gente faz e diz.

"Então", pergunta ele, "vamos entrar?"

"Está gelado", diz Bobby.

"Você falou que era o primeiro mergulho da estação. Falou que é uma tradição."

"Modo de dizer", falei. "Estamos aqui só para render nossas homenagens. Ainda falta pelo menos mais um mês para esquentar."

Embora eu achasse que ele estava apenas acompanhando o jogo, percebi pela sua voz o quanto Erich queria, de fato, dar um mergulho. Ele não podia confiar nas estações — quando esquentasse, ele talvez não pudesse mais dar nem um passo. E, mesmo que conseguisse, estava inibido demais para mostrar seu comprometido corpo para a multidão de estranhos que aqui viriam assim que o tempo ficasse bom para nadar.

"Você quer mesmo, de verdade?", perguntei.

"Sim", respondeu, num tom de insistência infantil.

"É um bom jeito de pegar pneumonia", disse Bobby.

"Vamos lá", falei. "Vem, a água está boa. Está sem gelo nenhum em cima há pelo menos três semanas."

"Você está louco", disse Bobby.

"É um fato. Vem, Erich. Vamos."

"Você não pode fazer isso", disse Bobby. "Tá frio pra burro."

Comecei a tirar a roupa e Erich me acompanhou. Não éramos nem graciosos nem esguios ao nos despirmos — não havia nem sugestão de sexo. Ou o que quer que houvesse de sexual estava enterrado tão fundo quanto aquilo que paira entre os jogadores antes de uma partida, um amor pelo eu físico tão generoso e ilimitado que se estende também para outros corpos, simplesmente porque eles estão presentes e são mais ou menos iguais. Enquanto Bobby nos informava de nossa loucura, fomos descartando jaquetas e botas, jogando-as no chão. Ficamos nus na luz cálida e branca. Por fim Bobby desistiu e começou a se despir também, pois se recusava a ser excluído de um erro que não conseguia evitar.

Enquanto Bobby tirava a roupa, Erich e eu paramos juntos,

nus, olhando a água. Nossa timidez não nos permitia olhar diretamente um para o outro, mas eu o via bastante bem da minha posição lateral. Seus braços e pernas tinham as juntas inchadas, e eram salpicados de manchinhas roxas. Seu peito e barriga também estavam juncados de manchas, como velhas tatuagens que se esfumaram na pele. Segurei uma onda de repulsa que me tomou, não só porque seu corpo estava tão mudado mas também tão amalgamado com a doença. De jeans e suéter ele parecia doente mas comum; nu, era a própria doença. Parecia que o que havia nele de humano ia sendo comido e substituído por alguma outra coisa.

Peguei sua mão, para proteger a ele e a mim. Ao fazer isso, percebi meu próprio gesto. Senti por ele, uma alma assustada, não mais preparada para enfrentar sua condição mortal do que eu estaria se a doença começasse a agir em mim agora, neste momento. Meu rosto ardia.

"Pronto?", perguntei.

"Pronto."

Pisamos na água juntos enquanto Bobby tirava seu jeans. A primeira impressão foi de calor — dois dedos de água temperada flutuavam na superfície. Mas quando rompemos essa camada, a água por baixo estava tão gelada que entorpecia.

"Ah!", exclamou Erich, sentindo-a lamber seus tornozelos.

Falei: "Quem sabe esta não é uma boa idéia, afinal. Não deve ser bom para você".

"Não, vamos entrar um pouquinho só. Eu quero... Bom, eu quero, só isso."

"Tudo bem", falei. Eu continuava segurando a sua mão. Pela primeira vez me senti íntimo dele, apesar de já nos conhecermos há anos e termos feito amor centenas de vezes. Fomos entrando devagarzinho, dando passinhos minúsculos no fundo arenoso. Cada novo milímetro de pele exposta à água era uma agonia. A própria areia parecia gelo granulado sob os nossos pés.

Bobby veio chegando, espadanando água: "Loucos! Porra, vocês estão loucos! Erich, você vai ficar dois minutos aí dentro, depois eu vou te tirar para fora".

Estava falando sério. Bobby era capaz de carregar Erich nos braços até a margem, se necessário. Desde que ele e eu éramos garotos juntos, ele assumira a tarefa de salvar os tolos da água gelada.

Mesmo assim ainda tínhamos dois minutos, e avançamos. A

água estava clara — redes de luz tremulavam nos nossos pés nus, e peixinhos fugiam rápidos, visíveis apenas pelas sombras que deslizavam rente ao fundo. Dei uma olhada para Bobby, que estava grave e firme como um navio. Era a imagem oposta de Erich; encorpara com o tempo. Sua barriga agora era ampla e protuberante, e o medalhão cor de cobre de pêlos peitorais escurecera e se alargara, lançando ramificações que subiam até os ombros e desciam pelas costas. Eu mesmo estava perdendo cabelo — minha testa estava pelo menos três dedos mais alta que há dez anos. Passando a mão no alto da cabeça eu sentia um círculo irregular onde o cabelo rareava.

"Que bom", disse Erich. "Quer dizer, é muito gostoso."

Não era gostoso. Era uma tortura. Mas achei que compreendia — era uma sensação forte, que vinha do mundo exterior e não do interior. Ele estava dando adeus a um certo tipo de dor.

"Você está tremendo", disse Bobby.

"Mais um minuto e saímos."

"Certo. Mais um minuto, exatamente."

Ficamos juntos em pé na água, fitando a linha ininterrupta de árvores na margem oposta. Foi só isso que aconteceu. Bobby e eu levamos Erich para um mergulho que de fato seria o seu último, e entramos só até os joelhos. Mas, enquanto fiquei na água, algo aconteceu comigo. Não sei se consigo explicar. Algo se partiu. Até então eu vivera para o futuro, num estado de contínua expectativa, e o processo parou subitamente enquanto me vi nu com Bobby e Erich num laguinho de água gelada. Meu pai estava morto, e eu mesmo podia muito bem estar morrendo. Minha mãe tinha um novo corte de cabelo, um negócio e um jovem amante; uma nova vida que se adequava melhor a ela que a antiga. Eu não gerara uma criança, mas amava uma como se fosse seu pai — sabia qual era a sensação. Não diria que estava feliz. Não era nada assim tão simples. Eu estava apenas presente, talvez pela primeira vez na minha vida adulta. O momento não era extraordinário. Mas eu tinha o momento, eu o possuía por completo. Ele me habitava. Senti que se morresse logo teria conhecido isso, uma conexão com a minha vida, com seus erros e seus tortos sucessos. A chance de ser um dos três homens nus em pé num laguinho de água limpa. Eu não morreria sem me realizar, pois estive aqui, bem aqui e em nenhum outro lugar. Não falei nada. Bobby anunciou que o minuto tinha acabado, e levamos Erich de volta para a margem.

ESTA OBRA FOI COMPOSTA PELA HELVÉTICA EDITORIAL EM GARAMOND LIGHT E IMPRESSA PELA GEOGRÁFICA SOBRE PAPEL OFF-SET IMPRESSIO PARA A EDITORA SCHWARCZ EM DEZEMBRO DE 1994.